AF214720

Das Buch
spielt in den 1970-er Jahren. Die Generation, die in der Phase des Wirt-
schaftswunders geboren wurde, ist erwachsen geworden. Manche kopieren die Werte ihrer Eltern, andere lehnen sie aus Prinzip ab, und wieder
andere suchen einen eigenen Weg zwischen materiellem Spießertum,
linksradikalem Fanatismus und der Unbeschwertheit der Flower-Power-
Bewegung. Es herrscht Freiheit, sie lässt alle Träume zu. Aber welche
will und kann man leben?


Die Autorin
Friederike Gahm wurde1954 in Wetzlar geboren. Während ihrer Schulzeit lebte sie in Stuttgart, wurde schon früh süchtig nach Büchern, übte
sich auch selbst im Schreiben, initiierte eine Schülerzeitung und plante
für sich eine Zukunft als Journalistin.
Sie studierte Jura sowie Volks- und Betriebswirtschaft in Tübingen und
Frankfurt.
Nach ihren Diplomabschlüssen war sie zunächst in einer internationalen
Consulting-Firma tätig. Die Arbeit gefiel ihr so gut, dass sie den Schritt
wagte, sich als Unternehmensberaterin selbständig zu machen, auch
wenn es den Abschied vom Journalismus bedeutete. Sie arbeitete viele
Jahre vor allem auf dem Sektor der internationalen Zusammenarbeit und
beriet Organisationen in Afrika, Asien und Südamerika.
Die Literatur blieb immer ihr Refugium, und ihre Literaturauswahl wurde durch die vielen internationalen Kontakte ungewöhnlich facetten-
reich. Nun ist es Zeit, nicht mehr nur zu lesen, sondern auch wieder aktiv zu schreiben.

# Der Frühlingsschläfer

Friederike Gahm

© 2020 by Friederike Gahm

Autor: Friederike Gahm

Umschlaggestaltung, Illustration: Theo Schmidt

Verlag & Druck: tredition GmbH, Halenreie 40-44, 22359 Hamburg

ISBN:     978-3-347-07970-0
          978-3-347-07971-7
          978-3-347-07972-4

Bibliografische Information der Deutschen Nationalbibliothek:

**Die Deutsche Nationalbibliothek verzeichnet diese Publikation in der Deutschen Nationalbibliografie; detaillierte bibliografische Daten sind im Internet abrufbar über http://dnb.d-nb.de.**

# 1

*Na, sagt mein Alter Ego verdächtig freundlich, wie fühlst du dich?*
*Ich versuche es mit Ignorieren, aber mein Alter Ego ist hartnäckig.*
*Mies, brumme ich schließlich. Mein Alter Ego schweigt befriedigt. Es ist*
*so zufrieden, dass es sich sogar ein Siehst-Du verkneifen kann. So be-*
*nimmt man sich nicht, fährt es nach einer Weile fort und zieht vorwurfs-*
*voll die Augenbrauen hoch. Ich widerspreche nicht, was es mir natür-*
*lich als Zustimmung auslegt. Was gedenkst du zu tun, erkundigt es sich.*
*Ich bleibe stumm. Du könntest doch, schlägt mein Alter Ego spöttisch*
*vor, deinen Sinn fürs Dramatische austoben. Du könntest zum Beispiel*
*auf die Beerdigung gehen, in Schwarz gekleidet, sodass deine blonden*
*Haare, auf die du so stolz bist, voll zur Geltung kommen, und reuig am*
*offenen Grab niedersinken. Du wärst sicher rührend ergreifend, glaubst*
*du nicht? Hör auf, sage ich böse. Mein Alter Ego lächelt erfreut und*
*schweigt. Ich habe ihn schließlich nicht umgebracht, knurre ich, oder*
*willst du mir das vielleicht vorwerfen? Nein, entgegnet mein Alter Ego*
*ganz sanft. Ich kann auch nichts dafür, wenn dieser Mensch wie ein Ir-*
*rer Auto fährt und sich beim Überholen den Schädel einrennt, verteidige*
*ich mich unwillig. Oder bin ich vielleicht gefahren? Nein, sagt mein Al-*
*ter Ego immer noch sehr freundlich, so riskant würdest du natürlich nie*
*fahren. Du bist eine vorzügliche Autofahrerin, fährst rücksichtsvoll und*
*defensiv, beachtest die Verkehrszeichen - es sei denn du hast schlechte*
*Laune, so wie gestern zum Beispiel. Ich sehe aus dem Fenster und ver-*
*suche unbeteiligt zu fragen, ob dies eine Diskussion über meine Fahr-*
*künste sei. Leider nein, antwortet mein Alter Ego. Ich sehe weiterhin*
*aus dem Fenster und stelle fest, dass der Wald langsam einen zarten*
*Grünschimmer bekommt, es wird endlich Frühling. Genau, sagt mein*
*Alter Ego, es wird Frühling, und Norbert ist tot. Ich habe dir doch*
*schon gesagt, dass ich nichts dafür kann, fahre ich meinen Quälgeist an.*
*Natürlich, bestätigt er, natürlich, aber du kannst etwas für Silvester.*

Unzweifelhaft kann ich für Silvester an sich nicht verantwortlich gemacht werden. Hätte ich irgendeinen Einfluss auf die Existenz dieses
Tages, so würde ich ihn ersatzlos aus dem Kalender streichen, denn er
verdirbt mir regelmäßig die Gemütlichkeit der Nachweihnachtszeit.

Kurz vor dem Jahresletzten macht sich eine sehr eigenartige und unerfreuliche Stimmung in mir breit, die sich am Ultimo zu ihrer Höchstform entwickelt. Sie setzt sich zusammen aus einer gewissen Unzufriedenheit mit dem, was war, und aus einem bisschen Angst vor dem, was wird. Hinzu kommt der mahnende Zeigefinger der Vergänglichkeit, der zwar täglich drohen möchte, doch nur am Jahresende die ihm gebührende Wichtigkeit zugestanden bekommt. Unbehaglich werden diese Gefühle allerdings erst dadurch, dass man sie mit Jubel, Trubel, Heiterkeit paaren muss, denn an Silvester ist Stimmung angesagt.

Vielleicht würde ich diesem Datum etwas weniger skeptisch entgegensehen, wenn ich aus der Erinnerung einige gelungene Silvesterfeiern aufzählen könnte. Das ist leider nicht der Fall. Bereits in meiner Kindheit, wo sich der fragliche Tag wenigstens dadurch auszeichnete, dass ich bis Mitternacht aufbleiben durfte, fehlte es bei mir an innerer Fröhlichkeit. Der Abend des Jahresletzten lief stets sehr zeremoniell im Hause meiner Großeltern ab und begann mit einem Karpfenessen. Zwar war meine Großmutter eine hervorragende Köchin, doch gelang es auch ihr nicht, meinen Geschmack an diesem grätigen Ungeheuer in Blau zu wecken. Ich mogelte mich daher durch das Festessen, indem ich meinen Hunger an Kartoffeln stillte, die auf meinem Teller kleine Inseln in einem Buttersee bildeten, und heuchelte möglichst glaubhaft Begeisterung für den Fisch, den ich vorsichtshalber so ungeschickt von Haut und Gräten befreite, dass nicht mehr allzu viel zum Essen übrig blieb. Dabei verhielt ich mich unauffällig-manierlich, um keine Aufmerksamkeit auf mich oder meinen Teller zu lenken. Diese Anstrengung ließ sich relativ einfach überstehen, wenn ich an den Nachtisch dachte, der zum Glück ebenso unvermeidlich zu Silvester gehörte wie der lästige Karpfen. Er war eine raffinierte Mischung aus Orangensaft, Wein, Eiern und Sahne, zu herrlich, um nur als Orangencreme bezeichnet zu werden. Wenn die Schüssel mit dem ersehnten Inhalt endlich auf den Tisch kam, machte ich dem Karpfen in Gedanken eine lange Nase; ich löffelte mein Dessert mit aller Hingabe, um den Genuss völlig auszukosten. Jedes Jahr stieß es erneut auf Verwunderung, dass ich - sonst eine recht mäßige Esserin - nach dem schweren Hauptgang noch so viel Süßes verzehren konnte.

Dieser kulinarische Höhepunkt hätte von mir aus das Ende dessen sein können, was man Silvester nennt. Leider fing es aber gerade danach erst richtig an, seine reiche Palette an Nuancen der Langeweile zu entfalten; nach dem Essen begann die zähe Warterei bis Mitternacht. Mein Großvater versuchte vergeblich, die Zeit durch Fernsehen zu verkürzen. Jede einzelne Minute beharrte auf ihrem Recht. Und so warteten wir - zunächst zusammen mit dem Zigeunerbaron, später als Zaungäste einer Silvesterparty, auf der sich alle beneidenswert glänzend amüsierten. Ich hätte ohne Zögern das Taschengeld mehrerer Wochen geopfert, um einmal an einem solchen Fest teilzunehmen. Natürlich war diese Idee illusorisch, und mir blieb nichts anderes übrig, als mich in einem rauschenden Abendkleid auf einen Phantasieball zu denken, dessen Kulissen viel prächtiger waren als die dürftige Fernsehdekoration. Meine Träumereien wurden nicht oft unterbrochen. Hin und wieder stand meine Großmutter auf, um für Nachschub an Wein zu sorgen oder irgendwelche Knabbereien aufzufüllen. Ihr Kommen und Gehen hätte ich wohl kaum bemerkt, wenn sich nicht meine Mutter jedes Mal genötigt gefühlt hätte, der alten Dame wortreich ihre töchterlichen Dienste für derartige Gänge zu offerieren. Mich bezog sie in die Angebote ein - mit hochgezogenen Augenbrauen, dass ich nicht von selbst darauf gekommen war. Ob diese Pflichtübungen meiner Mutter tatsächlich eine Hilfe waren, bezweifle ich, aber sie schaffte es dadurch, eine Unruhe zu verbreiten, die meiner Stimmung den Rest gab.

Kurz vor Mitternacht erschien endlich das Zifferblatt einer Uhr auf dem Bildschirm, überdimensional und hässlich. Man durfte aufatmen; die Prozedur war bald überstanden. Während ich hoffnungsvoll den Sekundenzeiger beobachtete, kam im Wohnzimmer allgemeine Betriebsamkeit auf. Zunächst wurde das Licht angeknipst, meine Großmutter holte ein vorbereitetes Tablett mit Sektgläsern herbei, mein Großvater verglich den Zeigerstand der großen, ehrwürdigen Standuhr im Wohnzimmer mit der nüchternen Fernsehuhr, und mein Vater bekam die Sektflasche in die Hand gedrückt, begleitet von dem alljährlichen Ratschlag meiner Mutter, sofort mit dem Entkorken zu beginnen, damit der Knall genau auf die Sekunde erfolge. Mein Vater grunzte eine Antwort, ließ sich bei der Zeremonie nicht reinreden, zelebrierte sie mit einer Kunstpause, bevor er endlich anfing, den Draht gemächlich aufzuzwirbeln. Dieser Moment war immer wieder spannend, auch wenn ich aus Erfahrung wusste, dass der Korken exakt auf den letzten Schlag, den die alte Standuhr in dem Jahr von sich geben sollte, aus der Flasche schießen würde.

Dann ließ man die Gläser klingen, wünschte sich Glück und schien allseits sehr erleichtert, dass man nun wieder 365 Tage Zeit hatte, bis es galt, die nächste Silvesterfeier in Angriff zu nehmen. Während draußen die ersten Leuchtraketen am Himmel aufstiegen und die Glocken das neue Jahr einläuteten, entwickelte sich eine schüchterne Fröhlichkeit. Ich nippte langsam an meinem Sekt, den ich fast so gern mochte wie die Orangencreme; ganz allmählich kroch eine wohlige Müdigkeit in mir hoch. Der ungewohnte Alkohol sprudelte meine Silvesternöte hinweg; der Jahreswechsel war überstanden. Ich meinte, plötzlich einen Zipfel Glück erwischt zu haben und fühlte eine beschwingte Feierlichkeit angesichts des Neuen, das soeben begonnen hatte. Die Erwachsenen unterhielten sich lebhaft über dies und das. Ich beobachtete sie aus meiner schillernden Seifenblase heraus und schnappte nur vereinzelte Wortfetzen auf.

Wenn die erste Stunde des neuen Jahres vorbei war, gingen wir gewöhnlich nach Hause. Wir wohnten in einem Stuttgarter Vorort, nur wenige Minuten von meinen Großeltern entfernt, und der Rückweg durch die klare, kalte Januarnacht war nur kurz, leider viel zu kurz. Wenngleich Spaziergänge von mir normalerweise unwillig absolviert wurden, hätte ich in der Neujahrsnacht gern mehrere Kilometer zurückgelegt. Unterwegs hoffte ich, dass niemand etwas sagen würde, um nicht die merkwürdig mystische Stimmung zu stören, die diese Nacht auszustrahlen schien. Vielleicht lag es an der ungewohnten nächtlichen Stille, gepaart mit meiner Müdigkeit, dass mir alles so geheimnisvoll erschien; vielleicht wirkten die Sterne nur deshalb so leuchtend, weil ich sie sonst zu einem Zeitpunkt betrachtete, an dem die Umgebung noch viel heller war; vielleicht war es auch bloß der Sekt, der mich besonders empfindsam machte. Jedenfalls fühlte ich auf dem Heimweg, dass die Nacht und ich eine unerklärliche Einheit bildeten. Ich war ganz allein mit ihr, und sie gehörte ausschließlich mir, bis von außen etwas in diese Harmonie einbrach und sie zerstörte. Schon irgendeine überflüssige Bemerkung genügte, und alles war vorbei. Wenn ich Glück hatte, beendete erst das Anschalten der Hausflurlampe meine Euphorie, dieses einzigartige Gefühl, dieses absolute Liebesempfinden - so bedingungslos, dass es nicht lange währen konnte. Bis zum letzten Augenblick blieb es vollkommen. Es existierte oder existierte nicht und war in seiner Kompromisslosigkeit von jedem äußeren Einfluss zerstörbar. Ich versuchte, diesen Zustand in mir zu bewahren, um ihn vor dem Einschlafen noch einmal ganz für mich allein zu erleben. Es gelang nie.

Wenn ich im Rückblick die Silvestererlebnisse einem bestimmten Jahr zuordnen will, ist mir dies unmöglich. In der Erinnerung scheint sich alles an einem einzigen langen Abend abgespielt zu haben, irgendwann Ende der sechziger Jahre. Verschiedene Fernsehprogramme gehen ineinander über, verschiedene Sänger kämpfen wie ein Mann gegen unendliche Minuten, verschiedene Tänzer verschmelzen zu einem Riesenballett. Auch weiß ich nicht zu sagen, wie viele dieser so genannten Feiern ich miterlebt habe. Vielleicht waren es fünf, vielleicht sechs; auf jeden Fall waren es zu viele.

## 2

Als meine Großeltern nicht mehr lebten, änderte sich die Silvesterprozedur. Der erste Jahreswechsel, der anders zu werden versprach und auch wirklich ganz anders wurde, gab sich besonders verheißungsvoll. Ich war inzwischen neunzehn Jahre, stand unmittelbar vor dem Abitur und war außerdem unsterblich in einen meiner Lehrer verliebt. Er unterrichtete nicht nur mittelhochdeutsche Minnelyrik in meiner Klasse, sondern hatte auch noch den selben Vornamen wie der Dichter Walther von der Vogelweide - nur ohne h. Diesen kleinen Stilbruch übersah ich großzügig. Er war Anfang dreißig, groß und schlank, unverheiratet und ohne Konkurrenz in einem Lehrerkollegium, in dem die wenigen Vertreter des männlichen Geschlechts bereits kurz vor der Pensionierung standen. Es ist wohl nicht verwunderlich, dass ich mich in ihn verliebte und mit bemerkenswerter Hartnäckigkeit versuchte, ein Tête-à-tête einzufädeln; verwunderlich ist vielmehr, dass meine phantasievollen Bemühungen schließlich Erfolg hatten und Walter bei einem Glas Wein, fernab von Schule, Kollegen, Eltern und sonstigen Störfaktoren meinte, er sei ebenfalls in mich verliebt. Zu diesem Geständnis ließ er sich an einem Spätherbsttag hinreißen. Der Himmel war aus blauer Seide; ich hatte das Glück entdeckt. Aber mein himmelblaues Glück blich ziemlich schnell aus. Es wurde fleckig. Ich weigerte mich, die Wandlung zur Kenntnis zu nehmen. Unter üblichen Bedingungen wäre ich des Flirts wahrscheinlich längst überdrüssig gewesen, aber hier spielte der Reiz des Verbotenen mit. Jedes Treffen baute sich auf einem fein gesponnenen Lügennetz auf, vor jedem Telefonanruf galt es, ungeahnte Hindernisse zu überwinden, jeder tiefe Blick während des Unterrichts brachte den Nervenkitzel mit sich, ob ihn noch ein Dritter bemerken würde. Nichts war selbstverständlich; Langeweile und Gewohnheit bekamen keine Chance. Das Leben war aufregend wie nie. Außerdem erhielt ich indirekten Zugang zum Lehrerzimmer, denn mein Angebeteter war redselig und ließ sich bereitwillig aushorchen. Ich war über allen Lehrerklatsch bestens informiert und betrachtete meine Schulumgebung mit der freundlichen Herablassung der Wissenden.

Zu Beginn der Weihnachtsferien lud Walter mich zu einem gemeinsamen Silvester ein. Mein Glück war sofort wieder von ungetrübtem Himmelblau. Wir würden bei ihm zu Hause feiern, dachte ich, träumte von Zärtlichkeit und von Minne. Es überraschte mich sehr, als sich herausstellte, dass er mit mir zu einem Silvesteressen gehen wollte - offensichtlich ganz ohne die üblichen Bedenken, gemeinsam etwas vor den Augen der gefürchteten Öffentlichkeit zu unternehmen. Diese Ankündigung übertraf alle Erwartungen. Ich versuchte mir vorzustellen, dass wir wie jedes normale Liebespärchen zusammen tanzen würden, und war ganz sicher, dass alle meine bisherigen Silvesterträumereien kläglich waren, verglichen mit dem, was nun kommen sollte. Die Zeit schlich. Am liebsten hätte ich einige Tage aus dem Kalender gestrichen. Weihnachten, sonst das glänzende Ereignis des Jahres, verblasste vor dem Bevorstehenden. Weder Gabentisch noch Tannenbaum gelang es, mich vollkommen in ihren Bann zu ziehen. Selbst der spannende Moment, als meine Eltern ihre Päckchen auswickelten, die ich zuvor wie immer stundenlang eingepackt und verziert hatte, büßte gehörig an Reiz ein. Weihnachten war nur noch Nebensache. Zum ersten Mal in meinem Leben hatte ihm etwas anderes den Rang abgelaufen. Weihnachten war erwachsen geworden.

Die Tage danach vergingen wesentlich schneller. Ich dachte lange über eine offizielle Silvestergestaltung nach, die elterlichen Bedenken standhalten konnte. Leider war mein Vorzeigefreund, den ich vor allem als Alibi für meine anderweitigen Verabredungen missbrauchte, zum Jahresende verreist und hatte diese Tatsache auch noch überall herumerzählt. Ich musste mir also etwas Neues einfallen lassen. Es schien mir ratsam, möglichst nahe bei der Wahrheit zu bleiben, und so konstruierte ich eine Party, die bei jemandem aus meiner Klasse stattfinden sollte. Fortuna war mir wohlgesonnen; wider Erwarten gaben sich meine Eltern mit meinen recht fragmentarischen Informationen zufrieden und hakten nicht weiter nach. Ich konnte ungestört zur Detailplanung übergehen. Einen ganzen Nachmittag verbrachte ich in der Stadt, um einen symbolträchtigen Talisman zu finden, den ich Walter um Mitternacht geben wollte. Dabei strapazierte ich die Geduld mehrerer Verkäuferinnen, durchlitt die Qual der Wahl und kaufte schließlich einen winzigen Elefanten aus Jade, für den ich willig einen unverschämten Preis bezahlte. Natürlich musste rechtzeitig überlegt werden, was ich am bewussten Abend anziehen würde. Ich probierte alle in Frage kommenden Möglichkeiten durch. Nach vielem Hin und Her fiel meine Wahl auf das edelste Kleid, das ich besaß, ein Seidenes. Es war dem Anlass angemessen. Diese Entscheidung wurde allerdings durch das Fehlen einer passenden Strumpfhose gefährdet, sodass ich schließlich meine letzten Ersparnisse zusammenkratzen musste, um ein besonders hauchdünnes Paar zu erstehen.

Während dieser minutiösen Vorbereitungen befand ich mich in ständiger Euphorie, durchlebte sämtliche Stadien der Vorfreude und genoss die Weltumarmstimmung aller Verliebten. Schon waren die vier Tage nach Weihnachten vorüber, ein nieseliger, grauer Silvestermorgen zog vorbei, und es war soweit: Ich konnte anfangen, mich zum Ausgehen fertig zu machen. Obwohl ich mir fest vorgenommen hatte, nicht zu früh mit dem Anziehen anzufangen, war ich viel zu früh fertig und sortierte immer wieder den Inhalt meiner Handtasche im Kampf gegen die letzte halbe Stunde. Sie verstrich langsam, aber sie ging vorbei. Und dann war es wirklich Zeit aufzubrechen. Endlich. Ich verabschiedete mich von meinen Eltern unter sehr vagen Andeutungen, wann mit meiner Rückkehr zu rechnen sei. Mein Vater, normalerweise in diesem Punkt auf größte Genauigkeit bedacht, zeigte sich ungewohnt großzügig - es war ja Silvester.

Draußen schlug mir ein nasskalter Wind ins Gesicht, aber es regnete nicht mehr. Wir hatten uns in Walters Wohnung verabredet, denn er hielt es für zu riskant, mit dem Auto in der Nähe meines elterlichen Domizils, sozusagen vor der Höhle des Löwen, zu warten. Ich sah das natürlich ein, wie ich alles einsah, was Walter sagte. Sicherheitshalber machte ich sogar einen Umweg, ging ein Stückchen in Richtung Straßenbahnhaltestelle, schlug erst an der nächsten Ecke einen Haken und eilte meinem eigentlichen Ziel entgegen. Walter wohnte in einem abgelegenen, kleinen Nachbarvorort, zu dem es keine öffentliche Verkehrsverbindung gab. Das bedeutete für mich eine reichliche halbe Stunde Fußweg, denn an ein Taxi war nach Anschaffung der teuren Strumpfhose nicht zu denken. Obwohl ich sehr schnell ging, fast rannte, kroch die Kälte schon nach kurzer Zeit in mir hoch. Meine dünnen Lackschuhe bestanden aus vielen kunstvoll verschlungenen Riemchen, waren sehr elegant und für das Waschküchenwetter denkbar ungeeignet. Auch der Hauch von einer Strumpfhose war nicht als Bekleidung für einen Winterspaziergang gedacht. Die Zehen wurden erst feucht, dann steif, und an meinen Beinen piksten unzählige kleine Nadeln.

Die Nacht war dunkel; Sterne und Mond versteckten sich hinter einer beinahe lückenlosen Wolkendecke. Ich war froh, dass die schlecht beleuchtete Landstraße wenigstens einen asphaltierten Fußweg hatte, sonst wäre ich wesentlich langsamer vorangekommen. Unterwegs begegnete ich niemandem. Nur wenige Autos fuhren vorbei. Eines hielt sogar an, und ein älterer Herr fragte, ob er mich irgendwohin mitnehmen könnte. Er schaute mitleidig-verwundert auf meine Schuhe, meinte es wohl gut, aber angesichts der Einsamkeit war mir seine Hilfsbereitschaft suspekt. Ich bekam es mit der Angst zu tun, lehnte das Angebot hastig ab. Er schüttelte den Kopf und fuhr weiter. Ich versuchte, nicht daran zu denken, was meine Eltern sagen würden, wenn sie mich bei meiner abendlichen Wanderung sähen, und setzte meinen Weg unverdrossen fort. Endlich sah ich die Lichter des nächsten Ortes, noch weitere fünf Minuten, und ich stand vor Walters Wohnungstür. Bevor ich auf den Klingelknopf drückte, brachte ich meine Haare so weit in Ordnung, wie das mit steif gefrorenen Fingern möglich ist. Dann erst klingelte ich.

Walters Begrüßung fiel lauwarm aus. Er nahm kaum Notiz von mir, bot mir endlich einen Whisky an. Ich nahm ihn pur, um mich aufzuwärmen und um eine gewisse Niedergeschlagenheit zu bekämpfen, die mich plötzlich befallen hatte. Da saß ich nun in einer Sofaecke, hatte nicht einmal einen Begrüßungskuss bekommen, nippte an meinem Whisky, dachte an Minnelyrik und hatte nur eine dünne Zigarette, um mich daran festzuhalten. Walter plauderte vor sich hin, erzählte von dem Lokal, wo wir gleich hinfahren würden - ein verschwiegenes, kleines Landhaus, wo keine bekannten Gesichter zu befürchten waren. Es klang viel versprechend, sogar sehr viel versprechend. Langsam tauten meine Zehen und Finger auf; langsam wurde mir wohler; langsam kam sogar die

Freude auf den Abend wieder. Plötzlich lachte Walter auf und berichtete, wie sich seine Geschwister über die sonderbare Wahl des Restaurants gewundert, aber angesichts seiner Lage volles Verständnis gezeigt hatten. Ich würgte schnell den Whisky hinunter, den ich gerade im Mund hatte, um mich nicht daran zu verschlucken. Diese rege Anteilnahme der Geschwister - ein Bruder und eine Schwester waren hin und wieder erwähnt worden - ließ wohl darauf schließen, dass sie an unserer Silvesterfeier teilhaben wollten. Mir verschlug es die Sprache. Ich wagte weder zu fragen, ob meine Folgerung richtig sei, noch mein Erstaunen über diesen neuen Aspekt zu zeigen, sondern war nur bemüht, meine Enttäuschung zu verstecken, sie zusammen mit einem besonders großen Schluck hinunterzuspülen. Auf einmal verbreitete der Whisky keine wohlige Wärme mehr, sondern brannte im Magen. Ich stellte fest, dass es eine ziemlich billige Sorte war.

Walter merkte von alldem nichts; er suchte die Eintrittskarten. Er suchte immer irgendetwas, was mich nicht mehr wunderte, seit ich das Chaos in seiner Wohnung kennen gelernt hatte. Auf den wenigen Sitzgelegenheiten stapelten sich Bücher, unkorrigierte Hefte, Schallplatten; über der Sessellehne lümmelte eine Hose; der Tisch war von schmutzigem Geschirr, zwei randvollen Aschenbechern und mehreren Bananenschalen beansprucht; hinter einem wunderschönen alten Meißen Wandteller klemmten Kontoauszüge. Es sah genauso aus, wie man das von einem Junggesellen-Haushalt erwartet. Ich fand diese Unordnung genial, zog allerdings in meinen eigenen vier Wänden eine gewisse Systematik vor. Walter suchte immer noch, hatte mittlerweile das Badezimmer erfolglos abgegrast und dehnte seinen Aktionsradius auf die Küche aus. Er war viel zu beschäftigt, um mich zu beachten oder gar zu beobachten. Ein freudiger Ausruf nach geraumer Weile verriet, dass das Gesuchte endlich aufgetaucht war; es hatte in einer Küchenschublade gelegen. Wo war nun wieder das Jackett? Erneute Sucherei. Zu Walters großer Überraschung hing es ordentlich im Kleiderschrank; damit hatte er nicht gerechnet. Inzwischen war die Zeit nicht stehen geblieben. Walter, der Suchende, stellte es überrascht-entsetzt fest und trieb zur Eile. Er drückte mir meinen Mantel in die Hand, viel zu beschäftigt, um mir hineinhelfen zu können, weil er die Jagd nach Haus- und Zündschlüssel antreten musste. Nach weiteren hektischen fünf Minuten saßen wir endlich im Auto.

Die Fahrt dauerte länger, als ich erwartet hatte. Walter bemühte sich, die Zeit, die er mit Suchen verbummelt hatte, wieder aufzuholen, und traktierte seinen alten Volkswagen auf das Äußerste. Obwohl ich diesen Fahrstil von ihm schon gewöhnt war, sträubten sich mir mehrfach die Haare, zumal er von der Senderwahl im Radio, der Suche nach einer vollen Zigarettenschachtel und sonstigen Nebensächlichkeiten wesentlich stärker in Anspruch genommen war als vom Straßenverkehr. Er redete ohne Unterlass, ohne etwas zu sagen, war von krampfhafter Munterkeit erfüllt, erzählte lebhaft von seinen Geschwistern. Mein Verdacht, dass in Kürze eine Familienfeier stattfinden würde, erhärtete sich drastisch. Offensichtlich sollte ich vorab in groben Zügen in die Familienverhältnisse eingeweiht werden. Walter berichtete von den Anfangsschwierigkeiten seines Schwagers im Westen, von Arbeits- und Wohnungssuche, und mir fiel erst in diesem Zusammenhang wieder ein, dass alle gerade im Herbst über Prag aus der DDR gekommen waren: die Schwester mit Mann und einjährigem Kind, der Bruder ohne weiteren Anhang. Ich ertappte mich bei dem unfreundlichen Gedanken, dass ich Verwandte, die im Osten geblieben wären, vorgezogen hätte, erschrak fast im selben Moment pflichtschuldig über meinen Egoismus und bemühte mich, das Ganze positiv zu betrachten. Beim Anzünden einer Zigarette durchfuhr mich plötzlich eine ganz neue Idee, die mich so faszinierte, dass ich mir fast die Finger verbrannte. Vielleicht hatte Walter diese Familienversammlung initiiert, weil er gewisse ernste Absichten hegte und mich allen vorstellen wollte; vielleicht war er vorhin bei der Begrüßung so merkwürdig erschienen, weil er ganz einfach nervös war? Je länger ich über diese Erklärung nachdachte, desto plausibler erschien sie mir. Meine Gleichgültigkeit an den geschilderten deutsch-deutschen Problemen verwandelte sich schlagartig in rege Anteilnahme. Während ich mir noch sehr phantasiereiche Variationen über den weiteren Verlauf des Abends ausmalte, bogen wir auf den Parkplatz des Restaurants ein. Ah, sie sind schon da, sagte Walter und zeigte auf ein geparktes Auto. Ich war nun gar nicht mehr enttäuscht, dass sich mein Annahme tatsächlich bewahrheitete, sondern eher aufgeregt und sehr gespannt darauf, alle kennen zu lernen.

An der Garderobe standen drei Personen, die den Eindruck machten, als wüssten sie nicht genau, wo sie hingehörten. Ihre Kleidung schien vom vorletzten Winterschlussverkauf zu stammen. Es konnte sich nur um die eben noch so unerwünschten Ostflüchtlinge handeln. Ich setzte mein herzlichstes Lächeln auf, um wortlos meine hässlichen Anfangsgedanken wieder wettzumachen. Der Bruder hieß Bernd, war einiges älter und etwa einen halben Kopf größer als Walter; seine Schwester Ulrike sah ihm ziemlich ähnlich, trug aber eine Brille, die ihre Augen überdimensional vergrößerte; Schwager Thomas schließlich wirkte trotz seiner schwarzen Haare genauso grau und linkisch, wie ich mir damals als echtes, arrogant-gedankenloses Wirtschaftswunderkind einen DDR-Bürger vorstellte. Alle drei redeten sehr sächsisch und waren offensichtlich erleichtert, dass Walter endlich da war, um die Tischbestellung zu regeln. Auch ich war erleichtert, denn ich fühlte mich in meiner Erwachsenenrolle noch ganz und gar nicht wohl, und die Unsicherheit der anderen ließ meine Selbstsicherheit beträchtlich wachsen. Verstohlen musterte ich die drei, fast enttäuscht, dass sie nicht exotischer aussahen. Alles östlich der Mauer war mir gleichbedeutend mit Sibirien und wurde mit entsprechendem Desinteresse abgetan. Zu Hause kam das Thema DDR nur einmal im Jahr auf, nämlich an Weihnachten, wenn mein Vater zum Zeichen des Gedenkens Kerzen ins Fenster stellte. Ich empfand diese Geste als Gefühlsduselei; sie erschien mir peinlich und angesichts der leicht entflammbaren Gardinen nicht ungefährlich. Alle Jahre wieder verfielen mein Vater und ich in eine längere Diskussion über Sinn und Unsinn dieser Aktion. Am vergangenen Heiligabend war das obligate Streitgespräch erstmals ausgefallen, da das Kerzenlicht nicht hinter meinen Schleier aus Verliebtheit dringen konnte. Solchen Leuten wie diesen drei galt also die Kerzendemonstration. Ich dachte, warum eigentlich nicht? Walter hatte inzwischen einen Kellner gefunden und löste mit ihm zusammen das Tischproblem. Kurz darauf wurden wir in das gut besetzte Restaurant geführt. Es war mit Luftballons und bunten Girlanden geschmückt; eine kleine Kapelle spielte. Alles sah genauso aus, wie bei den Fernseh-Silvesterfeiern, aber dieses Mal feierte ich mit.

18

Wir bekamen einen Tisch mitten im Lokal zugewiesen. Kaum saßen wir, da glaubte Walter, einige Tische vor sich die Mutter einer Mittelstufenschülerin zu erkennen. Wir standen wieder auf, wechselten die Plätze mit Ulrike und Bernd. Walter saß nun mit dem Rücken zu der vermeintlichen Gefahr. Wir vertieften uns in die Speisekarte. Die Menüfolge klang vielversprechend - kein Karpfen bedrohte meine Silvesterstimmung. Ich hatte Hunger und freute mich auf das Essen. Walter blätterte unschlüssig in der Weinkarte herum, schien nicht recht bei der Sache zu sein, schaute auffallend oft und lange in eine bestimmte Richtung, las in der Karte weiter, sah wieder hoch. Was ist los, frotzelte sein Schwager, sitzt dort vielleicht dein Direktor? Walter lachte gezwungen und entgegnete, es sei nicht ganz so schlimm. Aber er war sich absolut sicher, dass das harmlos aussehende Pärchen zwei Tische weiter die Eltern einer Problemschülerin waren, die ihn erst vor zwei Wochen in der Sprechstunde besucht hatten. Er schlug vor, an einen anderen Platz, möglichst in Ecklage, umzuziehen. Der Kellner wurde gerufen, musste jedoch zu seinem Bedauern mitteilen, dass kein anderer Tisch für fünf Personen frei war. Um Walter zu beruhigen, wandte ich ein, dass diese Eltern mich noch nie gesehen hätten und somit auch die Zusammenhänge nicht kennen konnten. Die anderen pflichteten mir bei, er jedoch zeigte sich von meiner Argumentation nicht überzeugt, reagierte unwillig. Die Mutter der Mittelstufenschülerin schien ihm nun doch das kleinere Übel zu sein. Wir nahmen unsere ursprüngliche Sitzordnung wieder ein. Thomas sächselte vergnügt, ob sich Walter nicht sicherheitshalber unter den Tisch setzen wollte. Alle lachten, nur Walter nicht. In diesem Moment kam die Vorspeise, und das Thema Sitzordnung wurde nicht weiter vertieft.

Die Mahlzeit verlief schweigsam. Die Unterhaltung bestand im Wesentlichen aus Kommentaren zu den einzelnen Gerichten, beschränkte sich auf ausgezeichnet, sehr gut und sonstige Beifallsbekundungen. Ich sah zu den umliegenden Tischen; dort amüsierte man sich besser. Nach der ersten Flasche Wein lockerte sich die Stimmung endlich. Die Schwester erzählte von ihrem Baby. Walter zollte diesen Berichten patenonkelhafte Aufmerksamkeit. Ich fühlte mich verpflichtet, weibliches Interesse zu mimen, wenngleich ich Kleinkinder eher als schreiende

Störenfriede betrachte. Selbstverständlich hob sich der Knabe, von dem gerade die Rede war, entscheidend von seinen Altersgenossen ab; selbstverständlich legte er für einen Einjährigen erstaunliche Intelligenz an den Tag und war in jeder Hinsicht überdurchschnittlich. Ich hörte gelangweilt weg.

An den anderen Tischen war man mit dem Essen bereits fertig und ging zum Tanzen. Bei uns stand noch die Nachspeise aus, dann wäre der offizielle Teil überstanden, dachte ich. Endlich wurde das Dessert serviert. Die Teller leerten sich löffelweise, wurden wieder abgeräumt. Wir saßen unverändert an unserem Tisch, auf dem jetzt nur noch Gläser standen. Ich wartete und wartete. Alle schienen auf ihren Stühlen angewachsen zu sein. Thomas machte endlich einen Anfang und führte seine Frau aufs Parkett. Ich schöpfte neue Hoffnung. Walter rührte sich nicht; mir riss der Geduldsfaden. Ich fragte vorsichtig, ob wir nicht auch tanzen wollten. Walter brummte, er habe keine Lust. Ich glaubte, nicht richtig gehört zu haben, und wagte ein leises warum nicht? Es blieb unbeantwortet in der Luft hängen. Walter unterhielt sich angeregt mit seinem Bruder. Ich schien nicht vorhanden zu sein, obwohl ich zwischen den beiden saß. Vielleicht war ich aus Glas, unsichtbar und zerbrechlich; vielleicht würde ich zu Scherben zerfallen, wenn ich mit den Knöcheln auf den Tisch schlug. Ich probierte es aus. Leider zerfiel ich zu nichts, sondern blieb sitzen. Vielleicht träumte ich und würde gleich aufwachen, es wäre Silvestermorgen und ich würde mich den ganzen Tag auf einen schönen Abend freuen. Aber nein, auch das nicht, ich wusste genau, dass ich nicht träumte. Ich wollte es nur nicht glauben.

Die Kapelle machte eine Pause. Thomas und Ulrike kamen vom Tanzen zurück. Er sah gar nicht mehr grau und linkisch aus, sondern wirkte sehr verliebt und glücklich, und sie schien trotz ihres hässlichen Kleides viel besser in den vergnügten Trubel zu passen als ich mit meinem teuren Seidenen. Na, ihr Trantüten, sagte Thomas und sprach es natürlich „Draandüden" aus, ihr wollt wohl den ganzen Abend hier herumsitzen und dummes Zeugs reden. Mit einem Lächeln in meine Richtung meinte er, er hätte sich westdeutsche Mädchen anders vorgestellt, als er noch drüben wohnte. Aber ich sei wohl schon so oft zum Tanzen gewesen, dass ich keine Lust mehr dazu hätte. Ich schluckte und lächelte zurück - bloß nichts anmerken lassen! Ich war froh, als die Musik wieder einsetzte. Die beiden verschwanden, um weiterzutanzen. Walters Bruder war wohl mittlerweile aufgefallen, dass der Abend für mich recht langweilig sein musste. Ich finde, es ist eine Schande, wandte er sich an mich, wenn man neben so einem hübschen Mädchen sitzt, und nicht tanzt. Damit nahm er meine Hand und zog mich in Richtung Tanzfläche davon. „Eviva España", spielte die Kapelle zum wiederholten Male. Bernd tanzte zwar nicht gut, aber immerhin, er tanzte. Er machte überhaupt einen netten Eindruck. Walter ist wohl nicht in Form heute, sagte er tröstend und fand Silvester einen denkbar ungünstigen Zeitpunkt für solche Formtiefs. Ich wusste nichts zu erwidern. Bernd überging mein Schweigen taktvoll und fuhr mit seiner Plauderei fort. Die Tanzpause kam viel zu schnell. Wir kehrten an unseren Tisch zurück. Walter saß unverändert dort, hatte allerdings inzwischen eine volle Flasche Wein vor sich stehen; er war nie sehr zurückhaltend, was den Alkohol anging, aber an diesem Abend trank er besonders viel.

Erneut setzte das ein, was man Unterhaltung nennt. Dieses Mal ging es um irgendwelche Anverwandte und Bekannte, mit denen ich nichts anzufangen wusste. Der eine war gestorben, noch ganz jung, die andere war schon lange verheiratet und hatte inzwischen drei Kinder. Ich langweilte mich, wie ich es bei den vorangegangenen Silvesterfeiern getan hatte. Aber dieses Mal war es nicht die vertraute Langeweile. Dieses Mal war es schlimmer. Früher hatte ich mich in freundlicher Umgebung gelangweilt; hier geschah es im kalten Nichts. Früher hatte ich mich wenigstens in meine Träume flüchten können; hier gab es nichts mehr zu träumen. Früher konnte ich mich geben, wie ich war; hier musste ich mich zusammennehmen und meine ganze Konzentration darauf verwenden, dass ich ebenso amüsiert aussah, wie die anderen. Meine Gesichtsmuskeln schmerzten vor Anstrengung. Ich wusste endgültig, dass etwas in die falsche Richtung lief, aber warum? Ein Blick auf die Uhr - kurz nach elf. Noch fast eine ganze Stunde durchhalten, lächeln, durchhalten, fast sechzig Minuten, wie viele Sekunden?

Thomas, den die Familienneuigkeiten als angeheiratetes Mitglied wohl auch nicht allzu sehr interessierten, forderte mich zum Tanzen auf. Ich hatte keine Lust mehr, traute mich aber auch nicht abzulehnen und ging mit; vielleicht würde wenigstens die Zeit schneller verstreichen. Ich tanzte so schlecht wie noch nie. Meine Füße vollführten irgendwelche Schritte, die Musik nahm ich gar nicht wahr. Ich stolperte hinter meinem Tänzer her, dessen Vorstellungen von westdeutschen Mädchen dadurch wohl restlos erschüttert wurden. Und plötzlich verstand ich zum ersten Mal, was es bedeutet, wenn einem das Herz stehen bleibt. Es war keine dumme Redensart. Mein Herz hörte tatsächlich auf zu schlagen. Alles in mir war leer, taub und tot - ein sekundenlanger Tod. Walter, der die ganze Zeit nicht ein einziges Mal mit mir getanzt hatte, dieser Walter schwebte vergnügt mit seiner Schwester an mir vorbei. Mit äußerster Willensanstrengung schaffte ich es wegzusehen. Ich wusste, ich durfte nicht hinschauen, sonst würde ich schreien, in Tränen ausbrechen oder sonst etwas Unkontrolliertes tun. Irgendwie machte ich weiter, irgend etwas in mir ließ mich einen Fuß vor den anderen setzen, irgendwann saß ich wieder am Tisch. Dann gab es plötzlich lauten Jubel. Es war Mitternacht. Man wünschte mir ein gutes neues Jahr, viel Glück für das bevorstehende Abitur, man stieß an, man küsste sich. Walter küsste mich auf die Wange, aber das war nicht mehr ich, die er jetzt anlachte. Es musste sich um irgendein anderes Mädchen handeln. Dieses Mädchen küsste ihn zurück, gab ihm ein Päckchen, das ich irgendwann schon einmal gesehen haben musste; dieses Mädchen stand mit allen anderen auf und ging vor die Tür. Draußen war es sehr kalt ohne Mantel. Ich fror erbärmlich in meinem dünnen Kleid und stellte fest, dass das fremde Mädchen wieder verschwunden war. Es war weg. Da standen nur Walter, Bernd, Ulrike, an Thomas gekuschelt, und ich. Das war alles. Die Nacht war immer noch ungewöhnlich dunkel. Ob es noch Sterne gab; wo war mein Freund, der Mond? Vereinzelte Feuerwerkskörper knallten, ein bisschen buntes Licht, dann wieder die Dunkelheit. Wir gingen nach drinnen zurück. Ich sonderte mich von den anderen ab, ging in die Toilette und betrachtete mich im Spiegel. Ich sah mich lächeln. Ich sah mir in die Augen; es waren tatsächlich meine großen, graublauen Augen. Sie blickten unbeteiligt zurück. Ich wartete auf Tränen; es kamen keine. Da zog ich mir die Lippen nach und ging wieder ins Restaurant.

Walter war gerade damit beschäftigt, die Schleife von seinem Päckchen zu reißen. Natürlich war er zu ungeduldig, um sie ordentlich aufzuknoten. Er rollte das Papier auf. Der Talisman fiel auf den Tisch. Walter nahm ihn in die Hand. Ein Elefant, sagte er, hübsch! Hat er irgendeine besondere Bedeutung? Nein, erwiderte ich schnell, nein, er hat mir nur gefallen. Hübsch, wiederholte Walter, und legte den Jadeelefanten zwischen die Papierabfälle. Er wirkte sehr klein, ein kleiner, nackter Elefant. Er würde dort liegen bleiben und mit dem Papier im Müll enden oder herunterfallen und dabei auf dem Steinboden zerbrechen, denn er war fragil gearbeitet. Er tat mir Leid.

Eine zweite Flasche Sekt wurde gebracht. Alle waren jetzt sehr angeregt, auch der Mann, der neben mir saß. Ich beteiligte mich lebhaft an der Konversation. Mein Gott, sagte Thomas, du bist ja auf einmal eine richtige Stimmungskanone! Ich lachte laut und erzählte einen schlüpfrigen Witz, weil ich solche Witze nicht mag. Thomas wusste auch einen. Ulrike lächelte säuerlich. Dem Mann neben mir fiel ebenfalls ein passender Beitrag ein. Erneutes Gelächter. Wir waren der lustigste Tisch im Lokal. Der Mann neben mir war in Hochform. Er hatte drahtige, rötlichblonde Haare und Sommersprossen. Seine Augen wirkten wässrig und wimpernlos. Ich fand ihn hässlich. Der Mann neben mir hatte den Vornamen Walter - wie der mittelalterliche Dichter und Sänger - nur ohne h.

Gegen zwei Uhr brachen wir auf. Ausgiebige Verabschiedung, Händeschütteln, dann stiegen wir in die Autos. Die Türen schlugen zu. Walter war immer noch sehr aufgeräumt. Das war ein richtig netter Abend, sagte er. Ich glaube, den drei neuen Westbürgern hat es auch gefallen. Und das Essen war doch toll, oder? Ja, antwortete ich, sehr toll, alles sehr toll. Walter verfiel in einen längeren Monolog, ich sah aus dem Fenster. Häuser zogen vorbei, nur wenige Fenster waren noch erleuchtet. Dann eine Allee, in wohltuender Monotonie, Pappeln rechts, Pappeln links, dann wieder ein paar Häuser. Ich sah weiter aus dem Fenster und merkte, wie ich Hass empfand. Nicht dass ich Walter gehasst hätte; mein Gefühl für ihn war einfach in nichts umgeschlagen. Ich wusste nicht einmal genau, wann, aber er war mir seit diesem Moment so gleichgültig, wie einem ein Mensch gleichgültig sein kann. Nein, ihm

gegenüber konnte ich keinen Hass spüren. Ich hasste mich, hasste mich für meine kindische Verliebtheit, für meine romantischen Scheuklappen, für meine schafsgleiche Duldsamkeit, und vor allem hasste ich mich, weil es jemand geschafft hatte, mich zu demütigen. Ich überlegte, wie ich noch bis zum Abitur fast täglich den Anblick eines Mannes ertragen sollte, der mich jedes Mal, ohne es zu ahnen, an diese Niederlage erinnern würde. Wie viele Deutschstunden musste man in drei Monaten absolvieren? Wie oft würde man seiner Erinnerung in der Pause über den Weg laufen? Stumm versprach ich dem ersten Stern, den ich in dieser Nacht erblickte, mich nie wieder zu verlieben, nie wieder verwundbar zu sein. Jedes Mal, wenn ich Walter sehen würde, wollte ich in Drachenblut baden und alle Lindenblätter sorgfältig aus meiner Nähe schaffen. Ich dachte, dass man nicht Minnelyrik auswendig lernen musste, sondern das Nibelungenlied. Ich han aus alten mären wunders viel geseit...
Als wir vor der Wohnung meiner Eltern ankamen, verabschiedete ich mich höflich-kühl und bedankte mich für den schönen Abend. Es klang nicht einmal ironisch.

24

# 3

Sagenhaft, meldet sich mein Alter Ego zu Wort, sagenhaft, wie du vom Thema ablenken kannst. Darf ich mir trotzdem die Frage erlauben, was diese Reminiszenzen sollen? Ich bin ehrlich empört. Du hast doch von Silvester angefangen, verteidige ich mich. Mein Alter Ego schüttelt verärgert den Kopf. Ich habe Norbert und Silvester erwähnt, sagt es. Von Walter war nie die Rede. Erlaube mal, protestiere ich, da besteht doch ein unmittelbarer Zusammenhang. Du kannst nicht ernstlich behaupten, das eine Silvester hätte mit dem zweiten nichts zu tun. Es war doch geradezu Voraussetzung. Das eine Silvester ist immer Voraussetzung für das nächste, bemerkt mein Alter Ego spöttisch. Unsinn, kontere ich, du weißt ganz genau, dass ich das nicht zeitlich, sondern inhaltlich meine. Ohne die Ereignisse des ersten Silvesters, wäre das zweite und vor allem seine Folgen so nie eingetreten. Ach so, entgegnet es mir gedehnt, du stellst also gerade logische Abhängigkeiten fest. Wenn ich recht verstehe, soll das heißen, du hättest nicht getreten, wenn du nicht zuvor getreten worden wärest? Genau so ist es, stimme ich zu. Sehr interessant, mein Alter Ego klingt zynisch. Du hast wohl soeben ein neues Naturgesetz entdeckt: Tritte bewirken Gegentritte - eine moralische Variante des physikalischen Grundsatzes actio et reactio. Soll ich Beifall klatschen? Plötzlich wird sein Tonfall schneidend. Du hast einiges übersehen bei deiner Scheinlogik. Erstens muss niemand einen erhaltenen Tritt wieder austeilen, zweitens darf er nicht jemanden treten, der ihm nichts getan hat, und drittens ist es völlig unzulässig, zehn Tritte für einen erlittenen austeilen zu wollen. Reicht das, um deine vermeintliche Kausalität zu widerlegen, fragt es, immer noch sehr erbost. Ich fühle mich zu Unrecht angegriffen und wende ein, dass ich mein Verhalten keinesfalls entschuldigen, sondern nur erklären wollte. Mein Alter Ego zeigt sich nicht im geringsten beeindruckt. Alles Erklärbare ist entschuldbar. Wer erklärt, heischt nach Verständnis, und Verständnis ist Entschuldigung, fährt es ungerührt fort. Sei also wenigstens ehrlich! Ich denke nach und kann nicht von der Hand weisen, dass Erklärung und Entschuldigung grundsätzlich viel miteinander zu tun haben. Trotzdem, beharre ich, will ich in diesem konkreten Fall mit der Erklärung keine

*Entschuldigung herbeiführen, sondern nur eine objektive Beurteilung meines Verhaltens ermöglichen. Sonst entstünde ja ein völlig verzerrtes Bild. Mein Alter Ego seufzt. Natürlich, schnauft es, nur eine objektive Beurteilung, die bei jedem Menschen auf Verständnis stoßen wird, und schon sind wir wieder bei der Entschuldigung. Ich bin ziemlich zermürbt von dem Hin und Her. Bei wem sollte ich mich denn entschuldigen wollen, stoße ich ratlos hervor. Vielleicht erinnerst du dich doch lieber einmal an das richtige Silvester, schlägt mein Alter Ego etwas besänftigt vor.*

Das richtige Silvester war genau ein Jahr später. Abgesehen von meiner mittlerweile chronischen Silvesterabneigung, stand es auch sonst unter ungünstigen Vorzeichen. Ich war aus meinem Elternhaus ausgezogen, um in Tübingen mit dem Jurastudium anzufangen. Nicht nur das provinzielle Tübingen war eine herbe Enttäuschung, auch das Studium lief nicht so an, wie ich es mir vorgestellt hatte. Wir waren über tausend Studenten im ersten Semester, ich kannte kaum jemanden in dieser anonymen Masse und fühlte mich entsprechend fremd. Zu allem Unglück hatte ich mir in der ersten bürgerrechtlichen Klausur ein „Mangelhaft" eingehandelt, das ich noch nicht verdaut hatte. Bisher hatte ich mit Fünfern wenig Bekanntschaft gemacht und fühlte mich in meiner Eitelkeit gekränkt. Misserfolg will gelernt sein, besonders wenn man ihn als ungerecht empfindet. Mir blieb unklar, was ich falsch gemacht haben sollte; es schien in diesem sonderbaren Fach weder ein Richtig noch ein Falsch zu geben. Unzureichende Begründung, stand unter meiner Arbeit, obwohl ich mich acht DIN-A4-Seiten darin versucht hatte. Der knappe Kommentar war niederschmetternd und genauso aussagekräftig wie gar keiner. Alles schien gegen mich zu sein in dieser engen, unzugänglichen Stadt. Tübingen wollte mich nicht. Ich suchte das Tor, durch das ich Einlass finden würde, ohne zu wissen, wo ich mit meiner Suche anfangen sollte.

Froh, dieser unbequemen Situation über Weihnachten zu entrinnen, fuhr ich zu meinen Eltern, die inzwischen in eine andere Stadt gezogen waren. Aber dort wartete die nächste Enttäuschung. Das neue Elternhaus zeigte kein vertrautes Gesicht; es war fremd. Zwar hatte ich nach wie vor ein eigenes Zimmer, zwar standen dort auch meine früheren Möbel, aber es war nicht mein Zimmer. Auch als ich meinen umfangreichen Kleinkram ausgepackt und eingeräumt, als der Teddybär wieder gutmütig-dick auf dem Bett thronte, änderte sich nichts daran. Der neue Raum war nicht mein Zimmer. Er war viel kleiner als mein Zimmer, bei weitem nicht so sonnig und wirkte mit seiner weißen Raufasertapete nüchtern und sachlich.

Es ist nicht verwunderlich, dass auch Weihnachten unter diesen Umständen sehr zu wünschen übrig ließ. Wenigstens stapelten sich im Wohnzimmer keine Kisten mehr, aber ansonsten war alles noch vollkommen provisorisch. Von Feierlichkeit keine Spur! Im Fenster standen keine Kerzen, gegen die ich zum ersten Mal nichts vorzubringen gehabt hätte, denn an diesem Weihnachten hätten sie keine Gardinen gefährden können. Es gab kein Festessen. Es gab nicht einmal einen Tannenbaum. Die Geschenke überreichten wir uns im Glanz der elektrischen Beleuchtung. Weihnachten war eigentlich kein Weihnachten. Ich war sonderbar wütend, ratlos und verstört. Wo war mein Zuhause? War es diese Tübinger Studentenbude mit ihren zusammengewürfelten Sperrmüllmöbeln, war es mein so genanntes Elternhaus hier in Frankfurt? Oder hatte es sich einfach in Nichts aufgelöst?

Das unvermeidliche Silvester passte ausgezeichnet in diese Stimmung; mir grauste mehr denn je vor dem Tag. Meine Eltern waren zu Freunden nach Mainz eingeladen; ich selbst kannte in der neuen Umgebung natürlich niemanden. Damit stand fest, dass ich das bevorstehende Jahresende allein mit mir verbringen würde. Angesichts der trüben Gesamtlage fand ich mich nicht einmal die schlechteste Gesellschaft. Ich konnte ungeniert vor mich hin muffeln, notfalls - wie viele Silvester praktiziert - fernsehen, endlich aus Erfahrung wissend, dass ich als bloße Beobachterin des munteren Treibens nicht das Geringste verpasste. Dieses Mal waren allerdings meiner Phantasie von vornherein die Flügel gestutzt, denn in Ballträumereien würde ich mit Sicherheit nicht verfallen. Eine derartige Silvestergestaltung würde nicht nur triste sein, sie war obendrein gefährlich. Sie würde gewisse vorjährige Vorfälle minutiös zurückholen, die ich endlich aus meinen Gedächtnis verbannt zu haben glaubte. Da mir keine Alternative einfiel, beschloss ich, Silvester dieses Mal einfach ausfallen zu lassen. Ich würde den Tag mit totaler Nichtbeachtung strafen. Neujahr könnte ich eventuell trotzdem feiern - gegen Neujahr gab es nichts einzuwenden. Vielleicht konnte ich endlich den nächtlichen Spaziergang machen. Vielleicht käme dabei sogar mein früheres Neujahrsglück wieder. Vielleicht. Es war eine gute Idee, Silvester einfach nicht stattfinden zu lassen. Zum ersten Mal sah ich gelassen zu, wie sich andere mit Knallbonbons und Feuerwerkskörpern eindeckten, kam mir selbst sehr abgeklärt vor. Einen Tag bevor es so weit war, wurde meine Strategie durch einen Telefonanruf zunichte gemacht. Die Mainzer Freundin meiner Mutter rief an und richtete mir aus, ihre Tochter samt Ehemann würden mich herzlich zu sich nach Hause einladen. Schließlich könnte ich Silvester doch nicht ganz allein verbringen. Aus der Traum! Ich sagte zu.

In einer halben Stunde geht es los, rief meine Mutter aus dem Bad. Ich lag auf meinem Bett, las und gab vor, nichts gehört zu haben. Zwei Minuten später stand sie in der Tür. Du bist ja noch nicht einmal umgezogen, stellte sie mit leicht erhobener Stimme fest. Bedauernd klappte ich mein Buch zu. Eigentlich war es nur ein Schmöker; trotzdem war ich im Moment sehr daran interessiert, wie er wohl ausging. Ich rollte mich gemächlich vom Bett, um mich zum Kleiderschrank zu begeben. Meine Mutter wurde zusehends ungeduldig.

Ich öffnete die Schranktür, gab vor, die Kleiderauswahl zu erwägen. In Wirklichkeit überlegte ich, ob mir ein gut inszenierter kleiner Krach vielleicht einen ruhigen Abend bescheren könnte. Ich brauchte nur noch ein bisschen herumzutrödeln, und meine Mutter würde aus der Haut fahren. Der Zeitpunkt war von der sich mehr und mehr vertiefenden Falte zwischen ihren Augenbrauen so genau abzulesen wie von einer Uhr. Die Sache hatte allerdings einen Haken; mein Vater war ausnahmsweise auch zu Hause und folglich in die Rechnung mit einzubeziehen. Seine Reaktionen waren schwer vorauszusagen. Ich verstand mich nicht auf diese Kunst, wusste nur, dass man ihn besser nicht an der Nase herumführt. Der dramaturgische Effekt Krach entwickelte sich durch ihn zur unbekannten Größe; schlimmstenfalls konnte er sogar die Formen einer ernsthaften Auseinandersetzung annehmen. Dieses Risiko erschien mir so hoch, dass ich lieber versprach, in zehn Minuten fertig zu sein. Zieh dir etwas Hübsches an, sagte meine Mutter, schon wieder versöhnt, ich habe gehört, es soll auch ein sehr netter junger Mann eingeladen sein. Damit verschwand sie. Ich hielt die Luft an. Auch das noch! Mir hatte die herzliche Mainzer Bekannte davon natürlich nichts erzählt. Nette junge Männer, von Müttern angepriesen, erwecken schon an normalen Tagen mein Unbehagen; nette junge Männer an Silvester ließen dieses Unbehagen in entschiedene Abneigung umschlagen. Ich holte mit Bedacht einen älteren Faltenrock aus dem Schrank und zog dazu eine weiße Bluse an. Der Spiegel zeigte mir eine unauffällige, langweilige graue Maus. Ich grinste sie zufrieden an. Das war genau die richtige Aufmachung für nette junge Männer.

Natürlich war meine Mutter von meinem Anblick nicht entzückt. Da ich vorsichtshalber erst kurz vor der Abfahrt wieder in Erscheinung trat, verpuffte ihr Protest. Manchmal verstehe ich dich wirklich nicht, murmelte sie resigniert. Letztes Jahr hast du stundenlang vorm Spiegel gestanden und dieses Jahr nun wieder das andere Extrem. Man weiß nie, woran man bei dir ist. Ich nahm ihr übel, dass sie das vergangene Silvester erwähnen musste. Schlecht gelaunt stieg ich ins Auto.

Nach einer knappen Stunde Fahrt kamen wir in Mainz an. Mein Vater kannte den Weg und kurvte zielstrebig um zahlreiche Ecken einer Häusersiedlung. Vor einem Eckreihenhaus, das genauso aussah, wie alle Häuser in dieser Straße, hielt er an. "Albrecht und Waltraud Schmiedel" stand auf einem blanken Messingschild. Bestimmt wird es jede Woche geputzt, dachte ich gehässig; meine Laune hatte sich nicht gebessert. Noch bevor jemand von uns dazu kam zu klingeln, ging die Tür auf. Offensichtlich war unsere Ankunft schon bemerkt, vielleicht sogar beobachtet worden. Großes Begrüßungshallo im Flur, Albrecht nahm die Mäntel ab, Waltraud die Blumen. Das ist also eure Tochter, sagte sie zu meinen Eltern, und betrachtete mich von oben bis unten. Ich fand sowohl die Bemerkung als auch den Musterungsprozess überflüssig. Wir wurden ins Wohnzimmer geführt und setzten uns. Albrecht verschwand, kam aber umgehend wieder; in der einen Hand balancierte er ein Tablett mit Gläsern, in der anderen hielt er eine Sektflasche - es war ja Silvester.

Es scheint ein ungeschriebenes Gesetz zu sein, dass zu Sekt ein ganz bestimmtes Geplauder gehört, das sich vor allem durch besondere Inhaltslosigkeit auszeichnet. Und wir hielten uns daran. Ich spielte mit meinem Glas, einem barocken Machwerk, dessen Scheußlichkeit durch einen breiten Goldrand gekrönt wurde. Dabei musterte ich nun meinerseits die Mainzer Freundin, wenn auch nicht so unverhohlen, wie sie es zuvor mit mir getan hatte. Im Moment strahlte sie über ihr ganzes rundes Gesicht, weil sie von irgendwelchen Wunderwerken ihrer Tochter erzählte. Immer dasselbe! Wahrscheinlich stieß meine Mutter in das gleiche Horn, sobald ich außer Hörweite war. Waltraud war blond, wobei wohl ein Friseur nachgeholfen hatte, blauäugig, war sie vielleicht auch blöd? Rein äußerlich passte sie jedenfalls genau in das Frauenschema des Dritten Reiches; in dieser Zeit musste sie jung gewesen sein. Ihre Kleidung verriet Spießigkeit: das übliche Modell für die vollschlanke, reifere Dame, das auch durch teuren Schmuck nicht exklusiver wird. Meine Mutter nahm sich daneben wohltuend vornehm aus, obwohl sie ihr Besuchsgesicht aufgesetzt hatte und angestrengtes Interesse zur Schau stellte. Diese Beflissenheit fand ich nicht nur unnötig, sondern sie ärgerte mich geradezu angesichts der selbstzufriedenen Freundin. Immerhin registrierte ich mit einiger Befriedigung, dass meine Mutter wie eine der wenigen Damen aussah, die diese Bezeichnung auch tatsächlich verdienen.

Albrecht war mir auf Anhieb wesentlich sympathischer als seine matronenhafte Frau. Vor allem seine Augen gefielen mir; Ihr Ausdruck verriet, dass er öfters zweifelte, und zwar nicht nur an anderen. Er wirkte auf mich intellektuell - vielleicht weil er groß und schlaksig war, vielleicht weil er eine spitze Nase hatte, vielleicht wegen seiner Glatze, von zerzaustem Haarkranz umgeben, vielleicht auch, weil er nicht still sitzen konnte. Wie mochte er es mit dieser gutbürgerlichen Hausfrau aushalten? Waltraud und Albrecht waren das gegensätzlichste Ehepaar, das ich je kennen gelernt hatte.

Nach ausgiebiger Betrachtung der Gastgeber nahm ich das Wohnzimmer aufs Korn. Es war durch einen breiten Durchgangsbogen zum Essteil architektonisch interessant angelegt. Leider kam diese großzügige Einteilung vor lauter Möbeln nicht zur Geltung. In Gedanken fing ich an umzuräumen. Als Erstes wollte ich ein eichenes Monstrum von einem Bücherschrank entfernen, damit man sich in der Essecke überhaupt bewegen konnte; den ovalen Tisch ließ ich nach dieser Änderung durchgehen; die kleine Kommode war nicht übel, wenn sie allein vor der Wand stand. Völlig indiskutabel erschienen mir hingegen die Polstermöbel, plüschiger Protz, von einem marmornen Couchtisch noch verschlimmert. Weg damit! Auch mit einem überdimensionalen Gummibaum, für mich der Inbegriff deutschen Wohnzimmermiefs, machte ich kurzen Prozess. Die Gardinen waren erträglich, während die Streifentapete unter keinen Umständen bleiben durfte. Das Gleiche galt für ein Ölbild, das natürlich über dem Sofa hing. Nachdem ich so weit gediehen war, musste die Sitzecke konsequenterweise neu gestaltet werden. Diese innenarchitektonische Übung blieb mir jedoch erspart, da Albrecht aufstand und verkündete, er wollte mich jetzt, wenn es recht wäre, zu seiner Tochter fahren. Natürlich war es recht, denn langweiliger als bisher konnte es kaum werden. Ich trank mein Glas aus und verabschiedete mich.

Mein Auto steht schon in der Garage, sagte Albrecht. Macht es Ihnen etwas aus, wenn wir den Zwerg von meiner Frau nehmen? Dabei zeigte er auf einen winzigen giftgrünen Fiat. Natürlich hatte ich keine Einwände. Wir falteten uns beide in das Auto, und ich überlegte, wie wohl Waltraud ihre zahlreichen Pfunde darin unterbrachte. Albrecht startete.

Während der Fahrt erzählte er dies und das; er hatte eine sehr humorvolle Art. Weil er Jurist war und weil er so anders war als Waltraud, fasste ich nach einem Weilchen Mut und berichtete von den Schwierigkeiten meines Studium. Die Fünf verschwieg ich lieber, denn man konnte nicht wissen, was meine Mutter während meiner Abwesenheit von sich geben würde. Sicher verwandelte sie mich im schmiedelschen Wohnzimmer gerade in ein juristisches Wunderkind. Albrecht hörte sich meine Nöte in aller Ruhe an, lachte dann, aber kein überhebliches, sondern ein sehr verständnisvolles Lachen. Lassen Sie sich deshalb bloß keine grauen Haare wachsen, meinte er. Ich glaube, diese Schwierigkeiten hat außer einem Genie jeder, oder sind Sie vielleicht ein Genie? Ich lachte auch. Dann wurde er ernsthaft und zählte seine Anfangsprobleme auf. Es klang vertraut; ich war erleichtert, dass es mir nicht schlechter ging als anderen.

Wir bogen in ein anderes Wohngebiet ein. Es unterschied sich kaum von dem, wo Waltraud und Albrecht wohnten. Zwar waren die einzelnen Häuser etwas neuer, aber ansonsten genauso stereotyp. So, sagte Albrecht und bremste vor einer dieser austauschbaren Behausungen, hier sind wir auch schon; Gisela und Klaus wohnen im Erdgeschoss. Dann mal viel Spaß! Er hupte, ich stieg aus. Wieder ging die Haustür auf, ohne dass ich geklingelt hatte, wieder eine Begrüßung und die Garderobenprozedur im Flur. Gisela musterte mich genauso, wie es zuvor ihre Mutter getan hatte. Ich hatte das merkwürdige Gefühl, in einem Film mitzuspielen, den ich irgendwann schon einmal gesehen haben musste. Klaus beendete die ungemütliche Situation, indem er vorschlug, das nähere Kennenlernen lieber ins Wohnzimmer zu verlegen. Wieder betrat ich ein fremdes Wohnzimmer, aber dieses Mal stand schon jemand dort, nämlich der angekündigte nette junge Mann.

Mein Name ist Norbert Steinhoff, sagte er. Ich sah einen blauen Anzug, so auffallend blau, dass ich nichts anderes wahrnahm. Kornblumen, dachte ich, diese Farbe haben nur Kornblumen. Meine Mutter würde beim Anblick dieser Intensität bestimmt nicht mehr ohne Weiteres von einem netten jungen Mann reden. Nette junge Männer tragen graue Anzüge oder dunkelblaue mit dezenten Krawatten. Ich blickte auf einen bunten Schlips und lächelte erfreut. Der blaue Mann war nicht sehr groß; seine Augen waren nicht einmal ganz in gleicher Höhe mit meinen. Er wirkte stämmig. Wenngleich man ihn nicht als dick bezeichnen konnte, schien er schwer zu sein. Als er mir die Hand drückte, schmerzte es. Ich reagierte mit fast ebenso kräftigem Gegendruck.

Wir setzten uns. Klaus bat Norbert, mich ein Weilchen allein zu unterhalten. Er wollte mit Gisela in der Küche das Abendessen richten. Norbert platzierte sich neben mich auf das Sofa. Ich sah ihn mir genauer an. Er hatte ein weiches Gesicht; kleine Nase, empfindsamer Mund, wenig Kinn. Wäre die hohe Stirn nicht gewesen, hätte man es als kindlich bezeichnen können. Seine Haare waren hellblond und sehr dünn. Wahrscheinlich würde er in spätestens fünf Jahren eine Glatze haben. Wenn ein Mann absolut nicht mein Typ war, dann war es Norbert. Nicht dass ich feste Vorstellungen von einem Traummann gehabt hätte, aber größer als ich und schlank musste er schon sein, markante Züge haben und natürlich volles Haar. Norbert betrachtete mich nachdenklich. Ich senkte den Blick. Hoffentlich konnte er keine Gedanken lesen. Er hatte sehr sonderbare Augen. Sie waren ungewöhnlich hell und klar und blickten mit einer Offenheit in die Welt, als hätten sie noch nie einen schlechten Gedanken verbergen müssen. Schön konnte man sie eigentlich nicht nennen, aber entwaffnend freundlich. Sie schauten nicht nur so, sie waren durch und durch freundlich und überzogen das ganze Gesicht mit ihrer Freundlichkeit. Ich verglich sie in Gedanken mit meinen Augen. Groß und blau, hatten sie mir schon so viele Komplimente eingebracht, dass ich inzwischen selbst davon überzeugt war, sie seien schön. Ich sah sie mir gern im Spiegel an. Manchmal spielte ich mit ihrem Ausdruck. Ich ließ sie freundlich wirken oder ärgerlich; ich beherrschte alle Nuancen zwischen strahlenden und vernichtenden Blicken. Du kannst einen so kalt ansehen, hatte meine Mutter einmal gesagt, dass man friert. Ich genoss diese Fähigkeit, mit den Augen streicheln oder schlagen zu können, und machte häufig davon Gebrauch, indem ich nichts sagte, sondern nur schaute. Besonders gegenüber Männern waren diese Argumente sehr wirkungsvoll.

Erneut betrachtete ich mir Norberts Augen und versuchte, Hass oder Wut hineinzudenken. Ich probierte es mit Strenge und Empörung. Es war nicht vorstellbar; diese Augen blieben hartnäckig freundlich.

Während ich meinen Gedanken nachhing, hörte ich ihm halb aufmerksam zu. Er stellte sich etwas näher vor, erzählte, dass er in Mainz Medizin studiert und soeben mit dem Famulieren begonnen hätte. Seine Stimme klang dünn und etwas belegt, beinahe schon heiser. Manchmal strahlen heisere Männerstimmen einen fast erotischen Reiz aus; bei Norbert ließ die Heiserkeit eher an eine Erkältung denken. Ich finde Stimmen nicht unwichtig. Klangvoll und tief können sie mich sehr faszinieren und sogar in ihren Bann ziehen. Norberts Stimme klang in erster Linie unmännlich. Außerdem fiel mir auf, dass sich norddeutscher und rheinischer Akzent bei ihm mischten. Als ich nach dem Grund fragte, antwortete er, er sei ein gebürtiger Holsteiner, den es an die Mosel verschlagen hatte. Seine Familie wohnte schon seit zehn Jahren dort, wobei die Familie nur aus den Eltern und ihm selbst bestand. Noch so ein verwöhntes Einzelkind, sagte ich. Er lachte. Mit einem Eifer, der mich unangenehm berührte, führte er mich in seine Familienverhältnisse ein. Ich bin eine eher distanzierte Natur; vor schnellen Vertraulichkeiten schrecke ich zurück. Den Mann neben mir auf dem Sofa kannte ich seit ein paar Minuten. Wie konnte er gleich seine ganze Lebensgeschichte vor mir ausbreiten, die zudem genauso uninteressant war wie er selbst? Ich wünschte mir, dass Gisela und Klaus endlich ihre Küchenvorbereitungen beendeten und sich wieder zu uns gesellten. Norbert fuhr unbeirrt fort, von sich zu berichten.

Dabei bemerkte ich, dass er - es war wohl auf den rheinischen Spracheinfluss zurückzuführen - das Sch wie ein Ch aussprach. Besonders verfremdend wirkte sich diese Eigenart auf das Wort "Menschen" aus, das dadurch zu "Männchen" wurde. Obwohl ich den Gleichklang inhaltlich durchaus sinnvoll fand, störte er mich akustisch, reizte mich geradezu. Ich dachte, sonderbar, dass ausgerechnet dieser Mensch, der auf mich wie die personifizierte Freundlichkeit wirkt, ungewollt solche Zynismen von sich gibt. Nein, korrigierte ich mich im Stillen, ungewollten Zynismus kann es nicht geben, denn er lebt gerade von seiner bösen Absicht. Nicht die falsche Aussprache war zynisch, sondern meine Interpretation.

Norbert unterstrich seine Worte mit den Händen. Es waren kurze, kräftige Hände mit eckigen Nägeln und nicht sehr gepflegter Nagelhaut. Ob er später Chirurg werden wollte? Die beiden Chirurgen, die ich kannte, hatten auch solche Hände. Die feingliedrige, elegante Chirurgenhand existiert wahrscheinlich nur in Arztromanen. An Norberts rechtem Ringfinger steckte ein großer Herrenring; golden und protzig prangten darauf seine Initialen. Im Bedarfsfall würde er sicherlich auch als

Schlagring gute Dienste tun. Der Ring war ebenso unmöglich wie der Anzug und die Krawatte. Eigentlich war der ganze Norbert unmöglich, sah man einmal von seinen Augen ab, den freundlichen Augen. Ich wunderte mich nicht mehr, warum er Waltraud gut gefiel. Im Gegenteil, er hätte ihr Sohn sein können mit seiner vollendeten Spießigkeit. Wahrscheinlich stammte er aus kleinen Verhältnissen - der einzige Sohn sollte es natürlich einmal besser haben - und studierte unter finanziellen Opfern seiner Eltern Medizin. Vielleicht war der scheußliche Ring das Examensgeschenk? Wenn ich zu Hause bin, unterbrach Norbert meinen regen Gedankenfluss, sitze ich am liebsten in der Bibliothek und lese oder schaue auf die Mosel. Das Haus meiner Eltern liegt etwas oberhalb, weißt du, und man kann deshalb an diesem Platz so schön träumen. Bibliothek, dachte ich, Haus mit Moselblick, das klang eigentlich nicht nach Ärmlichkeit. Vielleicht war Norberts Vater ein neureicher Bauunternehmer. In der Bibliothek standen wahrscheinlich repräsentative Klassikerausgaben, am laufenden Meter gekauft, und dahinter versteckten sich die Pornoheftchen. Immerhin war neureicher Mief besser als kleinbürgerlicher.

Nicht dass ich Geld als allein selig machend betrachtete, aber es schien doch gewisse Garantien für eine angenehme Lebensweise mit sich zu bringen. Ich wäre nicht soweit gegangen zu behaupten, dass Geld glücklich macht, aber es machte wohl weniger unglücklich, und vielleicht sogar ein bisschen freier. Man konnte zum Beispiel reisen, ohne dass das Portemonnaie die Grenzen festsetzte, man konnte sich bei Kaufentscheidungen ausschließlich nach dem Geschmack richten, ohne zu einem bezahlbaren Kompromiss gezwungen zu werden, man konnte solchen Freiraum bewusst und mit Verstand genießen, ohne zum gelangweilten Nimmersatt zu werden. Es kam nur auf die Intelligenz an. Maßhalten ist immer nur eine Frage der Intelligenz.

Norbert erschien mir plötzlich nicht mehr so indiskutabel wie zu Anfang. Der Ring an seinem Finger war schließlich nicht festgewachsen, und ordentliche Anzüge gab es in jedem Herrengeschäft zu kaufen. Bei Lichte besehen hatte er sogar einen entscheidenden Vorteil: Ich würde mit Sicherheit keine Gefahr laufen, mich in ihn zu verlieben. Ich setzte

ein Lächeln auf, das das altmodische Adjektiv liebreizend erfüllen sollte, und machte Samtaugen. Nach Norberts Miene zu urteilen, gelang mir
beides. Er tat mir fast ein bisschen Leid. Jetzt hätte ich gern etwas mehr
von der Mosel gehört und sogar von ihm, aber leider kam Klaus in diesem Moment zurück und ließ sich zufrieden in einen Sessel fallen. Na,
Norbert, meinte er, die Damenwelt hängt offensichtlich an deinen Lippen. Als Alleinunterhalter hast du jetzt bestimmt Hunger. Keine Sorge,
das Essen steht fertig im Ofen. Gisela brachte eine Flasche Wein und bestand darauf, dass wir alle miteinander anstoßen sollten. Wir ließen die
Gläser klingen. Sie schien mir inzwischen freundlicher gesonnen, jedenfalls hatte sie ihren Musterungsprozess abgeschlossen und fragte,
wie ich Mainz fände. Ich hatte von der Stadt noch so gut wie nichts gesehen, nur als Begrüßung das angestrahlte Kurfürstenschloss von der
Rheinbrücke aus. Durch die Beleuchtung schien die Silhouette aus pu-
rem Gold zu sein - ein wahrer Bilderbuchanblick, den ich mit gutem Gewissen würdigen konnte, ohne nur höflich zu sein. Wir unterhielten uns
über dies und das, wurden alle langsam etwas vertrauter miteinander.
Klaus klopfte an sein Glas. Meine Damen und Herren, der Abend ist of-
fiziell eröffnet, verkündete er mit der hochoffiziellen Miene eines Zere-
monienmeisters. Darf ich die verehrten Herrschaften zu Tisch bitten?
Damit zog er einen Vorhang auf, der bisher die Essecke vom Wohnzimmer abgeteilt hatte.

Als wir mit dem Essen anfingen, war es schon kurz vor neun. Wir
hatten alle Hunger. Zuerst kam eine selbstgemachte Zwiebelsuppe auf
den Tisch, mustergültig überbacken, dann gab es Filetgulasch in exotischer Soße mit Reis, dazu mehrere Salate. Zum Schluss brachte Klaus
ein riesiges Käsebrett und entkorkte eine Flasche französischen Rotwein. Meine Lobeshymnen waren ohne jegliche Heuchelei; die Gastgeber hatten weder Kosten noch Mühe gescheut, und das Essen war wirklich gelungen. Natürlich zog es sich entsprechend in die Länge, zumal
irgend jemand das Thema Politik angeschnitten hatte und wir sofort in
einen hitzigen Disput verfielen. Klaus und Gisela vertraten die Linke,
Norbert erwies sich als stark konservativ, ich hingegen bemühte mich,
die Fahne der Liberalen hochzuhalten. Erst beim Käse wurden wir kom-
promissbereiter, denn zum vollen Magen gesellt sich meistens auch eine

wohlige Trägheit. Beim Kaffee blickte ich zufällig auf meine Uhr und stellte erstaunt fest, dass vom alten Jahr nur noch eine halbe Stunde übrig war. Wir nutzten diese Zeit zum Tischabdecken und Aufräumen, entwickelten sogar plötzlich eine ziemliche Betriebsamkeit, um bis zwölf Uhr fertig zu sein. Wir schafften es. Fünf Minuten vorher herrschte Ordnung, der Vorhang zur Essnische wurde zugezogen, und wir saßen wieder im Wohnzimmer. Niemand war mehr müde. Klaus schaltete das Radio an. Der Countdown lief bereits, dann kam der Gong. Mitternacht! Offensichtlich war es doch möglich, Silvester ohne Warten zu verbringen.

Wir prosteten uns mit Sekt zu und wünschten einander ein glückliches neues Jahr. Norbert nutzte die Gelegenheit, um mir einen Kuss zu geben. Kein Kribbeln, nichts Aufregendes, gar nichts! Ich dachte an ein albernes Teenager-Verslein: Der Kuss ist der Ausdruck eines Eindrucks durch Aufdruck mit Nachdruck, und erwiderte ihn automatisch. Nach dem Anstoßen gingen wir vor die Tür - Ablaufschema der vergangenen Silvesterfeiern, auch der letzten. Ich zuckte zusammen. Das Nibelungenlied fiel mir ein. Ich han aus alten mären...., begann eine Stimme in mir herunterzuleiern. Drachenblut, dachte ich, Drachenblut. Norbert fragte, an was denkst du? Ich lächelte ihn an. An Silvester; an Silvester und an Drachenblut, entgegnete ich wahrheitsgemäß. Meine Antwort erheiterte ihn. Ich wusste nicht, warum.

Die Nacht war wunderbar klar. Ich war verliebt in den Sternenhimmel, meine einzige beständige Liebe. Eigentlich war es unter diesem Himmel nicht wichtig, ein bestimmtes Zuhause zu haben. Zuhause - eine Hilfskonstruktion für die, denen die Unendlichkeit zu groß ist? War sie für mich auch zu groß? Im Moment konnte ich verneinen, aber wie oft würde ich mit einem kläglichen Ja antworten? Norbert legte den Arm um mich. Du siehst so träumerisch aus, sagte er. Ich beendete mit Bedauern meinen geistigen Höhenflug und bemühte mich, ein nüchternes Gesicht zu ziehen. Ich träume nie, behauptete ich kühn, ich bin nur ein bisschen müde. Kleine Realistin, neckte Norbert und zog mich am Haar. Und klein bin ich schon gar nicht, fuhr ich streitlustig fort, denn wenn ich mich ertappt fühle, erwacht sofort mein Kampfgeist. Du hast noch fast gar nichts von dir erzählt, flüsterte er, und dabei möchte ich gern alles von dir wissen. Hoffentlich bist du nicht enttäuscht, konterte ich bewusst flapsig. Norbert lachte. Ich konnte an meiner Äußerung nichts Komisches finden. Die Wahrheit ist selten komisch.

Peng, machte der Knallfrosch, den Klaus angezündet hatte. Hui, widersprach zischend eine Leuchtrakete etwas weiter entfernt und endete mit lauten Krach, bevor sie endlich ihren Goldregen freigab. Klaus hatte sich auf Knallfrösche spezialisiert. Peng, peng, peng, beharrten sie rechthaberisch auf ihrer Meinung, obwohl sie nur armselig am Boden herumhüpften und nicht einmal zum Himmel aufsteigen konnten. Einer sprang wütend gegen einen geparkten Audi. Peng! Bitte nicht ausgerechnet an mein Auto schießen, rief Norbert zu Klaus hinüber. Aha, registrierte ich, das ist also sein Auto. Es schien hell zu sein. Die genaue Farbe konnte ich im Dunkeln nicht ausmachen. Es sah ziemlich neu aus, und ich fand es recht groß für einen frischgebackenen Mediziner. Wahrscheinlich hatte der Vater etwas locker gemacht. Meine Vorstellungen von einem wohlsituierten Elternhaus festigten sich.

Wir gingen wieder hinein. Die plötzliche Wärme machte träge und unsere Unterhaltung schleppte sich mühsam dahin. Nach den paar Stunden kannte man sich noch nicht gut genug, um miteinander schweigen zu können. Wir redeten Belangloses. Klaus, der vollkommene Gastgeber, hatte dieses Tief einkalkuliert und versuchte, uns durch ein vorbereitetes Quiz aufzumuntern. Es ging um Fremdworte. Ich kramte hilfesuchend in meinem Schullatein und kam ganz gut über die Hürden. Gisela gab vor, bei Pleonasmus passen zu müssen. Wahrscheinlich wollte sie die Endrunde Norbert und mir überlassen. Großes Gelächter bei Stalagmiten und Stalaktiten. Die Eselsbrücke war offensichtlich allen bekannt. Bei Staphyle war ich ratlos und gab auf. Norbert wusste auch hier weiter. Das Zäpfchen im Hals, sagte er. Mit großem Applaus kürten wir ihn zum Fremdwort-Ass des Abends. Klaus improvisierte einen Tusch und überreichte dem Sieger drei Marzipanschweinchen als Trophäe. Norbert verbeugte sich nach allen Seiten nahm die Auszeichnung in Empfang, bestand aber darauf, den Preis mit dem zweiten Sieger zu teilen. Gisela brachte ein Küchenmesser. Erbarmungslos schnitt Norbert

das mittlere Marzipanschweinchen der Länge nach durch. Drei Glücks-
schweine sagte er und sah mir in die Augen, das ist genug Glück für uns
beide. Mir fiel auf, dass er uns gesagt hatte. Ich schwieg und biss in
mein Marzipan, um das geteilte Schweinchen von seiner Halbheit zu er-
lösen.

Das Telefon klingelte. Waltraud ließ ankündigen, dass meine Eltern
gleich kommen wollten, um mich abzuholen. Ich trank meinen Sekt aus.
Deine Adresse! Norbert hielt mir sein Notizbuch hin, du musst mir noch
deine Adresse aufschreiben. Während ich mich in das Büchlein eintrug,
fragte er auf einmal sehr leise, ob ich schon einen Freund hätte. Ich sah
auf. Warum, wollte ich wissen. Weil ich dich sehr mag, antwortete er.
Nein, sagte ich endlich und bemühte mich um einen unverbindlichen
Tonfall, ich habe keinen Freund. Norbert sah erleichtert aus. Darf ich
dich einmal in Tübingen besuchen, erkundigte er sich sofort. Ich konnte
mir denken, wie er ein Ja auslegen würde. Ich konnte mir auch denken,
dass ich Hoffnungen wecken und vielleicht wieder zerstören würde. Ich
wusste es sogar. Das abweisende Tübingen tauchte vor mir auf. Mein
Zögern war nur kurz, zu kurz, um bemerkt zu werden. Ich nickte wortlos und schrieb ihm zusätzlich die Telefonnummer meiner Wirtsleute
auf. Ruf vorher an, bat ich ihn schon im Stehen und glaubte, meiner Zusage dadurch etwas von ihrer Endgültigkeit zu nehmen. Ich zog meinen
Mantel an, bedankte mich bei Gisela und Klaus für die viele Mühe, die
sie sich gemacht hatten. Es war mein schönstes Silvester, sagte ich, ohne
zu übertreiben. Man sah, dass sie sich darüber freuten. Norbert bestand
darauf, mich nach draußen zu begleiten. Ich wollte mich allein von dir
verabschieden, flüsterte er vor der Tür und küsste mich. Ich küsste ihn
zurück. Im Schein der Hauslaterne sah ich, wie er strahlte. Wenn er sich
nur nicht so freuen würde, dachte ich. Dann näherten sich Autoschein-
werfer. Adieu, sagte ich schnell und ging vom Haus auf die Straße zu.
Das Auto hielt, meine Mutter öffnete von innen die Tür. Ich melde mich
bald, rief Norbert mir beim Einsteigen hinterher, bald. Wir fuhren los, er
winkte.

War er das, wollte meine Mutter natürlich sofort wissen. Wie ist er
denn? Ich murmelte ein Ja und fügte hinzu, ich hätte einen sehr netten

Abend verbracht. Wie war es bei euch, erkundigte ich mich, um weitere Fragen vorerst zu verhindern. Ziemlich langweilig, antwortete sie. Ich gähnte so laut, dass man es auch vorne im Auto hören konnte. Du musst aber müde sein, meinte mein Vater. Ich bestätigte eilig, dass ich wirklich todmüde sei, kroch in meiner Ecke in mich zusammen und gab vor, vor mich hin zu dösen. Eine Weile herrschte Ruhe, dann nahm meine Mutter ihren Faden wieder auf. Ich atmete tief und gleichmäßig. Schläfst du, hörte ich sie leise fragen. Ich schwieg beharrlich und beobachtete zwischen den Wimpern hindurch, wie sie sich zu mir herumdrehte. In diesem Moment beschleunigte mein Vater den Wagen, um auf die Autobahn aufzufahren. Meine Mutter sah wieder nach vorne. Dann hörte man nur noch das Fahrgeräusch.

Ich starrte in die Nacht hinaus und begann nachzudenken. Es war offensichtlich, dass Norbert Feuer gefangen hatte. Es war genauso offensichtlich, dass eine entsprechende Gegenreaktion bei mir nicht zu befürchten stand. Ich war noch bei keinem ersten Kuss so gleichgültig geblieben wie bei seinem. Weiterhin stand fest, dass meine Studentenfreiheit keineswegs so herrlich war, wie ich es erwartet hatte. Im Gegenteil, ich fühlte mich in dem fremden Tübingen sehr allein und sehnte mich nach jemandem, der da war, wenn man ihn brauchte. Manchmal beneidete ich Kommilitoninnen, die schon einen Trauring trugen. Heirat oder zumindest eine feste Partnerschaft schien kein schlechter Ausweg aus meiner Lage. Norbert, überlegte ich weiter, war für eine solche Beziehung durchaus nicht ungeeignet. Er wirkte anständig und verlässlich. Die kleinen äußerlichen Geschmacklosigkeiten könnte ich ihm wahrscheinlich ohne große Schwierigkeiten austreiben. Er stammte aus einem wohlhabenden Elternhaus und würde in Kürze Arzt sein, also einen relativ angesehen und einträglichen Beruf ausüben. So besehen, war er nicht nur eine gute, sondern sogar eine sehr gute Partie. Und man durfte nicht vergessen, dass er sich schon nach einem Abend in mich verliebt hatte. Natürlich würde ich meinerseits Verliebtheit vortäuschen müssen, aber Schauspielen wäscht Drachenblut nicht ab. Verwundbar würde nur Norbert sein, verwundbar und von mir abhängig. Das Ergebnis meiner Bilanz sah günstig aus. Es war eindeutig, wer bei diesem Spiel die besseren Karten in der Hand hielt. Am Neujahrsmorgen, kurz vor drei, beschloss ich, Norbert zu heiraten.

## 4

Als wir zu Hause ankamen, war ich tatsächlich müde - müde und sehr zufrieden. Ich sagte meinen Eltern gute Nacht und verschwand in meinem Zimmer. In dieser Nacht schlief ich sehr schnell ein. Ich träumte von Norbert. Wir waren zusammen irgendwo an der Nordsee und gingen am Fuß einer Düne spazieren. Es war ein stürmischer, grauer Tag; die Landschaft wirkte trostlos. Wir redeten nichts und gingen immer weiter an der endlosen Sanddüne entlang. Auf einmal erkannte ich oben auf der Düne in weiter Ferne eine Handvoll Menschen. Sie kamen uns entgegen, wurden größer und größer, und ich sah, dass alle sehr vergnügt waren. Sie waren bunt angezogen; ihre Kleider wehten lustig im Wind, als sie auf der Düne tanzten. Ich wäre gern bei ihnen gewesen, aber Norbert ergriff meine linke Hand. Als sich die Gruppe genau über uns befand, hielten plötzlich alle wie auf Kommando in ihren Bewegungen inne und blickten zu uns herab. Sie schienen mich zu kennen und riefen mir etwas zu. Im Heulen des Windes konnte ich jedoch nichts verstehen. Norbert hielt meine Linke jetzt so fest, dass es weh tat. Die Gestalten über uns fingen an, mir zuzuwinken. Sie schwenkten ihre Arme und bedeuteten mir, zu ihnen zu kommen.

Da riss ich mich mit aller Gewalt los und rannte so schnell ich konnte die Düne hoch, ohne mich noch einmal umzudrehen. Oben angekommen, blickte ich erleichtert hinunter. Norbert sah sehr klein aus. Als ich erwachte, wunderte ich mich über den merkwürdigen Traum.

Einige Tage später, am Dreikönigstag, fuhr ich zurück nach Tübingen. Ich brach erst abends auf. Trotzdem wälzte sich ein langer Blechwurm über die Autobahn. Es nieselte leicht, die Sicht war schlecht. Ich hatte Angst vor Glatteis. Nach über drei Stunden Fahrt tauchte schließlich das Ortsschild von Tübingen auf. Meine Schultern waren verspannt, die Augen taten von den grellen Scheinwerfern des Gegenverkehrs weh; ich freute mich auf die Entspannung und auf ein Glas Rotwein. Da war schon die Abzweigung von der Hauptstraße, die Telefonzelle, noch eine Linkskurve, das Einmanövrieren in die Parklücke. Ich schaltete den Motor aus, räkelte und streckte mich, schloss einen Moment die Augen, genoss es angekommen zu sein.

Natürlich hatte ich wieder viel zu viel Gepäck, um es auf einmal ausladen zu können. Ich musste mehrere Male gehen, bis das Auto leer war. Als ich endlich die Haustür aufschloss, hatte sich auf dem Treppenabsatz ein beachtliches Durcheinander von Taschen und Tüten angesammelt. Ich bemühte mich, meine Siebensachen möglichst unbemerkt in mein Zimmer weiterzutransportieren, weil mir nicht danach war, freundlich nichts sagende Begrüßungsformeln mit meinen Wirtsleuten auszutauschen. Aber Oma Kuch war wachsam. Schon öffnete sich ihre Tür um einen fast unsichtbaren Spalt. Aus dieser Spähposition pflegte sie meine wenigen Besucher zu inspizieren, wobei sich ihr Augenmerk ausschließlich auf solche männlichen Geschlechts richtete, über die sie später ihr Urteil verkündete. Anfangs hatte ich mich darüber geärgert, bis ich nach ein paar Wochen einsah, dass es offensichtlich die einzige Abwechslung im Leben der alten Frau war. Von diesem Zeitpunkt an störte mich ihr unsichtbares Auge nicht mehr. Vergebens hoffte ich an diesem Abend, dass es bei dem Türspalt bleiben würde. Nach kurzer Sondierung der Lage öffnete sich die Tür vollständig. Oma Kuch wollte mich nicht nur herzlich begrüßen, sondern mir auch noch ein gutes neues Jahr wünschen. Und drei Anrufe seien in den letzten Tagen für mich eingegangen - immer derselbe junge Mann. Sie sah mich neugierig und ein bisschen vorwurfsvoll an, weil ich nicht mit einem Wer-war-es-Denn? reagierte. Ich habe den Namen aufgeschrieben, sagte sie. Der Zettel liegt auf Ihrem Schreibtisch. Ich bedankte mich, murmelte etwas von Kopfschmerzen und dass ich sehr müde sei von der Fahrt. Enttäuscht zog sie sich zurück.

Ich schleppte die zahlreichen Tüten eiligst in mein Zimmer, um nicht noch weiteren Familienmitgliedern zu begegnen, und schloss die Tür. Es war kalt. Ich drehte die Heizung voll auf und ging ins Bad, um auch dort für Wärme zu sorgen. Den Mantel ließ ich vorsichtshalber an. In der Badezimmertür stehend betrachtete ich mein Reich. Ein eigenes Bad, das war für Tübinger Verhältnisse luxuriös, aber das Zimmer erschien mir noch abstoßender als bei der Abreise. Jetzt würde ich wieder jeden Tag über die Perserteppich-Imitation gehen - wie viele Schritte? Ich starrte angewidert auf das Muster, sah hinüber zu meiner Arbeitsecke, wie kahl sie wirkte, blickte auf den abgeschabten grünen Sessel, die hölzerne Stehlampe daneben, wie ein Galgen, an dem man versehentlich einen Lampenschirm gehenkt hatte. Hatte ich meine Lesestündchen dort nicht sogar als gemütlich empfunden? Meine Bücher, meine Platten, die Plakate und Grafiken an der Wand; was machten sie hier? Was machte ich hier? Ich fror und ging zum Heizkörper. Langsam wurde er warm. Ich presste meine Hände dagegen. Die Wärme tat mir gut. Ich begann, den Tüteninhalt in die verschiedenen Schränkchen und Kommoden zu verteilen. Als ich damit fertig war, sah das Zimmer etwas besser aus, und mir war nicht mehr so kalt. Ich zog den Mantel aus. Auf dem Regal lagen Zigaretten. Ich zündete mir eine an. Der Rauch kräuselte sich in der Luft; es roch nach meinen Zigaretten. Ich holte ein Weinglas aus der Ecke, die ich zur Küche umfunktioniert hatte, ein großes, glattes Kristallglas. Es war sehr teuer gewesen, und ich besaß nur zwei Stück davon. Ich füllte es halb mit Wein. Ich knipste die grelle Deckenleuchte aus und die Galgen-Lampe an; wenn sie brannte, sah sie wie eine normale Lampe aus. Aus dem Radio kam leise Musik. Ich setzte mich in den abgeschabten Sessel. Der Rotwein hatte eine schöne Farbe. Er war trocken und gut.

Am anderen Morgen stand ich früh auf. Als ich meine Sachen für die Vorlesung zusammenpackte, sah ich den Zettel auf meiner Schreibplatte liegen. Ich sah ihn mir an. Norbert Steinhoff, Telephon 2.,3. und 6. Januar - ruft wieder an, stand darauf in krakeliger Sütterlinschrift. Ich hätte Schwierigkeiten gehabt, die paar Zeilen zu entziffern, wenn ich nicht schon gewusst hätte, was sie enthalten würden. Der Zettel war an drei Seiten ausgefranst und gerade so groß, dass die Nachricht auf das Papier passte. Ich lebte in einem sparsamen Haushalt. 2. und 3. Januar, hatte ich ihm nicht gesagt, dass ich keinesfalls vor dem Wochenende zurückfahren wollte? Ich schüttelte den Kopf und trank meinen Kaffee - schwarz, ungesüßt und wie immer schon halb kalt.

Nach der Vorlesung ging ich in die Stadt, um einzukaufen. Der Wind erschien mir eisig. Es fielen vereinzelte Schneeflocken, zu wenige, um liegen zu bleiben. Auf dem Kopfsteinpflaster blieb nur schwarze Nässe zurück. Ich beschränkte meine Einkäufe auf das Nötigste und flüchtete in die Bibliothek. Dort war es warm; der große, hohe Lesesaal roch nach Büchern. In endlosen Reihen standen sie bescheiden Rücken an Rücken, jederzeit bereit, ihre Traumreiche aufzublättern, Vergangenheit und Zukunft in Gegenwart zu verwandeln, ihren Leser zu entführen, wohin er nur wollte. Unaufdringlich boten sie ihre Dienste an, nie beleidigt, wenn man ihre stumme Einladung abwies. Oft griff ich mir einfach eines aus dem Regal, ohne den Titel vorher angesehen zu haben, und machte Wort für Wort eine Expedition ins Unbekannte - langweilig erschien mir keines. Einige wollten zum Nachdenken anregen, andere unterhalten, wieder andere Wissen vermitteln; manchmal waren sie sachlich, manchmal schwärmerisch, aber immer respektierten sie die Freiheit ihres Lesers, sich ihnen wieder zu entziehen. An einem grauen Wintertag in Tübingen gab es keine angenehmere und tröstlichere Gesellschaft als die ihre. Als ich mich von ihnen trennte, war es draußen schon dunkel.

Auf der Heimfahrt fiel mir auf, wie leer sich mein Magen anfühlte. Ich hatte seit dem Frühstück nichts mehr gegessen. Zu Hause briet ich mir Spiegeleier mit Speck. Während ich aß, musste ich mir schuldbewusst eingestehen, dass ich den ganzen Tag nichts gearbeitet hatte - nur gelesen und geträumt. Ich stopfte eilig den letzten Bissen von meinem Brötchen in den Mund, ging mir die Hände waschen, setzte mich an meinen Arbeitsplatz, kramte endlich meine Unterlagen aus der Aktentasche und breitete sie aus. Nur eine Zigarette wollte ich mir noch genehmigen, bevor es losgehen sollte. Leider bin ich in solchen Verzögerungstaktiken äußerst erfinderisch. Draußen klingelte das Telefon. Ich hörte Oma Kuch antworten. Kurz darauf klopfte es. Froilein, es isch für Sie, schwäbelte sie. Ich ging in den Flur und nahm den Hörer entgegen. Sie stellte sich an einen Schrank in Hörweite und machte sich eifrig darin zu schaffen. Demnach war mit Sicherheit nicht meine Mutter am Apparat. Ich drehte ihr den Rücken zu, das Gesicht zur Wand, und meldete mich, wobei ich verdrossen den grünen Samtüberzug anstarrte, der das Telefon verschönern sollte.

Guten Abend, sagte Norbert, endlich habe ich Glück. Hallo, entgegnete ich leise, bemüht, geistesabwesend zu klingen, damit er nicht etwa glaubte, ich hätte auf seinen Anruf gewartet. Er berichtete, dass er schon mehrfach versucht hatte, mich erreichen. Ich bin gestern erst zurückgekommen, erwiderte ich, habe aber eine Notiz vorgefunden, dass du angerufen hast. Du scheinst nette Vermieter zu haben, meinte er. Hoffentlich sind sie nicht böse, weil ich so oft gestört habe. Ich verneinte und schielte nach Oma Kuch. Sie hatte ihr Räumen inzwischen eingestellt und stand bei offenen Schranktüren angestrengt lauschend da, denn sie hörte nicht mehr gut. Ich blickte wieder in Richtung Wand, sprach noch ein bisschen leiser, erzählte irgend etwas - von der Fahrt, vom schlechten Wetter, vom Tagesverlauf. Nur keine Pause, Pausen sind peinlich. Was hast du gerade gemacht, fragte Norbert, als mir nichts mehr einfiel. Gelernt, behauptete ich, und du? Ich habe an ein gewisses Mädchen gedacht und gehofft, da es endlich zu Hause ist, antwortete er. Schweigen. Mir fiel schon wieder nichts mehr ein. Ich sagte schließlich: Es wird sehr teuer, wenn wir so lange telefonieren. Und wenn schon, lachte Norbert, das ist es mir wert. Warum fiel mir denn nichts ein? Hast du immer noch Lust, mich zu besuchen, sagte ich schließlich übergangslos. Er schien auf diese Frage gewartet zu haben, denn er ließ sie unbeantwortet und stellte gleich die Gegenfrage. Wann? Ich murmelte etwas von ziemlich viel Arbeit im Moment und erkundigte mich, wie es bei ihm im Februar aussähe. Vielleicht am ersten Dienstag, schlug ich vor. Dienstags habe ich nur bis zehn Vorlesung. Willst du so gegen elf zu mir kommen? Ja, sagte er, ja. Ich beschrieb ihm den Weg. Autobahn Karlsruhe, dann Richtung Stuttgart bis zum Vaihinger Kreuz, ab dort immer der Beschilderung nach. Du musst am Bahnhof vorbei stadtauswärts fahren. Die Straße führt nach Rottenburg, erläuterte ich. Nach dem ersten Bahnübergang siehst du links eine Neubausiedlung. Dort biegst du ein. Der Vorort heißt Kilchberg. Es ist einfach zu finden, schloss ich meine Erklärungen. Ja, sagte Norbert und fügte leise hinzu, ich freue mich sehr. Ich freue mich auch, erwiderte ich schnell. Abschiedsworte hier und dort, ich hängte ein. Dankeschön, rief ich in Richtung des immer noch geöffneten Schrankes und verschwand in meinem Zimmer, bevor Oma Kuch mich in ein Gespräch verwickeln konnte.

Meine Zigarette hatte sich inzwischen in Asche aufgelöst. Ich zündete mir eine neue an und ging auf und ab, den Aschenbecher in der Hand. Ich hatte nicht erwartet, dass er so schnell anrufen würde. Normalerweise ließ man den anderen bei diesem Spiel erst ein bisschen zappeln. Die Kunst besteht darin, genau den Zeitpunkt abzupassen, in dem das Interesse noch wach ist, aber sich der Zweifel bereits regt. Würde er anrufen oder nicht? Norbert hatte diese Spielregeln außer Acht gelassen. Warum? Ich dachte an sein Gesicht, als wir uns am Neujahrsmorgen voneinander verabschiedet hatten. An Spielregeln hält sich nur, wer spielt. Diese Erkenntnis berührte mich unangenehm. Mein Zimmer erschien plötzlich eng und überheizt. Der Rauch störte mich. Ich öffnete ein Fenster. Kalte Abendluft drang herein und verscheuchte meine Unruhe. Normalerweise müsste ich mich über Norberts Reaktion freuen, sagte ich mir. Lauter als gewöhnlich ließ ich den Rollladen herunter und nahm mir vor, mich zu freuen.

*Man sagt, schaltet sich mein Alter Ego ein, dass frische Luft die Denkfähigkeit fördert. Aber die Denkfähigkeit allein macht es nicht, fügt es nachdenklich hinzu. Es ist verwunderlich, wie manche Leute den Kopf voller Gedanken haben und doch gedankenlos bleiben. Gedankenlose Gedankenfülle. Es lacht leise vor sich hin. Man kann fast nicht glauben, dass es möglich ist, beides geradezu meisterlich unter ein und derselben Schädeldecke zu vereinen. Angriffslustig fixiert es mich. Ich übe mich im Mut zur Pause. Plötzlich wird mein Alter Ego verbindlich und freundlich. Was du eben rekonstruiert hast, interessiert mich sehr, bemerkt es übergangslos. Es ist außerordentlich unterhaltsam. Eigentlich hast du jetzt verdient, deinerseits eine Geschichte zu hören. Ich will dir eine erzählen, etwas Romantisches, etwas fürs Herz, etwas von der Liebe. Du bist doch romantisch, oder? Es sieht mich lauernd an. Ich murmele etwas, das nach Zustimmung klingen soll. Sehr schön, meint mein Alter Ego zufrieden.*

*Nach einer kurzen Pause fängt es an zu erzählen: Es war einmal ein junger Mann, dem widerfuhr eines schönen Tages das, was man Liebe auf den ersten Blick nennt. Er lernte ein junges Mädchen kennen, und als es ihn anblickte, wusste er: sie oder keine! Ich kann nicht beurteilen,* ob sie wirklich so hübsch war, wie sie ihm erschien. Wichtig ist nur, dass gerade sie ihm über alle Maßen gefiel. Während des ganzen Abends konnte er kaum die Augen von ihr wenden. Er versuchte, sich ihre Gesichtszüge einzuprägen, aber immer, wenn er meinte, ihr Gesicht vor sich zu sehen, und wenn er woanders hinblickte, zerflossen ihre Konturen, und er konnte sich nur noch ihre schönen Augen vorstellen. Sie schienen ihn von überall her anzuschauen. Er sah sie sogar, als er seine eigenen Augen für den Bruchteil einer Sekunde schloss. Den Verlauf des Abends erlebte er nur verschwommen. Die Unterhaltung plätscherte an ihm vorbei. Er registrierte, dass er ziemlich viel redete, ohne zu wissen, was. Er fühlte sich wie im Traum und befürchtete aufzuwachen, ohne sie um ein Wiedersehen gebeten zu haben. Aus Angst, sie könnte ablehnen, traute er sich nicht, sie danach zu fragen, obwohl sie sehr freundlich zu ihm war und alle Anzeichen dafür sprachen, dass sie nicht nein sagen würde. Erst als sie schon im Gehen begriffen war, brachte er endlich seine Frage heraus. Ob er sie einmal besuchen durfte? Sie lächelte ihn an und schien nachzudenken. Er bereute fast schon, gefragt zu haben, da sagte sie ja, und er sollte einfach vorher in Tübingen anrufen. Sie schrieb ihre Adresse in sein Notizbuch. Beim Abschied gab sie ihm einen Kuss. Bis zum übernächsten Tag schaffte er es, der Versuchung zu widerstehen, die von seinem Telefon ausging. Dann gab er nach. Er wählte. Eine brüchige Frauenstimme teilte ihm freundlich mit, sie wäre noch nicht zurück. Er geduldete sich bis zum nächsten Tag. Dieselbe Antwort. Er nahm sich vor, das Wochenende abzuwarten; erst am Montag versuchte er es wieder. Sie war immer noch nicht da. Am Dienstag hieß es endlich, dass sie zwar inzwischen zurückgekommen, momentan jedoch außer Haus wäre. Er wartete bis zum Spätnachmittag. Dann probierte er es nochmals. Aus dem Hörer tutete ihm das Besetztzeichen entgegen. Er wählte erneut; die Nummer kannte er längst auswendig. Immer noch besetzt. Ob sie telefonierte? Er versuchte, etwas zu lesen und nicht auf die Uhr zu sehen. Eine halbe Stunde hielt er durch, dann griff er wieder zum Telefon. Dieses Mal war die Leitung frei. Wieder meldete sich die alte Frau. Ja, sagte sie, einen Moment, bitte. Es krachte an seinem Ohr. Wahrscheinlich hatte sie den Hörer hingelegt. Stille. Dann hörte er ihre Stimme. Sie klang leiser als er sie in Erinnerung hatte, fast schüchtern. Er versuchte herauszuhören, ob sie sich über seinen

*Anruf freute. Ihre Stimme verriet nichts. Ohne zu zögern, erzählte sie vielerlei, aber nichts von dem, was er gern hören wollte. Du fehlst mir, hätte er gern gesagt, und wann sehen wir uns, aber er blieb stumm. Jetzt, wo er endlich mit ihr telefonierte, wusste er plötzlich nichts mehr zu sagen. Wenn sie etwas wissen wollte, antwortete er mit nichtssagenden Phrasen. Er hatte Mühe, ihr zuzuhören. Dann sagte auch sie nichts mehr. Es war immer noch kein Wort über ein Wiedersehen gefallen. Er musste jetzt die Initiative ergreifen, sonst wäre es zu spät. Plötzlich fragte sie in das Schweigen hinein, hast du immer noch Lust, mich zu besuchen? Er war so erleichtert, dass er die Antwort vergaß und stattdessen gleich nach einem Termin fragte. Sie schlug den ersten Dienstag im Februar vor. So spät, dachte er, fast noch ein ganzer Monat. Er war enttäuscht und bemüht, es sich nicht anmerken zu lassen. Sie ließ ihn gar nicht zu Wort kommen, sondern redete gleich weiter. Er hörte, ohne zuzuhören. Sie erwähnte eine Ortschaft namens Vaihingen, Bahnhof, Neubausiedlung. Ja, sagte er, und tat so, als hätte er aufgepasst. Er überlegte, wie er ihr noch sagen konnte, dass er sich freute. Oder war das nicht angebracht, wenn man sich das erste Mal wiedersah? War er zu ungeduldig? Da war der Satz schon heraus. Ich freue mich. Wer verliebt ist, trägt sein Herz auf der Zunge. Ich freue mich auch, entgegnete sie. Das übertraf alle seine Erwartungen. Er verabschiedete sich hastig, damit es das Letzte bliebe, was sie sagte. Er war glücklich. Als er den Hörer eingehängt hatte, musste er seine Freude abreagieren. Er ging zum Plattenspieler und legte seine Lieblingsplatte auf, die Rhapsodie in Blue. Er drehte die Lautstärke bis zum Anschlag auf. Schon immer wollte er einmal das Vibrieren dieser Musik spüren. Heute leistete er es sich, keine Rücksicht zu nehmen. Sollten sich die Nachbarn doch beschweren. Ich freue mich auch, hatte sie gesagt. Was war schon ein knapper Monat?*

*Mein Alter Ego schweigt. Auch ich sage nichts. Hat dir meine Geschichte nicht gefallen, fragt es nach einiger Zeit und fügt scheinheilig hinzu, du kannst ehrlich sagen, was dich gestört hat. War sie vielleicht nicht realistisch genug oder gar zu realistisch? Hatte sie zu viel Herz oder zu wenig? Bei Liebesgeschichten ist es oft schwierig, das richtige Maß zu finden. Mein Alter Ego nickt mir erwartungsvoll zu. Nun, sagt es aufmunternd, nun? Ich kontere erbost, dass es sich seine dummen Spielchen sparen könne. Nanu! Es tut erstaunt, ich dachte, du magst Spiele, oder habe ich dich vorhin in diesem Punkt falsch verstanden? Spielst du vielleicht nur gern, wenn du weißt, dass du gewinnen wirst, erkundigt es sich. Das hat nichts mit Gewinnen und Verlieren zu tun, entgegne ich lauter als beabsichtigt. Mir geht lediglich dein plumper Geschichtentrick auf die Nerven. Auf die Nerven, echot mein Alter Ego ungläubig, wie interessant. Auf die Nerven? Ja, beharre ich, genau, auf die Nerven! Dann lass dich bei deinen weiteren Reminiszenzen nicht stören, sagt es und verschwindet. Bist du beleidigt, weil ich auf deine Geschichte geschimpft habe, frage ich hinter ihm her. Es antwortet nicht. So hat es sich bisher noch nie verhalten.*

## 5

Der Januar verging schnell. Langsam wurden mir die verschiedenen Ecken der Stadt vertrauter, langsam kannte ich einige Gesichter in der Studentenmasse, und sie kannten mich. Man wechselte ein paar Worte miteinander, ging hin und wieder in der Pause zusammen einen Kaffee trinken oder traf sich sogar abends auf ein Glas Wein. Tübingen wurde menschlich. Ich fühlte mich nicht mehr allein, sondern wohltuend unabhängig. Nur am Wochenende kehrte die alte Trostlosigkeit zurück. Die meisten Studenten stammten aus der Umgebung und fuhren am Freitagnachmittag nach Hause. Dann war die Stadt verlassen bis zum Montag. Ich bemühte mich, mein Arbeitspensum zu erledigen und hielt Distanz zu Büchern, die nichts mit dem Lernen zu tun hatten. Jetzt las ich Fachbücher, ordnete sie mir mit dem Bleistift unter, malte Frage- und Ausrufezeichen an ihren Rand. Trocken erschienen sie mir immer noch, aber nicht mehr ganz so unverständlich. Ich saß oft zu Hause in meiner Arbeitsecke; der Schreibtisch war immer noch hässlich, aber auch Hässlichkeit kann vertraute Züge bekommen. Die Gewohnheit mildert ihre Ecken und Kanten. Ich mied die Bibliothek, um von ihr nicht in Versuchung geführt zu werden. Sehnsucht nach der stillen Würde des Lesesaals ignorierte ich; man konnte ohne seine Zuflucht auskommen. Ich wich der Realität nicht länger aus, sondern akzeptierte sie; meine Erwartungen waren auf ihr Maß zurechtgestutzt, die Träume dabei geplatzt. Diesen Prozess nennt man Einleben oder auch Anpassen, und man behauptet, er sei notwendig. Auf jeden Fall nahm er mich sehr in Anspruch, verlangte Ausschließlichkeit. Gedanken an Norbert ließ er nicht zu.

Am ersten Dienstag im Februar sah ich ungeduldig auf meine Uhr. Schon fast halb zwölf. Ich hasse Unpünktlichkeit. Wir hatten uns für elf verabredet - wo blieb Norbert? Ich ärgerte mich über mich selbst, weil ich meine Vorlesung geschwänzt hatte, um zu Hause zu sein, falls er früher kommen sollte. Welch übertriebene Rücksicht! Ich setzte mich an meinen Schreibtisch, um die versäumte Vorlesung aufzuarbeiten. Sicherlich würde es gleich klingeln. Ich begann zu lesen. Erst am Ende des Kapitels blickte ich wieder auf die Uhr. Zwanzig nach zwölf! Wütend knallte ich mein Buch zu und stand auf, um mir Kaffee zu kochen. Was bildete sich dieser Norbert ein? Ich goss Wasser in die Kaffeemaschine und maß das Pulver besonders reichlich ab. Der sich ausbreitende Kaffeeduft milderte meine Empörung. Wenn man vormittags von Mainz nach Tübingen fuhr, musste ich zugeben, war ein Stau auf der Autobahn nicht auszuschließen. Trotzdem, er hätte ein Zeitpolster für Unvorhergesehenes einplanen können. Ich probierte einen Schluck Kaffee. Er war sehr stark. Ich beobachtete, wie sich der große Zeiger langsam der Sechs näherte. Halb eins. Eineinhalb Stunden Verspätung - das war zu viel. Ich hatte große Lust, die Tür nicht mehr zu öffnen, wenn es jetzt klingeln sollte. Aber es hätte nicht die beabsichtigte Wirkung gehabt. Oma Kuch war wie immer daheim und würde natürlich aufmachen. Als der Dreiklang fünf Minuten später tatsächlich ertönte, wusste ich eine bessere Strafe. Norbert sah ziemlich abgehetzt aus. Er trug einen grauen Anzug, der aus den Beständen eines Preisboxers stammen musste. Über seiner rechten Schulter hing eine monströse Herrentasche. Die Krawatte war viel zu breit und schlecht gebunden, das Hemd von ähnlich markantem Blau wie der Silvesteranzug. Mühsam verbarg ich mein Entsetzen; so schlimm hatte ich ihn nicht in Erinnerung gehabt. Ich begrüßte ihn kühl, ließ ihn eintreten, bot ihm Kaffee an und erwähnte die Verspätung mit keiner Silbe. Während ich das Geschirr hervorholte, sagte er, es tut mir Leid, dass es so spät geworden ist. Ich stand mit dem Rücken zu ihm, goss Kaffee ein, schwieg. Ich habe mich verfahren, fing er wieder an. Es klang bittend. Ich drehte mich um, zog erstaunt die Augen brauen hoch. Für wann hatten wir uns denn verabredet, fragte ich unschuldig? Für elf, antwortete er prompt. Tatsächlich? Ich gab ein sehr verwundertes Oh von mir. Es macht nichts, lachte ich leichthin, du siehst, ich hatte die genaue Zeit ohnehin vergessen. Der Pfeil saß. Mit Genugtuung registrierte ich, wie enttäuscht er aussah. Natürlich war ich neugierig, wo er sich verfahren hatte, und erkundigte mich beiläufig danach. Er schilderte seine Odyssee. Über die Heilbronner Autobahn war er gekommen und hatte dort die Abfahrt nach Vaihingen/Enz genommen. Fast schon im Schwarzwald hatte er sich gewundert, keinen Wegweiser nach Tübingen zu finden. Er hatte die Karte zu Rate gezogen und dabei entdeckt, dass es zwei Orte namens Vaihingen gibt. Über verwinkelte Nebenstraßen war er endlich nach Tübingen gelangt. Ich dachte, wie unglaublich idiotisch, und sagte mit dezentem Vorwurf, du hättest lieber meiner Beschreibung folgen sollen, dann wäre dir diese Irrfahrt erspart geblieben. Ja, stimmte er zerknirscht zu. Ich stellte ihm den Kaffee hin, bemerkte dabei spöttisch, dass die Fahrt bei dem wunderschönen Wetter bestimmt Spaß gemacht hätte. Er rührte in der Tasse. Sein Ring kam in aller Deutlichkeit zur Geltung, glänzte und gleißte mich hämisch an. Wenigstens spreizt er beim Trinken nicht den kleinen Finger ab, dachte ich verärgert. Weißt du, erklärte er zögernd nach dem ersten Schluck, weißt du, die Fahrt war überhaupt nicht schön. Ich wollte doch um elf bei dir sein. Er sah mich an. Ich sagte nichts mehr. Schließlich hatte er seine Strafe gehabt. Etwas versöhnt von seiner offenen Reue, schlug ich vor, einen Sherry darauf zu trinken, dass er nun doch noch angekommen war. Er lachte erleichtert. Gern, sagte er, und danach gehen wir zusammen Mittag essen.

Zehn Minuten später fuhren wir mit seinem Auto los. Mir fiel sofort sein aggressiver Fahrstil auf. Ich fühlte mich auf dem Beifahrersitz nicht wohl und war froh, als die kurze Fahrt überstanden war. Norbert parkte mitten im Halteverbot. Ich konnte mir nicht verkneifen, ihn darauf hinzuweisen, dass die Polizei in Tübingen mit dem Abschleppen schnell bei der Hand ist. Heute ist mein Glückstag, entgegnete er. Dem hatte ich nichts hinzuzufügen, es war schließlich nicht mein Auto. Wir gingen in ein jugoslawisches Restaurant. Das Essen erfüllte die Erwartungen des durchschnittlichen Restaurantbesuchers: Es war viel. Ich stocherte auf meinem Teller herum, schnitt Fett vom Fleisch, sortierte viel zu dicke Erbsen an den Tellerrand und aß wenig. Norbert schien es gut zu schmecken, jedenfalls ließ er nichts übrig. Während des Essens blieb er schweigsam; ich erzählte von der Stadt, von meinem Studium. Es macht mir selten Schwierigkeiten, unverbindlich-seichte Gesprächsthemen zu finden. Ob ich einen Nachtisch wollte, fragte er, als die Teller abgeräumt waren. Ich hatte genug von den Experimenten der Küche und bestellte einen Kaffee. Während wir darauf warteten, fragte Norbert aus heiterem Himmel, freust du dich, dass ich gekommen bin? Ich sagte ja; was sollte ich sonst sagen? Der Kaffee war so dünn, dass ich Zucker hineinrühren musste, damit er nach etwas schmeckte. Erst war er wässrig, jetzt war er wässrig und süß; ich ließ ihn stehen. Norbert verlangte die Rechnung.

Ich machte pro forma Anstalten, mich an der Zeche zu beteiligen. Er wies diese Bemühungen entschieden zurück. Danke, sagte ich, zum Glück bin ich schon so emanzipiert, dass ich es mir leisten kann, deine Einladung anzunehmen. Er lachte und meinte, das Lokal hätte ihm gut gefallen. Ich behielt meine Meinung für mich, ich war ja eingeladen worden.

Nach dem abgestandenen Kneipenmief genoss ich die frische Luft vor der Tür. Es war ein klarer Wintertag; die Sonne hatte schon erstaunlich viel Kraft. Tübingen schien sich von seiner besten Seite zeigen zu wollen. Ich schlug einen Stadtbummel vor. Norbert stimmte mit einer Begeisterung zu, die ich übertrieben fand. Wir schlenderten ziellos durch die engen Straßen, kamen schließlich am Marktplatz heraus. Egal, wo man in dieser Stadt spazieren geht, man landet immer auf dem Markt. Von dort schlug ich den Weg zum Neckarufer ein. Es war einer der Gründe, warum ich mich entschlossen hatte, in Tübingen zu studieren. Dort konnte man sich im Windschatten der Häuserzeile mit ihren aneinandergelehnten, schmalbrüstigen Häusern auf das raue Mäuerchen setzen und über den Neckar schauen, auf die kleine Insel mit ihren schönen Trauerweiden, deren Äste das Wasser zu liebkosen schienen - warum nur wurde ausgerechnet dieser zärtliche Baum mit Trauer in Verbindung gebracht? Wenn man den Fluss lange genug beobachtete, spürte man, den Geist von Fichte und Hölderlin, und wenn man ganz still war, klang im leisen Murmeln des Wassers Hyperions Schicksalslied mit. Es war ein Ort zum Alleinsein. Zu spät wurde mir bewusst, dass ich diesen Platz nicht wie eine Sehenswürdigkeit vorzeigen durfte; zu spät fiel mir ein, dass der Uferweg für zwei zu eng war. Norbert legte schon seinen Arm um mich. Ich zeigte auf den Hölderlinturm und spulte im Fremdenführer-Ton Hölderlins Lebenslauf ab, berichtete von seiner geistigen Umnachtung und seinem Tod. Aus medizinischer Sicht, schloss ich meine Hölderlin-Ausführungen boshaft ab, muss es doch faszinierend sein, wie nahe Genie und Wahnsinn beieinander liegen. Das mag sein, gab Norbert nachdenklich zu, aber mich faszinieren eigentlich mehr die Gedichte. Ich war erschrocken. Darüber wollte ich auf keinen Fall mit ihm reden. Das wollte ich nicht teilen, nicht mit ihm. Ich suchte ein unverfängliches Thema. Nur weg, schnell weg, zurück in die geschäftige

Stadt, zurück in den Alltag, weg von hier! Ich versuchte, unbemerkt an Norberts andere Seite zu kommen, um den Rückweg offen zu haben Er ließ mich nicht durch, hielt mich fest, und küsste mich. Es wäre voraussehbar gewesen. Ich ließ es geschehen. Auf das Knutschen kam es nun auch nicht mehr an. Ich sagte mir, dass ich mir alles selbst zuzuschreiben hatte. Warum war ich mit ihm ausgerechnet hierher gegangen? Ohne nachzudenken hatte ich meinen Lieblingsplatz preisgegeben, alles verraten, Hölderlin und die Weiden und den Fluss betrogen. Ich war traurig und schämte mich. Wie sollte ich mich jemals wieder herwagen? Es ist schön, hörte ich Norbert sagen, wunderschön. Seine Augen waren sehr hell. Kommst du oft hierher, fragte er leise. Nein, log ich, fast nie. Es ist viel zu weit weg. Norbert wollte etwas erwidern, aber ich ließ ihn nicht zu Wort kommen, schlug vielmehr vor, endlich auf die Burg weiterzugehen. Es wird noch ziemlich früh dunkel, erklärte ich drängend. Es wäre schade, wenn wir zu lange warten. Die Sicht muss heute traumhaft sein. Ich sah unauffällig auf die Uhr; es war noch nicht einmal drei. Ich kam mir vor wie ein beflissener Verkäufer, der keine Argumente scheut, um einen Ladenhüter an den Mann zu bringen. Norbert wollte wissen, ob es dort oben auch so schön sei. Natürlich, antwortete ich eilig, natürlich. Eigentlich ist es noch viel schöner.

Sehr erleichtert, dass wir das Flussufer verlassen hatten, jagte ich in beachtlichem Tempo das Kopfsteinsträßchen zur Burg hinauf. Norbert fragte, willst du einen Geschwindigkeitsrekord aufstellen? Ich hatte keine Luft zum Antworten übrig. Als wir oben ankamen, raste mein Puls von der ungewohnten Anstrengung, und die Lungen stachen. Norbert war nicht einmal außer Atem geraten. Ich steuerte einen Aussichtspunkt genau über der Altstadt an, zerschnitt das Stadtbild gnadenlos mit meinem Zeigefinger. Er malte Linien in die Luft, machte sich das Dächermeer untertan, indem er es in kleine Quadrate zerteilte, und unterwarf auch den blauen Himmel seiner Ordnung. Dort ganz oben die Universitätskliniken, etwa auf halber Höhe das Wohnhaus Kurt Georg Kiesingers, stets wohl bewacht, weiter unten die alte Aula, ein klassizistisches Gebäude, in dem die Steinbüsten der beiden Universitätsgründer die Tradition hüteten. Nur Theologie und Rechtswissenschaft wurden dort gelehrt. Rote Sprühparolen hatten keine Chance. Einen Daumenbreit rechts davon sah man die Bibliothek. Es gab vieles herunterzuspulen, denn die Sicht war tatsächlich außerordentlich klar. Über den Dächern einer Stadt ist es leicht, unpersönliche Distanz zu ihr zu halten. Man steht über den Dingen. Ich war kühl, sachlich und so sicher, wie ich es unten gern gewesen wäre. Hier oben war auch Norbert erträglich.

Irgendwann fiel mir nichts mehr ein. Wir machten uns auf den Rückweg; es war immer noch taghell. Norbert meinte, ich sei ein perfekter Fremdenführer. Ich überlegte, ob es als Lob gedacht war. Wir gingen Hand in Hand den Berg hinunter. Es störte mich nicht, denn das Pflaster war sehr schlüpfrig. Unterwegs hielten wir bei einem Bäcker. Ich öffnete die altmodische Ladentür, ging hinein, äußerte meine Wünsche. Norbert wartete draußen vor dem Schaufenster. Ich musterte erst die Makronen und Schneckennudeln in der Auslage, dann ihn durch die Scheibe. Mir fiel auf, dass er keinen Mantel trug. Ob er nicht fror? Die Verkäuferin sagte, sieben Mark zwanzig, bitte. Ich zählte das Geld auf die Theke, balancierte das Kuchentablett auf der flachen Hand, verließ den Laden. Bis zum Parkplatz war es nicht mehr weit. Ich trällerte leise einen uralten Schlager vor mich hin: In einer kleinen Konditorei, da saßen wir zwei und fraßen für drei. Wie prosaisch, sagte Norbert und tat entrüstet. Der Text geht doch ganz anders. Ich wiederholte meine Version, dieses Mal etwas lauter. Bist du prosaisch?, erkundigte sich Norbert. Es fiel nicht auf, dass ich ihm die Antwort schuldig blieb, denn wir kamen zum Auto. Es war nicht abgeschleppt worden. Ich wunderte mich laut. Ich habe dir doch gesagt, dass heute mein Glückstag ist, erwiderte Norbert. Ich wunderte mich noch einmal, aber nur im Stillen.

Auf der Heimfahrt war er sehr vergnügt und gesprächig. Von Mainz erzählte er, dass er es mir zeigen wolle, wenn ich in den Semesterferien nach Hause käme, und von seinen Berufsplänen, dass er beabsichtige, in die Forschung zu gehen, auch wenn die Bezahlung relativ schlecht sei. Ich überlegte, ob er ein Idealist sei. Idealisten wurden im Allgemeinen bewundert, wenn auch oft mit mitleidigem Unterton. Mir waren sie suspekt. Weltfremde Sockelfiguren, im Alltag nicht überlebensfähig. Froh, nur zuhören zu müssen, starrte ich zum Autofenster hinaus. Ich hatte mich auf der Burg verausgabt, war nicht direkt müde, aber unlustig.

Meine Füße taten weh. Wie lange Norbert wohl bleiben wollte? Man konnte schlecht danach fragen. Ich nahm mir vor, die verbleibende Zeit etwas zugänglicher zu sein. Wenn man in Betracht zog, dass er eigens aus Mainz gekommen war, war ich nicht gerade besonders nett gewesen. Ob er etwas gemerkt hatte, vorhin am Neckar? Seiner Stimmung nach zu urteilen, war es unwahrscheinlich; es schien ihm gefallen zu haben. Hat dir der Bummel durch Tübingen Spaß gemacht, erkundigte ich mich sicherheitshalber. Ja, antwortete er, es ist eine hübsche Stadt, und du hast mir alles sehr schön gezeigt. Hoffentlich kann ich mich in Mainz revanchieren. Na also, dachte ich, es hatte ihm gefallen. Trotzdem war mir nicht ganz wohl. Warum war ich vorhin nur so gereizt gewesen? Er hatte mir nichts getan. Warum ließ mich seine Zärtlichkeit so ablehnend werden? Er machte doch nur zaghafte Annäherungsversuche, nicht frech fordernd, sondern eher bittend. Inzwischen waren wir an meiner Wohnung angelangt. Norbert parkte, zog den Zündschlüssel ab, öffnete seine Tür. Ich beobachtete ihn und rührte mich nicht. Was ist los, fragte er. Ich sah in seine freundlichen Augen, schluckte. Nichts, sagte ich und küsste ihn.

Zu Hause setzte ich die Kaffeemaschine in Gang. Ein schöner, starker Kaffee würde jetzt gut tun. Norbert schaute sich meine Bücher und Platten an. Was liest du am liebsten, erkundigte er sich. Ich überlegte. Das war schwer zu beantworten. Es hing viel von meiner Stimmung ab. Ausflüchte, dachte ich, warum schon wieder diese Ausflüchte? Warum wollte ich der Frage ausweichen? Ich hatte sie selbst schon oft gestellt. Sage mir, was du liest....! Kafka, brachte ich zögernd heraus. Es war die erste ungeschminkte Antwort, die ich Norbert gab. Er begnügte sich damit. Das gefürchtete Warum-Wieso-Weshalb blieb aus. Offensichtlich hatte ich die Gefahr überschätzt. Ich leistete mir etwas weniger Wachsamkeit, die Anspannung ließ nach. Wir tranken Kaffee, aßen dazu den frischen Apfelkuchen, hörten Platten. Norbert rauchte Pfeife. Ich sagte ihm, dass ich Pfeifentabak lieber roch als meinen eigenen Zigarettenqualm und übersetzte Jacques Brel, weil er mit dem Französischen Schwierigkeiten hatte. Sprachen seien nicht seine Sache, meinte er. Draußen dämmerte es. Wir saßen bei Kerzenlicht auf meiner Couch, hielten Händchen, wir küssten uns. Norbert machte seine Augen dabei zu. Meine blieben offen. Aufregend waren seine Küsse immer noch nicht, aber auch nicht mehr unangenehm. Glück ist das Freisein von Schmerz, hatte Epikur gelehrt. Ich empfand nichts. Schmerzloses Nichts, glückliches Nichts? Wenn jemand von draußen durch das Fenster gesehen hätte, hätte er gedacht, ein Liebespaar. Es gab viele Liebespaare in Tübingen.

Knack, machte die Platte. Der Tonarm bewegte sich geräuschvoll in seine Ausgangsstellung zurück. Stille. Wollen wir noch einmal in die Stadt fahren, schlug ich vor. Norbert stimmte zu; es war einfach mit ihm. Er stimmte immer zu. Wir gingen in eines der vielen Studentenlokale, eine kleine Weinstube. Es war voll dort. Wir fanden mit Mühe zwei freie Plätze. Ich empfand das Gedränge als angenehm. Ich sah mich in der Kneipe um und entdeckte am Nachbartisch einen hübschen, dunkelhaarigen Jungen. Ich kannte ihn vom Sehen aus den Vorlesungen. Offensichtlich konnte er sich auch an mich erinnern, denn er winkte mir lachend zu; ich winkte zurück. Kennt ihr euch, fragte Norbert. Ja, antwortete ich ärgerlich, wir lernen öfters zusammen. Sonst noch Fragen? Er sah in die Weinkarte. Die Kellnerin kam, um die Bestellung entgegenzunehmen. Ich kenne mich nur bei Moselweinen aus, meinte er zögernd. Mir ham koine fremde Woine, belehrte ihn die Kellnerin beleidigt. Zwei Heuchelheimer, sagte ich. Sie schlurfte an die Theke. Ich versuchte, Norbert mit ein paar gewagten Thesen zum Thema Moselwein zu reizen. Ich hatte plötzlich ein unerklärliches Bedürfnis, ihn zu provozieren. Sie sind viel zu süß, behauptete ich kühn verallgemeinernd, und am nächsten Tag hat man Kopfweh. Er zog ruhig an seiner Pfeife und sah mich freundlich an. Ich ärgerte mich schon wieder und war erleichtert, als in diesem Moment der Wein kam. Ich trank ihn sehr schnell, obwohl ich mich noch eben als große Weinkennerin aufgespielt hatte. Dieser Norbert war wirklich merkwürdig. Warum trug er eigentlich einen Anzug, hier, wo jedermann salopp gekleidet war? Oder vielmehr, warum trug er diesen Anzug? Nicht dass er auffiel, störte mich, sondern dass er unangenehm auffiel. Einen Moment lang empfand ich es als peinlich, mit ihm zusammenzusitzen. Sein Ring blitzte mich so bösartig an, als könnte er Gedanken lesen. Ich schaute zu dem dunkelhaarigen Studenten hinüber. Er hatte sensible Hände, natürlich ohne Ring. Sein Pullover war so zeitlos, wie es nur teure Pullover sind. Als er bemerkte, dass ich ihn beobachtete, lachte er mich an. Er hatte schöne Zähne und einen sinnlichen Mund. Ich lachte ungeniert zurück. Was für Zähne hatte Norbert eigentlich? Ich fragte ihn etwas. Er nahm die Pfeife aus dem Mund, um zu antworten. Ich sah, dass sie klein und unauffällig waren. Du bist so still, sagte er. Ich verteidigte mich, dass ich nicht still, sondern ziemlich müde sei. Es war doch kein Vorwurf, fügte er sanft hinzu und streichelte meine Hand. Ich registrierte, dass sich der dunkelhaarige Junge nebenan von seinen Tischgenossen verabschiedete und aufstand. Er schien er zu unserem Tisch herüberkommen zu wollen. Mir wurde heiß. Jetzt würde natürlich mein Schwindel von vorhin auffliegen. Das ist die Strafe, wenn man lügt, dachte ich reuig und zog schnell meine Hand von Norbert weg, um mir eine Zigarette anzuzünden. Hallo, sagte eine ziemlich tiefe Stimme neben mir. Ich hielt die Luft an und bemühte mich, gelassen hochzusehen. Der dunkelhaarige Kommilitone war sehr groß. Kommst du morgen in die Vorlesung, fragte er. Ich dachte, dass er unverschämt gut aussah. Natürlich, antwortete ich. Es sollte freundlich, aber selbstverständlich klingen. Fein, er nickte mir zu, bis morgen also. Weg war er. Ich unterdrückte einen Seufzer der Erleichterung. Ist er nett, hörte ich jetzt Norberts Stimme. Ja, ja, sagte ich betont gleichgültig, ganz nett, und hielt Ausschau nach der Kellnerin; mein Glas war leer.

Als ich das nächste Viertele probierte, fiel mir ein, dass ich mir vorgenommen hatte, Norbert freundlich zu behandeln. Ein schuldbewusster Blick auf die Uhr. Es war schon neun durch, lange würde er ohnehin nicht mehr bleiben. Ich lächelte ihn an. Erzähl mir etwas von dir, bat ich. Er legte seine Pfeife auf den Tisch. Was willst du denn wissen? Was du magst, sagte ich, erzähl mir einfach, was du magst. Ich sah ihn an, nahm mir vor, ihm aufmerksam zuzuhören und mich nicht mehr ablenken zu lassen. Ich mag Schokoladenpudding mit Vanillesauce, fing er an, ich mag Musik, ich fahre gern Auto, und Sport treibe ich auch gern. Ich nahm einen Schluck Wein und wartete ab. Er fuhr fort, schöne Wintertage mag ich, besonders in Tübingen mit dir zusammen, und am meisten mag ich es, wenn du mich küsst. Ich hoffte, er würde jetzt gleich lachen. Aber er sah mich ernst und nachdenklich an. Was ist, fragte ich, um etwas zu sagen. Er war damit beschäftigt, sorgfältig seine

Pfeife zu putzen. Dein Kommilitone vorhin, er stockte, lernst du wirklich nur mit ihm? Dass er mein kleines Märchen so aufnehmen würde, konnte man wirklich nicht ahnen. Nein, in Lachen durfte ich auf keinen Fall ausbrechen. Ich überlegte, ob ich ihm meine Schwindelei beichten sollte; er sah so nicht aus, als ob er darüber lachen würde. Lieber nicht. Deshalb erwiderte ich ernsthaft, ja, ich lerne wirklich nur mit ihm, und zwar ausschließlich Schuldrecht für die nächste Klausur. Ich hielt Norberts Blick ruhig stand. Die erste habe ich nämlich verpatzt, erklärte ich, von plötzlichem Wahrheitsdrang getrieben. Außerdem, ich musterte ihn vorwurfsvoll, habe ich dir schon an Silvester gesagt, dass ich keinen Freund habe. Bist du vergesslich oder hast du nicht zugehört? Weder noch, endlich lachte er, aber es soll schon vorgekommen sein, dass ein Freund sozusagen aus heiterem Himmel auftaucht, was ich in einer ganz bestimmten Weise sogar hoffe, fügte er schnell hinzu. Er bestellte eine weitere Runde Wein und wurde plötzlich sehr unterhaltsam. Es erstaunte mich, dass Norbert witzig sein konnte, erfreulich geistreichwitzig. Wer hätte gedacht, dass sich der Abend so entwickeln würde? Erst um elf Uhr gingen wir. Norbert fuhr mich nach Hause. Wir blieben noch einen Moment im Auto sitzen. Aus dem Radio klangen Evergreens. Schade, dass der Tag schon vorbei ist, seufzte er. Er war so kurz, obwohl ich mich so lange darauf gefreut habe. Nein, korrigierte ich, weil, nicht obwohl. Er verstand nicht, was ich meinte. Der Tag war nicht kurz, obwohl, sondern weil du dich darauf gefreut hast, erklärte ich. Angenehmes vergeht immer wesentlich schneller als Unangenehmes. Ist dir noch nie aufgefallen, zu welchen Ewigkeiten sich ein viertelstündiger Zahnarztbesuch ausdehnen kann? Egal, unterbrach er meine Betrachtungen, wann sehen wir uns wieder? Ich antwortete, dass ich vorhatte, Ende des Monats zu meinen Eltern zu fahren, vorausgesetzt, ich hatte die bevorstehende Schuldrechtsklausur erfolgreich absolviert. Sonst müsste ich in der zweiten Märzwoche einen dritten und letzten Versuch machen. Du musst sie schaffen, forderte Norbert, du kannst mich nicht bis zum übernächsten Monat warten lassen. Er zählte mir auf, was es in Mainz alles zu sehen gab, zum Rhein könnte man fahren, in den Taunus wäre es auch nicht weit. Er spielte mit meinem Haar. Bitte besteh die dumme Klausur, sagte er zärtlich. Ich versprach, mir alle Mühe zu geben und holte ihn in die Gegenwart zurück. Du musst jetzt los, es ist schon spät, und du fährst fast drei Stunden. Höchstens zwei, verbesserte er mich. Ich fühlte mich genötigt, auf die besonderen Gefahren des Straßenverkehrs bei Dunkelheit hinzuweisen. Kann ich dich wenigstens hier anrufen, bis du nach Hause fährst, fragte er. Sicher, entgegnete ich, aber in Anbetracht deiner Telefonrechnung und der Nerven meiner Wirtsleute bitte nicht öfter als einmal in der Woche. Er lachte. Du, sagte er, dann nichts mehr, und nach einer Weile, ich bin glücklich. „Some broken hearts never mend", schmachtete ein Sänger im Radio. Wir gaben uns einen Abschiedskuss. Entschlossen, mich auf keine weiteren Verzögerungstaktiken einzulassen, öffnete ich die Tür und stieg aus. Bis bald, rief ich ins Auto. Vergiss mich nicht, rief er zurück. Erst als ich die Haustür zumachte, hörte ich ihn losfahren.

Mein Zimmer roch nach abgestandenem Rauch. Ich lüftete, leerte den Aschenbecher, fing an zu spülen, um am nächsten Morgen kein schmutziges Geschirr vorzufinden. Während ich ein übrig gebliebenes Stück Apfelkuchen kaute und den restlichen Kaffee trank, ließ ich den Tag noch einmal Revue passieren. Bis auf den Spaziergang war es gar nicht so übel gewesen. Ich musste lachen, als ich an meine Schwindelei mit dem dunkelhaarigen Kommilitonen dachte. Schwein gehabt, das hätte peinlich werden können! Es war verwunderlich, dass Norbert sich so offen nach ihm erkundigt hatte. An seiner Stelle hätte ich mir lieber die Zunge abgebissen als zu fragen, noch dazu mit so bekümmertem Gesichtsausdruck. Man müsste einmal mit ihm Poker spielen. Das würde bestimmt lustig. Ich räumte das saubere Geschirr weg. Norbert hatte es wohl ziemlich erwischt. Ich bin glücklich, hatte er gesagt. Armer Norbert! Er war noch nicht aus der Gefahrenzone heraus, obwohl er acht Jahre älter war als ich. Ich dachte an meinen Glückstaumel der Verliebtheit. Hatte es geschadet, sich dem Rausch hinzugegeben? Es hatte sehr schöne Momente gegeben - himmelhoch jauchzend. Das Zu-Tode-Betrübt, das war allerdings nie ausgeblieben - wie der Kater, wenn man zu viel getrunken hat. Beide Gefühle gehörten wohl ebenso untrennbar zusammen wie Tag und Nacht. Ich trocknete eine Kaffeetasse ab und sagte mir, dass Glück immer vorübergehend ist. Hatte man sich nämlich an diesen Zustand gewöhnt, würde man ihn nicht mehr als Euphorie empfinden, sondern als das Normale. Gewöhnte man sich hingegen nicht daran und genoss ihn im Bewusstsein seiner Vergänglichkeit, so musste das Ende des Glücksgefühls, also die Rückkehr zum Normalen, bereits als Unglück erscheinen. Wenn man das so genannte Glück in Frage stellte, ergab sich seine Unbeständigkeit zwangsläufig aus seiner Natur. Aber wer mag es schon in Frage stellen? Geschickt legt es die Denkfähigkeit lahm, sodass man seinen janusköpfigen Charakter erst klar erkennt, wenn es einem die Schattenseite zukehrt. Nein, so besehen hatte mir der Glückstaumel damals nicht geschadet, wohl aber genutzt, denn nun wusste ich, dass er gefährlich war. Diese Erfahrung musste jeder einmal machen. Ich war froh, dass ich dieses eine Mal bereits hinter mir hatte. Wieder fiel mir Epikur ein. Glück nur als das Frei-sein von Unglück zu verstehen, wie bescheiden - und wie weise. Ich war mit Aufräumen fertig und deckte mein Bett ab. Ich bin glücklich, sagte ich laut vor mich hin. Mitternacht war lange vorbei, Zeit, um schlafen zu gehen.

# 6

Als ich am nächsten Morgen mein Zimmer verließ, lief ich sicher nicht ganz zufällig Oma Kuch in die Arme. Guten Morgen, sagte ich freundlich. Ihre Augen blitzten mich vergnügt-neugierig an. Offensichtlich dachte sie nicht im Geringsten daran, mich mit einem Gruß zu entlassen, sondern erwartete einen ausführlichen Bericht der Ereignisse vom Vortag. Man musste ihr zugute halten, dass sie diskret im Hintergrund geblieben war. Den Türspalt hatte nur der Eingeweihte bemerkt. Ein Blick auf die Uhr: Es war noch zeitig. Das war ein netter junger Mann gestern, eröffnete sie das Gespräch. Ich nickte. Er ist aber nicht von hier, oder? Sie tastete sich strategisch geschickt vor. Ich schüttelte den Kopf. Ist das der junge Mann, der neulich angerufen hat? Ich nickte wiederum. Kennen Sie ihn schon länger? Ich gab meine stumme Gestik auf, fügte mich ins Unvermeidliche, erteilte ihr willig Auskunft. Oma Kuch hörte gespannt zu. Mediziner war er also, wie interessant. Dann musste sie ihn mit Herr Doktor anreden, wenn er wieder anrief. Er rief doch wieder an, oder? Langsam wurde mir ihr Wissensdurst zu viel. Sicherlich würde sie sich am liebsten erkundigen, ob ich schon mit ihm geschlafen hätte. Leider verbot das der Anstand. Es war das Pech ihrer Generation, dass es zu vieles gab, was man nicht tun durfte. Ich sah ostentativ auf die Uhr, um anzudeuten, dass sich die Fragestunde ihrem Ende näherte. Sie übersah meinen dezenten Hinweis. Ich wurde deutlicher. Frau Kuch, ich muss jetzt leider los. Ja, ja, natürlich, sie zeigte Verständnis, wie sie wahrscheinlich ihr Leben lang Verständnis gezeigt hatte, ohne zu verstehen. Sie lächelte mich dankbar an. Er ist ein feiner Mensch, sagte sie abschließend. Jetzt gehen Sie aber, damit Sie nicht zu spät kommen. Einen schönen Tag auch! Danke, erwiderte ich, gleichfalls. Sie blieb in der Tür stehen und schaute mir nach, winkte, als ich abfuhr. Sie konnte einem wirklich Leid tun.

Die nächsten drei Wochen beschäftigte mich die drohende Klausur. Norbert rief entgegen unserer Abmachung zweimal wöchentlich an. Oma Kuch sagte jetzt respektvoll, Froilein, der Herr Doktor ist am Telefon, und räumte unverdrossen ihren Flurschrank um. Norberts Anrufe liefen nach einem festen Schema ab. Er begann regelmäßig damit, dass er fragte, wie geht es dir? Als Nächstes ermahnte er mich, fleißig zu lernen, schwärmte dann von Tübingen, malte in den Farben von Vorfreude und Vorfrühling meine Semesterferien aus, und ging schließlich zum zärtlichen Teil über. Ich überlegte, ob alle Verliebten so einfallslos waren, immer dasselbe zu erzählen, und erwiderte, dass ich nicht allein sei und deshalb nicht so reden könnte, wie ich wollte. Dadurch blieb es mir erspart, meinerseits Verliebtes ins Telefon zu säuseln, und ich konnte mich auf die wenigen Neuigkeiten beschränken, die es gab. Einmal rief er abends an, als ich nicht zu Hause war. Ich fand auf meinem Schreibtisch einen entsprechenden Zettel vor. Am nächsten Tag fragte er nicht als Erstes, wie es mir ging, sondern wo ich gesteckt hätte. Ich fühlte mich versucht, noch einmal den dunkelhaarigen Kommilitonen zu strapazieren, ließ es dann aber doch bei der Wahrheit bewenden. Einen Chaplin-Film hatte ich besucht. Ach so, entgegnete er, welchen denn? Wenn man bösartig war, konnte man seine Frage als Kontrolle auslegen, dachte ich. Aber ich war nicht bösartig. Deshalb beschloss ich, sie als Zeichen seines Interesse zu nehmen. Erst als ich den Titel genannt hatte, erkundigte er sich nach meinem Wohlbefinden. Auch am Tag der Klausur wich er vom üblichen Telefonierschema ab und wollte sofort wissen, wie es gelaufen sei. Ich weiß nicht, antwortete ich. Du musst doch ein Gefühl haben, hakte er nach.Ich erwiderte, dass mich mein Gefühl beim letzten Versuch leider vollkommen getrogen hatte und aus diesem Grund von mir in Ungnaden entlassen worden war. Er gab sich damit zufrieden, rang mir aber das Versprechen ab, gleich anzurufen, wenn ich das Ergebnis hatte. Dann fiel er in das vertraute Gesprächsmuster.

Wir bekamen die Klausur schon eine Woche später zurück. Ich hatte sie bestanden. Der dunkelhaarige Kommilitone, von dem ich inzwischen wusste, dass er Rolf hieß, fragte, ob es bei mir auch erst im zweiten Anlauf geklappt hätte. Er schlug vor, darauf einen trinken zu gehen. Seine Idee fand von mehreren Seiten Beifall, und wir zogen in einer größeren Gruppe los. Vor der Kneipe, in die wir ziemlich lärmend einfielen, stand unübersehbar gelb und groß eine Telefonzelle. Obwohl ich genug Kleingeld bei mir gehabt hätte, rief ich Norbert nicht an. Erst am nächsten Tag meldete ich mich bei ihm. Am 28. Februar fahre ich nach Hause, sagte ich. Er freute sich. Seit wann weißt du es? Seit eben, entgegnete ich und ärgerte mich, dass ich log.

Der letzte Februartag war grau und hässlich. Der Himmel sah nach Schnee aus. Gegen drei Uhr nachmittags fing ich an, meine Sachen zu packen. Etwa eine Stunde später verließ ich mein Zimmer in dem angenehmen Bewusstsein, es erst in einem Vierteljahr wiederzusehen. Als ich meinen Koffer zum Auto trug, war draußen alles weiß, und der Schnee fiel noch immer in dicken, wattigen Flocken. Während der ganzen Fahrt schneite es. Sogar auf der Autobahn lag eine geschlossene Schneedecke. Es wurde schnell dunkel. Die Umgebung war nicht mehr deutlich zu erkennen, die Straßenschilder waren zugeschneit. Die knapp zweihundert Kilometer, die vor mir lagen, erschienen plötzlich endlos. Ich starrte durch die Scheibe und versuchte, unter dem Schnee die Straße zu erahnen. Draußen schien sich alles zu bewegen, war außer Rand und Band geraten, tanzte hin und her. Nur ich kam nicht vom Fleck. Vielleicht war ich in einer dieser gläsernen Halbkugeln eingesperrt, die mich als Kind fasziniert hatten. Innen enthalten sie eine winzige Stadt oder eine Landschaft. Wenn man das Glas schüttelt, wirbelt etwas darin auf, was wie Schneeflocken aussieht, und sackt langsam auf den Boden zurück. Man konnte es schneien lassen oder nicht - ein kleiner Wettergott sein. Vielleicht fuhr ich in einer solchen Glaskugel immer im Kreis herum? Ich fühlte weder Raum noch Zeit in dieser tanzenden Welt. Es war merkwürdig, aber nicht beängstigend. Erst als ich bei meinen Eltern klingelte, registrierte ich, dass ich müde war. Meine Uhr zeigte an, dass es gleich neun war. Ich war fast fünf Stunden unterwegs gewesen.

Meine Mutter hatte das Abendessen warm gehalten. Sie leistete mir beim Essen Gesellschaft, erzählte alles Mögliche, dass die Waschmaschine kaputt gewesen war und dass der bestellte Schrank immer noch nicht geliefert sei. Von welchem Schrank redete sie eigentlich? Der neue Elektroherd mache ihr Schwierigkeiten. Sie habe lieber mit Gas gekocht, überhaupt sei die alte Küche viel besser gewesen. Ich legte mein Besteck zusammen. Möchtest du Eis zum Nachtisch, fragte sie, ich habe es nicht mehr geschafft, einen Pudding zu kochen. Ich nickte, obwohl ich am liebsten gar nichts mehr gewollt hätte. Während ich mein Eis löffelte, klingelte das Telefon. Mein Vater kam ins Esszimmer. Ein junger Mann für dich, verkündete er. Er hat übrigens vorhin schon mal angerufen. Natürlich war es Norbert. Er hatte sich Sorgen gemacht wegen des Wetters, wollte nur wissen, ob ich gut angekommen sei und ob er mich morgen abholen könnte. Ich gab zu bedenken, dass der viele Schnee bis dahin wohl nicht tauen würde und schlug vor, mit dem Wiedersehen bis zum Wochenende warten. Er lachte. Ich warte gern bis Samstag, das ist nämlich morgen. Natürlich, wie dumm von mir, es war ja schon Freitag, was hatte ich mir nur zusammengeredet. Aber der Schnee, versuchte ich es erneut. Es macht Spaß, bei Schnee zu fahren, behauptete er. Ich hätte gern gesagt, nein, morgen will ich mir einen faulen Tag machen, und schwieg. Er räusperte sich. Also, morgen um sechs? Ja. Eine andere Antwort hätte er ohnehin nicht akzeptiert.

Er klingelte eine Viertelstunde vor der vereinbarten Zeit. Offensichtlich war meine Lektion in Tübingen sehr wirkungsvoll gewesen. Ich nahm meinen Mantel von der Garderobe und wollte gehen. Nun lass ihn doch erst einmal herein, widersprach meine Mutter vorwurfsvoll. Wie sieht das denn aus, wenn du ihn vor der Tür warten lässt? Natürlich, sie wollte ihn kennen lernen, schon summte der Türöffner, sie stand mit freundlichem Begrüßungsgesicht in der Tür. Norbert stellte sich vor, schaute dabei zu mir herüber. Er sah sehr verlegen aus. Warum benimmt er sich so verkrampft, dachte ich, hier fand schließlich kein Staatsempfang statt. Kommen Sie doch bitte durch, sagte meine Mutter. Norbert hatte gerade Zeit, mir die Hand zu drücken, schon komplimentierte sie ihn ins Wohnzimmer, erneute Vorstellung. Nehmen Sie doch bitte Platz, sagte mein Vater. Meine Mutter wies Norbert einen Sessel zu, setzte sich selbst gegenüber. Ich verschwand, um Gläser zu holen. Mein Vater schenkte die gewünschten Getränke ein, zum Wohl! Ich registrierte, dass er sehnsüchtig zu seiner Zeitung schaute. Meine Schuld war es bestimmt nicht, wenn seine Samstagsgemütlichkeit gestört wurde. Ich setzte mich auf Beobachterposten in den abseits stehenden Ohrensessel. Was hatte ich mit dieser Gesellschaft zu tun? Welch dankbares Thema das Wetter wieder abgab. Solche Schneemassen, und noch dazu im Rhein-Main-Gebiet....Ein Glück, dass Wochenende ist. Nein, verbesserte ich im Stillen, ein Glück, dass es geschneit hat. Worüber hätte man sonst reden sollen? Norbert entschuldigte sich artig wegen seines gestrigen späten Anrufs. Er hatte nur wissen wollen, ob ich angekommen war; die ganze Strecke bei dem Wetter! Meine Mutter nickte verständnisvoll-besorgt. Wie nett, dass er sich Sorgen macht, dachte sie jetzt wahrscheinlich. Sie selbst war schon bei geringfügigen Verspätungen in Panik, ahnte sofort Schlimmes oder besser gleich das Schlimmste und verurteilte gelassenes Warten als herzlose Gleichgültigkeit. Bravo, Norbert, mindestens drei Pluspunkte! Es schien mir an der Zeit, die hochinteressante Unterhaltung abzubrechen. Ich fragte ziemlich laut, ob wir nicht losfahren wollten. Norbert stand bereitwillig auf, war beim Verabschieden sogar fast gewandt, mein Vater wünschte jovial viel Spaß, meine Mutter war schon wieder oder immer noch besorgt und schüttelte den Kopf, bei dem Wetter wegzufahren, also nein. Während wir zum Auto gingen, dachte ich, dass Tübingen doch gewisse Vorteile hatte; man musste niemanden vorstellen; man konnte mit jedermann ohne anschließende Kommentare ausgehen; man war frei.

Es tut mir Leid, sagte ich zu Norbert, als wir im Auto saßen, ich wollte gleich herunterkommen, um dir das Theater zu ersparen. Es macht nichts, erwiderte er, ich fand es sehr nett. Bei mir kannst du dir deine Verbindlichkeiten sparen, murmelte ich unwillig und überlegte im selben Moment erschrocken, ob es etwa sein Ernst gewesen war. Bevor ich zu einen abschließendem Urteil kam, küsste er mich. Du hast mir sehr gefehlt; wie schön, dass du endlich da bist. Ich nahm seine Freude gelassen zur Kenntnis. Wo fahren wir hin, beendete ich seine Begeisterungsausbrüche. Falls ich nichts dagegen hätte, nach Bad Homburg? Ich hatte nichts dagegen. Unterwegs erkundigte ich mich, ob das Fahrverhalten frontangetriebener Autos bei Schnee wirklich so zuverlässig sei, wie es immer behauptet wurde. Er wunderte sich. Interessierst du dich für Autos? Ach du liebe Güte, dachte ich und antwortete spitz, stell dir vor, ich besitze sogar eines. Er erklärte mir lang und breit, dass mein Käfer Heckantrieb habe, sein Audi hingegen Frontantrieb. Was du nicht sagst, gab ich mich ahnungslos, wie überaus interessant. Meine Ironie war verschwendet. Gleich würde er mich belehren, dass ein Auto vier Räder hatte, abgesehen vom Ersatzrad natürlich. Ich beschloss, es von der lustigen Seite zu nehmen, und ließ ihn reden.

Wir parkten direkt am Kurpark. Er sah bizarr und unwirklich aus. Mauern vom Schneepflug rechts und links der Wege, die schon wieder schneebedeckt waren, dazwischen eine glatte Fläche von noch makellosem Weiß, so ebenmäßig und vollkommen, dass es ein Verbrechen gewesen wäre, sie zu betreten. Nur wenn man genau hinsah, verrieten winzige Abdrücke von Vogelfüßen, dass sie doch schon berührt worden war. Die alten Bäume, feierlich glitzernd vor einem dunklen Himmel, würdevoll trotz ihrer Last. Und über allem die Stille des Schnees; er schluckte die Geräusche der wenigen Autos, das Absatzgeklapper, das Türenschlagen. Nur weiche, gedämpfte Laute ließ er zu in dieser von ihm verwandelten Welt. Jetzt allein in diesem Park spazieren gehen, dachte ich, seinem Schweigen zuhören, das müsste schön sein. Mit Norbert war dieses Erlebnis nicht denkbar. Ich hatte das Neckarufer nicht vergessen. Er würde die Stille zerschneiden mit seinen leisen Liebesworten, bis nichts mehr von ihr übrig war, die Welt in ihre Wirklichkeit zwingen mit seiner unermüdlichen Zärtlichkeit und die winterliche Schönheit preisen, bis sie abstoßend wurde. Es war klüger, auf den Spaziergang zu verzichten, damit mir der Anblick des Parks in seiner Vollkommenheit erhalten blieb. Wollen wir nicht durch den Kurpark gehen, fing Norbert an. Es ist so herrlich hier. Ich hätte beinahe gelacht. Es ist zu kalt, ich spielte Entsetzen, viel zu kalt. Schade, sagte er, aber wenn du frierst, gehen wir lieber schnell nach drinnen.

Das Irgendwo entpuppte sich als ein kleines spanisches Lokal. Es war nicht ungemütlich, ziemlich gut besucht. Wir setzten uns an einen kleinen Ecktisch. Im Hintergrund erklang spanische Musik oder vielmehr das, was man in unseren Breitengraden dafür hält. Ein Kellner brachte die Karte. Norbert summte leise eine Melodie mit. Das Lied kam mir bekannt vor, unangenehm bekannt. Es erinnerte mich an etwas. An was? Ich grübelte, es fiel mir nicht ein, aber ich wurde das Gefühl nicht los, dass es etwas Wichtiges war. Ungeduldig trommelte ich mit den Fingernägeln auf der Tischplatte, woher kannte ich diese Melodie? Gefällt es dir hier nicht, erkundigte sich Norbert. Ich sah ihn erstaunt an. Doch, sehr gut, erwiderte ich, warum? Ach nur so, meinte er, du bist auf einmal so unruhig. Das Lied eben, erklärte ich, erinnert mich an irgendetwas, und ich komme nicht darauf, an was. Eviva España? Er nannte den Titel. Es war der Urlaubshit vor ein paar Jahren. Wahrscheinlich erinnert es dich an Spanien, Sonne und Ferien, schlug er hilfreich vor; ich empfand es als Einmischen. Nein, erwiderte ich hochmütiger als beabsichtigt, ich habe meine Ferien bisher nur an der Nordsee oder in der Schweiz verbracht. Aber es ist auch vollkommen unwichtig. Ich wechselte das Thema. Warum hängen in einem spanischen Lokal Chiantiflaschen von der Decke? Er wusste mit meiner Frage nichts anzufangen. Chianti kommt aus Italien, erläuterte ich. Italien und Spanien, meinte er, das sei doch kein großer Unterschied. Das stimmt, dachte ich bissig, sowohl die Adria als auch die Costa Brava sind billige Reiseziele, klangen nach Massentourismus, über die wir zu Hause die Nase rümpften. Norbert blieb bei spanischen Reiseerinnerungen hängen und geriet ins Schwärmen. Wir aßen auf seine Anregung Paella. Der Name klang aufregend; das Gericht schmeckte fade. Jetzt kommt dein Lied wieder, Norbert zeigte in Richtung Lautsprecher. Eviva - ich legte klirrend die Gabel auf den Teller. Plötzlich wusste ich es wieder. Walter, dachte ich erschrocken, an dem unvergesslichen Silvesterabend mit ihm war es immer wieder gespielt worden. Ich hatte sogar dazu getanzt - mit seinem Bruder. Wie war noch sein Name? Oder war es der Schwager gewesen? Es ist überhaupt nicht mein Lied, widersprach ich heftig. Norbert fragte verstört, warum schaust du mich deswegen so böse an? Ich musste mich zusammennehmen. Entschuldige bitte, sagte ich schnell, das wollte ich nicht, es ist....., es ist wirklich ein sehr dummes Lied. Ich begann in aller Ausführlichkeit, die Paella zu loben und den Wein und das hübsche Restaurant.

Danach gingen wir in eine kleine Diskothek. Ich bestellte einen doppelten Wodka. Du hast wenig gegessen, du wirst einen Schwips bekommen, warnte Norbert. Abwarten; ich widersprach ihm ausnahmsweise nicht. Wir tanzten, das heißt, ich tanzte, er hüpfte wider jeden Rhythmus auf dem Parkett umher. Zum Glück ist die konventionelle Tanzhaltung längst abgeschafft, zum Glück muss man sich nicht mehr über die Tanzfläche quälen, weil man falsch geführt wird und das selbstverständlich taktvoll zu übergehen hat. Ich beobachtete Norbert; wie ein Hampelmann. Ich lächelte ihn freundlich an. Wie konnte jemand, der Ohren hat, so unrhythmisch sein. Wie taktlos. Ich kicherte in mich hinein. Die Musik gefiel mir immer besser. Nein, ich weigerte mich hartnäckig, auf keinen Fall wollte ich mich schon hinsetzen. Er ließ sich meine Tanzwut noch ein Weilchen gefallen, schließlich zog er mich an unseren Platz. Ich bestellte einen neuen Wodka und sah ihn herausfordernd an. Er begann zögernd, ich wollte dir etwas sagen. Ich zog erwartungsvoll meine Augenbrauen hoch. Was jetzt wohl wieder käme? Ich war sehr belustigt. Mir hat noch kein Mädchen so gut gefallen wie du, du hast so wunderschöne Augen. Das hatten vor ihm schon viele festgestellt - nicht sehr originell! Er erzählte schwärmerisch-umständlich von unserem Silvesterabend, von Tübingen. Was sollten diese minutiösen Schilderungen? Ich war schließlich dabei gewesen und litt vorläufig noch nicht unter Verkalkung. Ich sah ihm tief in die Augen. Er bewunderte meine schlanken Hände, meine Haare, meinen Mund, mein Lachen, meinen Humor. Ich war beeindruckt; das musste eine faszinierende Frau sein, die er mir da gerade beschrieb. Mit mir hatte sie allerdings außer einigen Äußerlichkeiten nichts gemein. Ich amüsierte mich prächtig. Wirklich, ein unterhaltsamer Abend. Ich habe mich in dich verliebt, hörte ich. Ich sah ihn erstaunt an. Er wiederholte es, ich habe mich in dich verliebt. Ich trank meinen dritten Wodka. Komisch, sagte ich. Warum komisch, fragte er verwundert und sprach das Sch wieder wie ein Ch aus. Es ärgerte mich. Ich unterdrückte die Versuchung, ihn zu korrigieren und murmelte etwas von ein bisschen plötzlich und sehr schnell. Und du, sagte er, und du? Der Abend nahm einen sonderbaren Verlauf; eben war es doch noch so lustig gewesen. Geht es dir ähnlich, drängte er. Im Glas war kein Wodka mehr. Ja, ich musste mich räuspern, mir geht es ähnlich. Er nahm mich in seine Arme. Du, flüsterte er, du. Ich hatte nicht geahnt, dass man so viel Glück in eine einzige Silbe legen kann. Mir war plötzlich sehr kläglich zu Mute. Kann ich bitte noch einen Wodka haben, brachte ich schüchtern heraus. Wieso klang meine Stimme so zaghaft? Alles, was du willst, Liebste, erwiderte Norbert strahlend. Liebste, wen meinte er damit? Vor mir stand wieder ein volles Glas. Ich trank nur einen kleinen Schluck. Der Alkohol schmeckte auf einmal widerlich und brannte im Magen. Lass uns tanzen gehen, schlug ich vor. Der Diskjockey legte langsamere Musik auf. Es war schon spät. Man tanzte jetzt aneinander geschmiegt. Ich hatte bald keine Lust mehr. Wir setzten uns wieder. Ich trank mein Glas aus. Du kannst erstaunlich viel vertragen, meinte Norbert, möchtest du noch einen. Nein, danke, erwiderte ich. Ich ekelte mich plötzlich vor dem Wodka. und fühlte eine bleierne Müdigkeit in mir. Ich zündete mir eine Zigarette an, davon würde ich gleich wieder munter werden. Mein Arm war so schwer, dass ich ihn aufstützen musste. Wie konnte ein Arm, ein ziemlich dünner Arm, so schwer sein? Irgendetwas stimmte nicht - mit diesem Abend, mit meinem Arm, mit mir, mit allem. Bringst du mich nach Hause, bat ich. Die Kälte belebte mich etwas. Meine Müdigkeit wich, die Trostlosigkeit blieb. Norbert versuchte noch einmal, mich für einen Spaziergang im Kurpark zu begeistern. Es hätte mir nichts mehr ausgemacht, aber ich war nicht zu begeistern, ich wollte nach Hause. Lieber ein andermal, sagte ich bittend. Warum bitte ich schon wieder, dachte ich unzufrieden. Es sollte doch bestimmt klingen. Irgendetwas war ganz und gar nicht in Ordnung. Man musste diesen Abend schleunigst beenden. Auf der Heimfahrt sagte ich nicht viel. Norbert erzählte, dass er Sonntagsdienst hatte und irgendwelche Einzelheiten vom Krankenhaus. Am Abend wollte er mich anrufen. Ich war es zufrieden. Ich war mit allem zufrieden, auch damit, dass er mich leidenschaftlich küsste und meine Brust streichelte, als er sich im Auto von mir verabschiedete. Warum nicht, das hatten andere auch schon getan. Dazu war sie wahrscheinlich da. Alles hatte letztendlich irgendeine Funktion, einen Sinn - hatte es wirklich einen? Norbert stieg mit mir zusammen aus, wartete bis ich die Haustür aufgeschlossen hatte. Noch einen allerletzten Kuss wollte er haben. Er bekam ihn. Er bekam ihn so, dass er davon weiche Knie haben würde. Das Licht im Treppenhaus war hell und tat meinen Augen weh.

# 7

Den Sonntag verbrachte ich lesend. Abends rief Norbert an und erzählte mir von seinem Sonntagsdienst. Ich langweilte mich. Nach einer halbe Stunde fragte mein Vater betont höflich an, ob er eventuell auch einmal das Telefon benutzen dürfe. Wir müssen Schluss machen, sagte ich ohne großes Bedauern in den Hörer und verabschiedete mich. Mein Vater meinte, dein Heini - seine Standardbezeichnung für alle jungen Männer, die frecherweise Interesse an seiner Tochter bekundeten - hat wohl zu viel Geld, oder warum führt er stundenlange Ferngespräche. Na, fügte er etwas freundlicher hinzu, die Deutsche Bundespost will ja auch leben. Ich zuckte lachend die Achseln.

Am nächsten Morgen fuhr ich nach Frankfurt, um mir die Stadt endlich genauer anzusehen. Frankfurt, heimliche Hauptstadt, Messestadt, hässlichste Stadt Deutschlands, alte Kaiserstadt, Bankenstadt, Goethestadt. Ich ging vom Bahnhof durch die Kaiserstraße zur Hauptwache, die Zeil hinauf und hinunter, zum Dom, zum Römer, zum Main, schließlich zurück zur Paulskirche. Ich sah sie mir genau an. Sie war kleiner als ich erwartet hatte, roter Sandstein, nüchterne Fenster, sie wirkte erstaunlich geschichtslos. Ich hatte mir die Wiege deutscher Demokratie bombastischer vorgestellt, erhaben und feierlich. Da stand sie, ein wiederaufgebautes Stilgemisch, unschön, sachlich und von einer schnörkellosen Selbstverständlichkeit, die mich beeindruckte. Ich wäre gern hineingegangen, um die Bekanntschaft mit diesem Monument, das keines sein wollte, zu vertiefen, aber das Tor war abgeschlossen. Ich fragte mich zu einem Café durch, erwischte dort sogar einen Fensterplatz und beobachtete die Stadt. Es war um die Mittagszeit, in den Straßen herrschte quirliger Betrieb. Jeder war in Bewegung, wollte dorthin, wo er gerade nicht war, alle in Eile, Zeit ist kostbar, Zeit ist Geld. Niemand beachtete den anderen, nur weiter. Die Schneehaufen auf der Straße, schon vom Stadtschmutz überzogen, grau, mit ersten schwarzen Trauerrändern, merkten sie nicht, wie sie störten, wie sie nutzlos wertvolle Parkplätze blockierten? Frankfurt, dachte ich, weiträumig, ungemütlich, hektisch, rastlos, effizient, geschäftstüchtig, rücksichtslos, und vor allem wohltuend ehrlich und großzügig. Frankfurt gefiel mir, es gefiel mir sogar sehr.

Am Dienstag schlief ich aus, trödelte im Bad herum, untersuchte die ordentlich aufgestellten Cremetöpfchen meiner Mutter und erschien endlich gegen elf zum Frühstück. Es roch verlockend nach Kaffee, auf dem Tisch stand ein Korb voll frischer Brötchen. Guten Morgen, sagte meine Mutter freundlich, gab mir einen Kuss und setzte sich zu mir an den Frühstückstisch, blätterte dabei die eingegangene Post durch. Hier ist ein Brief für dich. Sie legte ihn neben meinen Teller. Für mich? Wer schrieb mir denn Briefe, noch dazu an diese Adresse, die niemand kannte? Verwundert sah ich auf den nichts sagenden Umschlag. Dort stand eindeutig mein Name in einer kleinen, krakeligen Handschrift, die mir vollkommen unbekannt war, der Poststempel war verschmiert und nicht leserlich. Ich drehte den Umschlag um, kein Absender. Erneut betrachtete ich die Schrift, schlitzte schließlich den Brief mit meinem Frühstücksmesser auf, zog einen weißen DIN-A4-Bogen heraus, auf beiden Seiten diese unregelmäßige, kleine Schrift. Meine Liebste, las ich. Natürlich, das hätte ich mir denken können, Norbert. Vielleicht hatte er Angst vor seinen heißen Liebesgeständnissen bekommen und traute sich nicht, es mir am Telefon zu sagen. Es ist gleich vier Uhr morgens, ging es nach einem großen Absatz weiter, und ich kann nicht schlafen, weil ich immerzu an dich denken muss. Unser gemeinsamer Abend heute war wunderschön, und so weiter und so fort, dachte ich, wann kommt er denn nun zur Sache? Ich drehte das Blatt um. Und ich habe dir gesagt, stand da, dass ich in dich verliebt bin. Das ist falsch. Na also, warum nicht gleich so! Ich trank erleichtert einen Schluck Kaffee und las weiter. Es ist mehr, es ist nicht nur Verliebtheit, es ist Liebe. Ich liebe dich, und dann dasselbe noch einmal in Großbuchstaben. Damit war nicht zu rechnen gewesen. Ich las den Brief noch einmal etwas sorgfältiger. Es handelte sich bei diesem Werk offensichtlich um einen so genannten Liebesbrief; zumindest wurde das Wort Liebe in allen möglichen Formen und Zusammensetzungen verwendet, und zwar auffallend oft. Liebesbriefe sind auf nüchternen Magen besonders schwer verdaulich. Ich nahm mir eines der lecker aussehenden Brötchen. Na, ein glühender Verehrer, scherzte meine Mutter. Sie war sehr gut gelaunt heute morgen. Ich legte den Bogen nachdrücklich auf den Tisch. Am besten, du liest ihn selbst, schlug ich vor und lachte sie harmlos an.

Dann schmierte ich sehr gewissenhaft und gründlich Butter auf meine obere Brötchenhälfte. Sie entzifferte den Brief schweigend. Ich beobachtete sie. Ihr Gesicht wurde zunehmend ernster. Wie nett, sagte sie zum Schluss ergriffen, wie nett. Ich bat um eine weitere Tasse Kaffee. Findest du nicht, dass er sehr nett schreibt, erkundigte sie sich fast drängend. Ich erwiderte, er habe eine hässliche Handschrift, und in dem Brief seien drei Komma- und ein Rechtschreibfehler. Ob ihr das nicht aufgefallen sei? Du Ekel, sie musterte mich und schwieg vorwurfsvoll. Ich dachte an Walter und sagte, man bekäme in ganz Tübingen nicht so knusprige Brötchen wie hier. Warum bist du nur so kaltschnäuzig, seufzte sie. Erlaube mal, verteidigte ich mich und mimte die Gekränkte, ich vertraue dir meine sämtlichen süßen Herzensgeheimnisse und so weiter an, und zum Dank schimpfst du mich kaltschnäuzig. Sie musste lachen, schüttelte den Kopf. Kalt wie eine Hundeschnauze! Sag ihm bloß nicht, dass du mir den Brief zum Lesen gegeben hast, es klang wieder ernsthaft. Warum nicht, fragte ich unschuldig. Ekel, wiederholte meine Mutter und stand auf.

Ich goss mir eine weitere Tasse Kaffee ein und blätterte unkonzentriert in der Zeitung. Norberts Brief beschäftigte mich noch immer. Heute Abend würde er bestimmt anrufen und darauf zu sprechen kommen. Und dann? Es gab mehrere Möglichkeiten, was ich tun konnte. Ich konnte erstens wegfahren, ins Kino oder sonstwohin. Wenn ich nicht da war, könnte er mich nicht fragen - aber er würde wieder anrufen. Damit war das Problem nur vertagt. Ich konnte zweitens ans Telefon gehen und ihm erstaunt antworten, Brief? Welcher Brief denn? Leider ist die Post sehr zuverlässig; Briefe gehen nicht verloren, sie dauern nur manchmal etwas länger. Er würde morgen oder übermorgen erneut fragen. Das war also auch keine Lösung. Ich konnte drittens bestätigen, ja, dein Brief ist angekommen, aber ich möchte am Telefon nichts dazu sagen. Das war wieder nur ein Aufschub. So kam ich nicht weiter. Wann er von seinem Geschreibsel anfing, war letztendlich unerheblich. Auf jeden Fall würde der Moment kommen, und ich musste irgendetwas dazu sagen können. Ich legte die Zeitung weg und nahm mir noch einmal den Brief vor, las ihn, um festzustellen, was ich dabei empfand. Es erschien mir kühn, sogar tollkühn, Liebe so unumwunden zuzugeben, wie Norbert es tat.

Wusste er nicht, dass Liebe Schwäche ist, oder wollte er es nicht wissen, oder war es ihm einfach egal? Ich schüttelte den Kopf. Man zeigt dem Gegner seine Flanke nicht, ältestes Prinzip der Kriegskunst, wie konnte er das außer Acht lassen? Aber das waren nicht die Gedanken, die als Antwort taugten. Ich überlegte, ob ich mich über den Brief freute, wie sich die Empfänger von Liebesbriefen in Romanen zu freuen pflegten. Nein, keine Freude. Triumph? Schließlich hatte ich mir in der Silvesternacht vorgenommen, Norbert zu heiraten. Nein, auch das nicht. Der Brief löste nichts Angenehmes aus, ich fühlte mich durch ihn eigenartig bedrängt. Ein vages Gefühl von Beklemmung, fast Angst, das weckte er in mir. Aber auch das konnte ich Norbert nicht sagen. Es gab nichts zu sagen. Ich trank meinen Kaffee aus. Irgendwie müsste ich mich eben aus der Affäre ziehen. Hätte ich es nur schon hinter mir, dachte ich unzufrieden.

Den Abend verbrachte ich allein. Meine Eltern waren irgendwohin eingeladen. Ich sah mir die Tagesschau an. Weiterhin vereinzelte Schneefälle, meldete der Wetterbericht, da klingelte es. Ich schrak zusammen. Das Telefon klingelte. Welch hässlicher, schriller Laut! Mir war noch nie aufgefallen dass Telefongeklingel so aufdringlich und penetrant ist. Vielleicht war es gar nicht Norbert? Bei uns riefen viele Leute an; sicherlich jemand, der meinen Vater sprechen wollte. Ich ging zum Schreibtisch, legte die Hand auf den Hörer. Es klingelte noch einmal. Wie hartnäckig! Ich hob ab, meldete mich, sehr energisch. Es war doch Norbert. Er rief aus der Klinik an, weil ein Kollege krank geworden war und er dessen Nachtschicht übernommen hatte. Dann könnten wir uns diese Woche sogar einmal tagsüber treffen. Ich schöpfte Hoffnung, möglicherweise würde er heute noch gar nichts von seinem Brief erwähnen, versuchte ich mir einzureden. Wieder falsch. Hast du meinen Brief bekommen, fragte mich der Telefonhörer, aber nein, es war ja Norbert, der fragte. Was ich zu tun hatte, war im Grunde genommen sehr einfach. Ich musste nur ja sagen, ein völlig neutrales Ja; nicht zu laut, nicht zu leise, nicht tonlos, aber auch nicht emphatisch, nicht zu energisch und doch bestimmt; feststellend musste es klingen, auf keinen Fall fragend. Ein Ja, das so abschließend war, dass es auch Fragen beantwortete, die noch nicht gestellt waren. Nur ein moderates, endgültiges Ja. Es war ganz einfach. Wo blieb es nur, dieses kleine, simple Wörtchen, das alle unliebsamen Fragen aus der Welt schaffen würde? Endlich brachte ich es zustande. War es gelungen? Hatte meine Stimme nicht ganz leicht gezittert? Ich wartete ab, was kommen würde; jetzt war Norbert am Zug. Er räusperte sich. Du brauchst nichts dazu zu sagen, ich wollte nur, dass du es weißt. Es ist mir wichtig, dass du es weißt, und es schreibt sich leichter, als es sich sagt. Ich gab ein weiteres perfekt neutrales Ja von mir, obwohl ich sehr überrascht war - überrascht, erleichtert, sogar dankbar. Alles hatte ich erwartet, aber nicht, dass er mir den Kommentar ersparte. Plötzlich machte es keinerlei Mühe mehr, freundlich und nett zu sein; es gab tausend Dinge, die ich zu erzählen wusste. Erst nach zwanzig Minuten machten wir Schluss. Ich ging in mein Zimmer, um den Brief wegzulegen. Ich steckte ihn schnell in ein beliebiges Buch. Es war angenehm, ihn wegzulegen.

Am Mittwoch sahen wir uns wieder. Wir trafen uns am frühen Nachmittag im Frankfurter Hof. Draußen regnete es, die letzten Schneehaufen schmolzen, alles war nass. An einem solchen Tag konnte man sich nur irgendwo hinsetzen, Kaffee trinken und so tun, als gäbe es kein Draußen. Norbert war einsilbig, wirkte bedrückt. Ich fragte ihn, ob ihm das Wetter aufs Gemüt schlage. Nein, antwortete er, ich habe eher den Eindruck, das Wetter hat sich meiner Stimmung angepasst. Letzte Nacht ist eine Patientin gestorben, fuhr er nach einer ganzen Weile fort. Sie war zwar schon älter und hatte Krebs, aber trotzdem, weißt du, sagte er, aber trotzdem. In diesem Moment mochte ich ihn sehr. Wir unterhielten uns ganz anders als sonst. Ich fühlte zum ersten Mal nicht diesen ständigen, unerklärlichen Widerspruchsgeist in mir. Norberts Trotzdem hatte ihn eingeschläfert und meine Maskerade beendet. Ich verstand es gut, dieses Trotzdem, und scheute mich nicht, es zu zeigen. Wir saßen in der Hotelhalle und redeten. Ich leistete es mir, spontan und offen zu sein. Wir sprachen vom Tod, vom Leben, von seiner Sinnhaftigkeit, und endlich lauerte nicht hinter jedem Satz drohend das Wort Liebe. An diesem Nachmittag war sie kein Thema. Ich hatte das Gefühl, als sprächen wir zum ersten Mal miteinander. Ich fand heraus, dass wir sogar einiges gemeinsam hatten, und es störte mich nicht. Ich mokierte mich nicht über irgendwelche Geschmacklosigkeiten von Norberts Kleidung, ich achtete nicht einmal darauf, denn solche Äußerlichkeiten waren an diesem Nachmittag unerheblich. Wir redeten vier Stunden miteinander, vier Stunden Vertrauen und Verstehen, vier Stunden Gemeinsamkeit; dann musste er aufbrechen, um rechtzeitig zum Nachtdienst in Mainz zu sein. Ich sagte, schade, und meinte es so. Zum ersten Mal tat es mir leid, dass er gehen musste; zum ersten Mal dachte ich freundlich an ihn, als er gegangen war.

Am nächsten Abend besprachen wir am Telefon das Wochenendprogramm und vereinbarten für den kommenden Samstag, zusammen ins Theater zu gehen. Dort lief ein Brecht-Stück, das ich gern anschauen wollte. Nach dem Theater würde man weitersehen, vielleicht Sachsenhausen, vielleicht etwas anderes. Ich freute mich auf den Abend und bat Norbert, unbedingt früh zu kommen, damit wir gute Plätze bekämen. Als er klingelte, war es wirklich noch sehr zeitig. Bevor wir losfuhren, sah er sich auf dem Stadtplan an, welcher Weg ungefähr einzuschlagen war. Umso mehr wunderte ich mich, als er kurz hinter dem Messegelände nach rechts abbog. Zum Theater geht es hier aber nicht, sagte ich. Doch, erwiderte er, wir schlagen nur einen Bogen um die Innenstadt herum. Das muss ein sonderbarer Bogen werden, dachte ich, denn das Theater lag nach meiner Auffassung in entgegengesetzter Richtung. Abwarten, nahm ich mir vor, denn meine Frankfurter Ortskenntnisse waren noch sehr ungenau, und Norbert hatte vorhin immerhin in den Stadtplan gesehen. Die Gegend, durch die wir fuhren, war öde und verlassen. Weit und breit niemand auf der Straße, den man nach dem Weg fragen konnte. Nach einer Weile tauchten wenigstens wieder beleuchtete Häuserfenster auf. Am Straßenrand parkte Auto an Auto. Wir waren offensichtlich in eine Wohngegend geraten; sicherlich keine gute Adresse, aber man fühlte sich dem Stadtleben wieder näher, obwohl keine Menschenseele unterwegs war. Die Straße war inzwischen enger geworden; Bäume rechts und links grenzten sie von den leeren Trottoirs ab. Ich hatte Zweifel, ob das noch die Hauptstraße war. Bist du sicher, dass wir hier richtig sind, fragte ich. Norbert antwortete nicht, fuhr unbeirrt weiter. Innerlich fing ich an zu kochen. Wann würde er endlich zugeben, dass er sich verfahren hatte? Ich wollte keine Stadtrundfahrt machen, sondern ins Theater gehen. Ich sah auf die Uhr; wir hatten schon mehr Zeit vertrödelt als gedacht. Ein Glück, dass wir so früh losgefahren waren. Norbert hielt an. Endlich hatte er eingesehen, dass der Weg nicht stimmen konnte. Er knipste die Innenlampe an und zog den Stadtplan zu Rate, drehte ihn hin und her, gestand schließlich ein, dass er keine Ahnung hatte, wo wir uns genau befanden. Ich nahm ihm wortlos die Karte weg, versuchte, die Irrfahrt nachzuvollziehen. Die Straße, die wir gekommen waren, schien zum Güterbahnhof zu führen. Dort hinten, das große dunkle Gebäude konnte ein Bahnhof sein, und links von uns, waren das hinter dem Zaun nicht Gleise? Wir sind am Güterbahnhof, sagte ich betont ruhig, denn ich war nun sehr ärgerlich. Am besten, du fährst den gleichen Weg, den wir gekommen sind, wieder zurück, aus Zeitgründen möglichst ohne weitere Bogen. Übrigens, vielleicht wäre es zweckmäßig, wenn du einmal einen Volkshochschulkurs im Kartenlesen absolvierst, ergänzte ich boshaft. Er sagte nichts, hielt sich aber strikt an meine Richtungsanweisungen. Ich verfolgte unseren Weg mit dem Zeigefinger auf dem Stadtplan. Wenn mir nicht noch eine unvorhergesehene Einbahnstraße in die Quere käme, müssten wir gleich am Theater sein. Ich riet ihm, einen der freien Parkplätze zu nehmen. Nein, von hier war es noch zu weit zu Fuß, erwiderte er. Komisch, wieso kannte er sich plötzlich so gut aus? Er fuhr weiter. Ich registrierte triumphierend, dass alle näher gelegenen Parkmöglichkeiten schon belegt waren. Wir mussten eine Runde um den ganzen Block drehen. Schließlich parkte er genau dort, wo ich vorgeschlagen hatte. Ich schluckte mühsam ein Siehst-Du herunter; noch eine Kleinigkeit, und ich würde aus der Haut fahren. Idiot, dachte ich böse, während wir im Laufschritt zum Theater eilten, fast schon rannten, denn inzwischen war es sehr spät geworden. Als wir endlich im Foyer standen, läutete es gerade zum ersten Mal. Trotzdem bekamen wir noch Karten, sogar zwei Plätze nebeneinander, worauf ich nicht den geringsten Wert legte. Ich bedauerte es sogar, am liebsten hätte ich mich so weit wie möglich von Norbert weggesetzt. Natürlich waren die Plätze schlecht. Er war naiv genug, seine Enttäuschung darüber offen zu äußern. Das kann schon vorkommen, sagte ich schnippisch, wenn man vor dem Theaterbesuch unbedingt eine Rundfahrt durch Vorstadtgebiete machen muss. Ich war denkbar schlechter Laune und starrte schweigend in Richtung Bühne. Wann ging denn endlich das Stück los? Norbert versuchte krampfhaft, ein Gespräch in Gange zu bringen. Ich zeigte mich von bemerkenswerter Einsilbigkeit. Langsam wurde das Licht dunkler. Ich atmete auf. In diesem Moment ergriff Norbert meine Hand und streichelte sie. Beinahe hätte ich vor Wut geschrien. Der Beleuchter ließ mir gerade noch ausreichend Zeit, um Norbert einen kalten Blick zuzuwerfen. Wenn ich vorher gewusst hätte, dass du knutschen willst, hätte ich einen entsprechenden Film vorgeschlagen und nicht Brecht, zischte ich und zog meine Hand weg.

Die Aufführung erschien mir ziemlich konservativ, aber sie war nicht schlecht. Als der Vorhang zur Pause fiel, hatte ich mich über die missliebige Hinfahrt wieder einigermaßen beruhigt. Wir gingen im Foyer hin und her, ich machte artige Pausenkonversation und beobachtete die Leute. Das Sektglas zierlich in der Hand, den Senkrücken von Jackett oder Nerzjäckchen verhüllt, so stolzierte man freundlich nickend im Foyer herum. Dieser Brecht, wer hätte das gedacht, war doch eigentlich ganz erträglich, gar nicht so radikal, blablabla, dieser Baal, ein Beischlaf auf der Bühne, warum nicht, man ist nicht prüde in Frankfurt, nicht wahr, gnädige Frau. Ich sah an mir hinunter und bemerkte erschrocken, dass ich mich von denen, über die ich gerade in Gedanken herzog, in keiner Weise unterschied. Zwar hatte ich keinen Nerz um, aber die kleine Babykrokotasche, die meine Eltern mir zum letzten Weihnachtsfest geschenkt hatten, passte genauso schlecht zu Brecht wie eine Pelzstola. Warum hatte ich keine Jeans angezogen? Norbert wieder in seinem kornblumenblauen Anzug, offensichtlich sein bestes Stück; Jeans wären dazu ein guter Gegensatz gewesen. Ich spürte einen starken Drang, mich daneben zu benehmen, zu dem Dicken neben mir zu sagen, mein Gott, sind Sie fett, oder seiner Frau freundlich lächelnd den Sekt aus meinem Glas ins Gesicht zu schütten. Wie wohl Norbert reagieren würde? Kopfschüttelndes Um-Verzeihung-Bitten für meinen Affront, ärgerlicher Wie-kannst-du-nur-Blick in meine Richtung oder nur betreten-duldsame Verständnislosigkeit? Ich wusste es nicht, aber es machte Spaß, darüber nachzudenken. Du hast noch nicht gesagt, wie es dir gefällt, beendete Norbert meinen kleinen Gedankenaufstand; wieder nur eine meiner gedachten Revolten, natürlich. Wir sind falsch angezogen, erwiderte ich ihm. Wieso? Wir sehen nicht anders aus als alle hier, er klang ratlos. Eben, sagte ich, eben. Die Pause war zu Ende; man setzte sich wieder.

Der Vorhang ging hoch, leere Bühne, nur im Vordergrund eine Art über-dimensionaler Sandkasten, daneben ein Wasserbecken. Wo waren die Kulissen von vorhin? Der Hauptdarsteller betrat die Szene, fing bedäch-tig an, sich auszuziehen und trug schließlich nackt im Scheinwerferlicht stehend einen Monolog vor. Baal, ein nackter Gott, auf das Wesentliche reduziert. Der Vorhang fiel. Stille. Es war unheimlich, dass in einem Raum mit so vielen Menschen derart perfekte Stille herrschen konnte. Ich fing an zu klatschen, ein paar andere fielen ein. Wir blieben wenige, verschwindend wenige. Norbert applaudierte nicht. Ich klatschte, klatschte gegen die hartnäckige Stille an, so laut ich konnte. Aber unser vereinzelter Beifall kämpfte vergebens gegen das weiträumige Theater. Warum stimulierte er die vielen Hände im Saal nicht zum Mitklatschen? Ein paar fingen an zu applaudieren, alle fielen ein - das funktionierte doch sonst immer, warum nicht auch dieses Mal? Warum verfing er sich in den Fallstricken der Stille, so hilflos, so kläglich, so aussichtslos? Schade, dass nicht plötzlich das Licht anging. Ich hätte gern die gese-hen, die klatschten - oder wären es dann noch weniger gewesen? Moch-te er auch verschwindend bleiben unser Applaus, so war er doch zäh und ausdauernd.

Ich klatschte, bis sich der Vorhang wieder hob. Die Kulisse blieb avantgardistisch. Ich empfand eine Genugtuung, als hätte ich das mit meinem Geklatsche bewirkt. Nach der nächsten Szene wurde der Beifall vorsichtig etwas lebhafter; die Gewohnheit griff um sich. Sonderbares Stück, murmelte Norbert zu mir herüber. Ich war froh, dass er nicht ko-misch gesagt hatte, sein lächerlich ausgesprochenes Komisch. Als sich die Schauspieler am Schluss verbeugten, hatte der Applauspegel wieder normales Theaterniveau erreicht. Immerhin, dachte ich, immerhin. Nor-bert klatschte jetzt auch.

Nach der Vorstellung war ich sehr aufgekratzt und unternehmungs-lustig. Ob ich nach Sachsenhausen wollte wie geplant? Welche Frage, natürlich wollte ich nach Sachsenhausen. Wir fuhren über eine der Mainbrücken. Ich bewunderte die Lichter, die sich zum Teil im Wasser spiegelten, wie viele es waren. Ich dachte an Tübingen an einem Sams-tag um die gleiche Zeit. Der Vergleich war lächerlich. Frankfurt bei

Nacht gefiel mir noch besser als Frankfurt am Tag. Könntest du wieder die Navigation übernehmen, fragte Norbert. War ein Hauch von Gereiztheit in seiner Stimme, oder täuschte ich mich? Ich griff nach dem Stadtplan, klappte ihn auf. Das Licht von draußen reichte beinahe, um ihn erkennen zu können. Norbert knipste trotzdem die Leselampe an. In der Karte war kein Sachsenhausen eingezeichnet. Ich sah nach draußen, ein Straßenschild: Schweizer Straße; ich sah wieder auf meinen Plan, dort war die Straße, in der wir uns gerade befanden, aber wo war Sachsenhausen? Ich kann es nicht finden, sagte ich schließlich. Vielleicht versuchst du es einmal mit einem Volkshochschulkurs im Kartenlesen, schlug Norbert vor. Ich grinste zum Seitenfenster hinaus. Seine Retourkutsche war nicht nur einfallslos, sondern auch noch unpassend; ich wusste immerhin, wo wir in diesem bunten Liniengewimmel waren. Ich antwortete mit einem Lachen. Wenn er mich besser gekannt hätte, wäre ihm wahrscheinlich aufgefallen, dass es kein lustiges Lachen war. An der nächsten Kreuzung stand ein Mann mit einem Hund an der Leine. Wir hielten an, fragten nach dem ominösen Sachsenhausen. Sie sind mittendrin, sagte der Spaziergänger freundlich. Ich dachte, ein Tübinger wäre an seiner Stelle beleidigt gewesen, hätte sofort unterstellt, dass ich ihn auf den Arm nehmen wollte. Frankfurt war wirklich wohltuend. Wir fuhren ein Stückchen weiter. Die Parkplatznot hatte Frankfurt allerdings mit Tübingen gemein. Endlich stiegen wir aus. Ich sah mich um. Diese Allee, eine hübsche Geschäftsstraße, sollte das Zentrum von Sachsenhausen sein? Wo waren die Kneipen mit dem berühmten Apfelwein? Nach einiger Sucherei fanden wir in einem Hinterhof eine größere Apfelweinwirtschaft. Lange Holzbänke, die Leute saßen dicht gedrängt, auf den Tischen große Tonkrüge, über allem dichter Qualm. Es sah im Wesentlichen genauso aus, wie ich es mir vorgestellt hatte, nur ein bisschen ungemütlicher war es. Wir blickten suchend umher. Wo waren noch zwei Plätze frei? Ehe wir uns versahen, rückten die Leute auf einer Bank noch ein etwas enger zusammen, und schon saßen wir dazwischen. Bevor wir nach der Bedienung Ausschau halten konnten, stand schon vor jedem von uns ein Glas Apfelwein. Neugierig nahm ich den ersten Schluck - und hätte ihn beinahe wieder ausgespuckt. Das Getränk in meinem Glas schmeckte entsetzlich sauer und faulig. Ein älterer Herr gegenüber sah mein Gesicht und lachte. Das zweite Glas ist nicht mehr so schlimm, und das dritte schmeckt schon gut, bemerkte er tröstend. Es klang so nett, dass ich mich zu einem weiteren Versuch durchrang. Wir bestellten Rippchen mit Kraut. Norbert fragte, ob es auch Bier gäbe. Der Kellner sah ihn mitleidig an und nickte. Sie auch, fragte er in meine Richtung. Ich verneinte eilig und nahm heroisch einen langen Zug aus meinem Glas. Der freundliche Herr von vis-à-vis fing an, sich mit mir zu unterhalten. Die Dame neben ihm war offensichtlich seine Frau. Sie wusste auch etwas zu sagen. Ich war noch nie so schnell mit wildfremden Leuten ins Gespräch gekommen. Ich trank noch etwas von diesem sonderbaren Apfelwein, und noch etwas, und noch etwas. Schon war nichts mehr übrig. Bravo, sagte mein Gegenüber. Der Kellner tauschte wortlos mein Glas gegen ein volles aus, ohne mir Zeit zum Protest zu lassen. Verwundert stellte ich fest, dass das Gesöff wirklich nicht mehr so schlimm schmeckte wie zu Anfang. Das Essen kam auf einem dieser unterteilten Portionsteller, die nach Mensa aussehen, aber das Fleischstück war um ein Vielfaches größer und schmeckte vor allem viel besser. Ich trank entschlossen meinen Apfelwein. Norbert schüttelte den Kopf. Wie kannst du dieses Zeug trinken, sagte er, es frisst bestimmt Löcher in den Magen. Der ganze Tisch widersprach ihm heftig. Ein junger Mann pries das Getränk sogar als Allheilmittel. Es reinige das Blut, behauptete er ernsthaft, und wirke heiß getrunken Wunder gegen jede Erkältung, ja sogar gegen Grippe. Ich begann gerade mit meinem dritten Glas und fand den Abend sehr lustig. Lediglich Norbert störte mit seinem steifen Getue. Er trank immer noch Bier. Zum Glück waren genug andere Leute da, mit denen man lachen konnte. Eine Weile versuchte ich mir einzureden, er sei nicht da, aber ich merkte, dass er mich beobachtete. Ich sah ihn an; er hatte traurige Augen. Plötzlich störte mich das laute Gelächter, plötzlich waren die Witze abgedroschen. Komm, lass uns gehen, sagte ich, es ist zu voll hier. Aber es gefällt dir doch, meinte er leise. Nein, entgegnete ich, es gefällt mir nicht.

Draußen sahen wir uns die Geschäfte an. Ich komme an keinem Schaufenster vorbei, ohne nicht wenigstens im Vorübergehen einen Blick hineinzuwerfen. Trotzdem bin ich ein schlechter Konsument, denn meistens stellt mich schon das Anschauen zufrieden. Auf der Straße war es nach dem Kneipenlärm angenehm still. Du hast den Eindruck gemacht, als ob du dich glänzend amüsierst, fing Norbert an, wieso hat es dir denn nicht gefallen? Ich konnte nicht sagen, weil du mir die Stimmung verdorben hast, ich brachte es nicht fertig. Weißt du, antwortete ich stattdessen, ich kann überall den Anschein erwecken, mich prächtig zu unterhalten. Es ist reine Übungssache. Ich rede mir einfach ein, dass es mir gefällt. Er sah mich zweifelnd an. Merkst du auch noch, wenn dir etwas wirklich gefällt, fragte er. Natürlich, lachte ich, natürlich. Ich musste künftig mein Lachen besser im Zaume halten. Es war übertrieben munter gewesen. Ich war froh, dass es nicht mehr weit bis zum Auto war, denn plötzlich überkam mich Müdigkeit.

Ich habe dir noch gar nichts vom nächsten Wochenende erzählt, sagte Norbert auf der Heimfahrt. Ich überlegte, ob er das Programm künftig schon eine ganze Woche im voraus festlegen wollte. Nein, ich war wieder voreilig. Er begann, mir lang und breit von einer Party zu erzählen, die bei einem früheren Studienfreund in Mannheim stattfinden sollte und zu der er eingeladen war, Klaus und Gisela übrigens auch. Das Fest war für den Samstagabend geplant. Man könnte dort übernachten und am Sonntag zurückfahren. Ach so, dachte ich, er hat nächstes Wochenende keine Zeit, auch gut. Ich habe schon angekündigt, fuhr er fort, dass ich noch jemanden mitbringe, und alle sind sehr neugierig auf dich. Wie bitte? Mir blieb die Sprache weg. Dieser Norbert, den ich heute gerade zum fünften Mal sah - ich zählte nach, es war tatsächlich erst das fünfte Mal - verfügte mit einer Selbstverständlichkeit über mich, als seien wir schon Jahrzehnte verheiratet. Schlimmer noch, dachte ich wütend. Mein Vater fragte meine Mutter sogar nach über zwanzig Ehejahren Ist es dir recht?, bevor er eine Einladung in ihrem Namen annahm. Vielleicht war seine Frage nur rhetorisch, vielleicht wäre er sehr verwundert gewesen einmal ein Nein als Antwort zu bekommen, aber wenigstens räumte er meiner Mutter diese Möglichkeit ein. Tja, sagte ich schließlich gedehnt, wenn alle schon so neugierig auf mich sind, brauche ich mir ja nicht mehr zu überlegen, ob ich Lust habe mitzufahren. Norbert wurde auf einmal sehr unsicher. Ja wieso, stotterte er, ich dachte natürlich, du würdest gern mitkommen, du kommst doch gern mit, oder? Er begriff offensichtlich auch jetzt nicht, dass er nicht mit besitzender Selbstverständlichkeit davon ausgehen konnte, dass ich mitführe. Ich musste es ihm sagen; das lag nicht mehr im Rahmen dessen, was schweigend übergangen werden konnte. Ja, stimmte ich zu und bemühte mich um einen einigermaßen freundlichen Tonfall, ich komme gern mit, aber beim nächsten Mal fragst du mich bitte, bevor du zusagst, denn ich lasse nicht gern über mich verfügen - von niemandem, verstehst du das? Aber ich habe doch nicht über dich verfügen wollen, widersprach er unglücklich, so habe ich das wirklich nicht gemeint. Natürlich, er hatte es nicht bewusst getan, und das machte es noch unerträglicher. Wie sollte ich ihm erklären, dass mich gerade die unbewusste Selbstverständlichkeit störte, mit der er mich meinem Empfinden nach vereinnahmte? Es war zwecklos, er würde mich nicht verstehen, nur seine Absichtslosigkeit würde er wieder beteuern, diese verdammte Absichtslosigkeit. Ich hatte keinen Mut zu weiteren Erklärungsversuchen. Er wusste jetzt jedenfalls, dass ich vor irgendwelchen Abmachungen gefragt werden wollte. Wenn er sich daran hielt, was machte es, ob er den Grund für meinen Wunsch verstand oder nicht? Er bremste den Wagen ab. Ich war zuhause. Sehen wir uns am Mittwoch? Na also, das war eindeutig eine Frage; ich registrierte es zufrieden. Vielleicht hatte er doch eingesehen, was ich meinte. Nur keine feste Zusage, nur keine Gewissheit, damit der Selbstverständlichkeit keine neue Chance eingeräumt wurde! Ich weiß noch nicht, ob ich Zeit habe, entgegnete ich vorsichtig, aber ohne Schärfe, denn ich will nächste Woche mit meiner Hausarbeit anfangen, die Mitte April Abgabetermin hat. Ich muss mir erst einen Arbeitsplan machen. Norbert war jetzt wieder guter Dinge. Mitte April, wiederholte er, das sind noch über vier Wochen. Wir verabschiedeten uns. Der letzte Kuss fiel mir an diesem Abend schwerer als sonst. Er schien ewig zu dauern; ich suchte währenddessen in meiner Manteltasche nach dem Schlüssel. Er fühlte sich sehr kalt an, angenehm kalt. Endlich. Adieu, ich stieg aus. Ein Druck auf den Lichtknopf, Schlüssel ins Schloss, aufschließen. Ich drehte mich in der offenen Tür noch einmal um und winkte Norbert zu. Er fuhr an, winkte fröhlich aus dem offenen Seitenfenster zurück. Bis Mittwoch, rief er mir zu. Hätte ich mich nur nicht noch einmal umgedreht.

Am Dienstagabend sagte ich ihm am Telefon, dass ich am nächsten Tag keine Zeit für ihn hätte. Er schien aus allen Wolken zu fallen, aber wir haben uns jeden Mittwoch getroffen, widersprach er. Wir haben uns letzten Mittwoch getroffen, korrigierte ich ihn, und zwar zum ersten Mal. Er wollte nicht glauben, dass es erst das erste Mal war. Mittwoch ist doch unser Tag, sagte er. Vorletzten Mittwoch war ich noch in Tübingen, bemerkte ich beiläufig. Und schon stieg wieder dieses sonderbare Gefühl in mir auf, Ärger, gemischt mit Gereiztheit und einem bisschen Mitleid. Ich kämpfte es nieder. Und Donnerstag? Norbert klang heiser. Können wir es dieses Mal nicht beim Wochenende belassen, fragte ich dagegen. Schweigen, Enttäuschung, die durch das Telefon krochen. Mein Ärger und auch die Gereiztheit waren verflogen, nur das Mitleid, das war geblieben. Es sind doch zwei Tage, ich warb um Verständnis. Wir können am Sonntagnachmittag noch etwas zusammen unternehmen. Oder hast du Dienst, fragte ich, um das Schweigen am anderen Ende zu unterbrechen. Nein? Wie schön, ich malte einen strahlenden Sonntagnachmittag aus, optimistisches Himmelblau. Ich klang fröhlich wie ein Werbeprospekt, ich wurde immer begeisterter von meinen Ideen. Kein Echo auf der anderen Seite. Norbert, fing ich erneut an, liebevoll sollte es klingen, sei doch bitte vernünftig und schmolle nicht wegen dieser lächerlichen drei Tage. Er lachte, ein etwas gepresst, wie mir schien. Endlich sagte er, ich schmolle nicht, ich bin nur traurig, dass wir uns morgen nicht sehen. Ist das schlimm? Nein, versicherte ich ganz sanft, mir geht es genauso. Wirklich? Er unterbrach mich. Wie drängend das klang. Wirklich, wiederholte ich, erschrocken, mit welcher Gelassenheit ich lügen konnte. Ich ruf dich morgen an, versprach ich eifrig, denn bisher hatte er immer angerufen.

Am nächsten Tag fuhr ich nach dem Mittagessen in die Stadt. Ich war um zwei mit dem Sohn eines Bekannten meines Vaters in der Universität verabredet. Er studierte in Frankfurt Jura, allerdings schon in einem höheren Semester, und hatte sich bereit erklärt, mir das Wichtigste zu zeigen, damit ich meine Hausarbeit in Angriff nehmen konnte. Es war ein völlig harmloses Treffen, aber wenn das Norbert wüsste! Ich lachte vor mich hin. Bestimmt würde er eine genaue Personenbeschreibung des fraglichen Studenten haben wollen, einschließlich Kragenweite und Schuhgröße; auch ich wusste nur, dass er Uli hieß, sehr groß war, eine Brille trug und am Eingang zur Bibliothek auf mich warten wollte. Und natürlich würde Norbert nach dem aufregenden Rendezvous mit eindringlicher Stimme fragen, ob dieser so genannte Uli mir wirklich nur die Universität gezeigt hätte, oder.... Das Oder würde er selbstverständlich nicht aussprechen, aber es würde deutlich in der Luft hängen. Ich lachte, sehr zufrieden, dass ich mir all diese lästigen Antworten und Beteuerungen erspart hatte. Norbert, der Ahnungslose, trällerte ich vergnügt vor mich hin. Ich war ihm entwischt, ihm und seinem enttäuschten Gesichtsausdruck und seinen zu vielen Fragen. Dieses Entwischtsein war sehr angenehm. Ich fühlte mich fast wie ein Kind, das etwas Verbotenes tun will, ein bisschen aufgeregt, ein bisschen gespannt; ich sagte, ätsch, sagte es laut, weil ich mich frei fühlte. Ich parkte in Nähe des Universitätsgeländes, fragte erst nach dem Juridicum, und als ich das entsprechende Gebäude gefunden hatte, nach der Bibliothek. Es war noch nicht ganz zwei. Ich stellte mich an die Eingangstür und wartete, studierte die Notizen am Schwarzen Brett. Da wurden Studienplätze zum Tausch angeboten, alte Bücher verkauft, Zimmer gesucht, eine Sekte mahnte zur Besinnung auf das Wesentliche - aber was das Wesentliche war, blieb unklar, ein Repetitor offerierte seine Dienste - unerlässlich für ein erfolgreiches Examen, Mitfahrangebote und -gesuche. Sind wir hier verabredet, fragte jemand hinter mir. Ich drehte mich um. Der Jemand war sehr groß, trug eine Brille, war salopp gekleidet und sah wie ein Lausbub aus; wenn das Norbert wüsste! Ich lächelte den großen Lausbuben an und nickte. Es ist komisch, wenn man sich mit jemandem verabredet hat, den man nicht kennt, meinte er. Wir haben vergessen, ein Erkennungsmerkmal zu vereinbaren, Kennzeichen Rose, oder so ähnlich. Wir lachten. Bringen wir den offiziellen Teil schnell hinter uns, schlug er vor, damit wir Kaffeetrinken gehen können. Er öffnete die Tür, vor der ich gewartet hatte. Hinein ins Vergnügen, forderte er mich auf. Der Lausbub namens Uli führte mich im Seminar herum, zeigte mir, wo Gerichtsentscheidungen zu finden waren, wo Kommentare und Zeitschriften standen, wo man fotokopieren konnte. Und jetzt kommt das Wichtigste, er setzte eine sehr bedeutungsvolle Miene auf - der Kaffee. Wir holten unsere Mäntel und gingen nach draußen. Dort oben ist die Mensa - er zeigte auf einen zweistöckigen Neubau - vor der man übrigens dringend warnen muss, in dem klotzigen Gebäude hier links sind die Hörsäle. Johann-Wolfgang-Goethe-Universität stand feierlich über der Tür. Unter der Inschrift prangten bunte Farbkleckse und ließen die

Feierlichkeit auf ein vernünftiges Maß schrumpfen. Ein paar Meter weiter lag ein Eckcafe. Uli eilte zielstrebig darauf zu. Trotz der Semesterferien war es dort sehr voll. Er wühlte sich zu einem kleinen Tisch durch, dabei mehrere Leute grüßend. Offen sichtlich war er öfter hier. Voilà Mademoiselle, sagte er einladend und organisierte einen zweiten Stuhl vom Nebentisch. Wir bestellten Kaffee. Wie ist denn Tübingen, wollte Uli wissen. Klein, erwiderte ich, und vor allem sehr provinziell. Wir redeten über alles Mögliche, über die schlechten Berufsaussichten, Automarken, Ferienjobs, über die Stadt Frankfurt im Allgemeinen und im Besonderen, über Öffentliches Recht, das wir beide nicht mochten, über einen Fernsehfilm, diskutierten, ob Apfelkuchen den Käseschnitten vorzuziehen sei, sprachen über das hessische Schulsystem, über Ulis Hund, über die Schneefälle der vergangenen Woche und fanden ununterbrochen etwas, über das wir lachen mussten. Es war ein sehr lustiger Nachmittag. Draußen wurde es schon dunkel. Kommst du mit in eine Kneipe um die Ecke, fragte Uli, ich treffe mich dort mit ein paar Freunden. Wie gut, dass ich gestern Norbert gegenüber meinen Mittwoch verteidigt hatte, dachte ich, sonst müsste ich jetzt nein sagen. Natürlich ging ich mit. Wir waren ein kleines Grüppchen, spielten Poker, quatschten über Gott und die Welt und hatten erneut sehr viel zu lachen.

Gegen neun kam ich nach Hause. Wo warst du denn so lange, begrüßte mich meine Mutter in anschuldigendem Ton. Guten Abend, dein Heini hat angerufen, tat mein Vater kund, zweimal sogar. Ich habe ihm gesagt, du seiest in der Uni. Du möchtest zurückrufen. Er griente mich an, der junge Mann macht sich offensichtlich Sorgen um dein Wohlergehen. Ich schnitt eine Grimasse. Ihr seid zwei schreckliche Menschen, behauptete meine Mutter, immer macht ihr euch lustig, wenn man um euch besorgt ist. Ich griente nun auch und berichtete meinem Vater, dass es eine gute Idee von ihm war, das Treffen mit diesem Uli zu arrangieren, er hätte mir alles gezeigt und ich hätte eine Menge nette Leute kennen gelernt. Nun ruf endlich Norbert an, mahnte meine Mutter, er wartet doch. Ich muss erst etwas essen, entgegnete ich, ich falle fast um vor Hunger. Mein Vater nickte beifällig. Wir lächelten uns verständnisinnig an. Ihr seid wirklich schrecklich, wiederholte meine Mutter. Ich zog das Abendessen gekonnt in die Länge, kaute mit ungewohnter Gründlichkeit und entwickelte beachtlichen Appetit. Mir grauste vor dem Telefonanruf. Der Tag war so lustig gewesen, so unverkrampft. Ich wollte nicht telefonieren. Ich nahm mir eine Orange zum Nachtisch. Man kann sehr viel Zeit damit zubringen, eine Orange zu schälen, ordentlich die Schale einritzen, die weiße Haut entfernen, und zwar vollständig. Ruf ihn jetzt endlich an, erinnerte meine Mutter. Sie klang ungeduldig. Gleich würde sie ärgerlich werden. Nun lass sie doch in Ruhe essen, mischte sich mein Vater ein. Ich genoss das Obst - Bissen für Bissen. Natürlich hatte ich hinterher klebrige Finger. Natürlich musste ich sie mir waschen und sorgfältig eincremen. Wer will schon raue Hände bekommen! Und nun? Immerhin hatte ich es geschafft, über eine Stunde verstreichen zu lassen, aber nun fiel mir beim besten Willen nichts mehr ein. So, dann will ich mal telefonieren gehen, kündigte ich gähnend an. Bestimmt schläft er jetzt schon, sagte meine Mutter vorwurfsvoll. Dann wird er eben wieder wach, erwiderte ich lachend und flüchtete aus dem Esszimmer, bevor sie ihre Entrüstung kundtun konnte.

Norbert war gleich am Telefon. Wahrscheinlich hatte er direkt daneben gesessen. Endlich, seufzte er erleichtert, ich habe so auf deinen Anruf gewartet. Wo warst du denn so lange? Jetzt ging es also wieder los, dieses Frage-Antwort-Spiel. Jetzt müsste man erwidern, was geht dich das eigentlich an, dachte ich, ohne Erklärung, ohne Entschuldigung einfach nur diese Frage stellen. Statt dessen hörte ich mich freundlich sagen, ich bin eben erst nach Hause gekommen. Ich war in der Bibliothek und habe mit meiner Hausarbeit begonnen. So lange, wiederholte er. Es klang so zärtlich, dass es mir weh tat. Meine Wut war verraucht. Seine Zärtlichkeit hatte mir wieder den Wind aus den Segeln genommen. Ich fühlte nur Hilflosigkeit. Gern hätte ich ihm die Wahrheit gesagt. Aber es war mühsam, die Wahrheit so zu verpacken, dass er sich dadurch nicht verletzt fühlte. Warum vertrug er es nicht, wenn ich ehrlich war? Es war nicht die richtige Zeit, über diese Frage nachzudenken, jetzt musste ich ihm erklären, warum, wieso, weshalb ich so lange in der Bibliothek zugebracht hatte. Ich war heute besonders gut in Form, sagte ich. Nein, das reichte als Begründung sicher nicht aus. Weißt du, fuhr ich fort, es gibt Tage, da geht einem alles so leicht von der Hand, dass man nicht merkt, wie die Zeit vergeht. Meine Stimme hörte sich billig an, wie sie um Verständnis warb. Ich ärgerte mich. Jetzt nur keine der quälenden Gesprächspausen aufkommen lassen! Ich begann, in aller Ausführlichkeit den Sachverhalt meiner Aufgabenstellung darzulegen. Komischer Fall, findest du nicht, fragte ich munter in den Hörer. Ja, sagte Norbert, hast du heute wenigstens einmal an mich gedacht? Nein, erwiderte ich, nicht einmal - mehrere Male. Er lachte. Froh, dass er sich damit zufrieden gab, erkundigte ich mich nach seinem Tagesverlauf, ließ ihn erzählen. Mit Klaus hätte er wegen Samstag gesprochen, drang an mein Ohr, wir würden alle zusammen mit seinem Audi fahren, sie kämen mich abholen. Ich kann doch nach Mainz kommen, wandte ich ein. Nein, das war nicht nötig, die paar Kilometer Umweg machten ihm wirklich nichts aus. Bitte schön, sagte ich mir, dann eben nicht! Ich freue mich sehr auf unser Wochenende, es klang bittend. Ich bekundete meinerseits Vorfreude, bemühte mich, ihm etwas Nettes zu sagen. Schlaf gut, meine Liebste, flüsterte er, ich liebe dich. Ja, murmelte ich verwirrt, danke gleichfalls. Gute Nacht!

## 8

Der Samstag war einer der Tage, die einen am Ende des Winters hoffen machen, dass es doch noch Frühling wird. Über Mittag konnte man in der Sonne den Mantel offen lassen, die Luft roch nicht mehr nach Winter. Sie roch schon nach Erde und Gras, aber nicht würzig und schwer, nur ein Hauch davon war zu spüren, eine Ahnung, die den Duft der Blüten ankündigte, die bald aufgehen würden. Ich freute mich darauf, am Nachmittag eine Stunde durch den Vorfrühling zu fahren. Mannheim liegt südlicher; vielleicht blühen dort schon die Forsythien, dachte ich und packte in eine Reisetasche, was mir für eine Übernachtung nötig erschien, Toilettenzeug, Wäsche, eine Bluse zum Wechseln, ein Kleid für den Abend, vorsichtshalber einen Pullover, mein einziges Nachthemd, ein seidenes Renommierstück, das ich nur trug, wenn es sich nicht vermeiden ließ, Kopfschmerztabletten, ein Paar Schuhe zum Tanzen, einen Schirm. Hier streikte die Tasche; der Reißverschluss ging nicht mehr zu. Ich nahm den Schirm wieder heraus. Es würde nicht regnen, der Himmel war zu blau.

Als Norbert mich abholte, war ich in ungetrübter Frühlingslaune. Ich freute mich, ihn zu sehen, schwätzte im Auto vergnügt mit Gisela und Klaus, die hinten saßen, pünktlich wie die Maurer seid ihr, sagte ich. Kein Wunder bei der Fahrweise, erwiderte Klaus. Seine Stimme klang ganz anders, als ich sie von Silvester in Erinnerung hatte. Sie klang verärgert. Wie konnte man an einem solchen Tag verärgert sein, dachte ich und sah vorne zum Fenster hinaus. Wir fuhren in Richtung Autobahn, immer auf den blauen Seidenhimmel zu. Es ging eine Pappelallee entlang; einen Moment lang wirkte es, als würde sie einen irgendwann in das Blau entführen. Aber vorher machte sie eine Kurve, und man befand sich nur auf dem Autobahnzubringer, links sah man die Autobahn, Auto an Auto, ganz Deutschland wollte den Frühling genießen. Vielleicht wäre es morgen schon wieder kalt. Norbert gab Gas, beschleunigte und fuhr sofort auf die linke Spur, beschleunigte immer noch. Er blieb auf der Überholspur, fuhr sehr schnell. Schon waren wir an der nächsten Auffahrt. Vor uns kroch ein VW-Käfer an einem Reisebus vorbei. Norbert schien ihn nicht zu bemerken. Ich schielte auf den Tachometer. Die

Nadel stand bei hundertachtzig, zitterte leicht. Der Volkswagen war nicht mehr weit weg. Ich überlegte, wie schnell der Käfer sein konnte, hundertzwanzig, hundertdreißig? Jetzt war er endlich beinahe an dem Bus vorbei, aber seine Stoßstange war bedrohlich nahe. Warum bremste Norbert nicht? Er betätigte die Lichthupe und gab Gas. Gleich kracht es, dachte ich, meine Ohren waren schon auf das beängstigende Geräusch gefasst, ich war steif vor Angst, da rettete sich der Fahrer vor uns nach rechts, rettete auch uns, indem er den Bus schnitt. Empörtes Hupen. Es war gut gegangen. Norbert gab Gas, als hätte er die Gefahr nicht bemerkt. Ich drehte mich automatisch nach hinten, um mich zu vergewissern, dass der Käfer das Ausweichen heil überstanden hatte. Dabei sah ich, dass Klaus die Augen zugemacht hatte; sein Gesicht war weiß. Gisela sah zum linken Seitenfenster hinaus. Sie hielten sich an den Händen. In meinen Schläfen pulste das Blut, meine Fingernägel bohrten sich in die Handballen; es tat weh. Ich war froh, dass es weh tat. Fahr sofort langsamer, herrschte ich Norbert an, du bist wohl wahnsinnig. Wenn du dir noch ein solches Überholmanöver leistest, kannst du ohne mich weiterfahren. Er ging nicht vom Gas. Er fährt schon die ganze Zeit so, ließ sich Klaus vernehmen. Deswegen also war er vorhin so gereizt gewesen. Ich konnte ihn gut verstehen, ausgezeichnet konnte ich ihn sogar verstehen, ich kochte vor Wut. Das nächste Hindernis, Lichthupe, Hupe, der überholte Fahrer schüttelte den Kopf, tippte mit dem Zeigefinger an die Stirn. Ich schämte mich. Norbert, sagte ich laut wegen des Motorlärms, aber sehr ruhig, halt bitte rechts an, ich will aussteigen. Ich fahre keinen Meter mehr mit dir, es sei denn, du hörst augenblicklich mit dieser Raserei auf. Die Tachonadel sank endlich auf 140. Er sah mich an und lachte. Ich hatte eiskalte Hände und hätte ihn gern geohrfeigt, nein geschlagen. Nach dem Frankfurter Kreuz wurde der Verkehr weniger. Ich starrte weiterhin auf die Tachonadel, auf die Straße, auf die Tachonadel. Es interessierte mich nicht mehr, wie der Himmel aussah. Ich sah keinen seidiges Blau, nur noch ein graues Asphaltband und die zitternde weiße Nadel. Als endlich die Abfahrt Mannheim in Sicht kam, hatte ich Magenschmerzen. Die Reifen quietschten in der Kurve, wenigstens hatten wir die Autobahn hinter uns. Es konnte nicht mehr weit sein. Ich versuchte, ein Gespräch in Gang zu bringen. Die beiden auf dem Rücksitz blieben einsilbig. Ich konnte es ihnen nicht verdenken, ich hätte auch lieber geschwiegen. Norbert bog in eine breite, zweispurige Straße ein, die die Vororte verband. Er fuhr schon wieder über hundert. Vorne war eine Kreuzung, die Ampel stand auf Rot. Unser Tempo wurde nicht langsamer. Ich wollte rufen, rot, brachte aber keinen Ton heraus. Wenn jetzt etwas über die Kreuzung käme...,ich hätte am liebsten gebetet, aber ich bete nie, also hatte ich kein Recht dazu, konnte nur wieder die Fingernägel in die Hände bohren und aufhören zu denken. Als wir wenige Meter vor der Ampel waren, schaltete sie auf Gelb. In der gleichen Weise passierten wir die nächsten Kreuzungen. Viermal hatten wir Glück. Es kam kein Querverkehr, es kamen auch keine Nachzügler. Ich überlegte, wie viel Glück wir noch haben müssten und wie viel wir haben würden. Gab es eine statistische Wahrscheinlichkeit, an welcher Ampel uns das Glück im Stich lassen würde, an der siebten, an der neunten, an der nächsten? An der nächsten, der fünften, bogen wir links ab. Noch ein paar Ecken, und Norbert hielt an. So, sagte er fröhlich, da wären wir. Niemand antwortete ihm. Er lachte mich an, runzelte plötzlich die Stirn. Du hast Blut an der linken Hand, meinte er. Ich starrte auf meine Hand, tatsächlich, ein kleiner blutiger Kratzer. Meine Fingernägel waren zu lang und zu spitz, dachte ich. Norbert ergriff meine Hand und betrachtete sie besorgt. Wie ist das passiert? Seine Frage machte mich sprachlos, ließ meine rechte Hand selbstständig werden, ausholen, und ich gab ihm endlich eine Ohrfeige. Es klatschte, ein wohltuend realistisches Geräusch. Er sah mich so fassungslos an, als wäre ich verrückt geworden. Klaus sagte leise von hinten, bei mir hast du auch noch eine gut. Gisela fing an zu weinen. In diesem Moment begriff er. Er stammelte eine Entschuldigung, er hätte nicht bemerkt, dass wir Angst hatten, wir hätten es nur zu sagen brauchen, das hätte er doch nicht gewollt, wirklich nicht. Warum habt ihr nichts gesagt? Keiner antwortete.

Klaus öffnete nach einer ganzen Weile die Autotür. Wir können hier nicht ewig sitzen bleiben, brummte er unlustig. Ich dachte, wenn man jetzt wenigstens allein wäre, und bemühte mich, ein freundliches Besuchergesicht aufzusetzen. Du hast recht, stimmte ich ihm zu und stieg aus. Wir betraten den Vorgarten eines großen gepflegten Hauses. Rechts und links des Plattenweges Blumenbeete, säuberlich geharkt. Ein paar erste Schneeglöckchen hatten sich hervorgewagt. Es würde bald Frühling sein. Ich hatte es ganz vergessen. Ein herzlicher Empfang, wir bekamen gezeigt, wo wir schlafen konnten, ich erhielt ein Zimmer im ersten Stock für mich allein, es war sogar ein sehr hübsches Zimmer. Ich bedankte mich, versuchte, mir ein paar Minuten Einsamkeit zu erschleichen, wollte nur schnell auspacken, etwas Dünneres anziehen. Ja natürlich, die Gastgeberin war voller Verständnis, wenn du fertig bist, kommst du nach unten ins Wohnzimmer. Ja gern, nochmals vielen Dank, ich machte die Tür zu, holte tief Luft. Auf einem kleinen Tisch stand ein Aschenbecher, man durfte offensichtlich rauchen. Ich zündete mir eine Zigarette an, zog die Schuhe aus und legte mich aufs Bett. Meine Magenschmerzen waren schlimmer geworden, ich fühlte mich zerschlagen. Ich überlegte, wie angenehm es jetzt wäre, eine halbe Stunde zu schlafen. Versuchsweise schloss ich die Augen. Es klopfte. Ja bitte, antwortete ich mechanisch und befahl mir, die Augen wieder aufzuklappen. Norbert betrat das Zimmer, schloss leise die Tür hinter sich. Er verhielt sich genau wie ein rücksichtsvoller Mensch, der in einen Raum kommt, wo sich jemand ausruht. Ein rücksichtsvoller Mensch, ich lächelte in mich hinein, der Auto fährt wie ein Schwein und das Leben seiner Beifahrer aufs Spiel setzt, ganz rücksichtsvoll natürlich. Ich zog an meiner Zigarette und machte die Augen wieder zu. Übertrieb ich die Gefahr? Ich neige hin und wieder zu Übertreibungen. Vielleicht war Norbert nur ein bisschen forsch gefahren, und ich hatte ausgerechnet heute meinen nervösen Tag? Ich sah das Gesicht von Klaus vor mir, sah Gisela aus dem Fenster starren, hörte sie weinen. Nein, dieses Mal übertrieb ich nicht. Ich blieb unbeweglich liegen, öffnete nur die Augen und musterte Norbert. Er hatte sich in einen Sessel gesetzt und sah auf den Fußboden. Dort musste sich etwas sehr Interessantes abspielen, denn er wandte den Blick nicht von einer bestimmten Stelle. Ich hätte den Kopf heben müssen, um hinschauen zu können. Es erschien mir zu anstrengend, viel zu anstrengend. Ich suchte mir stattdessen einen Punkt an der Zimmerdecke, eine winzige Schramme in der ansonsten makellos weißen Decke. Man sah sie kaum. Sie war länglich, vielleicht einen reichlichen Zentimeter lang, wurde an ihrem einen Ende spitz wie ein Pfeil. Pfeil, dachte ich, der Pfeil, die Decke, der Deckenpfeil. Ob das im Duden stand, Deckenpfeil? Gehst du mit dem Leben deiner Patienten auch so achtlos um wie mit dem deiner Beifahrer, fragte ich und beobachtete den kleinen weißen Deckenpfeil, zog an meiner Zigarette, der Rauch stieg zu meinem Pfeil auf, verhüllte ihn mit seinem leichten Gekräusel. Nur noch Rauch. Ich sah Norbert an. Er rührte sich nicht und schwieg. Ich habe dich etwas gefragt, beharrte ich und versuchte erfolglos, nicht an den Nachmittag im Frankfurter Hof zu denken. Glaubst du das, erwiderte er tonlos. Was ich glaube, antwortete ich unverändert eisig, ist unerheblich. Glaube ist ein gar wankelmütiger Geselle, weißt du. Letzte Woche habe ich zum Beispiel geglaubt, dass du ein Leben in seiner Einmaligkeit achtest, nicht als Fall. Was ich im Moment glaube, ist mir leider selbst nicht klar. Immerhin, fuhr ich fort, deutet deine Unsicherheit an, dass dir inzwischen bewusst geworden ist, wie ungeheuerlich leichtsinnig du mit uns umgegangen bist oder lege ich das falsch aus? Er behauptete hartnäckig, es sei keineswegs gefährlich gewesen, jedenfalls nicht so gefährlich; nur ein bisschen übermütig sei er gefahren, weil er so guter Dinge war. Man kann nicht unbeteiligt auf einem Bett liegen und sich solchen Unsinn anhören. Mir wurde kalt vor Zorn. Ich setzte mich auf die Bettkante. Mühsam kämpfte ich einen Wutausbruch nieder, empfahl Norbert stattdessen gelassen, künftig nicht drei neurotische Spinner in seinem Auto mitzunehmen, sondern vernünftige Menschen, die nicht überall imaginäre Gefahren lauern sähen und in hysterische Angstzustände verfielen, vernünftige Menschen wie er selbst. Sei nicht so zynisch, bat er. Es tut mir Leid, wenn ihr Angst hattet, und ich nehme dir die Ohrfeige insofern nicht übel. Ich hole mir auch die von Klaus noch ab, wenn du willst. Er lächelte schüchtern, setzte sich zu mir auf die Bettkante. Ich zündete mir eine zweite Zigarette an. Norbert, sagte ich etwas freundlicher, ich glaube dir gern, dass du niemanden absichtlich gefährdet hast, aber du hast es objektiv getan, und du begreifst das Risiko immer noch nicht; wie soll ich es dir denn deutlich machen? Er seufzte. Ich will mich bemühen, es zu verstehen, er sah mich bittend an, wirklich bemühen. Er legte den Arm um mich. Tut deine Hand noch weh? Er küsste die roten Male meiner Fingernägel auf dem Handballen. Ich ließ es zu; ich hatte sie längst vergessen. Versprichst du mir, fing ich noch einmal an, dass du nie wieder so fährst. Er versprach es sofort und gelobte sogar, es zu halten. Ich will nicht, dass dich etwas bedrückt, wenn wir zusammen sind, sagte er, ich will, dass du glücklich bist. Glaubst du mir das? Ja, entgegnete ich. Dass er das wollte, war nicht schwer zu glauben. Gibst du mir jetzt einen Kuss, bat er. Es war ein denkbar unpassender Abschluss für unsere Diskussion, aber bei Norbert schien alles auf einen Kuss hinauszulaufen - ein Kuss, und alles war wieder gut. Ein Kuss, und alles war vergessen. Ich küsste ihn und überlegte, ob die eingepackten Schmerztabletten auch gegen Magenschmerzen helfen würden.

Irgendwo im Haus schlug eine Uhr. Einmal nur, das musste halb sechs bedeuten, so spät schon? Halb sechs, bestätigte meine Armbanduhr. Fast dreißig Minuten hatte ich vertrödelt, nicht einmal die Reisetasche ausgepackt. Noch länger konnte ich diesen Vorwand nicht strapazieren. Ich befreite mich aus Norberts Umarmung. Lass uns zu den anderen gehen, schlug ich vor. Es ist ziemlich ungesellig, hier oben einen Privatclub zu gründen, findest du nicht? Er sah aus, als ob er meine Bedenken nicht teilte. Ich öffnete entschlossen die Zimmertür. Er hielt mich fest. Ist jetzt alles wieder in Ordnung, wollte er wissen. Ja, sagte ich, nun komm aber endlich. Wir gingen nach unten. Gelächter empfing uns. Klaus hielt einen Cognacschwenker in der Hand und flachste über unsere Abwesenheit. Eine halbe Stunde, was kann man in einer halben Stunde alles tun, fragte er in die Runde. Er war wieder der Klaus, den ich von Silvester kannte. Natürlich lachte alles. Ich bekam auch ein Cognacglas in die Hand gedrückt, sollte mich hinsetzen, Prost. Der erste Schluck Alkohol brannte wie Feuer in meinem Magen. Feuerwasser, dachte ich, und trank weiter. Das Brennen ließ etwas nach, sogar die Magenschmerzen wurden besser. Mir fiel auf, das ich nicht einmal die Namen unserer beiden Gastgeber kannte. Irgendwann hatte Norbert sie am Telefon erwähnt, aber ich konnte mich nicht darauf besinnen. Ich bot meinem Gedächtnis eine lange Liste zur Auswahl an, erst männliche Vornamen, dann weibliche. Es wollte nichts wiedererkennen. Norbert setzte sich neben mich. Ich fragte ihn leise. Hartmut und Beate, antwortete er. Mein Gedächtnis ließ sich nicht einmal zu einem Erinnerungs-Aha bewegen. Beate, die Glückliche. Welch verpflichtender Name. Ich sah mir das Mädchen an, das so hieß. Sie war klein und etwas rundlich, hatte munter blitzende, dunkle Augen, fast schwarze Haare, viele kurze Löckchen, ein ständiges Echo der ganzen Person. Wenn Beate lachte, tanzten die kleinen Löckchen und lachten mit. Wenn sie redete, nickten sie zustimmend, immer in Bewegung. Und Hartmut? Mittelgroß, mitteldick, mittel-blond; rein äußerlich schien er das personifizierte Mittelmaß zu sein. Also, ließ er soeben vernehmen, die Party fängt um acht an. Er ging mit der Cognacflasche herum und füllte die Gläser nach. Beate begann mich auszufragen, wo ich wohnte, was ich machte, wo ich studierte. In Tübingen? Nein, wie komisch, wie konnte man nur in Tübingen studieren? Ich suchte nach einer Antwort, aber sie war schon bei der nächsten Frage. Wie hält man Semesterferien in diesem schrecklichen Frankfurt aus? Arbeitest du momentan, man soll dort leicht Ferienjobs finden. Stimmt das? Was verdient man denn so? Nachdem ich offensichtlich zu ihrer Zufriedenheit Auskunft erteilt hatte, revanchierte sie sich mit den entsprechenden Informationen über sich selbst. Sie war Lehrerin, Französisch und Geschichte, und Hartmut, na, das hatte Norbert sicher schon erzählt. Sie wohnten bei ihren Eltern, es war so schwierig, eine Wohnung zu finden, und in dem großen Haus war schließlich genug Platz, ihre Eltern waren in Arosa, zum Skilaufen, deswegen die Party, einfach so, ohne besonderen Anlass Bei dem Stichwort Party fiel mir ein, dass ich zwar gern zu allen möglichen Feiern, Feten und Festen gehe, aber Partys normalerweise meide und auch selbst keine veranstalte. Partys sind mir suspekt. Schon das Wort, besonders wenn es mit einem langen und dunklen amerikanischen A ausgesprochen wird, lässt die Langeweile ahnen, mit der man bei einer solchen Zusammenkunft zu kämpfen hat. Was im Moment ablief, war bestens geeignet, meine instinktive Abneigung zu bestätigen. Immerhin musste man berücksichtigen, versuchte ich mir einzureden, dass die eigentliche Party noch nicht angefangen hatte, vielleicht würde es nachher besser. Ein leises Stimmchen in mir kicherte bösartig, wie soll es nachher besser werden, wenn man sich jetzt schon mit Partygeplauder herumquälen muss? Ich brachte es mit einem Schluck Cognac zum Schweigen. Beate wandte sich mit ihren unzähligen Fragen Gisela zu. Ich hatte Schonzeit, erkundigte mich bei Norbert, ob er die Gäste kannte, die noch kommen würden; vielleicht war jemand dabei, mit dem man sich etwas zu sagen hatte. Seine Auskunft machte alle Hoffnung zunichte: Meines Wissens kommt niemand mehr. Heißt das, die ganze Party besteht aus uns sechs Leutchen, fragte ich entgeistert. Ich finde es viel schöner, wenn man in kleinem Kreis bleibt, war seine Antwort. Dagegen war an sich nichts

96

einzuwenden, aber im konkreten Fall schien der so genannte kleine Kreis einen endlosen, öden Abend zu bedeuten. Die muntere Beate unterbrach meine trüben Gedanken. Wir sollten jetzt alle nach oben gehen und uns umziehen, schlug sie vor. Es war noch nicht einmal sieben; sie wollte also eine volle Stunde mit Umziehen zubringen. Ich kam mir vor wie auf einer Kindergesellschaft. Hurra, Mami und Papi sind heute weg, da spielen wir Erwachsensein. Erst verkleiden wir uns alle, und dann feiern wir eine Party, ei, wie fein, ei, wie fein. Ich stand folgsam auf, um mit dem Kostümieren anzufangen. Man soll kein Spielverderber sein, das lernt man schon im Kindergarten. Das Umziehen würde einschließlich Haarekämmen zehn Minuten dauern, somit blieben fünfzig Minuten übrig, in denen ich mich wenigstens allein langweilen durfte, gemessen an der bevorstehenden Geselligkeit, wahrscheinlich keine schlechte Perspektive.

Relativ zufrieden ging ich in das hübsche Zimmer, zog mich bis auf Slip und BH aus, legte mich wiederum aufs Bett und gab mich sanftem Dösen hin. Es klopfte. Ich betrachtete grinsend meinen Spitzenschlüpfer. Herein, sagte ich und platzierte mich effektvoll auf dem Bett. Natürlich war es Norbert. Er blieb wie angewurzelt in der Tür stehen. Oh, stotterte er, entschuldige, ich äh wusste nicht, äh.... Seine Verlegenheit amüsierte mich. Du kannst ruhig hereinkommen, unterbrach ich ihn gelassen, ich nehme an, du hast schon öfters halb nackte Frauenkörper gesehen oder sogar nackte? Er schloss eilig die Tür. Have a seat, ich wies einladend auf den Sessel. Warum ich Englisch redete, wollte er wissen. Ich bin schon so in Partylaune, erwiderte ich, sprach das Party dabei übertrieben amerikanisch aus. Norbert setzte sich so vorsichtig, als lägen auf dem Sessel Reißzwecken. Er starrte mich an, sah mir in die Augen, sah schnell weg, wurde rot. Ich hustete, um ein Lachen zu kaschieren. Wie komisch, er wurde wirklich rot. Ich nahm mir vor, ihm ein bisschen einzuheizen, räkelte mich lasziv, zündete mir eine Zigarette an. Er wollte auch eine haben. Ich denke, du rauchst nur Pfeife, bemerkte ich und warf ihm die Schachtel zu. Die Flamme seines Streichhölzchens zitterte gefährlich. Hoffentlich verbrennt er sich nicht die Finger, dachte ich, lächelte erheitert über die unbeabsichtigte Doppeldeutigkeit. Endlich hatte er es geschafft, die Zigarette ohne größere Blessuren anzurauchen. Du hast einen wunderschönen Körper, sagte er nach einer Weile, weißt du das? Ja, ich ließ genüsslich Rauchringe zur Decke aufsteigen, die Maler, denen ich manchmal Modell stehe, behaupten das auch. Er sah aus, als hätte ich ihm eine zweite Ohrfeige verpasst. Peng, kommentierte ich seinen Gesichtsausdruck im stillen. Er versuchte vergeblich, sich nichts anmerken zu lassen; er war ein miserabler Schauspieler. Wie interessant, heuchelte er, du stehst Modell, nackt? Ja, erwiderte ich leichthin, natürlich nackt. Es bringt viel mehr ein als Nachhilfestunden, weißt du. Er schluckte. Was sagen denn deine Eltern dazu, stieß er mühsam hervor. Sie sind entsetzt, berichtete ich wahrheitsgemäß, und mein Vater hat getobt, als er es erfuhr. Ältere Leute haben eben manchmal eine engstirnige Einstellung zur Kunst. Ich lächelte ihn harmlos an. Sein Jaja kam auffallend schnell, und sein plötzliches Kunstinteresse war erstaunlich. Ich erzählte ihm bereitwillig von dem Malerkreis, für den ich manchmal arbeitete, dass es sehr anstrengend war, eine bestimmte Pose länger als eine halbe Stunde zu halten, auch wenn sie bequem erschien, dass spätestens nach zwanzig Minuten alle Körperteile eingeschlafen waren und man sich von tausend Nadeln malträtiert fühlte, bis endlich alles taub war, und wie faszinierend es war, sich selbst hinterher auf einer der Skizzen anzuschauen, mit den eigenen Augen und doch so, wie fremde Leute einen sahen. Norbert gab ein schwaches Ja von sich, verstand nicht, was ich meinte. Ich sah es ihm an. Er war völlig irritiert. Ich registrierte zufrieden, dass es mir gelungen war, ihn bis ins Tiefste seines langweiligen Ichs zu erschüttern. Ob es nicht, er suchte nach einem passenden Wort, unangenehm wäre, wenn man nackt vor einer Gruppe fremder Leute stünde? Nein, sagte ich, denn sie betrachten einen völlig geschlechtslos durch die Brille der Ästhetik; sie suchen nur das Schöne und wollen es bewahren. Sie geben ewige Jugend, wem kann das unangenehm sein? Ich sah ihn an. Er schwieg ratlos. Unangenehm, nahm ich den Faden wieder auf, sogar sehr unangenehm ist es mir, nackt und bloß vor einen Frauenarzt zu treten, damit er die Maschinerie Weib untersucht, bestehend aus Eierstöcken und Uterus und sonstigem Krimskrams, der in seinen Zuständigkeitsbereich fällt. Norbert schüttelte den Kopf. Was bist du für ein ungezogenes kleines Mädchen, lachte er leise. Erlaube mal, empörte ich mich, wie kommst du denn zu diesem sonderbaren Urteil? Richtig süß ungezogen, wiederholte er, und außerdem hast du einen süßen Bauchnabel. Er warf einen kurzen Blick in die entsprechende Richtung und wurde erneut rot. Ich muss dich jetzt hinausschmeißen, unterbrach ich seine Betrachtungen, weil ich mich anziehen will. Er protestierte, meinte, die Party würde sowieso langweilig, es sei besser, gar nicht erst hinzugehen. Ich machte eine eindeutige Geste zur Tür hin. Er schüttelte den Kopf, ich gehe nur, wenn ich dir einen Kuss geben darf. Ich bin zwar nicht erpressbar, hielt ich ihm entgegen, aber da du mich ohnehin dauernd küsst, habe ich gegen diese Bedingung nichts einzuwenden. Bitte schön! Er stand auf und kam zu mir herüber, betrachtete mich ein Weilchen und sagte dann leise, ich meine aber einen Kuss auf deinen Bauchnabel. Natürlich mimte ich Entrüstung, bevor ich ihm nach angemessenem Hin und Her, gnädig einen kleinen Kuss zugestand, aber nur einen kleinen. Er akzeptierte meine Einschränkung willig, hielt sich auch daran. Danach sah er mich wieder sehr zärtlich an, so zärtlich, dass es bedrückend wurde. Raus jetzt, erinnerte ich ihn. Er seufzte. Ich liebe dich, flüsterte er und ging. Ich räkelte mich noch einmal wohlig und zufrieden, lachte in mich hinein. Wenn nur seine verdammte Zärtlichkeit nicht wäre, dachte ich und stand endlich auf. Mir blieben nicht einmal mehr zehn Minuten zum Anziehen.

Mit fünf Minuten Verspätung tauchte ich unten auf und war trotzdem die Erste. Als ich Beate sah, hätte ich fast losgelacht. Sie hatte ein Abendkleid an und stelzte eigenartig geziert durch das Zimmer. Ich versuchte herauszufinden, ob sie in hochhackigen Schuhe ihrer Mutter herumrutschte. Hohe Absätze und Lippenstift, das war früher immer das Wichtigste beim Verkleiden gewesen. Nein, die Schuhe passten, es mussten doch ihre eigenen sein. Ich erkundigte mich pflichtgemäß, ob ich irgendetwas helfen konnte. Sie lehnte dankend ab, tat sehr geschäftig und verschwand in der Küche. Hartmut spielte den beflissenen Hausherrn und brachte mir ein Glas, so voll, dass einiges von seinem Inhalt überschwappte. Die Flüssigkeit fühlte sich sehr klebrig an. Kalte Ente, erklärte Hartmut artig. Jegliche Bowlen sind mir ein Gräuel, aber ich bedankte mich selbstverständlich ebenso artig. Man musste die Regeln befolgen bei diesem Erwachsenenspiel. Er setzte sich mir gegenüber und überlegte, was nun zu tun wäre. Tja, begann er geistreich und legte eine Kunstpause ein. Richtig, dachte ich, wir müssen jetzt Konversation machen. Ich lächelte ihm aufmunternd zu. Wie gefällt es dir denn bei uns, fiel ihm nach reiflichem Überlegen ein. Das hast du aber fein gemacht, dachte ich boshaft und legte noch eine Spur mehr Herzlichkeit in mein Lächeln. Ausgezeichnet, erklärte ich, wirklich ausgezeichnet. Pause, Schweigen, was nun? Hartmut sah mich etwas entmutigt an. Wir hatten eine wunderschöne Fahrt hierher, half ich ihm weiter. Endlich wird es Frühling. Bei euch im Garten blühen sogar schon die Schneeglöckchen, blablabla. Wo blieben denn die anderen? Gemurmel und Gelächter auf der Treppe, endlich kamen sie. Norbert in unvermeidlichem Kornblumenblau, Gisela trug einen Hosenanzug, Klaus einen Blazer mit hellgrauer Hose. Er sah relativ erwachsen aus. Hartmut stand eilig auf, um weitere Kalte Ente auszuteilen. Die anderen setzten sich und bekamen prompt ihre Gläser hingestellt. Hartmut räusperte sich. Also dann, er hob sein Glas, herzlich willkommen, und amüsiert euch gut. Die Bowle enthielt zum größten Teil Zucker, süß, süßer, am süßesten. Ich inspizierte das wohl ausgestattete Wohnzimmer nach hilfreichen Grünpflanzen. Neben dem einen Sofa stand ein großer Blumenkübel mit mehreren verschiedenen Blumentöpfen. Hübsch, dachte ich, genau das Richtige. Die Zuckerlösung würde ihnen sicherlich keinen nachhaltigen Schaden zufügen. Ich verließ meinen Sessel, platzierte mich dicht neben dem Pflanzenarrangement. Norbert setzte sich sofort auf meine andere Seite, rutschte ziemlich nahe an mich heran. Ich beobachtete die anderen, wartete auf einen günstigen Moment, um mein Glas zu leeren. Beate kam mir zu Hilfe, indem sie uns zum Essen bat. Ich komme nach, ich will nur meine Zigarette zu Ende rauchen, entschuldigte ich mich. Gisela und Klaus verschwanden eilig, Hartmut hinterher. Sie waren wohl hungrig. Norbert blieb neben mir sitzen, aber er störte mich nicht weiter. Er spielte an meiner linken Schulter herum, die mein Kleid unbedeckt ließ. Ich betrachtete eingehend die Pflanzen und überlegte, welche mir am wenigstens gefiel. Mit kühnem Schwung schüttete ich das süßliche Gesöff in den entsprechenden Blumentopf. Norbert lachte schallend und goss den Inhalt seines Glases sofort hinterher. Ich fragte ihn, warum ein schlechtes Beispiel immer viel schneller Schule macht als ein gutes. Er antwortete, weil Ersteres einen süßen Bauchnabel hat. Ich tippte mir vielsagend an die Stirn, gefiel mir aber in der Rolle des negativen Beispiels nicht schlecht. Norbert lachte wieder und biss mich in die Schulter. Au, protestierte ich, obwohl es nicht wehgetan hatte. Offensichtlich war der gute Norbert etwas aus der Fassung geraten. Auf jeden Fall war er in diesem Zustand wesentlich unterhaltsamer als sonst. Ich stand auf, um zu den anderen zu gehen, aber er versperrte den schmalen Durchgang. Warte, sagte er in völlig neuem, sehr bestimmten Ton. Er küsste mich, stürmisch, fordernd, sinnlich. Ich hätte nie erwartet, dass er so küssen konnte, so erfreulich gierig. Vielleicht war er doch kein schlechter Liebhaber, vielleicht konnte man sich an ihn gewöhnen? Ich bemerkte, dass seine Augen endlich ihre zermürbend milde Zärtlichkeit verloren hatten; sie hatten ihre Geschlechtslosigkeit eingebüßt, waren zu Männeraugen geworden, denen man genau ansah, was sie wollten. Ihr Blick bohrte sich nicht ins Gewissen, er machte nicht unsicher, er durchschaute nichts, er wollte nur den Körper haben - der bekannte, übliche Männerblick, einfach zu verstehen und noch einfacher zu handhaben.

Wir gingen gemeinsam in die Küche, wo ein kaltes Büffet aufgebaut war. Mehrere große Schüsseln standen dort, eine Platte mit Würstchen, ein riesiger Bowlenkrug. Wahrscheinlich enthielt er noch mehr von der klebrigen Flüssigkeit, derer ich mich gerade mit einiger Mühe entledigt hatte. Ich übersah ihn geflissentlich und widmete meine Aufmerksamkeit dem Inhalt der Schüsseln. Die erste enthielt eine undefinierbare, breiartige Masse, möglicherweise Kartoffelsalat, von der ich mir einen kleinen Anstandslöffel nahm; die zweite war bis zum Rand mit einem Nudelsalat gefüllt, bei dem man nicht mit dicken Erbsen gegeizt hatte. Weißliche Nudeln ringelten sich in weißlicher Mayonnaise, erinnerten zusammen mit der benachbarten Würstchenplatte schon wieder an einen Kindergeburtstag. Ich packte folgsam einen Löffel Salat auf meinen Teller, legte resigniert ein Würstchen daneben, denn mehrere entnervte Mütter hatten mir auf verschiedenen Kinderfesten immer wieder vorwurfsvoll versichert, dass beides einfach köstlich und das Lieblingsessen eines jeden Kindes sei. Jetzt war ich erwachsen, war immer noch nicht auf den Geschmack gekommen, fand Würstchen mit Nudelsalat nach wie vor ekelhaft, behielt diese Abartigkeit aber natürlich für mich. Hoffnungsvoll musterte ich den Inhalt der dritten Schüssel. Offensichtlich wiederholte sich ab hier das Küchenprogramm. Ich sah wiederum breiig Unbekanntes, im Gefäß daneben, wie gehabt, Nudelsalat im

Überfluss, bis zum Rand, und schließlich, welch erfreuliche Abwechslung, einen Korb mit Brötchen. Eilig legte ich eines auf meinem Teller, damit die anklagend leere Porzellanfläche kleiner würde. Danach beobachtete ich Norbert, ein ordentlicher Gast, der begeistert seinen Teller füllte, dabei nicht einmal vor den mehligen Erbsen zurückschreckte, der willig alles Angebotene auflud. Du hast wohl Hunger, bemerkte ich, anzüglich grinsend. Er begriff nicht gleich, wie es gemeint war, wurde dann prompt rot, fühlte sich ertappt, sah ungemein verlegen aus. Ich lachte. Es würde bestimmt eine lustige Kindergesellschaft.

Wir wurden ins Esszimmer gebeten, ein Raum in elegantem Beige mit großem Kristalllüster. Auf makellosem Tischtuch, ebenfalls beige, lagen die Bestecke, natürlich aus Silber. Während ich gegen den Nudelsalat kämpfte, versuchte ich, mir den Alltag der lockenreichen Beate und ihres Ehemanns vorzustellen. Wie lebten sie in diesem gutbürgerlichen Wohlstand, der nicht ihr eigener war? Wie ertrugen sie die geborgte Eleganz, wie diese äußerliche Perfektion, in der es keine Entwicklung mehr geben konnte? Reizlos und langweilig erschien es mir, dieses fertige Leben. Ohne eigenen Beginn, ohne kleine Unvollkommenheiten und Pannen, ohne Improvisationen, ohne die Spannung des Neuen, ohne Erwartungen. Es war nur stetig, bequem und alt, es war gelaufen, bevor es eine Möglichkeit gehabt hatte anzufangen. Es war nicht das, was ich mir unter Leben vorstellte. Der Wohlstand an sich hätte mich nicht gestört. Nichts gegen Wohlstand, für den man sich nicht bedanken muss, der nicht gebraucht ist, der einem selbst gehört. Aber das hier war der Wohlstand der Abhängigkeit, und das machte ihn unerträglich.

Der Nudelsalat war fast geschafft, eine letzte Gabel noch. Ich dachte angeödet, dass richtige Kindergesellschaften, verglichen mit dem heutigen Abend, einen entscheidenden Vorteil gehabt hatten: das Abendessen war in der Regel der krönende Abschluss. Hartmut füllte aus dem unerschöpflichen Bowlenkrug nach. Du hast gar nichts getrunken, sagte er zu mir mit vorwurfsvollem Gastgeberblick. Ich hatte überhaupt nicht bemerkt, dass wieder ein volles Glas vor mir stand. Ich murmelte gedankenlos eine Entschuldigung, etwas von Magenschmerzen, und ob ich vielleicht ein Glas Wasser bekommen könnte. Dir ist wohl die Fahrt auf den Magen geschlagen, mischte sich Klaus ein. Ich wunderte mich. Das Thema „Autofahrt" schien mir erledigt, wieso fing er jetzt wieder davon an? Hartmut brachte das gewünschte Wasser, ich bedankte mich, war beschämt über die Mühe, die er sich gab, bekam ein schlechtes Gewissen, weil ich ihn in Gedanken so kritisch betrachtet hatte, gelobte Besserung, bedankte mich nochmals. Klaus erkundigte sich mit auffallender Hartnäckigkeit nach meinen Magenbeschwerden, ließ sich nicht davon abbringen, meinte es sei eine nervöse Störung, bedingt durch die Angstpartie während der Hinfahrt. Ich bestritt seine These entschieden. Offensichtlich wollte er nachkarten, vielleicht hatte ihm der Alkohol Mut gemacht. Es war seine Sache, es ging mich nichts an, aber als Alibi ließ ich mich dafür nicht missbrauchen. Nein, wiederholte ich entschieden, meine Magennerven lassen sich nicht von einer kurzen Autofahrt beeindrucken.

Dennoch begann er mit minutiöser Genauigkeit, die Fahrt zu schildern. Er hatte gut beobachtet, das musste man ihm zugestehen, er ließ nichts aus. Seine Stimme wurde aggressiver, wurde lauter, passte nicht mehr in die Partyatmosphäre. Schließlich fing er an, Norbert direkte Vorwürfe zu machen, bombardierte ihn regelrecht damit, beschimpfte ihn, ließ ihm keinerlei Chance, sich zu verteidigen. Norbert versuchte nicht, sich zu wehren. Klaus wurde immer unsachlicher und beleidigender. Es war keine guter Stil, wie er um sich haute und Norbert vor allen angriff. Warum hatte er ihm seine Meinung nicht unter vier Augen gesagt? Ich empfand leichte Wut. Seine Methode war höchst unfair. Erst dachte ich es nur, auf einmal sagte ich es laut. Er starrte mich an, lachte höhnisch. Du hattest wohl keine Angst, fuhr er mich an. Du vergreifst dich im Ton, entgegnete ich möglichst arrogant. Gisela betrachtete mich mit unverhohlener Abneigung. Es ist erstaunlich, dass die meisten Leute auf herablassende Höflichkeit weitaus heftiger und empfindlicher reagieren als auf Beschimpfungen. Klaus war nicht der Erste, der sich davon aus der Fassung bringen ließ. Man sah, wie es in ihm brodelte, sein Gesicht wurde finster, gleich würde er die Beherrschung verlieren. Eingebildete Kuh, stieß er hervor, du hast Norbert doch sogar geohrfeigt. Wie konnte er das jetzt vor allen aufwärmen? In diesem Moment bereute ich meine Unbeherrschtheit, bereute die Ohrfeige ehrlich und aus ganzem Herzen. Ich lächelte Klaus süffisant an. Warte, Freundchen, das büßt du mir, dachte ich und lächelte weiter. Ich wusste von seiner Schwiegermutter, der gutbürgerlichen Waltraud, dass er aus so genannten kleinen Verhältnissen stammte, und ich wusste außerdem aus derselben ergiebigen Quelle, dass er sich dessen schämte. Ich lachte ihn an, er wurde unsicher, ich ließ ihn noch etwas zappeln. Es machte Spaß, ihn zu beobachten. Deine Kinderstube lässt wirklich sehr zu wünschen übrig, sagte ich schließlich leise, freundlich und mit Genuss. Es saß. Verbale Ohrfeigen lagen mir schon immer vorzüglich; sie sind nicht nur eleganter, sondern letztlich auch wirkungsvoller als ihre tatsächliche Ausführung. Klaus verließ wortlos das Esszimmer, sein getreues Eheweib lief hinter ihm her, nicht ohne mir vorher einen vernichtenden Blick zugeworfen zu haben - Vendetta, nicht nur in Sizilien. Ich lachte nochmals. Was hat er denn, fragte Hartmut verständnislos, warum ist er denn so böse? Er hat sich unmöglich benommen, empörte sich Beate, niemand hat ihm etwas getan, dem Blödmann. Er verdirbt uns die ganze Party. Sie begann laut klappernd, den Tisch abzudecken. Ich half ihr, das Geschirr in die Küche zu tragen. Wie erwartet, stand das Establishment auf meiner Seite. Norbert sah sehr blass und unglücklich aus. Es ist eigentlich meine Schuld, begann er. Unsinn, widersprach Hartmut energisch, und wir feiern jetzt, Klaus wird schon irgendwann wieder vernünftig werden und zurückkommen. Er dirigierte uns entschlossen ins Wohnzimmer, machte sich an der schwiegerväterlichen Stereoanlage zu schaffen, romantische Musik erklang, er nötigte uns zu tanzen. Norbert folgte dieser Anregung willig, mühte sich mit einem langsamen Walzer ab, machte den ersten Schritt hartnäckig einen Taktschlag zu spät, wirkte immer noch schuldbewusst. Es war sehr lieb von dir, meine Partei zu ergreifen, sagte er nach einer Weile und geriet bei dieser Feststellung in einen eigenartigen Viervierteltakt, obwohl noch immer Walzerklänge ertönten. Warum, wollte er wissen, warum hast du es getan, du warst doch eigentlich der gleichen Meinung wie Klaus, oder? Wie sollte ich ihm erklären, dass ich in erster Linie nicht für ihn, sondern gegen Klaus Position bezogen hatte, dass es mir nicht mehr um die Sache an sich gegangen war, sondern um das Wie, dass ich es verabscheute, wenn jemand angegriffen wurde, der sich nicht wehrte, der so aussah, als könnte er sich nicht wehren, dass ich mich mit seiner Wehrlosigkeit identifiziert hatte, weil ich selbst lange ähnlich gewesen war und mich mit viel Mühe an das Zurücktreten gewöhnt hatte, dass ich es endlich beherrschte und dass es inzwischen sogar Spaß machte - reine Übungssache. Ich hatte nicht für ihn persönlich Partei ergriffen, sondern allenfalls für seine Hilflosigkeit, weil sie ihm allzu deutlich ins Gesicht geschrieben gestanden hatte und weil Klaus versuchte hatte, gerade das auszunutzen. Aber das war nichts, was man antworten konnte. Norbert, zog ich mich stattdessen aus der Affäre, du fragst zu viel. Ich wollte dir einfach helfen, reicht das nicht? Doch, entgegnete er, es reicht völlig, es ist sogar eine wunderbare Erklärung. Einen Moment lang wunderte ich mich über seine Reaktion, dann begriff ich, ahnte, dass er meinen harmlosen Satz, diese Antwort, die eigentlich keine war, grundlegend falsch deutete, begriff es und erschrak zugleich. Warum hatte ich nicht bedacht, dass er mir die dumme, kleine Phrase als Liebesbeweis auslegen würde? Ich musste es ihm ausreden, es war wichtig, dass ich es ihm ausredete. Aber ich mochte es im Moment nicht tun, vielleicht würde sich später eine passende Gelegenheit bieten. Wir sind nicht im Takt sagte ich beiläufig zu ihm, zählte laut eins-zwei-drei, eins-zwei-drei, betonte die Eins überdeutlich. Er passte seinen Schritt an.

Klaus und Gisela erschienen wieder auf der Bildfläche, Hartmut trieb die beiden regel-recht ins Wohnzimmer, ein Stachanow der Geselligkeit, entschlossen, die Party zu retten. Klaus blieb neben mir stehen, entschuldige bitte, murmelte er, ohne mich anzusehen. Ich war auch nicht gerade nett, lenkte ich ein. So wurde es wohl erwartet. Ein Versöhnungstanz, fragte er. Ich nickte, wir begannen miteinander zu tanzen. Die anderen waren sichtlich erleichtert, auch Gisela war bemüht, sich fröhlich zu geben, wirkte aber weiterhin eingeschnappt. Ich hätte gern gewusst, was sie mir nachtrug - dass ich ihrem Mann mangelndes Benehmen vorgeworfen hatte oder dass er sich bei mir dafür entschuldigt hatte? Egal, dachte ich, sie war mir von Anfang an nicht besonders sympathisch. Klaus war der Nettere von beiden, trotzdem, und außerdem tanzte er vorzüglich. Du hast ein bemerkenswert gutes Taktgefühl, sagte ich zu ihm. Du meinst damit sicherlich den Rhythmus, grinste er. Wir lachten beide. Beate und Hartmut freuten sich, nun würde es doch noch eine schöne Party; Norberts bedrückter Gesichtsausdruck war endlich verschwunden, seine Augen blickten wieder hell und freundlich; Gisela wendete uns den Rücken zu.

## 9

Der weitere Abend verlief so, wie man es von ordentlichen Partys erwartet. Man sprach über dies und das, witzelte, trank, tanzte. Mit zunehmender Stunde flachte das Gespräch immer mehr ab, wurden die Witze zotiger, die Drinks schärfer, und das Tanzen ging in Knutschen über. Das elektrische Licht war durch schummrige Kerzenbeleuchtung ersetzt worden, damit niemand wusste, was des anderen Hand tat. Die beiden Ehepaare hatten sich so in zwei entgegengesetzte Ecken zurückgezogen, dass sie von dem bisschen Licht verschont blieben. Ich überlegte, warum sie nicht in ihre Schlafzimmer gingen. Norbert und ich tanzten Stehblues in der vorgeschriebenen Haltung; eine Nadel hätte keine Chance gehabt, zu Boden zu fallen. Er streichelte ununterbrochen meine nackte linke Schulter, küsste mich, mal mehr, mal weniger heftig, flüsterte verliebten Unsinn, küsste mich erneut. Ich langweilte mich, tanzte zur Abwechslung ein bisschen herausfordernder, registrierte gleichgültig die Wirkung, fragte mich, wann das Partyspielen überstanden wäre, nahm mir vor, eine entsprechende Einladung so schnell nicht wieder anzunehmen. Mein Drang zum Gähnen wurde immer stärker. Es war fast drei, als Klaus und eine ziemlich verstrubbelte, zerknitterte Gisela endlich den Anfang machten, übergangslos ein hastiges „Gute Nacht" wünschten und sich verzogen. Warum nicht gleich so, dachte ich erlöst, bekundete meinerseits Müdigkeit, murmelte etwas von wunderschönem Abend. Norbert begleitete mich nach oben, wir blieben vor meiner Zimmertür stehen. Ich war sehr neugierig, was er sich einfallen lassen würde. Offenbar fiel ihm nichts ein. Er schwieg. Ich hatte keine Lust, stundenlang im Flur zu stehen. Also dann, begann ich zögernd, um das Verfahren etwas abzukürzen. Pause. Ich schaute ihn an. Er räusperte sich. Darf ich dir nachher einen Gute-Nacht-Kuss geben, fragte er zaghaft, setzte noch ein leises Bitte hinzu. Ich fand ihn so komisch, dass ich wieder wach wurde. Nachher, echote ich unschuldig und sah ihn groß an. Wann nachher? Die Antwort fiel ihm schwer, er bekam wieder ganz zärtlichen Augen. Ich dachte, nein, das ist der falsche Blick. Wenn du im Bett liegst, sagte er. Die Zärtlichkeit war jetzt auch in seiner Stimme. Ich lächelte ihn an, nickte und verschwand in meinem Zimmer.

Ich war schnell ausgezogen, streifte das sündhaft teure Nachthemd über, legte mich aufs Bett und wartete. Meine Neugierde war verflogen; ich war nur noch müde. Als es klopfte, war ich kurz vorm Einschlafen. Ja, antwortete ich ziemlich unwillig. Norbert kam leise ins Zimmer. Ich hatte nur noch die Nachttischlampe brennen, erkannte aber trotzdem sofort, dass er noch vollständig angezogen war. Wenigstens blieb mir sein Anblick im Schlafanzug erspart, Männer in Nachtbekleidung, egal welcher Art, sehen immer lächerlich aus. Hast du schon geschlafen, fragte er. Ich schüttelte den Kopf und verkniff es mir, ein weiteres Mal, zu gähnen. Wie viele Gähnanfälle hatte ich an diesem Abend unterdrückt? Zwanzig, dreißig, noch mehr? Ich wollte schleunigst den Gute-Nacht-Kuss hinter mich bringen, damit ich meine Ruhe hatte und endlich einmal ausgiebig gähnen konnte. Norbert setzte sich vorsichtig zu mir aufs Bett, auf die äußerste Kante, vermied es, mich zu berühren, als hätte er Angst davor, und betrachtete mich. Ich würde dich auch gern malen können, sagte er nachdenklich, du siehst wunderschön aus. Auf jeden Fall würde ich mir gern einmal die Bilder ansehen, für die du Modell gestanden hast. Das sollte wohl ein Versuch des Verstehens sein, ein Zeichen der Billigung, oder bemühte er sich um eine Entschuldigung für etwas, das ihm eigentlich unentschuldbar erschien? Vielleicht war es auch nur als Einleitung gedacht? Es war offensichtlich, dass er gern mit mir schlafen wollte, sehr offensichtlich. Und was wollte ich? Ich war nicht dafür und nicht dagegen, indifferent, gleichgültig, ein bisschen schläfrig, aber das konnte sich möglicherweise ändern. Es war mir egal, ungewöhnlich egal. Er war nicht der Erste, und es war unwahrscheinlich, dass er der Letzte sein würde. Abwarten, sagte ich mir. Es war das Einfachste und das Weiblichste. Norbert saß immer noch bewegungslos auf der Bettkante, schwieg und schaute mich ununterbrochen an. Sein Verhalten begann, mich nervös zu machen. Ich setzte mich ungeduldig auf und lehnte mich mit dem Rücken ans Kopfteil des Bettes. Dabei rutschte mir einer der dünnen Träger von der Schulter. Ich ließ ihn rutschen, vielleicht half das Norbert weiter. Wenn er mit mir schlafen will, soll er gefälligst zur Sache kommen, anstatt mich stundenlang anzustarren, dachte ich ärgerlich. Aber auch der Träger bewirkte nichts. Du wolltest mir Gute Nacht sagen, erinnerte ich ihn, um der Schweigeszene ein Ende zu machen. Er kniete sich neben mir am Kopfende des Bettes nieder. Du liebe Güte, überlegte ich, was kommt denn jetzt? Ob er das einmal in einem Liebesfilm gesehen hatte? Ich kam mir vor wie zur Jahrhundertwende. Natürlich hätte sich eine Tochter aus ordentlichem Hause zu jener Zeit nicht in einem dünnen Negligé den Blicken ihres Verehrers ausgesetzt, noch dazu auf einem Bett, halb liegend, halb sitzend. Das Leben eines Mädchens aus dem gehobenen Bürgerstand muss nicht nur in dieser Hinsicht unerträglich langweilig gewesen sein. Die Partie einer verruchten Frau wäre damals sicherlich vorzuziehen gewesen.

Du, flüsterte Norbert, du. Er hatte etwas gesagt. Nicht viel und nichts Geistreiches, aber immerhin. Ich gab ein freundlich-fragendes Ja von mir. Er erhob sich aus seiner sonderbaren Operettenpose und setzte sich erneut auf die Bettkante, streichelte mein Gesicht, als sei es zerbrechlich, und stöhnte leise, du, ich liebe dich so, ich kann kaum den Tag erwarten, an dem wir ganz zusammen sind. Sehr behutsam zog er den Nachthemdträger wieder über meine Schulter und küsste mich auf den Mund. Schlaf gut und träum schön, sagte er und war verschwunden. Ich starrte entgeistert hinter ihm her. Hatte ich das eben geträumt? Ich war so verwirrt, dass ich mir eine Zigarette zugestand, obwohl ich es nicht leiden kann, wenn man im Bett raucht. Wie hatte er sich auszudrücken beliebt, ganz zusammensein? Wo hatte er bloß diese altertümliche Formulierung her? Miteinander schlafen nennt man diesen Vorgang üblicherweise oder auch Liebe machen, was mir besser gefiel, weil es die wörtliche Übersetzung des französischen faire l'amour ist. Dagegen klingt miteinander schlafen hausbacken, klingt nach ehelicher Gewohnheit, nach Lockenwicklern und Schnarchen. Manche sagen nur lieben. Ich fand es heuchlerisch, weil es die körperliche Lust zu etwas Höherem, Edlerem aufbauschen will. Warum konnte man sich nicht mit dem sinnlichen Vergnügen in seiner Vollkommenheit begnügen? Ich suchte nach weiteren Namen für - wofür? Diejenigen, die um jeden Preis anders sind, verwenden die Bezeichnungen „Ficken" und „Rammeln" - wohl um wenigstens anhand des Namens ein Anderssein zu dokumentieren. Wer sich für modern hält, aber nicht alternativ sein will, sagt „bumsen". Es war für meine Ohren ein sehr deutsches Wort: plump, eilig und phantasielos; ein Wort, das einem schon durch seinen Klang abzuraten scheint, das zu tun, was es unzulänglich beschreibt. Im Beamtendeutsch wird der Ausdruck „Geschlechtsverkehr ausüben" strapaziert, denn selbstverständlich muss auch dieser sinnliche und lustvolle Vorgang amtlich erfassbar und benennbar sein, bekommt er doch in Scheidungsangelegenheiten sogar Indiziencharakter. Und wie hätte es die ordentliche Bürgerstochter der Jahrhundertwende genannt, die ich lieber nicht gewesen wäre? Wahrscheinlich wäre sie schon beim Gedanken daran rot geworden und hätte nie gewagt, das Unaussprechliche durch ein konkretes Wort aussprechbar zu machen. Ich drückte die Zigarette aus. Ganz zusammen sein, hatte Norbert gesagt, das klang nach körperlicher und geistiger Vereinigung, das klang ernsthaft und langweilig, nach Pflicht, Beständigkeit, Würde, Trauschein und Kinderzeugen. Ob es auch Spaß machen konnte, einfach nur Spaß, oder war das bei ihm nicht erlaubt? Ich befürchtete, dass wir sehr verschieden wären. Norbert würde mir wahrscheinlich erst einen Heiratsantrag machen, bevor er sich zugestand, mit mir ins Bett zu gehen. Der Trauschein, das altbewährte Wundermittel, das den Geschlechtsakt in etwas Anständiges verwandelt, ihn salonfähig oder besser schlafzimmerfähig macht, während der Geldschein ihn zum Inbegriff der Verderbtheit werden lässt. Albern, dachte ich, sehr albern. Ich gähnte, endlich so herzhaft, wie ich wollte. Welcher Name war nun am ehrlichsten, welcher beschrieb den unvergleichlichen Jubel der Sinne am treffendsten, welcher gefiel mir am besten? Ich kam zu dem Schluss, dass es die französische Bezeichnung war. Sie deutet nur an, ohne Einzelheiten zu verraten. Jeder mag hineinlegen, was er will und was er kann. Sie schreibt nicht vor, sie verspricht nicht, sie tadelt nicht. Sie überlässt es in weiser Neutralität dem einzelnen, was er daraus machen wird: alles, viel, etwas, nichts. Faire l'amour, murmelte ich versuchsweise vor mich hin, faire l'amour. Man sollte es nicht ins Deutsche übersetzen. Liebe machen, das spitze I, das dunkle A, das harte Ch, sie zerstören nur die Leichtigkeit. Man sollte es einfach französisch lassen, faire l'amour, so ist es am besten.

Ich stand noch einmal auf, um das Fenster zu öffnen. Der Zigarettenqualm störte beim Einschlafen. Eben deswegen rauchte ich normalerweise nicht im Bett. Trotzdem war es angenehm, manchmal von seinen Prinzipien abzuweichen. Man muss sich diese Fähigkeit erhalten, sagte ich mir, sie ist wertvoll, denn sie erhält einen am Leben. Die Kälte von draußen ergriff schnell den ganzen Raum. Ich kroch eilig zurück unter die warme Bettdecke und knipste die Nachttischlampe aus, suchte eine geeignete Schlafposition. Das Nachthemd störte mich. Trotz aller Eleganz, trotz Spitzen und Seide blieb es ein lästiges Nachthemd, rutschte hin und her, wickelte sich so, wie es nicht sollte, engte ein, erwies sich wieder einmal als völlig überflüssiges Kleidungsstück. Ich zog es aus, warf es irgendwohin in das Dunkel des Zimmers, rollte mich in gewohnter Nacktheit zusammen und schlief zufrieden ein.

Als ich erwachte, war das Zimmer in jenes milchige Licht getaucht, wie es nur ein grauer Morgen verbreiten konnte. Ich fror, scheute mich aber, das Fenster zu schließen, weil es bedeutet hätte, sich vollkommen der Kälte preiszugeben. Stattdessen zog ich die Bettdecke bis an die Ohren hoch. Kein Laut war zu hören. Es musste noch früh sein. Kurz vor sieben - ich hatte nicht sehr lange geschlafen. Ich fühlte mich nicht ausgeschlafen, aber sehr wach. Was hatte mich in aller Herrgottsfrühe so wach gemacht? Die feuchtkalte Morgenluft, das Tageslicht? Nein, beides war mir zu vertraut. Ich schlief immer kalt und ohne mein Zimmer abzudunkeln. Es musste etwas Ungewöhnliches gewesen sein, ein Geräusch vielleicht? Aber es war so vollkommen still. Plötzlich fiel es mir ein. Es war ein Traum gewesen. Ich hatte geträumt, Norbert hätte mit mir geschlafen. Das war nicht verwunderlich nach meinen Einschlafgedanken. Man musste nicht Sigmund Freud heißen, um diesen Traum zu erklären. Aber das war es auch nicht. Es war irgendetwas Beunruhigendes. Ich versuchte, das Geträumte zu rekapitulieren. Ich hatte in diesem Zimmer geschlafen, in diesem Bett, alles hatte genauso ausgesehen, wie es das im Augenblick tat, und Norbert hatte auf mir gelegen. Das war alles nichts, was einen hätte beunruhigen können. Ich zermarterte mir mein Hirn. Auf einmal wurde es mir blitzartig klar, was es war, was so sonderbar war. Der Traum war zu wirklich gewesen, ich konnte mich zu genau an dieses Morgenlicht erinnern. Das Beunruhigende war, dass ich nicht wusste, ob ich es wirklich nur geträumt hatte. Traum oder Halbschlaf? Traum oder Realität? Die Frage kreiste in meinem Kopf. Ich konnte sie nicht beantworten. Diese Unfähigkeit machte mich hilflos wütend, sie war beängstigend, war lächerlich. Ich befahl mir, kühl und in aller Ruhe darüber nachzudenken. Es half nicht weiter. Sosehr ich auch überlegte, ich konnte es einfach nicht sagen. Logik, ich musste es mit Logik versuchen, ermahnte ich mich selbst. War es möglich und wahrscheinlich, dass Norbert, der es gestern Nacht eindeutig entgegen seinem Verlangen unterlassen hatte, mit mir zu schlafen, dass dieser Norbert heute früh im Morgengrauen in mein Zimmer gekommen war, um sich etwas zu erschleichen, was ich ihm auch freiwillig gegeben hätte? Die Frage nach der Möglichkeit war einfach zu beantworten. Natürlich hatte ich meine Tür nicht abgeschlossen. Ich mochte keine zugeschlossenen Zimmertüren. Sie waren zu Hause nicht nötig; man sagte einfach, wenn man ungestört sein wollte. Sie waren auch in Tübingen nicht nötig; niemand kam ungebeten herein. Lediglich in Hotelzimmern benutzte ich den Türschlüssel. Möglich wäre es also gewesen. Möglich wäre auch gewesen, dass ich ungestört weitergeschlafen hätte, wenn er ins Zimmer gekommen wäre, möglich und sogar wahrscheinlich. Damit war ich bei dem schwierigsten Teil angelangt, der Wahrscheinlichkeit seines Verhaltens. Ich überlegte hin und her. Einerseits erschien mir ein derartiger Einbruch bei Norbert unwahrscheinlich. Es wäre ein Hintergehen gewesen, das in krassem Widerspruch zu seinen ehrlichen Augen gestanden hätte. Andererseits wunderte man sich immer wieder, wie unerwartet Leute reagierten. Ich kam zu keinem Ergebnis. Ich versuchte zu ergründen, warum mir das Ergebnis wichtig war. An dem fraglichen Geschehen lag es nicht. Ich nahm ohnehin die Pille. Es gab in dieser Hinsicht nichts zu befürchten. Es lag vielmehr an dem unheimlichen Ineinanderübergehen von Traum und Wirklichkeit. Man musste diese beiden Welten klar trennen können, und das hatte ich immer gekonnt. Zum ersten Mal fehlte mir die Trennungslinie. Ich wusste, sie war da, bekam sie aber nicht zu fassen. Sie war nicht mehr beständig, sie war unbestimmt, formlos, nicht greifbar - wie rohes Eiweiß, das einem zwischen den Fingern durchglitschte. Das machte mir Angst, ohne dass ich in der Lage gewesen wäre zu sagen, warum. Es gab nur einen Ausweg, der darin bestand, Norbert zu fragen, hast du heute früh mit mir geschlafen? Das war der einzige Weg zur Klarheit. Und selbst der war fraglich, denn wenn Norbert das tatsächlich getan hatte, würde er es wohl kaum zugeben. Das Einzige, was feststand, war also, dass nichts feststand. Es erschien mir höchst unbefriedigend, aber da es sich nicht ändern ließ, beschloss ich, mich damit abzufinden. Natürlich würde ich Norbert nachher etwas intensiver beobachten als sonst, denn dass er zum Schauspieler nicht taugte, war schließlich auch noch etwas, das feststand.

Ich hatte keine Lust mehr zu schlafen. Es war erst halb acht, aber ich stand trotzdem auf. Ich zog das ungeliebte Nachthemd über, öffnete meine Tür vorsichtig einen kleinen Spalt - niemand war in Sicht, nichts zu hören. Ich öffnete sie etwas weiter. Das Badezimmer gegenüber schien leer zu sein, obwohl Licht brannte. Wahrscheinlich hatte jemand beim Zubettgehen vergessen, es auszuknipsen. Ich holte meine Toilettentasche und verschwand im Bad, sperrte die Tür ab, vorsichtshalber. Mit Genuss machte ich mich an die Morgentoilette, putzte als Erstes die Zähne, duschte ausgiebig, spülte die Unsicherheit des Morgengrauens zusammen mit der Seife ab, huschte wieder in mein Zimmer, zog mich an, machte das Bett, schminkte mich sorgfältig und zeitaufwändig, pflegte meine Fingernägel. Dann fiel mir nichts mehr ein, aber es war immerhin kurz vor neun. Sicherlich würde sich draußen gleich etwas rühren. Ich machte die Zimmertür so weit auf, dass man von außen erkennen konnte, dass sie offen war, und setzte mich abwartend in den Sessel. Es dauerte auch wirklich nicht lange, und das Haus füllte sich mit Leben. Im Bad duschte jemand, Stimmen waren zu hören, eine Etage tiefer klapperte Geschirr, und ich meinte, einen leichten Kaffeeduft wahrzunehmen. Er lockte mich nach unten. Vielleicht konnte ich beim Frühstückmachen helfen.

Beate war schon in der Küche. Sie war mit einem hellblauen Frotteebademantel bekleidet, der schon bessere Zeiten gesehen hatte, und stand unschlüssig vor den Küchenschränken, ihre Löckchen hingen wirr und lustlos herum. Eine Ehefrau am Morgen - scheußlich, dachte ich und sagte guten Morgen. Sie wunderte sich, dass ich schon fertig angezogen war, gähnte laut und vernehmlich, begann planlos, Bestecke zusammenzusuchen, holte Tassen aus dem Schrank, bestückte einen Eierkocher. Die Kaffeemaschine brodelte viel versprechend. Trinkst du einen Kaffee mit vorab, erkundigte sie sich. Ich stimmte begeistert zu. Wir nahmen ihn im Stehen zu uns, stellten übereinstimmend fest, dass er schwarz und ohne Zucker am besten schmeckte und dass es unmöglich war, ohne ihn wach zu werden. Ich wollte wissen, ob ich im Esszimmer den Tisch decken sollte. Ja, Beate wäre froh, wenn ich das schon machen wollte, sie war noch so müde. Ich setzte das Geschirr auf ein Tablett. Eierbecher brauchten wir noch. Beate suchte sie, wusste nicht genau Bescheid. Meine Mutter macht sonst immer Frühstück, entschuldigte sie sich. Ich nickte. Genauso hatte ich es mir auch vorgestellt. Endlich fand sie das Gesuchte. Ich nahm mein Tablett und verzog mich ins Esszimmer, stellte die Teller hin, faltete Papierservietten. Hartmut kam hereingeschlurft, war noch im Schlafanzug, bestätigte sofort meine Theorie über die Lächerlichkeit männlicher Nachtbekleidung. Ein Ehemann am Morgen war genauso scheußlich, stellte ich fest. Morgen, murmelte er, gut geschlafen, und schlurfte wieder hinaus, ohne eine Antwort abzuwarten. Mein Tablett war leer, ich ging zurück in die Küche. Beate machte sich am Kühlschrank zu schaffen, packte Butter, Wurst und Marmelade auf die Anrichte. Wo war die Kaffeesahne?

Dann erschien auch Norbert, erfreulicherweise ordentlich angezogen, machte überhaupt einen sehr ausgeschlafenen Eindruck. Ich musterte ihn verstohlen. Hatte er nun, oder hatte er nicht? Weder sein munteres „Guten Morgen" noch der Kuss, den er mir zur Begrüßung gab, verrieten etwas. Hast du gut geschlafen, fragte er. Ich spitzte die Ohren. Klang da irgendein Unterton mit? Nein, es war eine harmlose und normale Frage, wie man sie am Morgen stellt, und sie klang ebenso harmlos und normal. Er sah mir arglos in die Augen. Wahrscheinlich hatte er nicht, sagte ich mir, ich konnte es mir unmöglich vorstellen; es passte nicht zu ihm. Und er hätte nie die Stirn gehabt, mich so ruhig anzusehen, wie er es jetzt tat. Danke, erwiderte ich, ich habe sogar ausgezeichnet geschlafen, tief und fest wie ein Murmeltier. Ich lachte ihn an, auf die Reaktion lauernd. Er lachte freundlich zurück. Er hat nicht, dachte ich und beschloss, es endgültig bei dieser Entscheidung zu belassen. Er nahm das Tablett, von Beate inzwischen wieder vollgepackt, und entfernte sich in Richtung Esszimmer. Wenig später gesellten sich Gisela und Klaus zu uns. Beide sahen so aus, als seien sie direkt aus dem Bett gefallen. Ich überlegte, dass es bis zum Frühstück noch Ewigkeiten dauern musste, denn es schien im Haus nur das eine Badezimmer zu geben. Aber nein, ich hatte noch nicht zu Ende gedacht, da kam Hartmut wieder angeschlurft. Können wir frühstücken, fragte er missmutig. Ich beobachtete mit Widerwillen, wie sich die vier Schlafzimmergestalten ungewaschen und ungekämmt am Tisch niederließen, muffig, brummig, unlustig, und überlegte, ob es am Verheiratetsein lag, Häuslichkeit mit Mundgeruch. Mir fiel ein französisches Chanson ein, in dem ein gequälter Charles Aznavour klagt, „tu te laisses aller, tu te laisses aller". Man müsste es diesen beiden Pärchen laut vorspielen, laut und deutlich. Die Szenerie war abstoßend und Ekel erregend. Wenn es das war, wozu die Gewohnheit in einer Partnerschaft führte, ließ man besser die Finger davon und bewahrte sich ein Schmetterlingsdasein, mal hier, mal dort, schillernd, lustig, kurzlebig, aber gekämmt und mit geputzten Zähnen beim Morgenkaffee. Die Unterhaltung schleppte sich dahin. Ein Satz, Gähnen, wieder ein Satz. Ich selbst sagte nichts. Nach der ersten Tasse Kaffee wurde Hartmut langsam gesprächig. Er lieferte einen ungemein ausführlichen Beitrag, in dem er sich über die besondere Wichtigkeit der rechten Hand, vor allem des entsprechenden Mittelfingers beim Toilettenbesuch auslief. Er hatte nämlich vor kurzem den Mittelfinger in Gips gehabt, berichtete er und erging sich lachend in Einzelheiten. Schwein, dachte ich, flachköpfiges, blödes Schwein, und sagte weiterhin nichts. Nach weiterem geistlosen Geschwätz verkündete Klaus, dass er ins Bad gehen wollte. Ich nahm sein Aufstehen zum Zeichen, dass das Frühstück zu Ende war, stand ebenfalls auf, um die Endgültigkeit zu besiegeln. Wann fahren wir, fragte ich Norbert. Sobald du willst, antwortete er. Ich sagte leise, am liebsten gleich, aber Gisela und Klaus werden wohl noch eine Weile brauchen, bis sie reisefertig sind. Ich hoffe zumindest, dass sie uns nicht in ihren Nachtgewändern die Ehre geben wollen. Er grinste. Passagiere, die nicht wenigstens gekämmt und angezogen sind, werden nicht befördert, zwinkerte er, zufrieden? Immerhin, dachte ich, es schien ihn auch gestört zu haben. Ich nickte. Komm, schlug er vor, lass uns ein bisschen spazieren gehen. Das war eine gute Idee, ich stimmte sofort zu. Nur weg aus diesem Mief - Schlafmief, Frühstücksmief, Ehemief.

Ich holte meinen Mantel und freute mich auf die saubere, frische Morgenluft. Wir schlenderten ziellos durch das Wohnviertel, betrachteten die Vorgärten. Auch wenn das Grün der Grashalme noch winterschmutzig war, erkannte man, dass es im Sommer zu einem gepflegten, englischen Rasen werden würde, kein Platz für Gänseblümchen. Die zahlreichen Rosenbeete, jetzt noch abgedeckt, würden dann üppig blühen. Es waren wohlhabende Gärten - ohne Nutzpflanzen und Gartenzwerge - die spätestens zur Tulpenblüte untereinander gnadenlos wetteifern würden: Wer hat die am dichtesten bepflanzten Beete, wer die meisten Blumen, wer ist der prächtigste, schönste, reichste? Die Häuser stellten fast ausnahmslos eine makellose Fassade zur Schau, und den wenigen, die eine Renovierung nötig hatten, sah man an, wie sie sich für ihre Schäbigkeit schämten. Warte nur, schienen sie dem Betrachter entschuldigend zuzuraunen, warte nur, sobald es wärmer ist, werden auch wir frisch angestrichen. Dann sind wir genauso präsentabel wie das Nachbarhaus, warte nur. Norbert und ich unterhielten uns über alles Mögliche, stimmten darin überein, dass die Party langweilig und das Frühstück peinlich gewesen waren, dass wir uns den Ausflug anders vorgestellt hatten. Wie, blieb unklar, aber so nicht, darin waren wir uns einig und auch darin, dass wir bald abfahren wollten, um wenigstens den Nachmittag zu retten. Für einen grauen Sonntagmorgen, der sich schon bald in einen grauen Sonntagmittag wandeln wollte, waren wir uns überhaupt bemerkenswert einig.

Als wir nach fast einer Stunde zu den anderen zurückkehrten, saß Gisela immer noch in ihrem Flanellnachthemd am Frühstückstisch, trank immer noch Kaffee und quatschte mit Beate. Oh, ich mimte Überraschung, wir wollten jetzt eigentlich losfahren. Gisela musterte mich mit unverhohlener Abneigung. Sei doch nicht so ungemütlich, erwiderte sie patzig und nahm ihren Gesprächsfaden wieder auf. In diesem Moment rief Norbert aus dem Flur, wir können von mir aus starten. Gisela bekam einen roten Kopf und starrte mich so wütend an, als hätte ich sie beschimpft, und zwar übel beschimpft. Sie trank hastig ihre Tasse aus und stand auf. Du hast ihn gut im Griff, zischte sie. Ich lächelte möglichst neutral und harmlos, um sie nicht noch mehr zu reizen. Es war offensichtlich, dass sie Streit suchte, aber ich hatte keine Lust, mich mit ihr anzulegen. Sie sah nicht wie jemand aus, mit dem es Spaß machen könnte zu streiten. Sie würde anfangen zu zetern, ich konnte es mir lebhaft vorstellen, vielleicht sogar keifen, mit hoher Stimme, die in den Ohren weh tun würde; sie würde weiblich streiten. Ich kam zu dem Ergebnis, dass es klüger wäre, einen Streit zu vermeiden. Gisela war nicht nur ein ungeeigneter Streitpartner, sie war mir außerdem für ein sinnvolles Streiten zu gleichgültig. Was ging mich ihr Trödelei an, was ging mich die ganze Gisela an? Ich lächelte ihr nochmals zu und ging nach oben, um meine Reisetasche zu holen, stand anschließend mit den anderen unschlüssig im Flur herum, verkniff mir sogar ein Murren.

Warten, Aufbruchstimmung. Ich kann diese Zeit vor einem Abschied nicht leiden, konnte es nicht einmal an diesem Sonntagmorgen, wo mir die Abfahrt an sich höchst willkommen war. Das Schlimmste am Aufbruch ist für mich der Abschied, das Warten, bis man weggehen kann. Wenn man gehen will, sollte man es schnell tun. Wenn man gehen will, ist die Zeit, die man noch am alten Aufenthaltsort verbringt, verschwendet. Nur dass man weg will, zählt. Warten behindert dieses Wegwollen, zwingt es zur Geduld, legt ihm Zügel an, ordnet es sich unter. Je länger es sich hinzieht, desto unerträglicher wird es. Ich bin deshalb ein schlechter Abschiednehmer, ein eiliger, der den Drang zum Gehen ernst nimmt und ihm bereitwillig nachgibt, auch wenn dies oft als Unhöflichkeit missdeutet wird. Ich verübelte es Gisela gehörig, dass sie den Aufbruch in die Länge zog, selbst wenn ich anerkennen musste, dass sie schneller fertig war als erwartet; sie hatte sich wirklich sehr beeilt. Na endlich, empfing Klaus sie. Was hast du nur so lange gemacht, wieder stundenlang gequatscht und gebummelt, was? Sie lachte; es war nicht zu überhören, wie schwer ihr dieses Lachen fiel. Wiederum sah sie mich voller Wut an, herausfordernd, lauernd, ob ich nicht irgendetwas dazu bemerken würde. Wiederum wahrte ich mein ungefälliges Schweigen. Endlich durfte man gehen, ein paar allerletzte Abschiedsworte noch, es war wirklich nett, so viel Mühe, komm doch auch einmal, vielen Dank, wir telefonieren; endlich fuhren wir ab. Beate und Hartmut standen in der Haustür - sie im Bademantel, er im Schlafanzug. Sie winkten.

## 10

Unsere Rückfahrt verlief ereignislos. Norbert hielt sich an sein Versprechen vom Vortag und fuhr geradezu mustergültig. Giselas Frostigkeit dominierte, wenngleich sie nicht offen zum Ausdruck kam. Zwietracht hing in der Luft. Wir blieben schweigsam, denn so war es am ungefährlichsten, und waren alle erleichtert, als Norbert in Mainz in die schon bekannte Wohnsiedlung mit ihren austauschbaren Häusern einbog. Klaus und Gisela stiegen aus. Ob wir nicht noch mit hineinkommen wollten, auf einen Kaffee vielleicht? Natürlich wollten wir nicht, nein, freundliches Dankeschön, ein andermal vielleicht, beflissenes Kaschieren, wie satt man sich gegenseitig hatte, und dann war ich mit Norbert allein. Wir beschlossen, in die Stadt zu fahren und in ein Café zu gehen. Was sollte man sonst tun an einem bedeckten Sonntag, der ab Mittag regnerisch geworden war? Selbst wenn man sich gut kennt, gibt es nicht allzu viele Möglichkeiten, sich bei solchem Wetter der Sonntagslangeweile zu entziehen. Wenn man erst in der Kennenlernphase ist, sind diese Möglichkeiten sogar weitaus geringer, aber man ist trotzdem stärker auf sie angewiesen. Noch darf man sich nicht gemeinsam langweilen; das ist ein Luxus, der geistige Intimität voraussetzt. Norbert kannte zwei Cafés, die hübsch sein sollten. Das erste hatte geschlossen. Ein großes, unfreundlich-sachliches Türschild machte diesen Umstand endgültig. Sonntags geschlossen. Das zweite war geöffnet, aber, so wurden wir beim Eintreten belehrt, nur zum Kuchenverkauf. Bevor Norbert diese Gelegenheit nutzen konnte, um das Kaffeetrinken in seine Wohnung zu verlegen, sagte ich, Wiesbaden! Lass uns nach Wiesbaden fahren, dort ist bestimmt irgend etwas offen; eine Kurstadt ist das ihren Gästen schuldig.

Wir flüchteten aus der verlassenen Mainzer Innenstadt, fuhren die paar Kilometer nach Wiesbaden, um dort die elegante Wilhelmstraße ebenso verlassen vorzufinden. Mit ihren bombastischen Fassaden aus der Jahrhundertwende wirkte sie noch trostloser als das bescheiden-biedere Mainz. Wir hätten es uns denken können. Es war die Verlassenheit, die eine Stadt sonntags befällt. Ausgestorben und öde wirkte die Prachtstraße mit einer leeren Cola-Büchse im Rinnstein als einziger Gesellschaft. Doch nein, hundert Meter entfernt ging langsam eine alte Frau an den üppigen Schaufensterauslagen entlang. Als wir sie passierten, sah sie in die andere Richtung: Sehe ich dich nicht, siehst du mich nicht. Einsamkeit an Sonntagen kommt einem Stigma gleich. Es setzt geistige Größe voraus, sich zu ihr zu bekennen; wer sie nicht aufbringt, schaut lieber weg. Endlich fanden wir doch noch ein Café. Es war voll. Die Gäste machten ausnahmslos den Eindruck, als hätten sie die Sechzig längst hinter sich. Relikte der Jahrhundertwende wie die pompöse Wilhelmstraße, wie das abgeschabte Mobiliar des Cafés, wie die verstaubten Kristallleuchter und wie die Tanzkapelle, die kläglich versuchte, bessere Zeiten heraufzubeschwören, vergangene Zeiten. Das Ganze war eine Kuchen essende, Kaffee trinkende Referenz an die Vergangenheit, wirkte wie ein lebendiges Museum, nur trauriger, viel trauriger. Wir setzten uns an einen winzigen Tisch, den einzigen, der noch frei war. Leider war er Norbert nicht entgangen. Ich wollte nur eine Tasse Kaffee. Hier konnte man es nicht wagen, sich auf ein ganzes Kännchen festzulegen. Die Trostlosigkeit musste spätestens ab der zweiten Tasse anstecken. Kaffee mit Sahne und Trübsinn. Sonntags gibt es nur Kännchen, erklärte mir eine schlecht gelaunte Kellnerin. Sie sprach gebrochenes Deutsch. Es steht auch in der Karte, verteidigte sie sich, als hätte ich sie angegriffen. Ich fügte mich dem Kännchenzwang. Norbert sagte sehr zufrieden, nun haben wir doch noch etwas Hübsches gefunden. Es schien ihm tatsächlich zu gefallen; es sah ganz so aus, als würden wir länger bleiben. Er wollte am Büffet Kuchen aussuchen. Geh du allein, antwortete ich ihm, ich habe keinen Hunger. Er wusste es besser und begann zu argumentieren. Du hast fast nichts zum Frühstück gegessen, du musst Hunger haben, er wurde eindringlich. Natürlich meinte er es gut, aber nichts kann einem so auf die Nerven gehen wie das aufgezwungene Gut-Meinen anderer. Wie nett, dass er so um dich besorgt ist, würde meine Mutter jetzt sagen, vielleicht mit etwas ergriffener Stimme - ein bisschen Ergriffenheit konnte nie schaden. Bestell mir irgendetwas Kleines, sagte ich, damit er still wäre, ein Zitronenröllchen oder einen Florentiner. Wieder hoffte ich, die Zeit ginge endlich vorbei. Es war ein Wochenende, an dem ich ständig weiter sein wollte, als ich tatsächlich war, ein durch und durch verpfuschtes Wochenende. Während ich an einem zähen Florentiner herumkaute, museales Produkt eines musealen

Cafés, bat Norbert mich, ihn am nächsten Samstag zu besuchen. Er wollte mir morgens Mainz zeigen, solange die Geschäfte offen waren, die Innenstadt, den Dom, irgendeinen Breitengrad, er wollte Mittagessen kochen, er war so begeistert, dass mir nichts weiter übrig blieb als ein Ja. Ich zeichne dir den Weg noch genau auf, fuhr er eifrig fort, damit du dich nicht verfährst, und bringe dir die Skizze am Mittwoch mit. Er wurde etwas unsicher, wir sehen uns doch am Mittwoch? Ja, sagte ich, aber jetzt möchte ich nach Hause; ich habe Kopfschmerzen. Auf der Heimfahrt ärgerte ich mich doppelt. Zum einen hatte ich meinen Mittwoch widerspruchslos preisgegeben und zum anderen Kopfweh vorgetäuscht - ausgerechnet Kopfweh, diesen Inbegriff weiblicher Einfallslosigkeit.

Am Mittwoch holte er mich eine halbe Stunde zu früh ab. Ich ärgerte mich, dass er die Zeit nicht abwarten konnte. Meine Laune war nicht die beste. Wir fuhren in eine kleine Weinstube in der Nähe. Norbert schleppte eine große Plastiktüte und packte ihren Inhalt auf den Tisch: ein Autoatlas, eine Kartensammlung, bestehend aus zehn einzelnen Karten, die Deutschland einschließlich der DDR vom Süden bis zum Norden abdeckten, sowie zwei verschiedene Stadtpläne von Mainz. Er breitete einen der Pläne auf dem Tisch aus, strich ihn sorgfältig glatt. Ich war versucht zu fragen, wozu er derartig umfangreiches Kartenmaterial besaß, wenn er nicht einmal in der Lage war, den einfachen Weg nach Tübingen darin zu finden, unterließ es aber. Der Tisch war voll, der Wein kam. Norbert musste seine Karte erst einmal wegpacken und versuchte, sie wieder so zu falten, wie sie ursprünglich gewesen war. Seine Umständlichkeit und sein ratloses Gesicht reizten mich. Ich fragte ihn spöttisch, ob er eine größere Expedition plane, eine Schwarzwaldexkursion vielleicht, um sich künftig dort nicht wieder zu verirren, und wedelte mit der entsprechenden Karte herum. Nein, lachte er, ich habe doch versprochen, dir zu erklären, wie du zu meiner Wohnung kommst. Ich überlegte, dass von seiner Wohnung nicht die geringste Rede gewesen sei, und registrierte voller Unwillen, dass er den Stadtplan nun doch falsch zusammengefaltet hatte. Ich nahm das vergewaltigte Werk an mich und klappte es so zusammen, wie es ihm bestimmt war, erst die Längsfalten, dann die Querfalten. Es war wirklich simpel; warum musste Norbert alles verkomplizieren?

Kaum hatten wir den ersten Schluck getrunken, nahm er schon wieder Anlauf, um mich mit seiner Wegbeschreibung zu traktieren. Gib mir lieber mal den Stadtplan, unterbrach ich seine wirre Beschreibung, ich sehe es mir am besten selbst an. Wie heißt die Straße? Er sah mich an, traurig, enttäuscht, vorwurfsvoll. Womit hatte ich ihn jetzt schon wieder gekränkt? Eine Mimose war, verglichen mit ihm, ein robustes, unempfindliches Pflänzchen, empörte ich mich im Stillen. Du weißt doch genau, wo ich wohne, sagte er in anklagendem Ton, ich habe es schon so oft erwähnt, dass du es wissen musst. Wenn ich es wüsste, würde ich kaum fragen, erwiderte ich knapp, setzte dann noch etwas spitzer hinzu, natürlich kann ich auch in meinem Kalender nachsehen, wenn es dir zu anstrengend ist, den Straßennamen noch einmal zu wiederholen. Meine Geduld war erschöpft. Er hatte beim besten Willen keinen Anlass, beleidigt zu spielen, nur weil ich nicht auswendig herunterleiern konnte, wo er wohnte. Es war lächerlich, einfach lächerlich, und er war auch lächerlich. Ich bin doch kein wandelndes Adressbuch, brummte ich. Es klang wütender als beabsichtigt. Er lenkte sofort ein. Ich hätte ihn völlig falsch verstanden. Er hatte doch nur gedacht, erklärte er lang und umständlich. Aber was er gedacht hatte, blieb mir schleierhaft. Immer dieser unstillbare Erklärungsdrang. Irgendetwas konnte nicht stimmen, wenn man so viel erklären musste. Denken ist Glückssache, hätte ich seiner Entschuldigung am liebsten entgegengehalten, aber er hatte schon wieder seinen Blick, diesen gequälten Blick. Wie ein geprügelter Hund, dachte ich unwillkürlich und erschrak. Nein, das ging zu weit, das durfte man nicht einmal denken. Auch die Freiheit der Gedanken hat ihre Grenzen; mein Vergleich lag jenseits davon. Ich schämte mich und wusste nicht vor wem. Das schlechte Gewissen ließ mich besonders nett sein, um den gedanklichen Ausrutscher zu kompensieren. Es tut mir Leid, sagte ich leise und entschuldigte mich gleichzeitig - nicht nur ohne Überzeugung, sondern sogar wider besseres Wissen. Norbert nannte mir den Straßennamen. Er kam mir tatsächlich bekannt vor. Ich suchte willig im Stadtplan. Die bewusste Straße lag ganz im Westen. Man musste an der Stadt vorbeifahren, die Stadtautobahn bis zum Ende, es war einfach zu finden. Ich tat so, als hörte ich aufmerksam zu, während Norbert mir etwas erzählte, was sehr labyrinthisch klang, und mit dem Zeigefinger entsprechende Schlaufen auf der Karte beschrieb. Er wollte es mir noch einmal aufzeichnen, sicherheitshalber, falls ich etwas vergessen hätte. Wenn du mir deinen Stadtplan ausleihst, ist mir mehr geholfen, bat ich so sanft, wie ich nur konnte. Offensichtlich hatte ich diesmal den richtigen Ton getroffen; Norbert reagierte nicht gekränkt. Ich war erleichtert.

Am Samstagmorgen machte ich mich rechtzeitig auf den Weg. Nicht dass ich Lust gehabt hätte, aber es war nun einmal vereinbart. Es war ein schöner Tag, und es machte mir Spaß, Auto zu fahren. Am liebsten hätte ich so den Tag verbracht, ziel- und planlos in der Gegend herumzufahren, nur um des Fahrens willen. Leider war ich verabredet, leider musste ich an der nächsten Abfahrt von der Autobahn herunter, leider. Nach weiteren zehn Minuten sah ich das Straßenschild, wo ich hätte rechts abbiegen müssen, sah auch das Hochhaus, von dem Norbert gesprochen hatte. Es war hässlich; dort also wohnte er. Ich fuhr geradeaus. Es war noch zu früh. Wenigstens eine kleine Spazierfahrt, eine kleine Schleife, wollte ich mir leisten. Ich fuhr an einem größeren Gebäude komplex vorbei. Das musste die Universität sein. Ich fuhr weiter geradeaus, weiter westlich. Es ist genau die Richtung nach Paris, dachte ich, immer weiter, und ich könnte reichlich sechs Stunden später auf den Champs-Élysées im Café George V sitzen. Es war eine verlockende Vorstellung, und es war Frühling, die beste Jahreszeit für Paris. Ich sah auf meine Uhr. Es war an der Zeit umzukehren. Jetzt musste ich mich entscheiden: entweder weiterfahren oder zurück. Mir fiel ein, dass ich nicht einmal eine Zahnbürste bei mir hatte, ganz zu schweigen von Wäsche und dem sonstigen Krimskrams, den man täglich braucht. Nur Schecks hatte ich einstecken, aber leider kaum noch Geld auf dem Konto, jedenfalls nicht genug. Ich seufzte bei dem Gedanken, was ich alles verpassen würde, wenn ich jetzt vernünftigerweise umdrehte, dachte an die Platanen am Seine-Ufer, die vielleicht schon einen Hauch Grün hatten, an den Blick, den man von Sacre-Cœur hat, an Croissants und Baguettes, dachte an den Geruch in den Metro-Stationen, diesen aufregenden Geruch, der eigentlich nur der Gestank von Desinfektionsmitteln ist, aber der Nase mit unverwechselbarer Deutlichkeit beweist: Du bist in Paris, du träumst nicht, du bist in Paris. Ich bekam solche Sehnsucht, dass etwas in mir weh tat. Abrupt trat ich auf die Bremse und hielt an, um zu wenden. Wenn die Hausarbeit fertig war, würde ich eine Woche hinfahren, tröstete ich mich. Auf meinem Sparbuch war noch Geld vom letzten Ferienjob und von zahlreichen Nachhilfestunden. Eine Woche, das wäre leicht erschwinglich. Ich fuhr den Weg, den ich gekommen war, zurück. Das Universitätsgelände lag jetzt zu meiner Linken; die nächste Straße musste ich abbiegen. Dann sah ich Norbert. Er ging langsam vor dem abstoßenden Hochhaus auf und ab, konnte es wahrscheinlich wieder einmal nicht abwarten. Paris, dachte ich noch einmal, und wusste ganz genau, dass es nicht dasselbe sein würde, später hinzufahren. Ich hätte es gleich tun müssen. In diesem Moment entdeckte Norbert mich, winkte. Zu spät, er hatte mich bemerkt. In meinem Hals war plötzlich ein dicker Kloß. Ich schluckte und schluckte, um ihn hinunterzuzwingen. Ich parkte ein. Es war genau zehn, wie abgemacht; ich war pünktlich auf die Minute, natürlich.

Das Erste, was mir an Norbert auffiel, war, dass er einen Parka trug, ein Kleidungsstück, gegen das ich eine doppelte Abneigung habe, aber das konnte er nicht wissen. Zum einen ist Olivgrün eine unkleidsame Farbe. Das Bräunlich-Grün steht nur wenigen, denn es verlangt nach einem sonnengebräunte Teint, den Mitteleuropäer nur unmittelbar nach ihrem Urlaub vorweisen können. Zu käsiger Haut ist das schmutzige Grün immer unkleidsam. Dunkelhaarige Menschen lässt es schmuddelig aussehen, während blonde, hellhäutige Typen so wirken, als hätten sie eine längere, sehr unruhige Schiffspassage hinter sich. Zum anderen scheinen Parkas ihren Besitzern in erster Linie als Ausdruck einer Weltanschauung zu dienen, und das stört mich. Natürlich war Norbert viel zu konservativ, um zu den Parkajüngern zu zählen. Aber wie ein Seekranker sah auch er aus. Und dieser grünliche Norbert wollte mir nun also Mainz zeigen, mir, die ich immer noch Sehnsucht nach Paris hatte. Ein lächerliches Unterfangen. Ich sollte mein Auto stehen lassen, meinte er, wir würden mit seinem fahren. Ich überlegte, ob er zu der Spezies von Männern gehörte, die es um keinen Preis ertragen können, wenn eine Frau hinter dem Lenkrad sitzt, während sie selbst mit dem Beifahrersitz Vorlieb nehmen müssen. Wenn dem so wäre, bekäme er Ärger mit mir. Ich nahm verwundert zur Kenntnis, dass mir schon der Gedanke daran Spaß machte, dass ich die stumme Drohung auskostete und genoss, obwohl ich Ärger üblicherweise eher aus dem Weg gehe. Manchmal beschlich mich das Gefühl, dass Norbert wie kein anderer die Gabe besaß, schlechte Eigenschaften in mir zu wecken - nicht nur solche, die mir bekannt und vertraut waren, die ich infolgedessen einigermaßen unter Kontrolle hatte, sondern völlig neue, bei denen ich mich noch nie zuvor ertappt hatte. Er schien mein schlechtes Ich herauszufordern. Ich wusste von der Kraft, die stets das Böse will und stets das Gute schafft, aber gab es sie auch in umgekehrter Variante? Wenn das zutraf, war es gefährlich, dann musste ich aufpassen. Ist dir das recht, hörte ich Norbert fragen, und hatte keine Ahnung, wovon die Rede gewesen war. Hm, knurrte ich so, dass es sowohl ein Ja als auch ein Nein bedeuten konnte. Ich musste den Gedanken, ob er wirklich eine schlechte Wirkung auf mich hatte, später wieder aufgreifen, jetzt war keine Zeit. Auf der Heimfahrt könnte ich der Sache in Ruhe auf den Grund gehen; ich durfte es keinesfalls vergessen. Was heißt das, hakte Norbert nach. Mir fiel darauf keine Antwort ein. Es ist ungeheuer schwierig, konkret zu antworten, wenn man die Frage nicht kennt. Es heißt, gab ich zerknirscht zu, dass ich nicht zugehört habe. So, neckte er mich belustigt, was hat dich denn so intensiv beschäftigt? Er war offensichtlich in bester Verfassung, kein Vorwurf, keine Enttäuschung in der Stimme, nicht einmal ein trauriger Blick. Ich redete mich mit meiner Hausarbeit heraus, laberte irgendetwas von irgendwelchen Paragrafen. Aber heute ist doch Samstag, protestierte er entrüstet. Vorwurf nun doch, aber nur ein lachender. Nun steig endlich ein, forderte Norbert mich auf, damit wir in die Stadt kommen, und vergiss deine dumme Hausarbeit. Ja, antwortete ich folgsam, ich weiß, es ist Sabbatschändung. Wir lachten beide. Mein Lachen geriet mir wieder einmal ein kleines bisschen zu laut.

In der Innenstadt war ziemlich viel Betrieb. Die Leute schleppten Tüten und Taschen. Kinder plärrten, Mütter schimpften, Väter machten eine gequälte Miene. Ich überlegte, ob es die gleichen Leute waren, die um die Fastnachtszeit Narrenkappen tragen, weinselig schunkeln und über jeden noch so abgeschabten Witz schallend lachen. Wahrscheinlich. Es war nicht einmal ein Widerspruch, nein, es war sogar logisch. Sie lachten, wenn es an der Zeit war, und das war es eben nicht an einem beliebigen Samstag. Samstags war es an der Zeit einzukaufen. Wir gingen über den Markt. Ich sah mir die einzelnen Stände genau an. Ich mag

Märkte, das Gewimmel, ihre Buntheit und sogar das Geschrei der Marktfrauen. Ich muss auch noch einkaufen, sagte Norbert, aber hier ist es mir zu teuer. Ich wäre gern länger auf dem Markt herumspaziert oder hätte noch lieber einen Kaffee getrunken. Wir gingen in einen Supermarkt, an dem absolut nichts sehenswert war. Sonderbares Besichtigungsprogramm, dachte ich, er hätte das auch einen Tag eher allein erledigen können. Er stellte sich an der Fleischtheke an. Die Schlange war beachtlich; samstags sind Schlangen immer besonders lang. Ich ärgerte mich, wie großzügig Norbert mit meiner Zeit umging, streifte gelangweilt zwischen den Regalen durch. Endlich war er fertig. Wir reihten uns in die Kassenschlange ein. Ich blickte ostentativ auf die Uhr. Es hat doch länger gedauert, als ich dachte, sagte Norbert. Ich konnte mir nicht verkneifen anzumerken, dass es am Wochenende immer lange dauert und es sinnvoller ist, unter der Woche einzukaufen. Er bemerkte die Kritik nicht. Was jetzt, fragte ich. Wir laden die Tüten im Auto ab und gehen den Dom besichtigen, gab er zur Antwort. Offensichtlich hatte er alles erledigt, das Sight-Seeing ging also weiter. Wir kamen an dem Café vorbei, das am Sonntag zuvor geschlossen hatte. Heute sah es einladend aus. Ich dachte nochmals sehnsüchtig an einen Kaffee, wollte aber Norberts Pläne nicht durcheinander bringen. Wir überquerten wieder den Markt, um zum Dom zu gelangen. Ich besah ihn mir. Ein großes rotes Bauwerk, romanisch, trutzig, abweisend. Ich habe ein gestörtes Verhältnis zu romanischen Bauwerken. Sie sind mir zu schwerfällig, bodenständig und plump. Die Gotik liegt mir mehr mit ihrer Liebe zum Detail und ihren eleganten Linien. Wie filigran riesige gotische Kirchen aussehen können, fast schon zerbrechlich. Wir betraten den mächtigen Dom, durch eine sonderbar kleine Tür, kaum größer als eine normale Haustür. Sie war so unproportioniert, dass sie in dem monströsen Bau armselig und provisorisch wirkte. So, als wäre dem Bauherrn kurz vor Fertigstellung das Geld knapp geworden, als hätte er sich in der bombastischen Gesamtheit verausgabt und wäre nun zu bescheidenem Detail gezwungen, bis wieder genug in der Kasse wäre, um ein großes Portal einbauen lassen, groß und angemessen. Hinter dem unpassenden Eingang das Kirchengewölbe: so hoch und so weit, dass man den Eindruck bekam, das Tor hätte Zauberkräfte und würde den Eindringling schrumpfen lassen. Es gab nichts, woran sich das Auge festhalten konnte. Kahl und kalt war es; die Schritte hallten auf den Steinplatten. Es war keine Kirche, in die man gehen würde, um allein zu sein oder um nachzudenken. Ich absolvierte den Rundgang ohne Begeisterung. Danach führte Norbert mich zum fünfzigsten Breitengrad. Ein schräges Messingband markiert ihn auf dem Bürgersteig. Ein Schritt, nicht einmal ein besonders großer, und man hat ihn überquert. Ich überlegte, was ungefähr auf derselben Breite lag, wusste es nicht. Erdkunde hatte ich meistens damit verbracht, mir ferne Länder auszumalen. Meine Vorstellungen von Geographie waren dementsprechend phantasievoll, aber völlig verschwommen. Natürlich waren Breitengrade der Phantasie zu prosaisch, und sie konnte nichts damit anfangen. Ich hätte Norbert fragen können, hatte aber keine Lust. Für eine Stadtbesichtigung, etwas was ich normalerweise als eine eigene kleine Entdeckungsreise betrachte, spannend und aufregend, war ich überhaupt sehr lustlos. Lag es an Mainz, lag es an mir? Die Frage ließ sich nicht eindeutig beantworten. Wahrscheinlich hatten wir beide Schuld, vielleicht nahm ich der Stadt ihre fehlende Großzügigkeit übel, vielleicht schmollte ich nur mit mir, weil ich mich mit Mainz zufrieden gegeben hatte. Ob Paris auch irgendwo um den fünfzigsten Breitengrad herum lag oder weiter nördlich? Ich bedauerte, in Erdkunde so hartnäckig geträumt zu haben, und streichelte das Messingband leicht mit der Schuhspitze - nur für den Fall, dass dieser Breitengrad doch irgendwo durch Paris ging. Norbert bemerkte meine Unlust nicht oder wollte sie nicht bemerken. Er zeigte mir alles, was er wahrscheinlich in einem Reiseführer aufgelistet gefunden hatte, und spulte die Informationen ab. Zum Schluss, wohl als Höhepunkt der Tour gedacht, gingen wir ins Gutenberg-Museum. Aber nicht einmal dort, wo immerhin das Dasein meiner heißgeliebten Bücher eine entscheidende Wendung erfahren hatte, zeigte ich mich begeisterungsfähig. Es lag wohl doch an mir; Mainz war unschuldig. Ich musste ihm gelegentlich noch eine Chance einräumen und es mir einmal allein ansehen. Ich besichtige Städte ungern nach dem Reiseführer, sondern lasse mich lieber vom Zufall leiten. Natürlich verpasse ich dabei manche Sehenswürdigkeit, aber vieles, was mir gefällt, wird von Baedeker und Konsorten mit keiner Silbe gewürdigt, bleibt dann meine Entdeckung, die sich nicht einmal auf Postkarten finden lassen wird, dazu ist sie nicht großartig genug. Wenn ich mir allein eine fremde Stadt erschließe, gehört immer ein Cafébesuch dazu, möglichst an belebter Stelle und möglichst um die Mittagszeit. Dort kann man mehr Charakteristisches erfahren als aus einem Reiseführer, der zwar ausführlich bei Architektur, Historie und Kultur verweilt, aber den Städten der Gegenwart nur karge Statistik widmet. Was sollte er auch dazu sagen? Wo der Wiener Charme bleibt, wenn man dort irgendwo bei einem Großen Braunen durch die Kaffeehaus-Scheibe die Szene nach einem Bagatellunfall beobachtet? Warum die Priester des Vatikans ihr Keuschheitsgelübde vergessen haben, wenn sie den Frauen im Vorbeigehen auf die Beine starren. Erfreulicherweise versucht er es nicht, dazu etwas zu sagen; erfreulicherweise ist man auf sich selbst angewiesen, wenn man es ergründen will.

Hat es dir gefallen, erkundigte sich Norbert. Ja, antwortete ich und dachte, aber frag nicht, wie. Er fragte nicht. Wir gingen zum Auto, taten es den vielen anderen gleich, die ihre Tüten und Päckchen nach Hause schaffen wollten. Höchstens noch eine Stunde, und die Stadt würde wieder ebenso verlassen sein, wie bei meinem vorigen Besuch. Ein letztes Mal gingen wir über den Markt. Manche Stände waren schon abgebaut, übrig gebliebenes Gemüse wurde billiger verkauft; am Eierstand packte ein Mann die noch vollen Eierpappen mit einer Sorglosigkeit in seinen Lieferwagen, als seien die Eier darauf aus Gips, lässige Routine. Aufbruch. Wochenendödnis breitete sich aus. Bald würden nur ein paar zermatschte Salatblätter auf dem Pflaster des einsamen Platzes an den Markt erinnern. Möchtest du noch irgendwo einen Kaffee trinken, bevor wir nach Hause fahren, bot Norbert freundlich an. Nein, jetzt wollte ich nicht mehr, jetzt wollte ich nur noch schnell weg, um nicht von der Leere eingeholt zu werden. Nein, vielen Dank, antwortete ich genauso freundlich, vielleicht kochst du nachher einen? Er versprach es sofort und begeistert. Ich rätselte, warum er derartig euphorisch war, alles schien ihn zu begeistern an diesem Samstag.

# 11

Als wir bei ihm zu Hause ankamen, war ich müde - nicht wegen der
über dreistündigen Stadtbesichtigung, sondern weil sie so langweilig gewesen war. Nichts kann mehr ermüden als Langeweile. Wir betraten das
Hochhaus. Es war immer noch unverändert hässlich. Der Aufzug, ein
einziger für das ganze Haus, kam nicht. Ich schlug vor, die Treppe zu
gehen, oder war es zu hoch? Sie war nur für den Notfall gedacht. Der
Treppenaufgang lag verschämt ganz hinten im Flur; dunkel war es dort
und ziemlich schmutzig. Wir gingen nur bis zur zweiten Etage, dann
durch einen kurzen Flur, der eine Renovierung vertragen hätte und in einem langen Schlauch endete; rechts Türen, links Türen, graue Wände,
graues Linoleum. Wir bogen nach links, vorbei an einer Wohnungstür.
Davor standen Schuhe, zwei Paar, ordentlich nebeneinander auf der
Fußmatte: ein Paar Damenschuhe und ein Paar abgestoßene Kinderschu-
he. Daneben lehnte ein kleines Fahrrad an der Wand; es war zerkratzt
und hatte keine Klingel. Es musste einmal rot gewesen sein. Eine weitere Tür. Ein Stück Teppichboden lag auf dem Linoleum, robuste Schlin-
genware, braun geflammt, sicherlich ein Rest des neuen Fußbodenbe-
lags im Wohnzimmer. Darauf der Fußabtreter, dieses Mal von einem
Aufnehmer geschützt und flankiert von einer Blumenbank, wohl einem
Modell aus der Nachkriegszeit, als die Nierentische Mode waren. Sie erinnerte mich unangenehm an meine Tübinger Stehlampe, die Galgen-
lampe. Eine gedrechselte Säule aus Holz, ringsherum in verschiedener
Höhe fünf oder sechs runde Brettchen, sorgfältig Lücke auf Lücke ge-
geneinander versetzt, darauf je ein Kakteentopf. Die oberste Pflanze hatte eine winzige orangefarbene Blüte. Damit hatte sie sich den Ehren-
platz erkämpft. Sollte sie den Besucher willkommen heißen oder den
Wohnungsinhaber empfangen? Das bisschen Orange war so kümmer-
lich, dass es sehr fraglich schien, ob es sich je zu einer vollen Blüte entwickeln würde. Wozu auch? Eine einzige Blüte hatte ohnehin nicht die
Macht, diesen endlosen Gang freundlicher zu machen. Die nächste Tür
war wohltuend nichtssagend. Kein Namensschild, nicht einmal eine
Fußmatte. Vielleicht stand die Wohnung dahinter leer. Endlich die vierte
Wohnungstür. Es war die letzte. Das vor allem unterschied sie von ihren

Vorgängerinnen: Sie war das Ende des grauen Flurs. Man war froh, dass es ein Ende gab, man war der Tür dankbar dafür. Hier musste also Norbert wohnen. Wieder kein Schild, aber eine Matte, sonst nichts. Norbert setzte seine Plastiktüten ab. Während er aufschloss, gestand ich mir Erleichterung ein. Erleichterung, weil nichts vor der Tür stand.

Natürlich war ich neugierig auf seine Wohnung. Ich bin immer neugierig darauf, mir fremde Wohnungen anzusehen, weil sie viel über ihren Bewohner verraten, vorausgesetzt er hat sie selbst gestaltet. Dieser Rückschluss mag simpel oder oberflächlich erscheinen. Es gibt harmonische Wohnungseinrichtungen und dissonante, gemütliche und ungemütliche, geschmacklose und geschmackvolle. In der Tat wäre es einfach und vereinfachend, das entsprechende Attribut auf den zu übertragen, der sie zusammengestellt hat. Aber wenn man eine Wohnung in ihrer Gesamtheit betrachtet hat, zu einem Urteil kommt, sie stilvoll, überladen oder sachlich findet und sich daraufhin gerade die Einzelteile genau ansieht, die zu diesem Urteil widersprüchlich sind, dann erfährt man mehr über den Charakter eines Menschen als aus stundenlangen Gesprächen. Die Abweichungen von der Linie verraten ihn, der kleine Plüschhund zwischen kühlem Plexiglas, eine schlichte zylindrische Kristallvase zwischen Spitzen und Brokat, ein süßliches Väschen mit Goldrand zwischen Jaffa-Möbeln; sie sagen, wie ihr Besitzer ist. Die Linie dokumentiert nur, wie er sein möchte.

Die Tür quietschte, als Norbert sie aufmachte. Ein enger, dunkler Flur, in dem ich nicht viel erkennen konnte, dann standen wir in einem großen Zimmer. Ich glaubte, meinen Augen nicht trauen zu können. An den Wänden klebte ein geometrischer Alptraum, das Schlimmste, was die Tapetenindustrie zu bieten hatte. Riesige Rauten rankten sich gelblich-orange ineinander, setzten sich hartnäckig fort bis zu einer Zimmerecke, krochen listig, krumm und schief um sie herum, um sich auch auf der angrenzenden Wand breitzumachen. Gelb und Orange in allen Schattierungen; auf drei Wänden tobte eine Schlacht der Farbnuancen, kämpften große Rauten gegen noch größere um ihr Überleben und zogen dabei die Wände zur Zimmermitte hin. Schon wankten die Ecken, gleich würde alles in sich zusammenfallen, und die Rauten würden sich in plötzlicher Eintracht von ihren drei Seiten auf mich stürzen, eine neue Dreifaltigkeit bilden, um mich mit ihrem Gelb und ihrem Orange zu erschlagen. Herzlich Willkommen, sagte Norbert. Ich brauchte einen Moment, bis ich mich von dem ersten Schrecken erholt hatte, sah ihn entgeistert an. Ich freue mich, dass du hier bist, fuhr er fort, jetzt koche ich dir als Erstes den versprochenen Kaffee. Du siehst müde aus. Gib mir deinen Mantel und setz dich, wo du magst. Ich knöpfte meinen Mantel auf, immer noch sprachlos, zog ihn wie ein Schlafwandler aus, gab ihn Norbert. Es dauerte alles merkwürdig lange. Wie viele kleine Ewigkeiten stand ich schon in diesem Zimmer? Warum lief der Film in Zeitlupe? Norbert ging mit meinem Mantel in den Flur, machte dort Licht. Ich beobachtete, wie er ihn sorgfältig auf einem Bügel arrangierte, an einen Kleiderhaken hängte und dann eine Schranktür öffnete. Ich hörte Wasser laufen. Offensichtlich verbarg sich hinter dem vermeintlichen Schrank eine Einbauküche. Mir fiel ein, dass ich mich hinsetzen sollte. Wo? Vor einer der Rautenwände stand ein kleines Sofa. Nein, ich konnte mich auf keinen Fall dort niederlassen - mit den Rauten im Rücken. Sie würden das sofort für einen Angriff gegen mich ausnutzen. Sie lauerten nur auf einen günstigen Augenblick. Ich musste sie unter Kontrolle behalten, setzte mich deshalb in einen schmalbrüstigen Sessel vor der vierten Wand. Sie bestand ganz aus Fenstern.

Norbert kam mit einer Tasse Kaffee, stellte sie auf den Couchtisch, zog den Tisch näher an mich heran. Er bemühte sich so intensiv um mein Wohlbefinden, dass es anstrengend war. Ich erkundigte mich, ob er keinen Kaffee mit trank. Nein, lächelte er, er wolle jetzt Essen kochen. Es würde aber nicht lange dauern. Ob er mir etwas zu lesen geben solle? Ich lehnte dankend ab. Er ging in den Flur zurück, rumorte in der Einbauküche herum. Der Kaffee war sehr stark und bitter. Er vertrieb meine nebelhafte Benommenheit und beendete den Krieg der Rauten. Friedlich rankten sie sich an den Wänden entlang, nur noch das grässliche Muster einer schief geklebten Tapete, und ließen mir endlich Zeit, das Zimmer anzuschauen. Vor mir die Schmalseite eines Couchtisches, rechts von ihm, an der Wand, stand das Sofa, links von ihm ein weiterer Sessel. Alles war sehr eckig, die Polstermöbel mit hölzernen Armlehnen und abgeschabtem Stoff, eine Gruppe aus den späten fünfziger Jahren, als sich das Wirtschaftswunder erst auszubreiten begann, als sich die Dimensionen für Sitzmöbel noch nicht nach Übergewicht zu richten hatten. Eine neue Stereoanlage direkt neben dem Sofa dokumentierte, wie weit es die Bundesbürger in reichlich zwanzig Jahren gebracht hatten. Aufwändig-kompliziert sah sie aus, ließ sich von zwei großen Boxen einrahmen, war sich ihrer Wichtigkeit ganz und gar bewusst und machte das schäbige Sofa dadurch noch schäbiger. Dann ein schmales Regal. Darauf drei Reihen Bücher, ordentlich Rücken an Rücken. Ihr Format deutete auf Fachbücher hin. Ein Brett tiefer stapelten sich mehrere Nummern einer Autozeitschrift. Im Fach ganz unten reihten sich Schallplatten aneinander; was für welche, konnte ich von meinem Platz aus nicht erkennen. Schließlich, ganz in die Ecke geschoben, ein quadratischer Tisch mit zwei Stühlen. Der eine von ihnen würde die halbe Türöffnung beanspruchen, wenn jemand darauf saß. Über der Tischmitte hing die schlechte Imitation einer Petroleumlampe, ein orangefarbener Opalglasschirm - Wienerwaldgemütlichkeit in Rautenlandschaft. Auf der anderen Seite der Tür ein zweitüriger Sperrholzschrank, nicht sehr hoch, dann ein kleines Allzweckmöbelstück, das wohl die Funktion eines Nachttischs erfüllen sollte, denn daneben stand in die Ecke gedrängt ein Bett. Seine Längsseite nahm ungefähr die Hälfte der dritten Wand ein, die andere Hälfte beanspruchte eine massige Kommode mit mehreren Schubladen. Vor der gläsernen vierten Seite reichte eine dünne Gardine nur knapp über die ganze Breite. Sie musste einst für ein wesentlich kleineres Fenster bestimmt gewesen sein.

Das war die ganze Einrichtung, hässlich und nicht einmal funktional, ein Paradebeispiel für möbliertes Wohnen. Im Gegensatz zur Tapete blieben die Möbelstücke bescheiden-unauffällig. Sie schienen sich Schutz suchend an die Wände zu lehnen, reihten sich ängstlich aneinander, ein Möbelringelrein um die Zimmermitte, die in ihrer Leere nicht zum Mittelpunkt taugte. Wo war er stattdessen? Ich suchte im ganzen Raum. Keines der einzelnen Möbel kam in Frage. Über dem Bett hing eine Gitarre, die wohl Norbert gehörte. Konnte ich sie als Mittelpunkt gelten lassen? Nein, auch sie ohne eigene Ausstrahlung, kein schönes Instrument, zufällig irgendwo platziert, wo sie nicht im Weg war. Und das Bild über der Kommode? Es fiel zumindest auf, ein schauriges

Machwerk, für das viele Tuben Ölfarbe verschwendet worden waren. Ein bombastisches Schiff mit leuchtend weißen Segeln, die trotz azurblauem, wolkenlosem Himmel straff gebläht waren, kämpfte sich durch Meereswogen. Warum hatte der Maler seine dilettantischen Fähigkeiten ausgerechnet an Wasser und Himmel ausgetobt, die selbst Könnern ihre Grenzen zeigen? Auch dieses bemerkenswerte Stück konnte ich nicht als Mittelpunkt anerkennen. Es war nur ein geschmackloses Bild, wie man es in möblierten Zimmer oder zweitklassigen Hotels eben findet. In all seiner Scheußlichkeit gelang es ihm nicht, die Tapete zu übertreffen. Sie blieb unerreicht. Nur sie setzte ihre Mittelpunkte, die unzähligen geometrischen Mittelpunkte der unzähligen Rauten, aber der eine Mittelpunkt, den jedes Zimmer braucht, um wohnlich zu sein, fehlte. Einen einzigen hätte auch dieses hier benötigt, einen zweiten, vielleicht sogar einen dritten ertragen, aber der unüberschaubaren Menge an Mittelpunkten erlag es.

Norbert gesellte sich zu mir. Er hatte eine Schürze um. Er konnte nicht ahnen, dass ich eine unüberwindliche Abneigung gegen Schürzen hege, obwohl ich nicht bestreiten kann, dass sie praktisch sind. Vielleicht liegt mein Unwillen daran, dass ich als Kind zu oft genötigt worden war, doch mein niedliches Schürzchen umzubinden. Vielleicht weckte das meinen Widerspruchsgeist zu nachhaltig. Vielleicht sehe ich auch in einer Küchenschürze das Symbol für Dummchen am Herd. Auf jeden Fall binde ich unter keinen Umständen eine um; vorsichtshalber besitze ich nicht einmal eine. Wahrscheinlich wollte Norbert männliche Progressivität zur Schau stellen. Das Essen kocht, berichtete er so zufrieden wie eine Hausfrau, die soeben den Braten, Sinn und Unsinn ihres ganzen Daseins, im Ofen besichtigt hat. Seine Zufriedenheit störte mich, noch mehr seine dargestellte Hausfraulichkeit. Weißt du, sagte er, ich koche gern. Ich nicht, versetzte ich eilig, um falschen Schlüssen vorzubeugen. Er lachte, Gegensätze ziehen sich an. Wie gefällt es dir, fuhr er fort und wies mit der Hand in sein Zimmer. Was, fragte ich dagegen, um etwas Zeit zu gewinnen, und überlegte krampfhaft, was ich antworten sollte. Natürlich durfte ich einerseits nicht kurz und knapp erwidern, scheußlich, aber anderseits konnte niemand von mir erwarten, dass ich mich in Begeisterungsbekundungen erging, das ginge zu weit. Schon kam die Antwort auf meine Scheinfrage, die Bedenkzeit war vorbei. Die Tapete macht mir Schwierigkeiten, wich ich zögernd aus. Norbert lachte laut. Nicht nur dir, sagte er, mein Vater und ich sind fast verzweifelt, als wir sie geklebt haben. Das bedeutet also, registrierte ich mit Entsetzen, das bedeutet, dass er sich freiwillig für den orange-gelben Alptraum entschieden haben musste, sogar aktiv etwas für dessen Verwirklichung unternommen hatte und ihn nicht nur widerwillig als etwas Gegebenes duldete. Das ließ weiterhin darauf schließen, dass das Apartment nicht möbliert war, sondern von seinen eigenen Möbeln verschandelt wurde. Es war schlimmer, als ich gedacht hatte, viel schlimmer. Spielst du Gitarre, ich wies auf das Instrument, um vom Thema abzulenken. Er stand auf, nahm die Gitarre vom Haken und schlug ein paar Akkorde an. Er hatte wirklich Pech. Wie hätte er auch damit rechnen sollen, dass ich mehrere Jahre Unterricht für klassische Gitarren gehabt hatte, dass ich das Instrument spielen konnte, nicht nur schlagen, sondern spielen, dass ich eine ziemlich wertvolle Gitarre besaß mit einem wunderschönen Klang und edlen Intarsien. Er konnte es nicht wissen, denn meine Gitarre hing natürlich nicht an der Wand, sondern wurde in ihrem Kasten aufbewahrt. Nie hätte ich sie zur Dekoration missbraucht. Das hätte ihr geschadet, sie war viel zu empfindlich. Sie verlangte Sorgfalt und Respekt und Liebe. Aber das alles konnte Norbert nicht einmal ahnen. Er setzte sich auf eine Armlehne des zweiten Sessels, klemmte das Instrument entschlossen unter den Arm. Mir schwante Fürchterliches. Hätte ich nur die Gitarre nicht erwähnt! Schon begann er, darauf herumzuklimpern, ohne sich mit Stimmen aufzuhalten, hieb so gefühllos in die Saiten, dass sie klirrten, und spielte mir ausgerechnet Seemannslieder vor. Er tat mir Leid. Ich nahm mir vor, ihm nichts zu sagen und die Shanties über mich ergehen zu lassen.

Es ging ein Weilchen gut. Es ging genau so lange gut, bis er meinte, er müsse einen Vortrag über das Gitarrespielen halten. Er blies sich zum Experten auf und erklärte mir, wie man das Instrument zu halten habe. Da bat ich ihn um die Gitarre, es klang nicht einmal zynisch, stimmte die a-Saite notdürftig aus dem Gedächtnis, stimmte die anderen Saiten durch und begann zu spielen, ein einfaches, aber effektvolles Übungsstück. Er hatte Glück, dass ich nichts Schwieriges auswendig wusste;

ich hätte es ihm nicht erspart. Ich spielte die Etüde gewissenhaft zu Ende, obwohl meine Fingernägel für einen sauberen Anschlag zu lang waren - aber was wusste er schon von solchen Feinheiten? - und obwohl mir der dünne, zirpenden Klang des billigen Instruments weh tat. Es schien sein eigenes Ich zu beklagen, das schlechte Holz, aus dem es lieblos zusammengezimmert worden war, den flachen Resonanzboden, seine ganze jämmerliche Armseligkeit. Ich war froh, als ich fertig war, und legte diese Gitarre genauso vorsichtig auf den Tisch, wie ich es mit meiner eigenen getan hätte. Norbert war begeistert und beeindruckt und hatte nicht das Geringste begriffen. Ich sollte noch etwas spielen. Nein, lehnte ich ab. Ein zweites Klagelied mochte ich nicht ertragen. Vielleicht später irgendwann einmal auf meiner Gitarre, vertröstete ich ihn, wenn du es dann immer noch möchtest. Er versuchte, mich umzustimmen, aber ich blieb hartnäckig. Schade, seufzte er. Ich schwieg. Es gab nichts, was meinem Nein hinzuzufügen gewesen wäre. Er stand auf, ging in die Küche. Als ich mich unbeobachtet glaubte, streichelte ich ganz sachte die Gitarre, um mich bei ihr für die Erniedrigung zu entschuldigen, zu der ich sie gezwungen hatte. Doch da kam Norbert schon zurück. In zehn Minuten können wir essen, merkte er an. Schnell zog ich meine Hand weg, aber er hatte die Bewegung trotzdem wahrgenommen. Willst du doch noch spielen, erkundigte er sich sofort. Mein zweites Nein klang so endgültig, dass er die Gitarre endlich wieder an ihren Platz hängte.

Hast du das Ölbild gemalt, fragte ich, halbwegs geneigt, ihm die Geschmacksverirrung nachzusehen, falls es sich um sein eigenes Produkt handeln sollte. Er strahlte mich an, als hätte ich das Machwerk gelobt. Ich machte mich auf eine neue Überraschung gefasst. Welcher kulturelle Abgrund würde sich jetzt auftun? Klaus hat es mir zum Geburtstag geschenkt, eröffnete Norbert stolz, er hat es selbst gemalt. Ist das nicht beeindruckend? Ja, ja murmelte ich. Es war tatsächlich beeindruckend, dass Klaus nicht nur den Mut aufbrachte, etwas Derartiges auf Leinwand zu verewigen, sondern es obendrein sogar wagte, sein Werk zu verschenken. Konnte man das noch Mut nennen, oder handelte es sich um blinde Selbstüberschätzung gepaart mit einem gerüttelt Maß Unverschämtheit? Es war auch sehr beeindruckend, dass Norbert diesen

Schund aufgehängt hatte, weil er ihm ganz offensichtlich gefiel, ebenso beeindruckend, wie die Tapete und die perfekte Scheußlichkeit des Zimmers. Ich lächelte ihn an. Beeindruckend, sagte ich voller Zynismus, ist genau das richtige Wort. Der böse Unterton entging ihm. Er freute sich, nahm meine Äußerung als Lob. Ich dachte wütend, merkst du denn nichts, du Idiot? Warum verstehst du immer alles so, wie du es verstehen willst, warum nie so, wie ich es meine? Ich fing einen seiner liebevoll-zärtlichen Blicke auf. Nein, er merkte wirklich nichts.

Im Flur klingelte ein Küchenwecker. Norbert stellte Teller auf den kleinen Tisch unter der Petroleumlampe. Setz dich, forderte er mich auf, verschwand im Flur, kam mit einer großen dampfenden Auflaufform zurück und machte sofort Anstalten aufzufüllen. Ich bat um eine kleine Portion; ich hatte keinen Hunger. Am liebsten hätte ich das Mittagessen ausfallen lassen. Trotz meiner Bitte lud er mir zwei große Löffel auf den Teller. Makkaroni ringelten sich auf dem Porzellan, gemischt mit Hackfleisch, Pilzen und Soße. Als Norbert mit Auffüllen fertig war, nahm er endlich die Schürze ab. Guten Appetit, sagte er mit derselben Begeisterung in der Stimme, die mir an diesem Tag schon mehrfach aufgefallen war. Danke gleichfalls, erwiderte ich mechanisch und rätselte, was es mit seiner sonderbaren Euphorie auf sich hatte. Nicht dass sie mich gestört hätte, im Gegenteil. Sie fiel mir angenehm auf, weil sie ihn souveräner machte, weniger empfindlich, sicherer. Man konnte mit ihm reden, ohne jedes Wort vorher sorgfältig auf die Goldwaage gelegt zu haben. Es war wohltuend einfach. Er lachte viel an diesem Samstag, fragte wenig, hatte nicht ein einziges Mal seinen gekränkten Blick eingesetzt. Irgend etwas hatte Norbert umgekrempelt. Es war objektiv eine durch und durch positive Veränderung. Es gab nicht das Geringste gegen sie einzuwenden. Trotzdem war sie mir unheimlich. Der Grund für den Wandel blieb mysteriös. Ich hatte ein vages Gefühl, dass etwas für mich bedrohlich war, vielleicht auch nur beängstigend. Ich konnte nicht einmal das in präzise Worte fassen. Es war, als ob ich vor einer Nebelbank stünde, hinter der etwas lauerte. Was, wusste ich nicht. Ich wusste nur, dass es nichts Erfreuliches war und dass es auf mich lauerte. Es war genau wie in einem der Träume, aus denen man schweißgebadet aufwacht. Eine leise Angst beschlich mich. Ich bemühte mich, sie zu ignorieren, zwang mich dazu, die Nebelwand dorthin zu verbannen, wo sie hingehörte, ich konzentrierte mich auf die Makkaroni. Sie schmeckten nicht schlecht. Irgendein Gewürz dominierte. Ich befahl mir herauszufinden, welches. Es war etwas Exotisches, das dem Ganzen einen leicht säuerlich-muffigen Geschmack gab. Ich leierte in Gedanken Gewürzsorten herunter. Muskatnuss? Nein, das war es nicht. Es war etwas Ausgefalleneres: Curry vielleicht? Ich kam einfach nicht darauf, nicht einmal darauf. Es schmeckt gut, sagte ich zu Norbert, sehr pikant. Er strahlte. Voller Eifer verriet er mir das Rezept. Und zum Schluss einige Spritzer Sojasauce, hörte ich ihn sagen. Das also war es, Sojasauce, ich wäre von selbst nie dahintergekommen.

Nach dem Essen tranken wir Kaffee. Norbert legte eine Platte auf. Die Musik, die einsetzte, kam mir ziemlich schrill und penetrant vor. Nach ein paar Takten erkannte ich das Thema der Rhapsodie in Blue. Eigentlich höre ich sie gern. Vielleicht irritierte mich nur die Lautstärke. Ich zündete mir eine Zigarette an und wartete ab, wie es weitergehen sollte. Was möchtest du heute Nachmittag unternehmen, wollte Norbert wissen. Er sprach sehr laut, um sich gegenüber Gershwin zu behaupten. Du bist der Maître de plaisir, gab ich achselzuckend zurück. Dann kam sein Vorschlag. Wahrscheinlich war die Frage nur Vorwand gewesen, um ihn loswerden zu können. Ich würde gern in ein Möbelzentrum gehen, sagte er, und mir Möbel anschauen. Hier in der Nähe ist ein großes Geschäft, das am Wochenende zur Besichtigung geöffnet hat. Hättest du Lust dazu? Gershwin ersparte mir die Worte. Ich nickte nur. Mit allem hatte ich gerechnet, aber damit nicht. Welch absonderliche Idee, um einen sonnigen Samstagnachmittag im Frühling zu verbringen! Oder wollte er sich neue Möbel aussuchen? Dann sollte er aber auch gleich eine andere Tapete einplanen, sonst wären seine gestalterischen Bemühungen von vornherein zum Scheitern verurteilt. Vielleicht würde es ganz lustig, redete ich mir ein. Danach konnte ich, ohne unhöflich zu sein, bald nach Hause fahren. Immerhin war es besser, als in diesem orange-gelben Zimmer gegen die Musik anzubrüllen, sogar entschieden besser. Norbert hatte es plötzlich erstaunlich eilig aufzubrechen. Er hatte nicht untertrieben, es war wirklich nicht weit. Nach fünf Minuten Autofahrt bog er auf einen großen Parkplatz ein. Ein Auto neben dem anderen stand dort. Es

war wohl doch kein sonderbarer Zeitvertreib, sich an einem Frühlings-
tag Möbel anzusehen. Die Anzahl der Besucher sprach dagegen. Wahrscheinlich war nur ich sonderbar, weil es mir so erschien?

Wir ließen das Auto zwischen den vielen anderen stehen und gingen
auf einen riesigen gläsernen Würfel zu. Größte Verkaufsausstellung im
Rhein-Main-Gebiet, versprach dort ein überdimensionales Plakat. Bringen Sie den Frühling in Ihr Heim - zu Frühlingspreisen, lockte ein anderes voller Farbenfreude. Wie idiotisch, empörte ich mich im stillen.
Frühlingspreise. Was in aller Welt hatte der Frühling mit Möbelpreisen
zu tun? Wie konnte jemand auf den absurden Gedanken kommen, beides zu verbinden? Welch Blödsinn, protestierte ich laut, Frühlingspreise!
Norbert lachte. Na ja, meinte er begütigend, irgend etwas müssen sich
die Verkaufskanonen eben einfallen lassen, um den Umsatz anzukur-
beln. So einfach war das also. Unbestimmte Wut kroch in mir hoch. Das
gläserne Ungetüm öffnete einladend seinen breiten Schlund. Wütend betrat ich sein Inneres, fühlte weichen Teppichboden unter den Schuhsoh-
len. Dezente Musik erklang im Hintergrund, Sirenenklänge. Ein bunter
Wegweiser gab dem Besucher Auskunft, wo er was finden konnte. Folgen Sie Ihrem fröhlichen Farbpfeil, forderte das Schild den Betrachter
auf, bestimmte, dass Sitzmöbel grün und Betten blau waren, verlieh
Kinderzimmern ein knalliges Gelb und Küchen ein grelles Rot. Natürlich, dachte ich hämisch, Leuten, die nicht einmal über das Wort Frühlingspreise stolperten, musste man den Weg mit einfachsten Mitteln beschreiben, Schnitzeljagd für die Beschränkten. Und wer es immer noch
nicht begriffen hatte, dem stand selbstverständlich für Fragen das
freundliche Verkaufspersonal zur Verfügung, diese unentwegt distin-
guiert lächelnden Herren Verkaufsroboter mit messerscharfen Bügelfal-
ten und austauschbaren Gesichtern. Da hatte mich schon einer in sein
wachsames Verkäuferauge gefasst, nickte mir aufmunternd zu. Was er
wohl auf die Frage antworten würde: Warum grinsen Sie so, Sie Arsch-
loch? Ich drehte ihm den Rücken zu, um nicht zur Probe aufs Exempel
verleitet zu werden. Schluss jetzt, befahl ich mir, es wurde unfair. Was
konnte der arme Verkäufer für meine hilflose Wut? Vielleicht hatte er
Hühneraugen, und das Stehen fiel ihm schwer? Vielleicht hatte er Streit
mit seiner Frau und hätte lieber ein finsteres Gesicht gezogen. Ich riss

mich zusammen. Niemand hatte mir etwas getan. Weder der harmlose Verkäufer, der sich mit Lächeln und Beflissenheit seine Brötchen verdiente, noch Norbert, noch die anderen Besucher. Es gab absolut keinen Grund, gereizt, wütend oder gar aggressiv zu sein.

Was wollen wir uns zuerst anschauen, fragte Norbert. Was du möchtest, erwiderte ich mit dem reuigen Entgegenkommen des schlechten Gewissens. Wir gingen als Erstes zu den Polstermöbeln, grüner Pfeil, gleich hinten rechts. Sessel und Sofas, heimgerecht zu Gruppen arrangiert, damit man sich vorstellen konnte, wie sie zu Hause aussähen. Alle Formen waren vertreten, eckig, abgerundet, altdeutsch, modern, hoch, tief, plump, zierlich, steif, gemütlich; jede Form in sich variierbar mit Velours, Leinen, Cordsamt, Chintz, Brokat und Leder; jede Variante in mehreren Farbnuancen. Sessel in Potenz, Sofawahnsinn in ermüdender Endlosigkeit - und alles zu Frühlingspreisen. Eine breite gläserne Rolltreppe entführte uns aus dem Machtbereich der Polster in den der Schrankwände, vorbei an Mahagoni, Teak und Eiche, weiter zu den Essgruppen, den Schlafzimmern, den Küchen, immer weiter. Norbert gab hin und wieder einen Kommentar zu dem Besichtigten ab, bekundete Beifall oder Ablehnung, erkundigte sich nach meiner Ansicht. Fast immer war sie anders. Was ihn begeisterte, missfiel mir, und was bei ihm auf Widerspruch stieß, fand meine Zustimmung. Ich bemühte mich um diplomatische Formulierungen und versuchte vergebens herauszufinden, was Norbert sich konkret anschauen wollte. Er betrachtete Esszimmerstühle mit der gleichen Intensität wie Schreibtische, untersuchte Kleiderschränke ebenso gründlich wie Polsterbetten. Endlich hatten wir uns zum obersten Stockwerk durchgearbeitet. Lampen und Teppiche herrschten hier, verschiedene Kleinmöbel, Nippes und Krimskrams, den man in die neue Schrankwand stellen konnte, Bettwäsche, Ton in Ton zu dem erstandenen Polsterbett, Geschirr im selben Design wie die Einbauküche, Kunstdrucke, fix und fertig in praktischen, randlosen Wechselrahmen, die sich bereitwillig jedem Holz anpassten. Angeödet und abgekämpft fragte ich mich, ob meine Theorie, dass die Wohnung ihren Besitzer verrät, angesichts dieses Möbelhauses noch haltbar war. Gab es noch geschmackliche Unvereinbarkeiten, wenn die Einrichtung hier gekauft wurde, oder wurde die sterile Perfektion gleich mitgeliefert? Das einzig Tröstliche blieb, dass sich niemand dieser Perfektion unterwerfen musste. Ich war übersatt vom Anschauen, wir hatten alles gesehen und uns das Recht zum Gehen verdient. Als wir an der breiten, prächtigen Rolltreppe standen, um wieder abwärts zu fahren, stellten wir fest, dass die Rolltreppe nur nach oben führte. Eine Sekunde befürchtete ich, dass es keinen Weg nach unten gab. Eiskalte Angst kroch in mir hoch, dass mich das gläserne Ungetüm überlistet hatte, betäubt mit seiner Vielfalt, eingelullt mit Sirenenklängen aus zahllosen verborgenen Lautsprechern. Odysseus hatte damals den Sirenen nur widerstanden, weil er wusste, wie trügerisch ihre verheißungsvolle Botschaft war. Aber mir fehlt der Weitblick griechischer Sagengestalten. Und selbst wenn ich die Gefahr rechtzeitig geahnt hätte, an welchem Mast hätte ich mich festbinden lassen sollen? Jetzt war ich gefangen in Möbelvollkommenheit und Frühlingsgesäusel. Da erblickte ich ein unscheinbares Schild. Ausgang. Wir gingen darauf zu. Eine schmale Betontreppe führte hinab. Phantastisch, diese Auswahl, sagte Norbert beim Hinuntergehen. Phantastisch, wiederholte ich.

Norbert hatte es auf einmal sehr eilig, nach Hause zu kommen. An einer Kreuzung fuhr er noch bei Gelb durch. Es ist Kaffeezeit, begründete er seine plötzliche Hast. Na gut, sagte ich mir, ich trinke noch Kaffee mit ihm und fahre dann los. In seiner Wohnung stellte Norbert sofort Tassen auf den Couchtisch, dann eine Keksdose, goss fertigen Kaffee aus einer Thermoskanne ein und holte schließlich einen Schuhkarton. Die Pappschachtel war voller Fotos, ich wollte es nicht glauben. Er bat, ich möchte mich auf das Sofa setzen, setzte sich neben mich, schon hielt ich das erste Foto in der Hand, schon prasselten die Erklärungen über mich hernieder, stumm hörte ich zu, es gab kein Entrinnen. Norbert als Säugling, als Zweijähriger, Norbert bei der Einschulung und bei der Abiturfeier. Und die Mutter, der Vater in Försteruniform mit großem Jagdhund, verschiedenste Verwandtschaft, der Großvater kurz vor seinem Tode, Bilder von der Beerdigung. Norbert ließ nichts aus. Dann wieder er selbst in allen möglichen Altersstufen, aber immer lächelnd, immer freundlich. Große Fotos, kleine Fotos, schwarz-weiß, in Hochglanz und in Farbe, alle musste ich ansehen und die Geschichtchen dazu anhören. Die Großmutter war jung gestorben, jener finster blickende Onkel, das schwarze Schaf in der Familie, war nach Amerika ausgewandert und hatte dort Selbstmord begangen; die ganze Familiensaga rauschte an mir vorbei; eintönig und endlos. Die Verwandtschaft passierte Revue - eine Vielfalt an Gesichtern, die mir uninteressant waren, Lebensläufe, die mich gleichgültig ließen und mich nichts angingen. So, meinte Norbert, packte den letzten Bilderstapel in die Schachtel zurück und legte nachdrücklich den Deckel darauf, jetzt weißt du alles von mir. Er zündete eine Kerze an, so umständlich und konzentriert, als sei ihr Docht die Zündschnur einer Dynamitladung, knipste die Deckenlampe aus und setzte sich wieder neben mich. Dann sagte er übergangslos, ich möchte dich heiraten.

## 12

Es war die letzte Merkwürdigkeit an diesem Samstag, und sie machte alles Vorangegangene sinnvoll. Plötzlich verstand ich. Das Mittagessen-kochen, die Schürze, das Möbelgeschäft, die Eile auf dem Heimweg, den Kaffee in der Thermoskanne, die Fotos und Norberts unermüdliche Euphorie; alles, was mich vorhin verwundert und teilweise wegen seiner scheinbaren Unsinnigkeit sogar geärgert hatte, machte nun Sinn - in Zusammenhang mit diesem einen Satz. Wenn ich nachgedacht hätte, anstatt mich mit stümperhaftem Gitarrenspiel und Ölklecksereien zu beschäftigen, nur ein kleines bisschen logisch nachgedacht, anstatt mich Hirngespinsten von Rautenkrieg und Möbelmolochen hinzugeben, wäre mir sofort aufgefallen, dass Norberts vermeintliche Merkwürdigkeiten sehr planvoll angelegt waren. Ich hätte sie nur zu einer Linie zusammenfügen müssen, anstatt sie bewerten zu wollen, dann hätten sie mir ihre Planmäßigkeit willig enthüllt. Aber ich hatte sie lieber an meinen Normen gemessen, immer wieder, so lange, bis meine Normen sich zum alleinigen Maß aufblasen konnten, anderes als lächerlich abtaten und mich blind sein ließen für das Maß der Wirklichkeit. Im Rückblick war nichts mehr merkwürdig, alles wurde durchsichtig und klar und so offensichtlich, dass ich mich schämen musste, nicht darauf gekommen zu sein. Jetzt hatte sie sich also aufgelöst die Nebelwand, die mir einen kurzen Moment Unbehagen eingeflößt hatte. Aus Unwichtigem hatte der Nebel bestanden, das war sein ganzes furchterregendes Geheimnis, ein undurchschaubarer Schleier aus lauter kleinen Nebensächlichkeiten und darin lauernd meine eigene blöde Ignoranz. Ich hatte mich wieder von Unwesentlichem ablenken lassen. Man musste lernen, das Wesentliche vom Unwesentlichen zu unterscheiden, hatte mein Vater während meiner Schulzeit oft gemahnt. Ich hatte es immer noch nicht gelernt. Jetzt war ich hilflos vor Überraschung, überrascht von Selbstverständlichem. Ich möchte dich heiraten, hatte Norbert gesagt. Das war nicht die übliche Frage, sondern eine Aussage, nur eine einseitige Feststellung, beruhigte ich mich. Sie verpflichtet zu nichts, nicht einmal zu einer Antwort. Man konnte sie einfach im Raum stehen lassen, als wäre sie nie getroffen worden, es sei denn, die Frage würde doch noch gestellt. Was dann, überlegte ich fieberhaft, was dann? Ich habe eine Flasche Sekt zum Anstoßen in den Kühlschrank gelegt, hörte ich Norberts leise, heisere Stimme. Magst du? Gott sei Dank, dachte ich, welch unverfängliche Frage, einfach und problemlos zu beantworten. Ja, erwiderte ich erleichtert, ja gern. Er ließ den Korken an die Decke knallen, wir stießen an. Auf uns, sagte er, den Blick voller Innigkeit und Glück und küsste mich. Da wurde mir bewusst, dass die Frage ganz und gar nicht unverfänglich gewesen war. Ich schloss meine Augen, damit er die Angst darin nicht sehen konnte. Er küsste mich ausdauernd und begierig, so wie er es vorher nicht gewagt hatte. Natürlich, dachte ich, es stand ihm jetzt zu. Die eigentliche Frage war zwar nicht gestellt worden, aber ich hatte sie trotzdem beantwortet. Es war also der Verlobungskuss, den er mir gerade gab. Ich erwiderte ihn teilnahmslos und ungeschickt, als hätte ich noch nie zuvor geküsst, lächerlich ungeschickt. Es musste ihm auffallen. Er merkte nichts. Er sah so glücklich aus, dass ich es nicht ertragen konnte, ihn anzuschauen.

Ich zündete mir eine Zigarette an. Rauchen schafft Distanz. Nein, er merkte nichts, er plante. Er wollte mich nächstes Wochenende seinen Eltern vorstellen, ob mir das recht wäre? Ich sagte ja. Er wollte nächsten Monat eine Woche mit mir verreisen, wenn meine Hausarbeit fertig war. Ich sagte ja. Er wollte gern nach Paris, der Stadt der Liebe. Ich fühlte einen kurzen, schmerzhaften Stich, als ich ihn den Namen sagen hörte. Paris? Ich sagte ja. Er wollte möglichst bald heiraten. Ich sollte in Mainz weiterstudieren. Wir würden hier eine Wohnung nehmen, zwei bis drei Zimmer würden für den Anfang reichen. Er würde sich umgehend darum kümmern. Ich sagte ja, sonst nichts, ununterbrochen ja, denn die Antwort war unerheblich, jetzt, wo es ohnehin nur noch um Nebensächlichkeiten ging. Norbert rechnete mir seine Ersparnisse vor, kalkulierte überschläglich, wie viel man für Möbel brauchen würde. Er nannte Preise, ganz aktuell, Preise von heute. Er verdiente jetzt schon Geld und würde bald mehr bekommen. Wir würden leicht damit auskommen. Kinder hätten Zeit, bis auch ich mit dem Studium fertig wäre. Er hatte alles genau bedacht. Nichts war übersehen worden, nichts fehlte.

Und dann wollte er mit mir ins Bett. Was gab es dagegen einzuwenden? Er hatte es sich zweifelsohne verdient, man musste gerecht sein. Er hatte den handelsüblichen Preis gezahlt, zumindest die Anzahlung darauf geleistet, und seine Bonität stand außer Frage. Es war alles völlig in Ordnung. Ich sagte ja. Norbert kämpfte gegen die Knöpfe meiner Bluse - eilig und unbeholfen. Wahrscheinlich hatte er sich zu lange geduldet. Ich hatte keine Lust, ihm zu helfen. Er zog mir die Bluse aus, zerrte am BH. Es tat weh. Ich hakte den Verschluss auf. Es ging ganz einfach; es war nur ein kleines Häkchen, das sich mit Gefühl sofort öffnen ließ. Der Knopf am Rockbund leistete ebenfalls Widerstand, war zu fest angenäht, um sich bequem knöpfen zu lassen. Meine Kleidung schien sich gegen Norbert verschworen zu haben; Krieg der Knöpfe. Er riss an dem unschuldigen Knopf, bis sich das runde Ding der Gewalt fügte und absprang. Ich hob es auf, erkannte im Halbdunkeln, dass es in der Mitte zerbrochen war. Wie außerordentlich ungeschickt! Der Rock war bis unten durchgeknöpft, und einen Ersatzknopf gab es nicht. Jetzt musste ich acht neue Knöpfe kaufen und zu allem Überfluss auch noch annähen, obwohl ich Nähen als ein notwendiges Übel betrachte und dementsprechend ungern erledige. Ich ärgerte mich; Norbert hätte wirklich aufpassen können. Endlich hatte er den letzten Knopf besiegt. Ich hatte nur noch Strumpfhosen über meinen Slip an. Komm, flüsterte er. Ich zog schnell die Strumpfhosen aus, sonst würde er sie noch zerreißen. Er trug mich zu seinem Bett, warf das Bettzeug herunter, legte mich aufs Bett, zog sich hastig aus und legte sich neben mich, so nah es ging.

Sein Streicheln verriet, dass er wenig Erfahrung hatte. Drei Liebhaber hatte ich vor ihm gehabt. Alle drei kannten sich mit Frauenkörpern aus; das war Pech für Nummer Vier. Erfahrung stört mich nicht, im Gegenteil. Ich kann sie genießen, ohne zu hinterfragen. Meine Moral verurteilt nur den Dilettanten, nicht den Könner; das war ebenfalls Pech für Nummer Vier. Norbert war ein Anfänger ohne Talent. Seine Berührungen bewirkten nichts, außer dass sie mir lästig waren. Ich registrierte mit paradoxer Schadenfreude, dass es genauso zu werden versprach, wie ich es mir vorgestellt hatte, phantasielos und langweilig. Es würde keinen Spaß machen, genau wie ich es geahnt hatte. Als Norbert in mich eindrang, tat es weh. Noch nie zuvor hatte mir jemand wehgetan, nicht einmal beim ersten Mal. Auch was dann kam, war mir völlig neu. Es erinnerte mich an Sport, an eine gymnastische Übung. Es hatte nichts mit dem zu tun, was ich zuvor erlebt hatte, nicht das Geringste. Kein faire l'amour, nicht einmal Liebe machen konnte man es nennen. Norbert betrieb seinen Sport konzentriert und verbissen. Er schwitzte. Ich ekelte mich und hoffte, dass es bald vorbei sein würde. Endlich war er am Ziel seiner Bemühungen. Er war nass vor Schweiß. Ich empfand nichts, zum ersten Mal trostloses Nichts. Ich hatte mich in meiner Prognose geirrt. Es war schlimmer, als ich es mir vorgestellt hatte. Es war so schlimm, wie ich es mir nie vorgestellt hätte. Und dann beschlich mich etwas, was ich in diesem Zusammenhang noch nie empfunden hatte. Abscheu. Ich hörte Norbert Verliebtheiten flüstern und ihn schwärmen, wie schön es gewesen sei. Das war wohl seine ganze Zärtlichkeit. Worte. Er wollte wissen, ob es mir auch gefallen hätte. Ich sagte ja. Auf dieses eine Ja kam es nun auch nicht mehr an. Dann fragte ich, ob ich ein Bad nehmen könnte.

Er stand bereitwillig auf, um das Wasser aufzudrehen. Ich fror, mir war elend und scheußlich zu Mute. Benutzt fühlte ich mich und schmutzig, obwohl ich gerade dieses Mal der geltenden Moral den geringsten Anlass zur Kritik gegeben hatte. Endlich war die Badewanne voll. Ich flüchtete ins Bad, froh, allein zu sein, wusch mich mit akribischer Gründlichkeit, brauchte große Mengen weißen Seifenschaums, bis ich mir endlich wieder sauber vorkam. Ich streckte mich im Wasser aus - es war wohltuend heiß - und heulte lautlos vor mich hin. Es dauerte nicht lange, bis Norbert sich von draußen erkundigte, ob er hereinkommen durfte. Ich wusch mir schnell das Gesicht. Er brachte mir ein Handtuch. Wie umsichtig er wieder war, wie lästig umsichtig. Du hast ganz rote Augen, wunderte er sich. Warum war mir nicht vorher eingefallen, dass Tränen die Augen rot machen? Warum musste es ihm auffallen? Ich dachte wütend, was gehen dich meine Augen an, und faselte etwas von Seife, die mir hineingeraten sei. Es klang sehr plausibel. Er gab sich damit zufrieden, glaubte mir. Es war sein Fehler, wenn er zu viel fragte.

Ich musterte ihn unauffällig durch meine Wimpern; er war noch nackt. Er hatte einen plumpen Körper und eine stark behaarte Brust, was

144

jedoch nicht sehr auffiel, weil er blond war. Sein Rücken wurde unterhalb des rechten Schulterblatts von einer großen Narbe entstellt. Das Neonlicht im Badezimmer zeigte sie mit gnadenloser Deutlichkeit. Es hätte mich wahrscheinlich interessieren müssen, wie er zu der Narbe gekommen war. Es interessierte mich aber nicht. Nur dass sie da war, erschien mir wesentlich, denn sie war hässlich, und ich mag nichts Hässliches. Norbert hatte keinen schönen Körper. Das könnte selbst jemand, der ihm freundlich gesonnen wäre, nicht behaupten. Ich überlegte, wie ich ihm gesonnen war. Sicherlich nicht unfreundlich, aber konnte man es deswegen freundlich nennen? Meine Betrachtungen wurden jäh unterbrochen, weil Norbert zu mir in die Badewanne kommen wollte; es schien sein Ernst zu sein. Ich vernahm es mit Widerwillen. Erstaunlich, welche Intimitäten er sich plötzlich herausnahm. Fühlte er sich dazu befugt, weil er sich mit mir verlobt hatte oder weil er einmal mit mir im Bett gewesen war? Ich mag keine Intimitäten. Sie fangen unauffällig an, verleiten den anderen zu Disziplinlosigkeit und enden in gegenseitiger Missachtung. Ich würde mit niemandem die Badewanne teilen; schon gar nicht mit ihm. Nein, widersprach ich schnell und geistesgegenwärtig, das Wasser ist schon zu kalt. Ich wollte ohnehin gerade herauskommen. Bedauernd, aber ohne zu zögern, zog ich den Stöpsel aus dem Abfluss, verließ die Wärme des sanften Wassers, wickelte mich in raues Frottee und ließ Norbert im Bad stehen. Im Zimmer zog ich mich schnell an, kehrte dem zerwühlten Bett den Rücken, ärgerte mich erneut über den zerbrochenen Knopf, kramte in meiner Handtasche nach der Wimperntusche, fand zunächst nur den Taschenspiegel, dann auch den Mascarastift. Ich tuschte meine Wimpern nach, malte die Lippen an, puderte mich, alles so sorgfältig, als wollte ich auf einen Ball gehen. Abschließend inspizierte ich mein Gesicht gründlich im Spiegel. Die Augen waren nur noch ganz leicht gerötet. Es fiel fast nicht mehr auf. Sicherheitshalber zündete ich mir eine Zigarette an. Vom Rauch bekommt man auch manchmal rote Augen. Norbert kam ins Zimmer zurück. Er war immer noch nicht angezogen. Seine Nacktheit störte mich. Aber als er anfing, sich anzuziehen, störte mich, dass er es vor mir tat.

Es war höchste Zeit zu gehen. Nein, danke, lehnte ich sein Angebot freundlich ab, ich möchte keinen Sekt mehr. Ich hatte auch keinen Hunger. Ich hatte es nur eilig wegzukommen. Nicht dass ich noch etwas vorgehabt hätte, nicht dass ich nach Hause wollte. Ich wollte lediglich weg. Das war alles, ein unwiderstehlicher Drang zu gehen. Natürlich brachte ich gute Gründe an. Erstaunlich, wie schnell ich es gelernt hatte, plausible Ausreden zu erfinden. Früher musste ich meine Lügen mühsam vorbereiten; jetzt hatte ich nicht nur sofort eine wasserdichte Ausrede parat, sondern hätte gleich mehrere präsentieren können. Vielleicht lag es daran, dass ich Ausreden früher nur selten nötig hatte, sondern meistens mit der Wahrheit ausgekommen war. Wahrscheinlich war auch das Lügen reine Übungssache. Norbert fügte sich widerstrebend meinen kunstvollen Erklärungen, brachte mich zum Auto hinunter. Einen Moment lang hätte ich es fast nicht erkannt. Im Licht der Straßenlaternen glänzte sein Lack gelblich statt rot; es war ein sehr unwirkliches Licht. Rufst du mich an, wenn du in Frankfurt bist, damit ich weiß, dass du gut angekommen bist, fragte Norbert. Da war sie wieder, seine Besorgnis. Ich durfte ihr auf keinen Fall nachgeben. Nein, antwortete ich, nicht ärgerlich, nicht ungeduldig, ein perfekt neutrales Nein. Aber er gab sich trotzdem nicht damit zufrieden, wollte Begründungen, warum, wieso, weshalb. Ich versuchte ihm zu erklären, dass ich zu viel Besorgnis erstickend finde. Es war weder Glatteis angekündigt, noch stand ein Schneesturm zu erwarten, es war nicht einmal mit normalem, dicken Feierabendverkehr zu rechnen. Es gab folglich keinerlei Grund, sich wegen einer knappen Stunde Autofahrt Sorgen zu machen, bis ich endlich meine Ankunft melden würde. Bitte ruf trotzdem an, bat er. Nein, beharrte ich. Aber, fing er erneut an, wenn ich dich sehr darum bitte, weil ich Angst um dich habe. Ich wiederholte sachlich, dass seine Angst völlig unbegründet wäre. Er sah blass aus. Es musste an der Straßenbeleuchtung liegen. Nein, entgegnete er leise, sie kann nicht unbegründet sein, denn ich liebe dich. Man hat immer Angst um den, den man liebt. Verstehst du das nicht? Er schaute mich fragend an. Ich schüttelte verneinend den Kopf. Ich sah, dass ihm meine Weigerung weh getan hatte. Ich sah, dass sie ihn quälte, aber ich mochte sie nicht abschwächen oder gar zurücknehmen. Ich schloss die Autotür auf. Er versuchte noch einmal, mich umzustimmen, bitte ruf mich doch an. Nein. Dieses eine Mal wollte ich nicht nachgeben. Er sah mich an. Da war er wieder, dieser Blick, gegen den ich mich nicht wehren konnte. Ich gab Norbert schnell einen Abschiedskuss und stieg ins Auto. Du, flüsterte er, pass gut auf dich auf. Ich nickte, ließ den Motor an und fuhr los. Im Rückspiegel konnte ich Norberts Gestalt erkennen. Er stand mitten auf der Straße in ihrem unwirklichen Licht und blickte mir nach. Er wurde kleiner und kleiner, immer kleiner, aber ich konnte ihn noch sehen. An der Ecke blinkte ich, bog nach links in die Hauptstraße ein. Der Spiegel zeigte nur noch Straße, Autos und Straßenlaternen, die hier ein helles, natürliches Licht gaben.

Die Autobahn war ziemlich leer. Es war gegen neun, eine Zeit, wo samstags kaum jemand unterwegs ist. Wer etwas unternimmt, ist schon dort, wo er hin will. Die Theater- und Kinobesucher, Partygänger, Restaurantgäste, sie alle sind beschäftigt. Und wer um diese Zeit noch zu Hause ist, will nicht mehr fort. Es ist die Stunde zwischen Aufbruch und Rückkehr; zu spät für das eine, zu früh für das andere. Es ist eine sehr gute Zeit, um nachzudenken. Verlobt war ich nun also. Jeder normale Mensch ist glücklich, wenn er sich gerade verlobt hat. Außerdem hatte ich mir in der letzten Silvesternacht, also vor reichlich drei Monaten, vorgenommen, Norbert zu heiraten. Nun hatte ich ihn ohne große Mühe genau da, wo ich ihn hatte haben wollen. Noch ein Grund, glücklich zu sein. Ich musste geradezu außer mir sein vor Glück. Verlobt, sagte ich versuchsweise vor mich hin, ganz leise zuerst, wiederholte es etwas lauter, noch lauter, kurbelte schließlich das Fenster herunter und brüllte es dem Fahrtwind entgegen. Wütend trat ich auf das Gaspedal, bis es am Bodenblech Widerstand fand. Verlobt, schrie ich in die Nacht. Es interessierte die Nacht nicht. Es interessierte auch den Wind nicht. Er rauschte weiter, monoton und unbeeindruckt. Ich kurbelte das Fenster wieder hoch. Verlobt, wie endgültig das klang, wie zum Kotzen endgültig. Schluss mit Spielereien, Tändeleien, Flirts. Schluss mit verführerischem Lächeln, wirkungsvollen Augenaufschlägen, Herzklopfen. Keine Abwechslung mehr, nichts Neues, nichts Spannendes. Statt dessen Familie, Alltag, Beständigkeit. Von jetzt an hatte die Zukunft nichts Erregendes mehr. Von jetzt an konnte man sie in ein Koordinatensystem zeichnen, eine Zukunft, ablesbar auf Ordinate und Abszisse. Keine Sprünge, keine Schlaufen, keine plötzlichen Kursänderungen. Es würde immer der Linie nach gehen. Kein Himmelhoch-Jauchzend, allerdings auch kein Zu-

Tode-Betrübt, aber zu welchem Preis. Verlobung, dann kam die Hochzeit, Kinderkriegen, man baute Wohlstand auf, man fuhr erst einen Mittelklassewagen, dann Mercedes, man kaufte ein Haus, man kämpfte mit Alltäglichem, mal mehr, mal weniger, man wurde immer älter, jeden Tag ein bisschen mehr, ganz unauffällig, und würde eines Tages feststellen, das war es nun, das war wirklich schon alles. Warum nur sollte man glücklich sein, wenn man den ersten Schritt auf diesem Weg gemacht hatte? Vielleicht, weil es ein sicherer Weg war? Ja, er war sicher, er war sogar todsicher.

Ich kurbelte nochmals das Fenster herunter. Scheiße, brüllte ich dem Nachtwind entgegen. Scheiße! Scheiße! Meine Stimme überschlug sich. Sie ist nicht sehr kräftig. Ich zähle leider nicht zu den Leuten, die großartig wirken, wenn sie theatralisch sind, eigne mich nicht für ausholende Gesten und dramatische Worte. Bei mir wirken solche Szenen nur lächerlich. Etwas kribbelte in meiner Nase, ich musste niesen und war froh, dass mich niemand bei meinem missglückten Auftritt beobachtet hatte. Der Wind würde schweigen. Er war zwar nicht zu beeindrucken, aber er würde mich auch nicht auslachen. Ich schloss das Autofenster wieder, dieses Mal endgültig, sonst würde die Theatralik mit einem Schnupfen enden, und gab mich mit einem Seufzer zufrieden. Das Motorengeräusch war mir plötzlich lästig. Ich schaltete das Radio ein, hörte ein Rauschen, fand schließlich einen Sender. Romantische Musik klang aus dem Lautsprecher: Mantovani, die Geigen schluchzten. Ich drehte schnell wieder aus. Romantik war nicht angebracht. Ich versuchte, den Motor zu ignorieren und mir in aller Sachlichkeit einen Tag in zehn Jahren vorzustellen, einen Samstagabend zum Beispiel. Es gelang mir, eine Wohnung entstehen zu lassen, vielleicht ein Bungalow in einem hübschen, ruhigen Vorort, harmonisches Interieur, teuer, aber dezent. Keines der Möbelstücke, die Norbert heute gefallen hatten, stand dort. Ich verteilte eine kleine Gruppe Menschen auf Sofas und Sessel, konnte mich selbst unter ihnen erkennen. Eigentlich hatte ich mich nicht sehr verändert. Noch immer waren meine Haare lang, aber ich trug sie nicht mehr offen, sondern hochgesteckt, elegante Kleidung, sogar leicht mondän. Man unterhielt sich angeregt plaudernd, scherzend, gab sich geistreich. Ich versuchte, Norbert in der kleinen Abendgesellschaft ausfindig zu machen. Es gelang nicht. Alle anderen bekamen Gestalt, nur er nicht. Meine Phantasie streikte. Auf meiner imaginären Bühne gab es keinen Platz für ihn.

Ich beendete meinen Ausflug in die Zukunft, zündete mir eine Zigarette an, versuchte noch einmal mein Glück mit dem Radioprogramm, suchte den AFN. Die Nachrichten waren gerade vorbei. Relax with good listening music, forderte mich der Sprecher auf. Ich nahm mir vor, es wenigstens zu versuchen und summte leise mit. Es war angenehm, so durch die Dunkelheit zu fahren. Man war in Bewegung. Nein, eigentlich bewegte man sich nicht. Die Umgebung bewegte sich, zog am Fenster vorbei, bis man auf die Bremse trat. Das ließ sie anhalten. Man beherrschte sie mittels eines Pedals, konnte sie schleichen oder rasen lassen, ganz wie man wollte. Man konnte das Fenster aufmachen, um ihre Kälte hereinzulassen, oder man konnte sie aussperren. Sie konnte einen nicht überraschen. Man hatte sie unter Kontrolle. Sie war zwar da, aber sie forderte nichts und störte nicht. Es war wirklich äußerst angenehm, durch die Nacht zu fahren. Einen Moment lang fühlte ich mich sehr frei, doch dann fiel mir Norbert wieder ein.

Er verschaffte mir nie angenehme Gedanken, er vertrieb sie nur. Vielleicht war es doch etwas unbedacht gewesen, als ich in der letzten Silvesternacht beschlossen hatte, ihn zu heiraten? Schön war er nicht, beim besten Willen nicht, er sah auch nicht interessant aus, das verhinderte sein völliger Mangel an Geschmack. Daran hatte sich seit Silvester nichts geändert. Aber schöne Männer sind nicht zum Heiraten da. Man kann mit ihnen flirten, man kann sich in sie verlieben, man kann mit ihnen schlafen, aber man heiratet sie nicht. Den schlechten Geschmack konnte ich ihm leicht austreiben. Er würde sich wahrscheinlich von seinem Siegelring trennen, wenn ich ihm sagte, dass ich ihn scheußlich fand. Nach einiger Zeit würde er ihn vermutlich selbst scheußlich finden, denn er würde meinen Stil so bereitwillig annehmen, wie er alles akzeptierte, was ich sagte, meinte, fand. Mit einiger Ausdauer und Geduld wäre es nicht ausgeschlossen, dass er eines Tages sogar interessant aussehen würde. Nein, die Äußerlichkeiten waren nicht das Problem. Er war allerdings ein miserabler Liebhaber, wie ich seit ein paar Stunden wusste. Aber ein Problem war wohl auch das nicht. Wie seine Vorgänger bewiesen hatten, ist die Liebe eine Frage von Routine, nichts weiter; er würde es lernen. Und der fehlenden Phantasie konnte man mit einschlägiger Literatur auf die Sprünge helfen. Vom Kamasutra bis zu Oswald Kolle, das Angebot war vielfältig. Phantasielosigkeit war offensichtlich weit verbreitet, sonst hätten die Verleger das Thema nicht so willig aufgegriffen.

Damit kam ich zu den so genannten inneren Werten. Hatte ich mich in der Neujahrsnacht in Norberts Charakter geirrt, hatten sich inzwischen ungeahnte Abgründe vor mir aufgetan? Nichts dergleichen. Er war zuverlässig, ehrlich, voller Verständnis und Rücksicht, einsichtig und schien mir treu ergeben. Nichts war falsch an den Annahmen und Überlegungen, die ich vor drei Monaten angestellt hatte. Norbert musste geradezu einen idealen Ehemann abgeben. Und doch würde ich von der Verlobung zu Hause vorläufig lieber nichts erzählen. Nur keine Hast. Welchen Unterschied machte es schon, wenn meine Eltern es erst vierzehn Tage später erführen? Rechtzeitig war es immer noch, denn es gab keinerlei festgesetzte Termine. Es war also alles in Ordnung mit meiner Verlobung, wenn man es sachlich betrachtete. Ich musste mir endlich meine kindischen und emotionalen Phantastereien abgewöhnen; ich war erwachsen. Norbert war nett und anständig, und ich würde ihn heiraten, wie beschlossen. Ich war sehr zufrieden, wie ausgezeichnet ich es geschafft hatte, alles mit ein paar logischen Gedanken ins rechte Lot zu rücken. In diesem Moment fiel mir wieder ein, dass er mit mir nach Paris wollte. Das ging nicht; es war einfach unmöglich. Paris war meine Stadt. Mit ihm konnte ich nicht dorthin fahren. Ich musste ihm Paris ausreden. Es gab so viele Städte in Europa. Wir konnten nach Rom fahren, nach Prag, nach Amsterdam, egal wohin, aber nicht nach Paris, auf keinen Fall nach Paris.

Es war nicht mehr weit bis nach Hause. Schon war ich auf der Allee, die direkt nach Bad Homburg hinein führt, schon kamen die ersten Häuser, Lichter. Ich fuhr eine schmale Straße zum Kurpark hinunter und sah ganz unten eine beleuchtete Telefonzelle. Sie war leer. Man konnte dort sogar parken. Es würde nicht die geringste Mühe machen, hineinzugehen und zu telefonieren. Ich dachte daran, wie traurig Norbert gewesen war, weil ich mich geweigert hatte, ihn anzurufen. War seine Bitte wirklich so vereinnahmend gewesen, wie ich sie empfunden hatte? Ich hielt an, um nachzusehen, ob ich Kleingeld einstecken hatte. In meinem Portemonnaie blitzten mehrere Markstücke. Eines davon würde schon ausreichen. Ein Anruf nach Mainz kostet nicht viel. War es mir tatsächlich um den Anruf gegangen oder nur darum, meinen Kopf durchzusetzen? Kleinen Machtproben bin ich selten abgeneigt. Sie wecken meinen ansonsten schwach ausgeprägten sportlichen Ehrgeiz. Ich schaute nach, ob ich mein Adressbuch dabei hatte. Es steckte hinten in der Handtasche, wo es hingehört. Eigentlich war es sehr kleinlich gewesen, stur auf einem Nein zu beharren, zumal offenkundig war, wie wichtig Norbert den harmlosen, kleinen Telefonanruf nahm. Vielleicht lag es an seinen Augen, dass ich mich nicht als ehrlicher Gewinner gefühlt hatte, sondern wie jemand, dem eine Schwäche seines Kontrahenten zum Sieg verholfen hat. Es war ein mieser Sieg. Prinzipienreiterei in Vollendung - ohne Sinn und Zweck. Herr von Instetten hätte seine helle Freude an mir gehabt. Das war bedenklich, denn die Figur des hölzernen Instetten ist mir höchst unsympathisch. Ich dachte wieder an Norberts Gesichtsausdruck, an seine Stimme, wie tonlos und leer sie auf einmal geworden war, daran, wie er beim Abfahren hinter mir hergesehen hatte. Die Telefonzelle war immer noch unbenutzt. Ich zog am Griff der Autotür, schon war sie einen Spalt geöffnet, da bekam ich doch Bedenken. Vielleicht war er beleidigt und würde gleich wieder einhängen. Wahrscheinlich würde ich an seiner Stelle so reagieren. Zumindest würde ich schmollen und mich bitten lassen. Wenn er sich so verhielt, würde ich Gesicht verlieren. Ich zögerte, war unentschlossen, sollte ich, sollte ich nicht; endlich gab ich mir einen Ruck. Na und, sagte ich mir, na und; schließlich bin ich keine Asiatin. Das bisschen Gesichtsverlust wäre wohl zu verkraften. Ich stieg aus dem Auto. Pech für Sie, Herr von Instetten, dachte ich und betrat die Telefonzelle mit dem festen Vorsatz, mich sehr nett und liebevoll zu geben.

Norbert nahm den Hörer sofort nach dem ersten Klingeln ab. Er war alles andere als beleidigt, ich bekam weder ein Siehst-Du noch ein Warum-denn-nicht-gleich-So oder sonstige Vorwürfe zu hören. Er wollte nicht einmal wissen, was meinen Gesinnungswandel bewirkt hatte. Er freute sich nur. Er freute sich mit einer Offenheit, die mich beschämte. Er erzählte, dass er die ganze nächste Woche Nachtdienst hätte. Er hatte vergessen, es mir zu sagen. Am Mittwochabend könnten wir uns also nicht sehen, aber vielleicht tagsüber, wenn ich Zeit hätte. Ich feilschte nicht um meinen Mittwoch, schlug vor, dass wir uns in Frankfurt träfen, irgendwo in Universitätsnähe, ich versprach sogar, mich nach einem Café oder Lokal umzusehen. Er freute sich schon wieder. Bemerkenswert, über welche Kleinigkeiten er sich freute. Dann wollte er wissen, ob er seinen Eltern wegen des nächsten Wochenendes Bescheid geben konnte. Ja, sagte ich, natürlich. Ich wunderte mich, wie lange man für eine einzige Mark telefonieren kann. Worüber sollte man sich noch unterhalten? Norbert erkundigte sich, ob ich die Ringe lieber in Weiß- oder in Gelbgold wollte. Ich wusste einen Moment lang mit dieser Frage nichts anzufangen. Ach so, er sprach von den Verlobungsringen. Gelbgold, erwiderte ich, sonst passt es nicht zu meinem Schmuck. Und fügte hinzu, es hat keine Eile. Doch, widersprach er, doch, wir müssen sie bald aussuchen. Ich registrierte beruhigt, dass er von uns gesprochen hatte. Überdimensionaler Protz war demnach nicht zu befürchten. Die Mark war immer noch nicht abgelaufen. Ich wusste nichts mehr zu sagen. Warum willst du eigentlich nach Paris, fragte ich plötzlich. Nur so, antwortete er arglos, ich war noch nie dort, und es soll eine schöne Stadt sein. Du liebe Güte, dachte ich, wie kann man mit fast dreißig noch nie in Paris gewesen sein! Weißt du, hörte ich mich säuseln, ich war schon so oft dort, ich möchte eigentlich lieber woanders mit dir hin, zusammen etwas Neues entdecken. Nach Paris können wir immer noch. Es läuft nicht weg. Ich lachte munter und hielt die Luft an, ob er es schlucken würde. Natürlich, ging er prompt darauf ein, wir können ein andermal dorthin fahren. Wohin möchtest du denn jetzt? Ich atmete auf. Man konnte wirklich gut mit Norbert auskommen; nie versuchte er, seinen Willen durchzusetzen. Berlin, stieß ich schnell hervor. Es fiel mir gerade als Erstes ein. Ich kannte es nicht und hatte daher keinerlei Beziehung zu dieser Stadt. Sie war geradezu ein optimales Ziel. Gut, er klang sehr freundlich, dann fahren wir nach Berlin. Er war einverstanden. Ich war ihm so dankbar, dass ich ohne große Mühe zärtliche Abschiedsworte zu Stande brachte. Er sagte, du hast mich sehr glücklich gemacht, weil du doch noch angerufen hast. Sehr zufrieden hängte ich ein. Es war tatsächlich eine ausgezeichnete Idee gewesen, doch noch zu telefonieren. Sehr zufrieden verließ ich die Telefonzelle. Es war im Grunde genommen einfach, zu Norbert lieb und nett zu sein, wenn ich mir nur ein bisschen Mühe gab. Er war nicht anspruchsvoll, konnte sich über jede Kleinigkeit freuen, war jetzt sogar glücklich wegen ein paar Telefonminuten. Und außerdem musste ich nicht mit ihm nach Paris. In bester Stimmung fuhr ich nach Hause.

## 13

Die folgende Woche schrieb ich an meiner Hausarbeit und saß meistens im juristischen Seminar. Gleich am Montagmittag suchte ich einen Platz für das versprochene Treffen, möglichst fußläufig zur Universität und doch weit genug weg, denn der Campus war mir zu gefährlich. Dort lauerten Fragen. Norberts Fragen, wenn einem jemand zulachte, und das Wer-ist-das von anderen, die man inzwischen flüchtig kannte, wenn sie Norbert sehen würden. In Frankfurt konnte man diese Situation glücklicherweise mühelos vermeiden; in Tübingen wäre schon der Versuch aussichtslos gewesen. In Frankfurt brauchte man der Alma Mater nur den Rücken zu kehren und hatte sich schon ihrem Einfluss entzogen. Zehn Minuten Fußweg, und ich stieß auf ein kleines Café, genau richtig, nicht zu weit und nicht zu nah. Am Abend rief ich Norbert sogar an, um ihm zu berichten, was ich ausgekundschaftet hatte. Auch am Mittwoch war ich nett und freundlich, schoss keine Pfeile gegen ihn ab, widersprach ihm nicht aus Prinzip, machte mich nicht einmal im Stillen über ihn lustig, meckerte weder am Kaffee noch am Kuchen herum, lästerte nicht über die anderen Gäste, sondern saß einen ganzen Nachmittag lang lieb und ordentlich im Café und benahm mich, wie man sich wahrscheinlich benimmt, wenn man verlobt ist. Es war einfacher, als ich gedacht hatte, und es machte Norbert glücklich. Nicht ein einziges Mal war er gekränkt; keine traurigen Blicke. Als er wegfuhr, war ich überzeugt, dass es doch ging. Ich musste mich nur zusammennehmen, meinen obstinaten Widerspruchsgeist einsperren, mir den Zynismus abgewöhnen, und es ginge sogar sehr gut; was zu beweisen war. Die Beweisführung erschien mir schlüssig und lückenlos.

Am Samstagmorgen rang ich meinem Wecker ausnahmsweise nicht noch zehn Minuten Galgenfrist ab, sondern stand schon beim ersten Klingeln so willig auf, als hätte ich etwas vor, auf das ich mich sehr freute. Ich freute mich auch, natürlich freute ich mich; was hätte ich sonst tun sollen. Mit großer Sorgfalt machte ich mich fertig, zog ein so genanntes klassisches dunkelblaues Kostüm an und verzichtete auf extravagante Verfremdungseffekte. Ohne jegliche Unlust fuhr ich nach Mainz, dachte während der Fahrt an die Mosel und nicht an irgendwelche sonstigen Ziele, konzentrierte mich aufs Autofahren und ließ meine Phantasie weitgehend aus dem Spiel. Es war schönes Wetter, es würde bestimmt auch ein schönes Wochenende; ich war jedenfalls fest dazu entschlossen. Natürlich wartete Norbert schon wieder auf der Straße, obwohl ich zu früh ankam. Ich ärgerte mich nicht darüber, sondern sagte mir, dass er sich eben freute. Ich begrüßte ihn zärtlich, ich erlaubte ihm ohne Protest, mein Auto auf seinen Parkplatz in der Tiefgarage zu fahren, und tobte nicht, als er dabei in der Garageneinfahrt fast die Antenne abriss. Es gelang mir sogar, meinen inneren Unmut darüber niederzukämpfen. Schließlich war es gut gegangen; er hatte eben nicht aufgepasst. Das konnte vorkommen. Irren ist menschlich. Ich war beherrscht, verständnisvoll, sachlich und sehr vernünftig. Ich war so, wie ich es selten bin.

Wir brachen sofort auf. Es ist nicht weit, sagte Norbert, eine reichliche Stunde nur. Zuerst ging es die Autobahn entlang, dann eine Landstraße, die sich durch mehrere Hunsrück-Dörfer schlängelte. Es sind keine hübschen Ortschaften. Straßendörfer, deren Leben sich rechts und links der Hauptstraße abspielt; die Häuser weder alt noch neu, gesichtslos, aber ordentlich verputzt, saubere Gardinen an sauberen Fenstern, die sich zum Verwechseln ähneln. Eine Monotonie von Versandhausgardinen an Versandhausfenstern; wahrscheinlich wird die Topfpflanze dazu gleich mitgeliefert. Dörflichkeit, deren Idylle vertrieben ist, ohne dass die entstandene Leere durch etwas anderes ersetzt wäre. Die ganze Häuseransammlung scheint sich um ein städtisches Gepräge zu bemühen, auch wenn samstags noch der Fußweg vorm Haus gekehrt wird. Ein trauriger Versuch. Er zerstört das Dorf und parodiert die Stadt; er schafft Dörfer, die sich nur durch ihr Ortsschild unterscheiden. Abweisend erschienen sie mir und hart wie der Dialekt, den man im Hunsrück spricht. Keines von ihnen lud zum Verweilen ein - Durchgangsdörfer nur, die für ein Ziel nicht taugen. Ich war froh, dass die Straße, die hindurchführte, gut ausgebaut war, und dass Norbert es mit dem Einhalten der vorgeschriebenen Ortsgeschwindigkeit nicht genau nahm. Nur schnell weiter, nur schnell fort! Die Dörfer gefährdeten meine positive Stimmung. Es ist einfach zu beschließen, alles schön zu finden. Es ist schwierig, diesem Entschluss treu zu bleiben.

Die Landstraße schien mir dabei helfen zu wollen, sie wand sich in Serpentinen abwärts, entfernte sich vom Hunsrück, wurde schmaler, führte in eine liebliche Landschaft. Wir fuhren ein Tal entlang, sehr deutsch und romantisch sah es aus, erzählte von Wanderburschenfröhlichkeit, pries beredt ihre Freiheit und das Nichtstun. Hunger und Armut verschwieg es diskret. Es ging immer noch leicht abwärts, und dann sah man hinter einer scharfen Kurve zum ersten Mal die Mosel mit dem alten Städtchen an ihrem rechten Ufer, dahinter steile Weinberge, die Reben noch kahl, ganz oben eine Burgruine. Hier also war Norbert zu Hause.

Die kleine Stadt lag fast genau vor mir, ein bisschen tiefer nur, sodass ich sie gut betrachten konnte. Ihre Häuser drängten sich eng aneinander am Fluss entlang. Eine andere Wahl hatten sie nicht. Es gab nichts, wohin sie sich hätten ausbreiten können. Im Nordosten gebot ihnen der Fluss Halt, im Südwesten waren es die Weinberge. Mit dem Streifen dazwischen mussten sie sich begnügen. Sie hatten es im Lauf der Jahrhunderte gelernt, sich mit Würde zu beschränken. Die Notwendigkeit war ihnen erst zur Selbstverständlichkeit, dann zur Überzeugung geworden und ließ sie voller Standesbewusstsein auf das jenseitige Ufer sehen. Dort waren die Hänge weniger steil. Dort gab es Platz. Dorthin war man ausgewichen, hatte neue Häuser den Hügel hinaufgebaut. Sie sahen vollkommen anders aus; breiter im Grundriss und selbstbewusst, weil sie es nicht nötig hatten, sich an die Gegebenheiten der Natur anzupassen. Es waren moderne Häuser der Nachkriegszeit, Bungalows, Einfamilienhäuser - eine Reihe über der anderen. Der Fluss trennte das Neue säuberlich vom alten Ort, und der einzigen Brücke gelang es nicht, beides zu vereinen. Die alten Häuser wussten es mit herablassender Tradition zu verhindern. Den Parvenüs am anderen Ufern neideten sie nicht einmal den Raum; nicht ihnen, die nur jenseits des Flusses lagen, jenseits der Welt.

Norbert hielt am rechten Moselufer an. Wir stiegen aus. Der Fluss strömte kraftvoll vorüber und war sehr schmutzig. Ich hatte mir die Mosel blau vorgestellt, blau in allen Nuancen, vielleicht auch mit einem leichten Schimmer ins Grüne, aber nicht braun. Es war natürlich dumm von mir. Im Frühling sind alle Flüsse braun, egal welche überirdischen Farben ihnen angedichtet werden. Meine Eltern wohnen dort drüben, sagte Norbert, seit fast zehn Jahren schon, und zeigte irgendwo auf die Mitte des gegenüberliegenden Hanges. Ich versuchte, mit den Augen der angegebenen Richtung zu folgen, ließ sie zwischen den kleinen Spielzeughäusern herumirren, bemühte mich, das zu finden, von dem er sprach. War es das weiße oder das beige oder das zweistöckige in der Reihe darüber?

Meine Augen fügen sich selten den Weisungen von fremden Zeigefingern. Sie schauen sich lieber das an, was sie wollen. Sie wehrten sich gegen meinen ungewohnten Zwang. Die Häuser interessierten sie nicht. Sie wandten sich ab, beobachteten statt dessen voller Faszination ein dickes rotes Seil, straff gespannt, das sich von links her gemächlich auf uns zu bewegte. Sie wanderten an das obere Ende des merkwürdigen Taues. Es war zweimal um die Hand eines jungen Mannes geschlungen, das untere hing am Hals eines Rauhaardackels, der sich mit aller Kraft bemühte, die Spannung zu halten. Es war ein so komisches Bild, dass ich spontan loslachte. Norbert unterbrach verwundert seine Erklärungen. Ich konnte nicht aufhören mit meinem Gelächter. Wortlos zeigte ich auf den kleinen Hund an dem dicken Seil, das für einen Elefanten gemacht schien. Ich lachte, bis mir die Tränen kamen. Der Hund blieb bei mir stehen und schnüffelte an meinen Schuhen herum. Pfui, rief eine wohlklingende Männerstimme. Die Hundenase zeigte sich von dieser Rüge unbeeindruckt und schnüffelte hochkonzentriert weiter. Der Hund gefiel mir; er hatte Charakter. Ich kniete mich nieder, um ihn zu streicheln. Er wedelte voller Freude mit dem Schwanz, sah mich aufmerksam an. Er war ein hübsches Tier, noch jung und verspielt; neugierig hüpfte er um uns herum. Das rote Seil hing schlaff herab. Der junge Mann hatte seinen Hund inzwischen eingeholt und beobachtete ihn schmunzelnd. Aus der Nähe sah man, dass er nicht mehr ganz so jung war, vielleicht Mitte dreißig. Er hielt ein Mädchen im Arm, sie schmiegte sich eng an ihn. Die beiden sahen sich verliebt in die Augen, schauten vergnügt auf ihren Hund, dann auf uns. Wie heißt er, fragte ich und wies auf den Dackel. Husar, antwortete sein Besitzer stolz. Wir haben seine Leine heute früh zu Hause vergessen, setzte das Mädchen hinzu, als wollte sie sich für den sonderbaren Aufzug entschuldigen. Er hängt an unserem Abschleppseil. Sie lachte. Wir lachten alle. Die beiden gingen langsam weiter. Ich sah hinter ihnen her. Der Hund sträubte sich. Er wollte bleiben, um weitere Streicheleinheiten zu kassieren. Mit aller Macht, die er aufbringen konnte, widersetzte er sich dem überdimensionalen Ersatz für die Leine, stemmte sich dagegen, schnaufte wütend. Sein Besitzer drehte sich um. Komm jetzt, rief er liebevoll und zog mit sanfter Gewalt an dem roten Strick. Ich beneidete das Mädchen. Der Dackel fügte sich widerwillig, trabte auf seinen kurzen Beinen hinter den beiden her. Plötzlich entdeckte seine Nase einen neuen, verlockenden Geruch, schon wollte er von Zärtlichkeit nichts mehr wissen, es galt, das Neue zu ergründen. Nur den aufregenden Geruch nahm er noch wahr; mich hatte er längst vergessen.

Ich konnte trotzdem nicht aufhören, hinter ihm herzusehen. Der arme Hund, hörte ich Norberts belegte Stimme, führen diese Chaoten den kleinen Kerl an einem Abschleppseil aus. Er ist kein armer Hund, widersprach ich, er ist noch zu jung, um ohne Leine zu laufen. Er hat es gut bei den beiden, das sieht man doch. Ich war erschrocken, mit welcher Heftigkeit ich den letzten Satz hervorgestoßen hatte. Was trieb mich dazu, Partei zu ergreifen, obwohl mich weder der Dackel noch die zwei Spaziergänger etwas angingen? Hoffentlich war das kriegerische Engagement nur bis zu meinen Ohren gedrungen. Ängstlich blickte ich Norbert an. Ich hatte mir doch vorgenommen, nett zu ihm sein. Sein Gesichtsausdruck ließ mich aufatmen. Ihm war nichts aufgefallen. Bestimmt war alles nur Einbildung gewesen. Mein Satz hatte in Wirklichkeit völlig harmlos geklungen. Norbert legte einen Arm um meine Schultern. Ich versuchte, mich so anschmiegsam zu geben, wie ich es bei dem fremden Mädchen beobachtet hatte. Nein, dachte ich resignierend, es hat keinen Zweck, andere kopieren zu wollen. Man konnte sich nicht in Norberts Arm schmiegen, man konnte es einfach nicht. Ich möchte später auch einen Rauhaardackel haben, sagte ich vor mich hin. Lass uns lieber einen anderen Hund kaufen, antwortete Norbert, Dackel kann man nicht erziehen. Eben, beharrte ich, deswegen. Er lachte. Wenn du unbedingt einen Rauhaardackel willst, dann sollst du natürlich einen haben, versprach er nachgiebig, allerdings musst du dir vorher von meinem Vater etwas über Dackel im Allgemeinen und Rauhaardackel im Besonderen erzählen lassen. Er hat einige Dackel gehabt. Vielleicht ändert das deine Meinung. Das Nein lag mir auf der Zunge, aber ich hielt es zurück. Er gab mir einen Kuss. Wollen wir jetzt losfahren, schlug er vor, sonst kommen wir noch zu spät.

Ich hätte gern weiter hinter dem Pärchen hergesehen und war gleichzeitig erleichtert, dass Norbert mich davon abhielt. Diese Leute hatten einen sonderbar unguten Einfluss auf mich. Ich fühlte es trotz der wachsenden Entfernung. Und sie gingen mich nicht das Geringste an. Abrupt kehrte ich ihnen den Rücken. Ja, stimmte ich bereitwillig zu, ja, sicher. Kannst du bitte unterwegs an einem Blumengeschäft anhalten? Auf dem Weg dorthin schwieg ich. Es erschien mir sicherer. Norbert ließ mich vor einer Gärtnerei aussteigen, wartete im Auto. Ich verschwand im Laden, ließ ein Frühlingsstrauß zusammenstellen. Die Verkäuferin fügte Narzissen zu blauen Iris, wollte mir zu roten Tulpen raten. Ich protestierte entschieden gegen so viel Farbenfreude. Wir einigten uns auf weiße Tulpen. Ich wies sie an, das Ganze mit Birkenästen zu binden. Birkenäste, echote sie erstaunt. Ungeduldig wiederholte ich, ja, Birkenäste, und suchte nach meinem Portemonnaie. Das haben wir nicht, entschuldigte sie sich. Ich zog ärgerlich die Augenbrauen hoch. Denn nehmen Sie eben, was Sie haben, konterte ich knapp und unfreundlich. Sie machte sich an einem Tisch zu schaffen, probierte, arrangierte, steckte Grünes dazwischen und hielt mir schließlich den Strauß zu Billigung hin. Trotz der fehlenden Birkenzweige gefiel er mir gut. Ich nickte gnädig, rang mir ein gönnerhaftes Hübsch ab, bezahlte, ließ mir das voluminöse Bukett in die Hand drücken und die Tür aufhalten, rauschte hinaus. Danach war mir wohler. Im Auto gelang es mir wieder mühelos, nett zu sein, ich lächelte Norbert innig an, sagte mit reizendem Augenaufschlag, Dankeschön fürs Warten, und dass er jetzt zu seinen Eltern fahren könne. Es liegt wohl am Blumenkaufen, redete ich mir ein. Blumenaussuchen ist eine angenehme Beschäftigung, sie bringt einen ins Gleichgewicht zurück.

Wir fuhren den Hang hoch, sowohl an dem weißen als auch an dem beigefarbenen Haus vorbei. Ich glaubte, sie wiederzuerkennen, obwohl sie kein Spielzeugformat mehr hatten. Natürlich hatte ich vorhin nicht in die richtige Richtung geblickt. Norbert fuhr vier, fünf Häuser weiter, hielt dann vor einem kleinen Bungalow. Mir fiel die Bibliothek ein, die er am Silvesterabend erwähnt hätte. Wo sollte in diesem Häuschen eine Bibliothek untergebracht sein? Vielleicht war es eines der beiden Nachbarhäuser? Ich schaute nach rechts, nach links, fand auch dort keine Villen, sondern lediglich zwei mittelmäßige Einfamilienhäuser, ähnlich dem, vor dem wir gerade parkten. Ordentlicher Wohlstand herrschte in dieser kleinen Straße, mühsam erarbeitet und erspart. Wahrscheinlich waren die meisten Grundstücke noch von Hypotheken belastet. In dieser Gegend, führten die Hausfrauen über ihre Ausgaben Buch und verglichen im Supermarkt sorgfältig die Preise; eine Gegend, in der man rechnen musste. Für Villen war hier kein Platz und für Bibliotheken erst recht nicht. Die Haustüre des kleinen Häuschens öffnete sich. Eine blonde Frau winkte lachend, hallo, und, da seid ihr ja. Sie musste Norberts Mutter sein. Es war an der Zeit auszusteigen.

Sie begrüßte mich voller Freundlichkeit. Willkommen bei uns, sagte sie zu mir. Ich nestelte das Papier von den Blumen und überreichte ihr den Strauß. Oh, wie schön, bedankte sie sich. In ihrer Stimme klang ehrliche Freude durch. Sie hatte die gleichen Augen wie Norbert. Erwartungsvoll betrachtete sie mich, jedoch hatte ihr Blick nichts Abschätzendes. Ich freue mich, Sie kennen zu lernen, lächelte sie. Es war ein warmer Empfang; herzlicher hätte man ihn sich nicht wünschen können. Paul, rief sie ins Haus, Paul, sie sind da. Wo bleibst du denn? Gleich darauf erschien der Gerufene, ein kleiner Mann mit dunklem, schütterem Haar. Das also war Norberts Vater. Ich war überrascht, dass er nicht größer war. Auch er war sehr freundlich. Schon stand ich im Wohnzimmer, wurde aufgefordert, mich zu setzen. Wie war die Fahrt, fragte Norberts Mutter und suchte im Schrank nach einer Blumenvase. Diese Frage macht die Ankunft endgültig, dachte ich, die Fahrt war zu Ende. Angekommen. Wo? Man würde sehen.

Norberts Vater entkorkte eine Flasche Wein. An der Mosel empfängt man Gäste mit einem kühlen Tropfen, erklärte er. Ich fügte mich den Gepflogenheiten, obwohl ich tagsüber nicht gern Wein trinke. Er macht müde und träge; anregend wirkt er auf mich erst abends. Norberts Mutter stellte die Blumenvase mitten auf den Tisch. Welch wunderschöner Strauss, sagte sie noch einmal, leider ist die Vase fast zu klein. Aber ich habe keine größere, sie lächelte mich wieder an. Ich registrierte mit Unwillen, dass die Vase nicht nur zu eng war, sondern vor allem vom Stil her nicht passte. Sie war aus weißem Porzellan, bemalt mit unzähligen roten Streublümchen, gegen die die eher zarten Farben der Schnittblumen keine Chance hatten. Sie verlangten nach der Transparenz von Glas. Eine glatte Kristallvase hätte sie vollkommen zur Geltung gebracht. Wie konnte man sie in dieses Gefäß stopfen? Egal, sagte ich mir, selbst in Kristall hätten sie nicht gewirkt. Es lag an der Umgebung; ich hatte sie für eine andere Umgebung ausgesucht. Ich hatte an die Bibliothek gedacht.

Norberts Vater hob sein Glas und gab ein launiges Trinksprüchlein von sich. Ich dankte artig für die Einladung und wunderte mich nicht, dass der Wein so süß war. Ich hatte es erwartet. Nicht umsonst war Moselwein bei uns zu Hause verpönt. Ich spulte Konversation ab, plapperte höflich-seicht vor mich hin, antwortete scheinbar aufmerksam auf alle Fragen, bewunderte den Blick auf das alte Städtchen und die Weinberge. Etwas anderes gab es nicht zu bewundern. Die Aussicht war tatsächlich bemerkenswert schön. Wenn die Reben erst grün waren, musste sie phantastisch sein. Schade nur, dass im oberen Fensterdrittel eine Gardine hing, schade, dass kräftig-blaue Samtvorhänge mit ebensolcher Schabracke dieses Bild in einen dramatischen Rahmen zwängen mussten. Das Blau kam mir bekannt vor, sehr bekannt sogar. Kornblumen sehen so aus; Kornblumen und Norberts Anzug. Man hatte in diesem Haus offensichtlich kein Gefühl für leise Farben. Ich verbannte den penetrant blauen Rahmen aus meinem Blickfeld, dachte ihn mir einfach weg und sah auf einmal ein Bild von atemberaubender Zartheit. Ein Hauch Grün lag schon über den Weinstöcken, ein Schleier, so fein, wie ihn niemand weben konnte. Zwischen den Braunnuancen von Erde, Rebenholz und Fluss, zwischen dem leichten Grau, das die Patina über die ganze Stadt gelegt hatte, dem dunkleren Asphalt der Straßen und dem fragilen Blaugrau des Frühlingshimmels, ahnte man ihn mehr, als ihn tatsächlich zu sehen. Die Farbkomposition war in ihrer Andeutung so vollkommen, dass es mir wie rohe Gewalt erschien, dieser Vollkommenheit schweren, grellen Samt entgegenzusetzen. Es war ein Verbrechen an der Perfektion, wie es nur gefühllose Menschen begehen können. Man durfte es ihnen wahrscheinlich nicht übelnehmen. Es geschah ohne Vorsatz. Es ist wirklich ein zauberhafter Blick, wiederholte ich. Norberts Mutter freute sich, als hätte ich etwas gelobt, zu dem sie einen eigenen Beitrag geleistet hatte. Zum Glück sind gerade letzte Woche die neuen Gardinen gekommen, erklärte sie und beschrieb genau, wie es vorher ausgesehen hatte. Ich zog es vor, ihren Beschreibungen nicht zu folgen. Wir haben uns noch nicht daran gewöhnt, wie es jetzt aussieht, fuhr sie fort. Es ist plötzlich alles so offen, dabei ist die neue Fensterdekoration sehr teuer geworden. Wir haben über tausend Mark dafür bezahlt, fügte sie nach kurzem Zögern hinzu. Ich hatte keinerlei Ahnung von Gardinenpreisen. War es objektiv viel, oder war es wenig? Ich wusste nur, dass es für das Verunstalten dieses Fensters zu viel war.

Norbert, mischte sich der Vater ein, vielleicht schaut ihr euch vor dem Mittagessen noch das Haus an, damit deine Braut weiß, wo du zu Hause bist. Er schmunzelte. Was hatte er eben gesagt? Braut? Er konnte nicht mich damit gemeint haben. Ich hatte doch mit diesen Leuten nichts zu tun. Trotzdem stand ich auf. Norbert nahm mich an der Hand, zog mich aus dem Wohnzimmer. Als Erstes führte er mich in sein Zimmer im Souterrain. Mir fiel nur auf, da es keine orange-gelbe Rautentapete hatte. Weiße Raufaserwände. Sie erstaunten mich. Ansonsten fiel mir nichts auf. Du schläfst heute nacht hier, erklärte er, ich schlafe nebenan auf der Couch. Wir gingen durch einen dunklen Flur zu dem angrenzenden Raum. Er musste direkt unter dem Wohnzimmer liegen. In der Tür hätte ich beinahe aufgeschrien. Nach der einfachen, weißen Raufaser war ich gegen das, was sich nun meinen Augen bot, nicht gewappnet: Rot und Gold im Überfluss. Große bordeauxfarbene Medaillons auf goldenem Grund; genauso stellte ich mir die Wanddekoration in Freudenhäusern der Jahrhundertwende vor, schwülstig, bombastisch, scheußlich. Verschiedene Sitzmöbel füllten den Raum zwischen den Wänden. Ein alter Stuhl in Rokokoform mit Armlehnen und verschlissenem, besticktem Polster, noch einmal der gleiche Stuhl, dieses Mal aber aufgearbeitet, rote Kreuzstichrose auf schwarzem Kreuzstichhintergrund, doppelte

Pracht, einmal auf der Lehne, einmal auf der Sitzfläche. Des Weiteren ein Sofa, das Pendant zu dem, das man auch in Norberts Wohnung bewundern konnte, ein runder Tisch mit goldener Brokatdecke, die bis zum Fußboden reichte. Ich sah ein großes Fenster, durch dessen Gardine man verschwommen einen ähnlichen Blick wie im Wohnzimmer wahrnahm, und gegenüber davon drei oder vier Regalbretter. Darauf standen Bücher. Ich erriet, wo wir uns befanden, noch bevor Norbert es aussprechen konnte. Bei diesem Abklatsch eines Puff-Foyers musste es sich um die erwähnte Bibliothek handeln. Und dann bestätigte er meine Mutmaßungen. Das, meine Liebste, sagte er stolz und wies mit ausholender Geste in das Zimmer, ist die Bibliothek. Ja, bemerkte ich. Etwas Besseres fiel mir nicht ein. Langsam ging ich zu dem Regal, um mir die Bücher anzusehen. Was las man in diesem Haus? Krimis standen in der einen Reihe, darunter Romane. Die reißerischen Titel ließen nichts Gutes ahnen. Und dann entdeckte ich noch etwas. Einen dicken Stapel Groschenromane. Fassungslos starrte ich die Heftchen an. Was machte ich bei diesen Leuten, die so etwas nicht nur lasen, sondern auch noch sorgfältig aufbewahrten? Was wollte ich hier? Ich dachte an die vielen Bücher, die wir zuhause hatten. In jedem Zimmer standen sie, selbst im Esszimmer befand sich ein kleines Regal mit der Kochbuchsammlung meiner Mutter. Das Arbeitszimmer meines Vater war von oben bis unten voll von Büchern, sie füllten einen großen Schrank im Wohnzimmer und mehrere Regale, sogar im Schlafzimmer standen welche; wir lebten mit ihnen. Allerdings besaßen wir keine Bibliothek, dachte ich bissig und voller Empörung. Nein, eine Bibliothek hatten wir nicht nötig. Warum war ich nicht zu Hause?

Plötzlich klang das Wort in meinen Ohren nach, das Norberts Vater vorhin verwendet hatte: Braut. Hast du deinen Eltern schon erzählt, dass wir uns verlobt haben, fragte ich Norbert abrupt. Natürlich, antwortete er, noch am selben Abend, gleich nachdem du mich angerufen hattest. Vielleicht war mein spontanes Telefonat doch nicht so genial gewesen, wie ich es mir am letzten Samstag eingebildet hatte. Möglicherweise hätte Norbert die Neuigkeit noch für sich behalten, wenn ich nicht der Versuchung des leeren Telefonhäuschen erlegen wäre. Möglicherweise hätte er sich die ganze Angelegenheit sogar noch einmal überlegt. Das hatte ich nun von meiner Nachgiebigkeit - genau die Endgültigkeit, der ich versucht hatte auszuweichen. Man sollte nicht nachgiebig sein. Es führt zu nichts. Norberts Stimme drang an mein Ohr. Wie bitte, sagte ich mechanisch, noch immer ziemlich gedankenverloren. Und du, erkundigte er sich. Was, und ich? Wovon redete er eigentlich? Was hast du gerade geträumt, kleines Mädchen, neckte er, willst du mich nicht wenigstens in deine Geheimnisse einweihen? Ich sah ihn nachdenklich an. Nein, antwortete ich, jedenfalls nicht im Moment; was wolltest du nun von mir wissen? Er lachte. Hast du es deinen Eltern auch am selben Abend gesagt, wiederholte er, ohne ungeduldig zu werden. Ach so, er sprach von dieser Verlobung. Ja, ich räusperte mich, das heißt nein. Noch ein Räuspern. Damit ließ sich Zeit gewinnen. Sie waren nicht zuhause, als ich heimkam, improvisierte ich kühn. Dann fügte ich hastig hinzu, ich dachte, du wolltest es ihnen lieber selbst sage und wollte dir nicht vorgreifen. Das ist eine gute Idee, stimmte er zu. Du hast vollkommen Recht; es ist viel besser, wenn ich es ihnen sagen. Kinder, rief Norberts Mutter von oben, das Essen ist fertig. Du lieber Himmel, dachte ich hilflos, wie soll ich denn jetzt etwas essen? Mir war übel, und ich wollte in diesem Haus nicht länger bleiben.

Natürlich blieb ich doch. Ich schaffte es sogar, das Essen hinunterzuwürgen. Gulasch gab es, und Norberts Mutter war betrübt, dass das Fleisch so zäh war. Ich habe den Metzger ausdrücklich um ein abgehangenes Stück gebeten, jammerte sie. Und dann ging es von vorne los, es ist wirklich zäh wie Schuhsohle. Es reizte mich, mit welcher Intensität diese Frau sich über die Beschaffenheit von Gulasch aufregen konnte. Ich mochte es nicht mehr hören. Es schmeckt doch sehr gut, widersprach ich lahm. Wirklich, fragte sie. Doch, bestimmt, versicherte ich, lächelte sie freundlich an, schob mit gespielter Begeisterung eine weitere Gabel von dem Zeugs in meinen Mund. Es war nicht nur zäh, es schmeckte nach nichts. Geschmacklos, dachte ich und grinste innerlich, geschmacklos, wie alles hier. Endlich war der Teller leer. Ein dezenter Hinweis auf Magenbeschwerden bewahrte mich vor Nachschub. Norbert sah sofort Anlass zur Besorgnis. Ich lenkte vom Thema ab, erkundigte mich nach der vorjährigen Lese, wann die Weinberge grün würden, stellte eine Menge Fragen, damit ich nichts gefragt wurde. Ich musterte Norberts Mutter. Sie war ein jugendlicher Typ, vielleicht sogar älter, als man dachte, schlank, lebhaft und humorvoll, wenn sie sprach; nicht unsympathisch. Man merkte ihr nicht an, dass sie Groschenromane las. Sie hatte ein fein geschnittenes Gesicht, von halblangen, blonden Haaren eingerahmt, die sie glatt trug, und strahlende, lebendige Augen, die man allerdings kaum wahrnam, weil sie überaus großzügig mit Rouge und einem grellen Lippenstift umgegangen war. Bunt sah sie aus. Wenn ihr nicht jegliches Gefühl für Farbe abgegangen wäre, hätte sie apart wirken können. Schade, dachte ich. Schade. Dann betrachtete ich Norberts Vater. Ich stellte fest, dass man ihn mit einem einzigen Wort treffend beschreiben konnte. Unauffällig. Sein Gesicht, seine Statur, sein Gehabe. Der Name Paul passte ausgezeichnet zu ihm. Er aß stumm vor sich hin. Er wusste wohl nichts zu sagen. Wahrscheinlich hatte er seinen ganzen Charme bei der Begrüßung versprüht. Paul, der Unauffällige.

Dann war das Essen überstanden. Norbert wollte mir das Städtchen zeigen. Es gab einige Sehenswürdigkeiten. Er zählte sie auf, der Marktplatz, eine alte Abtei, die Burgruine. Wahrscheinlich hatte er vorsorglich wieder einige Daten auswendig gelernt wie bei der Mainzer Stadtbesichtigung. Bringt Kuchen mit, sagte seine Mutter, damit wir nachher etwas zum Kaffee haben. Viel Spaß, wünschte sie uns. Viel Spaß, echote auch der Vater. Und damit waren wir erst einmal entlassen.

Aus der Nähe betrachtet, verlor die kleine Stadt beträchtlich an Reiz. Der Tourismus machte ihr zu schaffen. Rings um den Marktplatz reihte sich Andenkenladen an Andenkenladen. Große, übervolle Schaufenster boten Souvenirs in allen Preislagen an. Der Moselverlauf, dargestellt auf Krügen, Kaffeetassen, Gläsern und Bechern, Grüße von der Mosel wurden feilgeboten, nahmen mit schwungvollen Lettern auf Holztellern, Notizbüchern, Taschenmessern Gestalt an, Wein in allen Preislagen, im Sortiment und im Geschenkkarton, zusammen mit zwei Römern für vollendeten Weingenuss, Schnitzereien aus Rebenholz, Kerzenhalter, Holzfiguren, die viel strapazierten Hände von Dürers Mutter, versilbert oder vergoldet, damit man jedem Geschmack gerecht werden konnte. We Speak English, On parle français, versprachen einladende Schilder an den Ladentüren. Nur stumme Marktschreier gab es noch auf diesem

Marktplatz, einfallslos priesen sie ihre Waren an. Immer dieselben Sprüche, immer dieselben Artikel, gut kaschierte Monotonie vor historischem Hintergrund. Wir besichtigten die Abtei, fuhren zu der Burgruine hoch. Ich hoffte auf einen schönen Blick. Ich schaue gern von Aussichtspunkten hinab. Man erkennt von dort Zusammenhänge, die einen erst in die Lage versetzen, Einzelheiten richtig einzuschätzen. Details kann man nur würdigen, wenn man das Ganze gesehen hat. Für sich allein genommen, sagen sie wenig aus.

Ich setzte mich auf ein verfallenes Mäuerchen und blickte erwartungsvoll nach unten. Von der Stadt sah man nur die Uferpromenade, von der Mosel ein langweilig gerades Stück. Links knickte sie zwar ab, aber ihr Lauf war von einem vorstehender Felsen verdeckt. Von oben entstand der Eindruck, als sei der Fluss einfach zu Ende. Ich war enttäuscht. Das Einzige, was sich in vollkommener Deutlichkeit präsentierte, war die Neubausiedlung am jenseitigen Ufer. Die Häuser hatten nur noch Spielzeugformat - wie bei der Ankunft am Vormittag. Schau, sagte Norbert, dort waren wir eben. Er fuchtelte mit dem Zeigefinger in der Luft herum. Nun geht das schon wieder los, dachte ich ärgerlich. Warum ließ er mich nicht mit seinen Erklärungen zufrieden? Warum merkte er nicht, dass sie mich nicht interessierten? Ich gähnte. Pass auf, dass du nicht von der Mauer fällst, ermahnte er mich liebevoll und hielt mich mit beiden Armen fest. Ich wollte nicht umklammert werden. Ich wollte nur auf der kleinen Mauer herumsitzen, ungestört und mit angezogenen Knien, wie ich immer auf Mauern sitze. Sonst nichts. War das unbescheiden? Er küsste mich. Ich konnte nichts dagegen machen. Er hielt mich fest. Er küsste mich noch einmal. Ich zappelte, wollte mich befreien. Es half nichts. Er umklammerte mich nur noch fester und küsste mich ungestört weiter. Er schien überhaupt nicht mehr damit aufhören zu wollen. Endlich ließ er mich los. Ich sprang vom Mäuerchen und rannte weg. Ich musste rennen, ich hätte nicht länger dort sitzen bleiben können. Wo läufst du denn hin, rief er hinter mir her. Das geht dich absolut nichts an, sagte ich leise, aber voller Genugtuung vor mich hin, absolut nichts. Ich rannte hinter die Burgruine und versteckte mich zwischen wildem Buschwerk und einem kleinen Mauervorsprung. Er sollte nur fleißig suchen. Ich kicherte triumphierend in mich hinein. Ich hörte, wie er meinen Namen rief, und freute mich über jede Sekunde, die er mich nicht fand. In dem kahlen Busch raschelte etwas. Ein Spatz saß dort und beobachtete mich verwundert und misstrauisch. Er hockte sehr wachsam auf seinem Ast. Ich fand es schlau von ihm, so wachsam zu sein. Norberts Rufe kamen näher, gleich hatte er mich wieder. Ich presste mich an die raue Mauer, rührte mich nicht. Da kam er um die Ecke, sah mich, lachte, fand es ein lustiges Spiel. Erschrocken flog der Spatz davon. Ich blieb.

Wir fuhren Kuchen holen. Wir waren pünktlich um vier zurück. Der Kaffee war schon gekocht. Die Familienidylle konnte weitergehen. Wieder war der Tisch fertig gedeckt. Tischdecke und Servietten waren jetzt bunt, die Teller eine Nummer kleiner, Tassen waren hinzugekommen, in der Tischmitte stand eine Kuchenplatte. Davon abgesehen war das Kaffeetrinken eine exakte Wiederholung des Mittagessens. Norberts Mutter redete. Sie lobte den Kuchen mit der gleichen Intensität, mit der sie sich zuvor über das zähe Rindfleisch beklagt hatte, übertrieb in ihrem Lob ebenso wie in ihrer Kritik. Der Vater blieb stumm und unauffällig. Nur das Vorzeichen hatte sich geändert, sonst nichts. Der Rest des Nachmittags verging damit, dass Norbert Fertighäuserprospekte vor mir ausbreitete, eine Vielfalt von Katalogen, große, kleine, dicke, dünne, Farb- und Schwarzweißdruck auf exklusiven Glanzpapier und auf billigem Material, das wie Zeitungspapier aussah. Er pries den einen Hersteller, nannte den nächsten unseriös, kritisierte bei einem dritten das Preis-Leistungs-Verhältnis. Er erklärte mir lange und ausführlich, dass Dächer mit Gefälle Flachdächern vorzuziehen seien, dass Klinker praktischer sei als Rauputz, dass man auf eine Unterkellerung dank des modernen Isolationsmaterials verzichten könne. Er hatte sich offensichtlich gründlich mit diesem Thema befasst. Ich wusste nichts von dem, was er sagte, und wollte es auch nicht wissen. Endlich war er beim letzten Prospekt angelangt und fragte, welcher Häusertyp mir am besten gefallen hatte. Ich starrte ratlos auf die vielen kleinen Bildchen, eine Vielfalt von unterschiedlichen Häusermodellen, die mir doch alle in geheimnisvoller Weise ähnlich erschienen. Sie warben um meine Gunst, obwohl sie mich nichts angingen. Sie waren mir viel zu uninteressant, um sie in eine Rangfolge zu bringen. Trotzdem musste ich mich für eine der Abbildungen entscheiden; für welche war im Grunde egal. Schließlich zeigte ich auf ein Haus, das nicht ganz so stereotyp aussah wie die anderen. Es hatte ein leicht geschwungenes Dach. Das war der Unterschied. Norbert nickte anerkennend. Walmdach, sagte er, und erging sich in Ausführungen über diese Dachart. Ich hatte das Wort noch nie gehört. Die Häuserbetrachtungen endeten irgendwann mit der Aufforderung zum Abendessen. Danach wollte Norbert mit mir tanzen gehen. Es war sicherlich besser, als den ganzen Abend in diesem Haus zu verbringen. Ich stimmte seinem Vorschlag ohne Begeisterung zu. Begeisterung konnte er an diesem Samstag nicht mehr von mir erwarten.

Das Tanzlokal, in das er mich führte, erwies sich als ein rustikaler Weinkeller, ein ziemlich großer, aber niedriger Raum, dessen Trostlosigkeit einen erschlagen hätte, wäre er nicht voll gewesen. In der Mitte eine Tanzfläche, Mittelpunkt für die konzentrisch angeordneten Tische. Eine Kapelle spielte Schunkelmusik. Es war laut. Die Luft roch nach Rauch, Weinatem und Schweiß. Es war einer der Orte, an dem Weinseligkeit stattfand. Jeder amerikanische Tourist wäre begeistert gewesen und hätte verzückt die deutsche Gemütlichkeit gepriesen, auch wenn er sich an diesem Wort fast die Zunge gebrochen hätte. Warum ist es am Rhein so schön, fragte ich mich im Stillen. Aber nein, es war eine völlig falsche Frage, wir waren an der Mosel; das war schließlich ein Unterschied. Wir setzten uns möglichst weit weg von der Kapelle. Der Kellner kam schon, als wir noch unsere Stühle zurechtrückten. Er war durch die harte Schule des Bustourismus gegangen. Er wusste, dass es schnell gehen musste, sonst geriet das Programm durcheinander. Schnell, das war die Hauptsache. Er knallte eine Weinkarte auf den Tisch, blieb abwartend stehen, war unzufrieden mit uns, dass die Auswahl so lange dauerte. Seine Augenbrauen zogen sich ärgerlich zusammen. Wenn alle so lange überlegen würden, nicht auszudenken, welche katastrophalen Folgen derartig exzessive Bedenkzeiten hätten! Die säuberlich getrennten Gruppen würden sich vermischen, die Kunden des einen Reiseunternehmens würden mit denen des anderen fraternisieren, ganze Reiseprogramme, minutiös ausgeklügelt, würden donnernd in sich zusammenfallen. Chaos bräche aus, Chaos und Zechprellerei. Er wischte sich nervös den Schweiß von der Stirn. Norbert nannte einen Weinnamen. Der Kellner war am Ende seiner Geduld. Nummer, stieß er entnervt hervor, welche Nummer? Erleichtert schrieb er sie auf. Man sah ihm an, dass er froh war, nicht allzu häufig auf solche Gäste zu stoßen. Bei den Busgruppen gab es keinen Leerlauf. Die Leute waren diszipliniert und präzise, nur warten wollten sie nicht. Umgehend kam er mit dem Gewünschten zurück, präsentierte schwungvoll die Flasche, entkorkte, goss ein, kassierte sofort. Das machte er immer so. Es war sicherer.

Wir probierten den Wein. Er war nicht schlecht. Ich überlegte, wie viel man davon benötigte, um das Lokal gemütlich zu finden. Ob sich das noch in Gläsern messen ließ oder besser gleich in Flaschen? Und am Abend träumen sie von Santo Domingo, röhrte ein schmächtiger Sänger ins Mikrophon. Was hatte dieser Ort mit der Mosel zu tun? Wo lag er überhaupt? Der Sänger wusste es wohl auch nicht; er ließ es offen. Santo Domingo, wiederholte er stattdessen hartnäckig und legte seine ganze Sehnsucht in das letzte O, bevor er Atem holte, um mit neuer Hingabe weiße Orchideen in deutsche Weinkelleratmosphäre zu zaubern. Orchideen, das klang nach tropischen Wäldern, Santo Domingo, ein Ort unter Palmen, exotisch und fremd. Ob es dort besser war als hier? Vielleicht. Ich trank den letzten Schluck von meinem ersten Glas. Norbert wollte tanzen. Wir drängten uns zwischen die Menschenleiber, die sich auf der Tanzfläche hin und her schoben. Wohlstandsspeck schwabbelte sanft im Südseerhythmus. Gesichter zogen langsam an mir vorbei, manche vergnügt, rot und glänzend von Schweiß, manche verzückt und träumerisch, mit fast geschlossenen Augen und manche nur leer, hoffnungslos leer. Es war zu voll, um zu tanzen. Die Paare traten auf der Stelle, mal mehr mal weniger rhythmisch. Es war mir egal, denn mit Norbert konnte man ohnehin nicht richtig tanzen. Ich machte es wie die anderen; ich trat auf der Stelle. Es gab hier kein Fortkommen. Die Kapelle blies einen Tusch. Pause. Die Tanzenden applaudierten, wurden von einer geheimnisvollen Eile an ihren Platz getrieben.

Wir setzten uns. Mir war heiß, und ich hatte Durst. Ich trank von dem Wein. Er war warm geworden und erfrischte nicht mehr. Zum Ausgleich trank ich etwas mehr. Ich vermisste die Musik. Sie hinterließ eine unangenehm fordernde Stille. Nicht dass es wirklich still gewesen wäre.

Man hörte Stuhlbeine auf dem Boden schaben, das Klick-Klack spitzer Absätze, Stimmengemurmel, Gelächter, ein Husten, ein Räuspern. Die Luft war voller ineinander übergehender Geräusche, die sich unter der niedrigen Decke zu beachtlicher Lautstärke entwickeln konnten. Aber es war zu still, um guten Gewissens schweigen zu können. Die Musik fehlte jetzt, obwohl sie mir noch vor ein paar Minuten unerträglich erschienen war und ich auf eine Pause gehofft hatte. Es geschieht oft, dass einem zunächst etwas gleichgültig ist, vielleicht sogar störend scheint. Erst später, wenn es nicht mehr da ist, erkennt man in seiner Lücke die Vorteile, die es hatte. So wird die Vergangenheit eine Quelle der Unzufriedenheit für die Zukunft. Auch ich war mit dem Jetzt unzufrieden. Unzufrieden, dass ich nun etwas sagen musste, dass ich nicht mehr in die Südsee fliehen konnte, sondern in diesem Weinkeller saß. Abstoßend und erdrückend war er; der Raum selbst, die Menschen, alles. Norbert stieß mit mir an. Die Hässlichkeit stieß mit mir an. Prost! Ich trank das Glas schnell aus. Weißt du, wo Santo Domingo liegt, fragte ich unvermittelt. Natürlich, antwortete Norbert. Ich ärgerte mich über dieses neunmalkluge Natürlich. Ein Ja hätte es auch getan. Also, forschte ich, wo? In der Karibik, sagte er, auf der Insel Hispañola; Kolumbus ist dort gelandet. Aha, dachte ich, auf einer Karibikinsel also. Aber wo war die Karibik? Das Natürlich hatte mich eingeschüchtert. Ich fragte nicht weiter. Karibik klang nach Südsee. Südsee klang nach Gauguin. Ich sah die braunen Menschen vor mir, die er gemalt hatte. Schöne, schlanke Körper hatten sie und sanfte Gesichter. Menschen, die sich voller Anmut bewegten. Die Bilder deuteten es an. Tahiti, dachte ich, Tahiti, Haiti, Tahiti, Haiti, lauter lustige, kleine Itis. Ich lachte. Santo Domingo lag also in der Südsee. Aber war Kolumbus auch in der Südsee gewesen? Ich überlegte angestrengt, nahm noch einen Schluck Wein, einen großen, die Südsee macht durstig. Dann merkte ich, dass ich mit dem Begriff Südsee nichts anzufangen wusste. Nur Gauguins klare Linien fielen mir dazu ein, sonst nichts. Natürlich lag sie irgendwo südlich, aber südlich wovon oder wozu? Diese verdammte Geographie! Wo genau war die Südsee? Es erschien mir plötzlich sehr wichtig. Ich musste in einem Atlas nachsehen. Unbedingt. Sofort, wenn ich wieder zu Hause war. Kolumbus war bestimmt dort gewesen. Er hatte alles gesehen, natürlich auch die Südsee, beruhigte ich mich.

Der Ober brachte die nächste Flasche Wein, füllte erneut die Gläser. Norbert wollte schon wieder anstoßen, was für eine dumme Sitte. Spießig und germanisch - eine Jung-Siegfried-Sitte, einfach widerlich. Ich nahm mir vor, diesen blauäugigen, blonden, kühnen Recken mit einem Trinkspruch zu provozieren. Warum brüstete sich ein Volk mit seinen Dichtern und Denkern und erhob gleichzeitig jemanden zum Helden, der zu dumm zum Baden war? Auf Santo Domingo und Kolumbus und die Südsee, sagte ich zu Jung-Siegfried. Norbert blickte mich verwundert an. Wie bitte, fragte er verdutzt. Ich wiederholte mein Sprüchlein. Der Wein schmeckte kühl viel besser. Man musste ihn schnell trinken, sonst würde er wieder warm. Ich mag keinen warmen Weißwein. Ich stellte mein Glas ab. Norbert sah sehr komisch aus. Im Nibelungenlied stand nirgends, dass Recken komisch aussehen. Mittelhochdeutsche Drehbücher haben keinen Sinn für Komik; vielleicht brauchte man sie damals noch nicht. Norbert sah geradezu lächerlich komisch aus. Der Lachreiz kitzelte in meiner Kehle. Ich lachte. Es hatte etwas Befreiendes, mein eigenes Gelächter zu hören. Norbert lachte auch, schüttelte den Kopf dabei. Wie sonderbar, dass er auch lachte. Er hatte doch keinen Grund dazu. Er konnte sich selbst nicht sehen, und das Geheimnis vom Lindenblatt kannte er auch nicht. Ich lachte noch mehr, weil er lachte, obwohl er nichts zu lachen hatte.

In diesem Moment setzte die Kapelle wieder ein. Trink, trink, Brüderlein trink, spielte sie. Ihr Repertoire war weltumfassend. Aus der Südseetraum! Ich war zurück auf heimatlichem Boden. Jung-Siegfried hatte trotz aller Blauäugigkeit gesiegt. Er entließ mich nicht so einfach aus seinen Diensten. Aber ich wusste um seine Verwundbarkeit. Sein Sieg konnte nur vorübergehend sein. War ich Kriemhild oder Brunhild? Würde ich über ihn siegen, weil ich ihn schützen oder weil ich ihn töten wollte? Für keine von beiden Möglichkeiten mochte ich mich entscheiden. Zu dämlich war mir die eine, zu walkürenhaft die andere; und natürlich wollte ich niemanden töten - weder aus Liebe noch aus Hass. Stattdessen war ich plötzlich wieder stocknüchtern und wunderte mich, warum ich noch vor ein paar Atemzügen so albern gewesen war. Es gab wirklich nichts zu lachen in diesem Weinkeller, der nur traurig war in seiner Lustigkeit. Ich freue mich, dass es dir hier gut gefällt, hörte ich

Norbert. Wie kam er auf diese absurde Idee? Seine Stimme kämpfte gegen den lautstarken Refrain, in den die anderen Gäste fröhlich einstimmten. Trink, trink, Brüderlein trink, lass doch die Sorgen zu Haus. Und was empfahl des Volkes Mund dem Schwesterlein? Nein, er tat keine Wahrheit kund; das tut er ohnehin nie. Ratlos war er, stumm blieb er, weil ihm nichts einfiel. Wollen wir wieder tanzen, gestikulierte Norbert durch den Lärm. Ich nickte. Auch wenn es nur ein Auf-der-Stelle-treten war; es war besser als nichts.

Wir tanzten immer, wenn die Kapelle spielte. Wir tanzten zu Wiener Schmäh und Seemannsliedern, zu lateinamerikanischen Rhythmen und zu Foxtrott. Die Pausen wurden mit fortgeschrittener Stunde länger und zahlreicher. Die Musiker schlafften ab, ihr Repertoire wiederholte sich. Langsam leerte sich das Lokal. Gruppen verließen bedauernd den Ort der Weinseligkeit, um sich von ihrem Bus ins Hotel zurücktransportieren zu lassen. Mancher wäre noch gern geblieben, aber Programm war Programm. Willig fügte man sich. Nur einen Blick zurück, den leistete man sich am Ausgang, bevor man unsicher in die kalte Nachtluft stolperte. Halb leer war es nun schon. Der Weinkeller sah mit reduzierter Gästebesetzung wie ein Bahnhofsrestaurant aus. Die Aufbruchstimmung verstärkte diesen Eindruck. Ich wäre auch gern gegangen, aber ich wollte nicht zurück in das kleine Haus auf dem Hügel gegenüber. Deswegen bestand ich darauf zu bleiben und weiter zu tanzen. Ich wusste, dass es dir hier gefallen würde, freute sich Norbert.

Und dann schmachtete der Sänger noch einmal von Santo Domingo. Ich sah es jetzt genau vor mir. Es war so schön, dass ich große Sehnsucht danach bekam. Ich musste einmal dort hinfahren. Niedrige weiße Häuser standen dort, eine kleine weiße Stadt; überall blühte es, prächtige Blumen in einer Farbintensität, die mich in Europa erschreckt hätte. Gauguins Menschen waren von ihrer Leinwand gestiegen und bewegten sich zwischen den Blüten hindurch. Sie schwebten dahin, ein leichtes Gleiten, manche tanzten leichtfüßig und anmutig zu einer Musik, die ich nicht hören konnte, manche unterhielten sich leise in einer gutturalen Sprache, die ich nicht verstand. Sie klang sehr sanft. Es war die Sprache der Zärtlichkeit. Ich wusste es, obwohl ich sie noch nie zuvor gehört hatte. Ich saß allein auf einem warmen Stein zwischen den Blüten und den Menschen und beobachtete alles. Auf einmal erkannte ich in aller Deutlichkeit, was die glatten, goldenen Gesichtern ausdrückten. Es war Glück. Ich durfte das Glück beobachten. Mir wurde ganz schwerelos dabei, obwohl ich noch immer auf meinem Stein hockte. Ich hoffte, dass es in mich eindringen würde, wenn ich still genug säße. Keine Bewegung jetzt, kein Laut. Eine eigenartige Leere befiel mich, wohltuend und angenehm. Das musste die Leere der Unendlichkeit sein, die Vorstufe zum Glück.

Da drang ein unangenehmes Klirren der elektrischen Gitarre an mein Ohr. Der Gitarrist spielte schlampig. Er hatte keine Lust mehr. Weg waren die Menschen, ihre Häuser und die Blumen; alles weg. Ich saß auf keinem Stein, sondern ich tanzte zusammen mit Norbert in einem miesen Lokal, und eine tropische Blüte wäre in der rauchigen, dicken Luft sofort in sich zusammengefallen. Ich sah einen schmächtigen Sänger in fleckigem Hellblau vor dem Mikrophon stehen. Ich erkannte ihn wieder. Es hatte alles seine Richtigkeit. Er hatte einen käsigen, ungesunden Teint, seine Haare glänzten von Pomade, seine Fliege hing ihm schief und mutlos am Hals. Er wirkte schmierig und kläglich. Als er noch einmal am Ende des Liedes das mystische Santo Domingo beschwören wollte, klang das letzte O nur noch müde. Der Mann schielte auf seine Uhr. Gleich hatte er es geschafft. Gleich war für ihn Feierabend. Ich sah auch Norbert wieder. Er lächelte. Lass uns gehen, sagte ich zu ihm. Ich konnte diese Umgebung nicht länger ertragen. So plötzlich, fragte er erstaunt. Schon wieder eine Frage, schon wieder musste ich ihm erklären, immerzu erklären. Ich bin müde, entgegnete ich knapp. Es war nicht einmal gelogen. Ich hatte nur das Wörtchen Es unterschlagen.

## 14

Und dann fuhren wir doch in das kleine Haus am gegenüberliegenden Hügel zurück. Alles war still und dunkel. Es war schon spät, wahrscheinlich zwischen zwei und drei. Ich wusste es nicht genau. Alles schien zu schlafen. Nur dort, wo ich hinein musste, brannte noch die Außenlampe. Wie fürsorglich und umsichtig! Norbert schloss leise die Haustür auf. Innen rührte sich nichts, Gott sei Dank. Norbert knipste Licht an, sperrte wieder zu. Es war ein ordentliches Haus. Es erschreckte mich, welchen Lärm ein Schlüssel macht, wenn er im Schloss gedreht wird. Ich hatte das Geräusch noch nie so bewusst erlebt. Wir gingen auf Zehenspitzen die Treppe ins Souterrain hinunter, standen vor der Tür des Zimmers, wo ich diese Nacht schlafen sollte. Ich gähnte leise, war aber hellwach und auf der Hut, auf den Angriff lauernd, der gleich kommen musste. Geräuschlos drückte ich die Türklinke hinunter. Ich komme dir noch Gute-Nacht-Sagen, flüsterte Norbert. Hoffentlich nur das, dachte ich und war im selben Moment über den Gedanken erschrocken. Früher hätte ich mir nie träumen lassen, dass ich so etwas einmal denken würde. Etwas war falsch, sehr falsch. Geräuschlos machte ich die Tür hinter mir zu und unterdrückte das Bedürfnis abzuschließen. Stattdessen kippte ich das Fenster. Die Nachtluft verbreitete willkommene Ungemütlichkeit. Sehr schnell zog ich mich aus, streifte das Renommiernachthemd über, bedauernd, dass ich keines besaß, das man bis zum Hals zuknöpfen konnte. Sehr schnell verschwand ich unter der Bettdecke, zog sie bis über die Ohren hoch, damit kein Spitzenträgerchen verführerisch blitzen konnte. Nur das nicht. Ich knipste die Nachttischlampe aus und bemühte mich, tief und gleichmäßig zu atmen. Die Augen behielt ich offen, damit sie sich an die Dunkelheit gewöhnten.

Regelmäßiges Atmen wird ungeahnt schwierig, wenn man es bewusst tut. Ich musste mich darauf konzentrieren. Es war überraschend, wie viel Konzentration der selbstverständlichste aller Reflexe beanspruchte. Ich zählte. Eins, einatmen; zwei, Luft anhalten; drei ausatmen; vier, Pause. Das Ganze von vorn. Ein Lichtstrahl fiel ins Zimmer, kaum wahrnehmbar quietschte die Türklinke. Ich schloss die Augen, spitzte die Ohren. Schläfst du schon, erkundigte sich Norbert leise. Ich atmete ruhig und gleichmäßig. Eins, zwei, drei, vier; eins, zwei, drei, vier. Ich hörte nichts und befahl mir, die Augen geschlossen zu lassen. Eins, zwei, drei, vier. Dann streichelte mich etwas. Ich war bis in die Zehenspitzen angespannt und atmete ruhig und gleichmäßig. Einszweidreivier-einszweidreivier. Ich fühlte einen Kuss auf meinem Mund. Gute Nacht, Liebste, flüsterte Norbert zärtlich. Nacht, murmelte ich schlaftrunken. Er streichelte mich nochmals. Verschwinde, dachte ich, einszweidreivier, verschwinde!. Dann quietschte wieder die Türklinke. Vielleicht war es eine Finte? Ich öffnete die Augen noch nicht und zählte weiter. Schließlich blinzelte ich vorsichtig durch die Wimpern. Der Lichtstrahl war verschwunden. Das Zimmer war wieder dunkel. Ohne mich zu bewegen, schlug ich die Augen ganz auf. Das Zimmer war leer. Ich holte erlöst Luft. Sehr viel länger hätte ich es nicht durchgehalten, so ruhig und gleichmäßig weiterzuatmen.

Ich war weder schläfrig noch müde und drehte mich von einer Seite auf die andere. Den Samstag hatte ich überstanden, nur noch einen Tag musste ich in diesem Haus hinter mich bringen, dann würde man weitersehen. Ich wollte im Moment nicht darüber nachdenken. Es war jetzt zu spät. Vor dem Einschlafen soll man an etwas Erfreuliches denken, sonst schläft man schlecht. Ich wollte mir wieder die Südsee vorstellen; vielleicht würde ich davon träumen. Ich befahl meinem Hirn, die Szenerie genauso aufzubauen, wie ich sie gesehen hatte, bevor das Klirren der Gitarre alles hinweggefegt hatte. Zögernd kam das Bild zurück. Nein, es war nicht das gleiche, es war ein anderes. Die Häuser sahen weniger strahlend weiß aus, die Blüten wirkten verwelkt, und die Menschen waren verschwunden. Das war nicht - wie hieß er noch, der Ort? Es fiel mir nicht ein. Ich überlegte. Es war ganz einfach gewesen; das lateinische sanctus war irgendwie vorgekommen. Sanctus, sancta, sanctum. Ich grübelte verzweifelt. Ich versuchte, die Melodie des Liedes zu rekonstruieren, damit der Name wiederkäme. Er musste wiederkommen. Ich sagte in Gedanken alles auf, was mit Sankt anfing. Sankt Anton, Sankt Bernhard, Sankt Nimmerlein, Sankt Nikolaus. Nein, das war falsch. Es hatte alles nichts damit zu tun. Frustriert gab ich auf. Der Name war weg, einfach weg. Wie sollte ich einen Ort im Atlas finden, dessen Namen ich nicht kannte? Vielleicht mit Hilfe des alphabetischen Registers? Wenn ich den Namen dort las, würde er mir wieder einfallen, bestimmt. Bestimmt, versuchte ich mir einzureden. Es gelang mir nicht, daran zu glauben. Der Name war weg. Er war unwiederbringlich weg. Nie würde ich diesen Ort finden, nie. Es machte mich traurig. Traurig schlief ich ein.

Norbert weckte mich am anderen Morgen. Ich hatte schlecht geschlafen und fühlte mich wie zerschlagen. In meinem Kopf hämmerte und pochte es. Kein Wunder, schließlich hatte ich Moselwein getrunken. Das Kopfweh konnte nicht ausbleiben. Zum Frühstück trank ich nur Kaffee. Norberts Mutter sagte, Sie essen zu wenig, viel zu wenig. Norbert stieß sofort ins gleiche Horn, führte Beispiele an, wo ich angeblich jedes Mal fast nichts gegessen hatte. Die beiden unterhielten sich ungeniert über meine Essgepflogenheiten, mischten sich voller Besorgnis ein, meinten es gut mit mir, wussten alles besser. Ich ärgerte mich und versuchte, unbemerkt eine Tablette gegen die lästigen Kopfschmerzen in meinen Mund zu mogeln. Natürlich wurde ich ertappt; ich werde fast immer ertappt, wenn ich unauffällig sein will. Natürlich verlangte Norbert sofort Auskunft, welches Medikament ich eingenommen hätte. Ich antwortete sehr freundlich, es ist Zyankali; ohne mein tägliches Quantum werde ich morgens nicht munter. Er lachte, seine Mutter lachte auch. Ich lächelte. Völlig unerwartet schaltete sich Norberts Vater ins Gespräch ein. Paul, der Unauffällige, hatte auch etwas zu sagen. Ich hatte ihn fast vergessen. Wann wird denn geheiratet, fragte er. Im Sommer, erwiderte Norbert ohne zu zögern, im Juli oder August. Ich trank Kaffee. Wie interessant, dachte ich. Er will im Sommer heiraten. Das Thema begeisterte auch Norberts Mutter. Und wohin geht die Hochzeitsreise, erkundigte sie sich. Ich trank Kaffee. Vielleicht nach Santo Domingo, scherzte Norbert, schon das Wort hat dich doch gestern Abend völlig verzaubert. Er streichelte meine linke Hand. Da war er wieder, der Name. Santo Domingo, wiederholte ich und strahlte Norbert an. Ihr habt Träume heutzutage, seufzte seine Mutter; wir haben damals von Italien geträumt, was, Vati? Vati nickte.

Nach dem Frühstück gingen wir spazieren. Der Morgen verging schneller als befürchtet. Schon war es kurz vor zwölf, schon musste man zum Mittagessen aufzubrechen. Wir essen sonntags fast immer im Hunsrück Spießbraten, verkündete Norberts Mutter als sei es etwas ganz Besonderes. Es fiel mir schwer zu glauben, dass es in den hässlichen Hunsrück-Dörfern irgendetwas Besonderes geben sollte. Wir starteten mit zwei Autos, damit Norbert und ich nach dem Essen direkt in Richtung Mainz weiterfahren konnten - die Eltern vorneweg; Norberts Vater fuhr so schnell, als hätte er einen Verfolger abzuhängen. Vielleicht wollte er seinem Sohn auch nur zeigen, was eine Harke ist. Norbert wollte es sich aber nicht zeigen lassen. Er fuhr ebenso schnell hinterher. Er bemühte sich, den Abstand zu dem Wagen vor uns nicht größer werden zu lassen, auch wenn die Reifen in den Kurven quietschten. Er versuchte sogar zu überholen, aber das ließ der Vater nicht zu; er beschleunigte. Wer hätte gedacht, dass Paul, der Unauffällige, sich wie ein jugendlicher Möchtegern-Rallyfahrer benehmen würde? Norbert war bester Stimmung. Die Hetzjagd durch das romantische kleine Tal machte ihm Spaß. Es ging jetzt ziemlich steil aufwärts. Der Abhang war an meiner Seite. Ich klammerte mich mit der rechten Hand an den Autositz und bemühte mich, bis zur nächsten Serpentine nicht aus dem Seitenfenster zu sehen. Vor einer Dorfkneipe endete der Wahnsinn. Wir hielten an und gingen essen. Ich versuchte, in dem Gesicht von Norberts Mutter zu erkennen, ob sie während der Fahrt auch Angst gehabt hatte. Ihr war nichts anzumerken. Der Spießbraten war scharf und würzig. Er schmeckte tatsächlich gut, auch wenn er nicht so außergewöhnlich war, wie angekündigt. Das Mittagessen ging vorbei, wir verabschiedeten uns. Norberts Eltern fuhren zurück an die Mosel, wir nach Mainz. Norbert setzte die begonnene Hetzjagd fort. Da es nichts mehr zu hetzen gab, verfolgte er Unsichtbares, überholte ohne Rücksicht auf Kuppen, schnitt die Kurven, damit ihm das Unsichtbare nicht entkäme. Bis nach Mainz verfolgte er es, ohne es je einzuholen, bis vor seine Haustür sogar. Dann interessierte es ihn plötzlich nicht mehr.

Als er angehalten hatte, schien er davon auszugehen, dass ich noch nicht gleich heimfahren wollte. Ich machte zaghafte Versuche, diesen Irrtum aufzuklären. Ich fragte nach meinem Auto, wollte es sofort aus der Garage holen. Das hat doch keine Eile, beendete er meinen ersten Anlauf. Man musste deutlicher werden. Ich habe versprochen, zum Kaffee wieder zuhause zu sein, behauptete ich. Wir waren inzwischen ausgestiegen und standen auf der Straße. Meine Verhandlungsposition war nicht ungünstig. Noch war nichts entschieden. Nur das riesige Garagentor störte mich. Wäre es nicht gewesen, hätte ich meine Reisetasche schon in mein Auto umladen können. Das hätte klare Verhältnisse geschaffen. Stattdessen nahm ich sie wenigstens aus Norberts Auto, stellte sie ostentativ auf den Bürgersteig, ließ sie Aufbruch dokumentieren. Norbert schüttelte den Kopf. Das geht nicht, widersprach er energisch, am Wochenende gehörst du mir; von unserer Zeit gebe ich nichts ab. Mir blieb die Luft weg. Er dachte nicht daran, sich mit meiner eindeutigen Erklärung zufrieden zu geben. Das war noch nicht da gewesen. Das war eine völlig neue Situation. Er protestierte, er maßte sich Rechte an und besaß zudem die Unverschämtheit, sie geltend machen zu wollen. Am Wochenende gehörst du mir. Ich schluckte. Das klang nach Besitz, schlimmer noch, es klang nach Eigentum. Was bildete er sich eigentlich ein, dieser, dieser - ich suchte stumm und voller Wut nach einem passenden Wort. Meine Abscheu musste es ausdrücken, meine Empörung und meine Verachtung, ganz besonders meine Verachtung. Kerl! Das traf es. Was bildete sich dieser Kerl ein?

Das würde ich ihm nicht durchgehen lassen. Er sollte sich wundern; dieses Mal war er entschieden zu weit gegangen. Mit Genuss rüstete ich mich innerlich zum Kampf. Ich wetzte meine Waffen. Der Zynismus konnte nicht scharf genug sein, auch Spott und Hohn wären dieses Mal erlaubt. Alles war erlaubt. Ich holte zum Angriff aus. Weißt du, hörte ich Norbert in entschuldigendem Ton, du darfst es mir nicht übel nehmen, wenn ich dich heute so vereinnahme, aber ich möchte dir einen Freund vorstellen. Er sitzt schon oben und wartet auf uns; er hat nämlich einen Schlüssel zu meiner Wohnung. Dort drüben steht sein Auto. Er wies auf einen zerbeulten Käfer. Bitte, fügte er hinzu, ruf zu Hause an und sag, dass du später kommst. Ich fühlte mich wie eine Dynamitladung, der man in letzter Sekunde die Lunte weggeschossen hatte. Alles in mir war auf die Explosion vorbereitet gewesen, und nun - nichts. Der Knall blieb aus, eine unangenehme Leere stellte sich stattdessen ein. Mein Stimme klang erstaunlich normal, als ich endlich ein Ach-so hervorbrachte. Mehr fiel mir im Moment nicht ein. Der Szenenwechsel war zu abrupt gewesen. Norbert öffnete den Kofferraum und stellte meine Reisetasche hinein, schloss sorgfältig ab. Oder brauchst du etwas daraus, fragte er. Ich schüttelte schweigend den Kopf. Nun hatte er mir auch noch mein Requisit für den Aufbruch genommen. Der Kampf war zu Ende, bevor er begonnen hatte. Mir blieb nichts weiter übrig, als resigniert die Arena zu verlassen. Norbert hatte mich wieder einmal mit seiner ahnungslosen Freundlichkeit besiegt.

Der Freund hatte es sich auf Norberts Sofa bequem gemacht. Er erhob sich zögernd und musterte mich ausgiebig mit dem bekannten männlichen Ausziehblick, bevor er sich schließlich zu wohlwollendem Lächeln herabließ. Er wollte wohl gnädig andeuten, dass ich seine Prüfung bestanden hatte. Ich begrüßte ihn kühl, vermied es, ihm die Hand zu geben und musterte ihn meinerseits. Er war größer als Norbert und schlank, hatte ein markantes Gesicht. Er war ein Typ, auf den Frauen fliegen, und er wusste es. Breitbeinig stand er da, geschniegelt und gebügelt, strahlte Selbstbewusstsein aus. Eine Kopie von irgendeinem Filmstar, aber ich wusste nicht von welchem. Er hatte sich in dem orange-gelben Rautenzimmer ausgebreitet, als sei es seines. Auf dem einen Sessel lag seine Aktentasche, auf Tisch und Sofa hatte er Zeitschriften verstreut, sein Mantel hing über dem anderen Sessel. Es war ein Lodenmantel. Ich hege gegen Trachtenjünger mindestens ebensolche Abneigung wie gegen Parkaanhänger. Beide Bekleidungsstücke sind sich verdächtig ähnlich. Die gleiche Farbe, der gleiche Bekenntnisdrang des Trägers. Weltanschauungsuniform die eine wie die andere, einmal mit Hornknöpfen, einmal mit Reißverschluss. Norberts Freund war mir durch und durch unsympathisch.

Er ließ sich wieder auf dem Sofa nieder, begann, sich darzustellen, zelebrierte sich. Er studierte Jura, verkündete er, als habe er soeben das Perpetuum mobile erfunden. Auch das noch, dachte ich. Norbert bemerkte freundlich und bescheiden, wir hätten sicherlich genug Gesprächsstoff, da wir sozusagen Kollegen seien, und er könne inzwischen guten Gewissens Kaffee kochen. Er machte sich im Flur zu schaffen. Ich sah erst auf den Sessel mit der Aktentasche, dann auf den mit dem Lodenmantel, dann auf den Freund. Keine Reaktion. Da ich keine Lust verspürte, ihm seine Aktentasche nachzuräumen, setzte ich mich mitten auf den Mantel. Der Freund dröhnte von seinem Studium; er war schon im fünften Semester. Natürlich machte er alles mit dem kleinen Finger. Natürlich waren alle, mit denen er zu tun hatte, ausnahmslos tumbe Idioten - die Studenten sowieso, die Professoren erst recht. Ich zündete mir eine Zigarette an und überlegte, wie Norbert diesen widerlichen Angeber einen Freund nennen konnte. Da kam er schon zurück, brachte Kaffee und Tassen. Ich war neugierig, ob der Freund endlich den Sessel räumen würde. Gib mir doch mal meine Tasche, kommandierte er Norbert lässig herum. Ich ärgerte mich über den Ton. Und dann passierte etwas, das mich in helle Empörung versetzte. Norbert leistete dieser Aufforderung willig Folge. Du Schaf, dachte ich, du blödes Schaf. Der Freund zog mit großartiger Geste eine prall gefüllte Tüte aus seiner Aktentasche, schmiss sie nachlässig auf den Tisch und sagte, Berliner; ich habe ein paar Berliner mitgebracht. Es klang, als hätte er eine Sachertorte aus Wien einfliegen lassen. Während des Kaffeetrinkens beachtete ich weder die Kuchentüte noch ihren Spender. Hartnäckig sprach ich nur Norbert an, sah nur in seine Richtung und schnitt den Freund so konsequent, dass er, so dachte ich, keine andere Wahl hatte, als beleidigt zu sein.

Wie hast du ihn kennen gelernt, fragte ich Norbert schließlich und wies in Richtung Sofa. Der Freund riss sofort das Wort an sich. Ich erkannte, dass er sich nicht totschweigen ließ; er war nicht einmal zu beleidigen. Ungefragt und unerwünscht erzählte er, scherzte, wusste jede Menge abgegriffener Sprüche, lachte selbst am lautesten und redete und redete. Schließlich durfte auch Norbert etwas sagen. Wir frühstücken jeden Morgen zusammen, ergänzte er die wortreichen, aber nichts sagenden Ausführungen seines Vorredners. Wie bitte? Ich hakte nach, wollte es genauer wissen, erfuhr, dass dieser großkotzige Superman der Worte jeden Morgen zu Norbert zum Frühstück kam. Du Schaf, dachte ich wieder und fühlte eine sonderbare, ohnmächtige Wut, du blödes Schaf. Der Freund setzte sich weiterhin in Szene. Ich konnte es nicht mehr ertragen, entschuldigte mich bei Norbert, dass ich nun wirklich gehen müsste. Er akzeptierte es dieses Mal widerspruchslos, wollte wissen, ob ich ausnahmsweise am Mittwoch Abend einmal nach Mainz kommen könnte. Er hätte am kommenden Mittwoch sehr wenig Zeit. Irgendjemand war in der Klinik krank geworden. Die Vertretung war wieder auf ihn gefallen. Man konnte es seinem Chef nicht verübeln, sagte ich mir grimmig. Wenn man einmal einen Dummen gefunden hatte, musste man das ausnützen. Norbert entschuldigte sich umständlich, bat um Verständnis. Ich fühlte mich in der Zwickmühle. Einerseits galt es, meinen Mittwoch zu verteidigen, anderseits mochte ich Norbert vor diesem großspurigen Weiberheld keinen Korb geben. Es hätte ihn bloßgestellt. Eine kleine Sekunde war ich versucht, wieder die Hausarbeit zu strapazieren. Ich kämpfte mit mir. Nein, dieses Mal musste ich meinen Mittwoch opfern. Es war nicht zu vermeiden. Ich gönnte diesem so genannten Freund seinen Triumph nicht. Natürlich, ich lächelte Norbert verliebt und voller Hingabe an, ich komme gern, das weißt du doch. Er stand auf, um mich nach unten zu begleiten. Ich verabschiedete mich von dem unsympathischen Gast, tat es so unhöflich, wie ich nur konnte.

Wie findest du ihn, wollte Norbert im Aufzug von mir wissen. Ich konnte ihm nicht sagen, was ich gern gesagt hätte. Ich weiß nicht recht, murmelte ich hilflos. Er ist schon in Ordnung, versicherte Norbert. Du musst wissen, fügte er hinzu, dass er in einem Waisenhaus aufgewachsen ist. Na und, dachte ich zornig und fragte mich, wen er mit dieser Erklärung entschuldigen wollte: sich oder den Freund. Plötzlich schwand meine Wut. Ich hatte einen bitteren Geschmack im Mund. Er tat mir Leid dieser Norbert, so Leid, dass es wehtat. Bevor die Lifttür aufging, küsste ich ihn, denn ich hätte ihn nicht länger anschauen können, ohne loszuheulen. Ich wartete auf der Straße. Er holte mein Auto aus der Garage, er packte meine Reisetasche hinein, er war voller Fürsorge und Liebe. Soll ich dich anrufen, erkundigte ich mich gegen jegliche Überzeugung. Er strahlte, nickte, freute sich. In meinem Hals war ein dicker Kloß. Ich würgte ihn hinunter, schaffte es, mich fröhlich lachend zu verabschieden, stieg schnell in mein Auto, fuhr hastig los, winkte mit der linken Hand aus dem Autofenster, so lange Norbert es sehen konnte. Erst als ich um die Ecke gebogen war, wischte ich mir die Tränen ab und konnte sie nicht verstehen.

Als ich drei Tage später wie versprochen nach Mainz fuhr, bereute ich meine sonntägliche Nachgiebigkeit bereits auf dem Hinweg. Welch übertriebene Rücksicht, wegen der Anwesenheit von Norberts Freund meinen Mittwoch preiszugeben. Und wenn das Großmaul triumphiert hätte - und wenn schon! Vielleicht hätte es Norbert gelehrt, seine Freunde künftig sorgfältiger auszuwählen. Immer wieder nötigte er mir Zusagen ab, die ich nicht geben wollte. Er ließ mich schweigen, wo ich den Drang verspürte zu reden, ließ mich übersehen und übergehen, was mich störte, und mich störte vieles. Ich tat es nicht aus Liebe, dessen war ich mir sicher. Warum also? Was war so stark, dass es mich zwang, zu lächeln, wenn ich lieber zornig geworden wäre, und zu bleiben, wenn ich gehen wollte? Ich ahnte es, wenn auch nur schemenhaft. Es musste Angst sein. Eine geheimnisvolle, unerklärliche, bedrückende Angst vor seinen hellen und klaren Augen, diesen Folterknechten meines Gewissens. Seine Anklage, beredt in ihren stummen Vorwürfen; sein lebendiges Ecce-homo, das waren die Daumenschrauben; allgegenwärtig, ohne dass er damit zu drohen brauchte.

Bei meiner Ankunft in Mainz wartete Norbert zum ersten Mal nicht auf der Straße. Ich wunderte mich. Er hatte wohl doch eingesehen, dass ein Zuviel an ungeduldiger Verliebtheit lästig werden konnte. Ich suchte einen Parkplatz und stieg aus. Sein Auto stand nirgends. Wahrscheinlich hatte er es schon in die Garage gefahren. Ich ging auf das große, abstoßende Hochhaus zu, studierte die Namensschildchen. Namen über Namen, gedruckt, in Plastik geprägt, gestempelt, schnell hingeschrieben und in Normschrift gemalt; manche steckten schief in ihrem Plastikschlitz, andere waren exakt ausgerichtet, die Buchstaben sorgfältig zentriert. Sein Name stand auf einem der ordentlichen Schildchen. Ich klingelte. Nichts. Ich klingelte noch einmal, etwas länger jetzt. Nichts. Ich schaute auf meine Uhr. Es war acht, wie ausgemacht, sogar schon fünf Minuten danach. Ich blickte an der Hausfront hoch. Das letzte Fenster im zweiten Stock war dunkel. Er war offensichtlich nicht zuhause. Es war unglaublich. Erst lockte er mir das Zugeständnis zu kommen ab, nutzte dafür mit unbewusster oder vielleicht sogar bewusster Schläue die Situation und meine Fairness aus und war dann einfach nicht zu Hause.

Ich ging zum Auto zurück, setzte mich hinein und zündete mir eine Zigarette an. Ich rauchte sie langsam und sehr bewusst. Nachdem ich sie mit unnötigem Kraftaufwand ausgedrückt hatte, stieg ich wieder aus und ging erneut zum Eingang. Natürlich hätte ich vom Auto aus gesehen, wenn jemand ins Haus gegangen wäre. Niemand hatte es inzwischen betreten, aber ich klingelte trotzdem. Wieder rührte sich nichts. Daraufhin drückte ich willkürlich auf einen der vielen Klingelknöpfe. Ja bitte, tönte es mir entgegen. Ich bat die fragende Stimme in der Sprechanlage um Einlass, erklärte höflich und plausibel, dass ich etwas abgeben wollte, aber leider niemand anzutreffen sei. Ein Schnarren des Türsummers antwortete, ohne mir Gelegenheit zu einem Danke zu geben. Ich trat ein, wartete nicht auf den Aufzug, sondern ging zu Fuß in den zweiten Stock, schlenderte gemächlich zum Ende des langen, grauen Gangs, stellte unterwegs fest, dass die orange-rote Kakteenblüte verwelkt am Fußboden lag, empfand darüber Genugtuung und stand schließlich vor Norberts Wohnungstür. Ich klingelte. Es würde niemand aufmachen. Ich wusste es. Ich drückte ein zweites Mal auf die Klingel. Dann sah ich nochmals auf meine Armbanduhr. Es war zwanzig nach acht. Sehr langsam ging ich den Flur zurück, zählte abwärts die Treppenstufen. Es waren vierundsechzig, zweiunddreißig pro Stockwerk, sechzehn pro Treppenabsatz. Genau vierundsechzig Stufen.

Diese Zahl erinnerte mich an die Felder eines Schachbretts. Schach ist das einzige Spiel, das mir Spaß macht. Ich spiele es gern, weil der Zufall nur die Farbe beeinflussen kann, die man erhält; für Sieg oder Niederlage ist man selbst zuständig. Mein Gegner hatte soeben einen sehr unbedachten Zug getan. Es würde schwierig für ihn werden, seine Niederlage abzuwenden. Ich fühlte die angenehme Aufregung des nahen Sieges in mir, gemischt mit leichter Schadenfreude und der Furcht, eine Falle zu übersehen. Ich überprüfte die Stellung meiner Figuren. Sie waren gedeckt, alle. Ich konnte ohne Risiko für mich angreifen und Schach bieten. Schach ist ein Spiel, das vom Angriff lebt. Ich hatte mich lange genug verteidigt. Es wäre besser gewesen, die Taktik früher zu ändern. Es war höchste Zeit anzugreifen. Plötzlich hatte ich es sehr eilig, wieder zu meinem Auto zu kommen. Ich musste mich zusammennehmen, um nicht loszurennen. Draußen schaute ich mich vorsichtig um. Wenn jetzt ein gelber Audi um die Ecke käme... Ich verbot mir weiterzudenken. Da bog tatsächlich ein Auto in die Straße ein. Ich stand auf dem Bürgersteig, schaute geblendet in das Scheinwerferlicht, versuchte herauszufinden, was es für ein Wagentyp war. Der Form und Größe nach konnte es ein Audi sein, die Farbe war nicht zu erkennen. Der Wagen kroch quälend langsam heran. Ich starrte regungslos in seine Scheinwerfer. Jetzt war er ganz nahe. Er fuhr vorbei, ein heller Opel. Ich holte tief Luft, eilte erleichtert über die Straße, schloss mein Auto auf. Nichts ging mir schnell genug. Jeder Handgriff dauerte gefährliche Ewigkeiten. Die Parklücke war so kurz, dass ich zurücksetzen musste, um herauszukommen. Endlich war der rechte Kotflügel an dem lästigen Hindernis vor mir vorbei, endlich befand ich mich auf der Straße, konnte Gas geben. Es war erlösend, aber meine Spannung ließ erst an der Autobahnauffahrt nach. Auf einmal hatte ich wieder Zeit, unendlich viel Zeit und gar keine Eile, nach Hause zu kommen. Ich fuhr langsam und schlug einen Umweg ein, weil es mir immer noch zu schnell war. Trotzdem war es erst halb zehn, als ich zu Hause eintraf.

Wo kommst du denn her, empfing mich meine Mutter, als ich die Haustür aufschloss. Sie erwartete keine Antwort, jedenfalls nicht umgehend; sie musste erst ihre Vorwürfe loswerden. Wir machen uns schon alle Sorgen um dich, hörte ich sie sagen und überlegte, wen sie mit wir meinte. Mein Vater war am Vortag in die USA geflogen. Es war unwahrscheinlich, dass sich die Kunde von meinem skandalösen Verschwinden schon bis dorthin herumgesprochen hatte. Norbert hat bereits dreimal angerufen, fuhr meine Mutter fort; er wollte sogar die Strecke abfahren aus Angst um dich. Aha, dachte ich und ließ ihre Anschuldigungen über mich ergehen. Rücksichtslosigkeit wurde mir vorgeworfen und unglaubliche Gedankenlosigkeit. Egoismus, Gleichgültigkeit, Sturheit, Gefühlskälte, Kleinlichkeit; alle denkbaren schlechten Eigenschaften prasselten in unsortierter Reihenfolge auf mich nieder. Ich musste ein wahres Ungeheuer sein. Da hast genau gewusst, wie wir uns ängstigen würden, klagte meine Mutter. Warum hast du nicht einfach gewartet? Was meinst du, wie viele Stunden ich schon auf deinen Vater gewartet habe? Man muss immer auf die Männer warten. Aber du kannst dich natürlich nicht fügen und musst um jeden Preis deinem verdammten Dickkopf durchsetzen, ereiferte sie sich. Von mir hast du ihn nicht, ergänzte sie schließlich erschöpft und beendete ihr Klagelied mit der Aufforderung, ruf jetzt sofort Norbert an und entschuldige dich.

Ich glaubte, meinen Ohren nicht zu trauen; ich sollte mich entschuldigen, ich. Ich lachte. Man musste es von der komischen Seite nehmen. Ich fuhr zu einer Verabredung nach Mainz, kam dort zur vereinbarten Stunde an, stieß auf verschlossene Türen, wartete geduldig, wartete fast volle fünfzehn Minuten und sollte mich jetzt dafür entschuldigen, dass ich versetzt worden war. Man konnte wirklich nur lachen. Hör sofort auf, meine Mutter klang plötzlich ungewohnt bestimmt und energisch. Sie musste sehr verärgert sein. Mach, dass du ans Telefon kommst, drängte sie. Ich denke nicht daran, nein, erwiderte ich und versuchte, ihr kühl und sachlich zu erklären, dass ich nicht beabsichtigte, mich für etwas zu entschuldigen, an dem ich nicht die geringste Schuld hätte. Ich beeilte mich, beleidigte Gekränktheit zur Schau zu stellen. Es war bedauerlich, dass mein Vater in Amerika war. Er hätte meine Partei ergriffen, dessen war ich sicher. Er schlägt sich stets bereitwillig auf meine Seite, vorausgesetzt mein Kampf richtet sich gegen das, was er Heinis nennt. Wird's bald, insistierte meine Mutter, hartnäckig auf das Telefon weisend. Nein, wiederholte ich, setzte mich in meinen Lieblingssessel und versteckte mich schmollend hinter der Tageszeitung. Die Stille war beklemmend. Ich hätte gern das Radio eingeschaltet, mochte aber nicht hinter der schützenden Zeitung hervorkommen.

Meine Mutter räusperte sich. Es war eine Einleitung. Ich wusste es und wartete ab. Da klingelte das Telefon. Ich rührte mich nicht, schielte nur über den Zeitungsrand. Meine Mutter warf mir einen entrüsteten Blick zu, hob aber ab. Als sie sich meldete, war ihre Stimme freundlich und ausgeglichen wie immer. Ja, sie ist eben nach Hause gekommen und wollte Sie gerade anrufen, hörte ich sie sagen. Ich raschelte wütenden Protest mit der Zeitung. Einen Moment bitte, ließ sich meine Mutter ungerührt vernehmen. Sie rief nach mir, als säße ich nicht im selben Zimmer, und bedeutete mir gleichzeitig unmissverständlich, sofort ans Telefon zu kommen. Ich schüttelte den Kopf. Sie rief erneut, diese Mal lauter. Ich grinste und schnitt eine Grimasse. Sie hielt mit der Hand die

Sprechmuschel zu und zischte, komm auf der Stelle her! Langsam stand ich auf. Es ließ sich wohl nicht vermeiden. Sie war oben in ihrem Zimmer, erklärte meine Mutter soeben entschuldigend dem Telefonhörer, aber hier ist sie jetzt. Nichts zu danken; auf Wiederhören. Sie zog mahnend die Augenbrauen hoch und hielt mir den Hörer unter die Nase. Ich nahm ihn ihr ab, hielt ihn in der Hand, achtete sorgfältig darauf, dass die Muschel frei blieb, damit man mich am anderen Ende reden hören konnte und bedankte mich formvollendet und ausschweifend bei meiner Mutter, dass sie das Telefonat für mich angenommen hatte. Sie winkte erleichtert ab, deutete ungeduldig auf das Telefon. Ich lächelte sie freundlich an, betrachtete den Telefonhörer so ausgiebig, als hätte ich noch nie zuvor einen gesehen und knallte ihn dann auf die Gabel. Meine Mutter war sprachlos. Ich nutzte ihre Schrecksekunde für ein kurzes Gute Nacht und war im selben Moment aus dem Wohnzimmer verschwunden. Schon in meinem Zimmer hörte ich es unten erneut klingeln, aber niemand rief nach mir.

Am nächsten Morgen verhielt sich meine Mutter sehr frostig. und wortkarg. Ich ignorierte ihre eisige Miene. Gern hätte ich gewusst, wer am Abend zuvor noch angerufen hatte, verkniff mir die Frage aber aus taktischen Erwägungen. Stattdessen plauderte ich über meine Hausarbeit; ein dankbares und unerschöpfliches Thema. Eigentlich war sie fertig und wartete nur noch darauf, von mir getippt zu werden. Das wusste allerdings nur ich. Deswegen konnte ich ohne rot zu werden in pflichtbewusst-wichtigem Ton ankündigen, dass vor acht Uhr abends heute mit mir keinesfalls zu rechnen sei. Ich schmiss mit aufgeblasenem Fachchinesisch um mich, um zu dokumentieren, welch bedeutendes Tagewerk mir bevorstand, war insgeheim wieder einmal dem Unbekannten dankbar, der die Idee gehabt hatte, Studenten mit Hausarbeiten zu traktieren, und freute mich auf einen exzessiven Stadtbummel. Als ich mich verabschiedete, reagierte meine Mutter immer noch sehr förmlich. Ich sagte munter, auf Wiedersehen. Du solltest einmal nachdenken, und zwar nicht ausschließlich über Paragraphen, erwiderte sie steif.

## 15

In Frankfurt öffneten gerade die Geschäfte. Die ersten zwei Stunden vergingen wie im Flug. Einfach so durch die Stadt zu streifen, ohne lästige Pflichten, ohne Zeitdruck machte großen Spaß. Ich sah mir die Schaufenster an. Schuhe, Handtaschen, Kleider, dann ein eleganter Juwelier. Ich blieb stehen, um die Auslagen zu bewundern, konnte mich kaum von dem Glitzern und Blitzen trennen, schlenderte erwartungsvoll zum nächsten Fenster. Eheringe - schnell weiter. Eine Parfümerie präsentierte neues Frühlings-Makeup, Parfüms, soweit das Auge reichte; im Geschäft daneben prangten Porzellan und Kristall, schließlich ein Fenster voller Kameras und Fotozubehör. Ich schaute mir alles an, wahllos und ohne Schwerpunkte zu setzen. Ich schaute und schaute, bis sich die Schaufensterdekorationen immer mehr ähnelten. Zeit für einen Szenenwechsel, ich ging in ein Café. Jetzt sah ich von drinnen nach draußen, beobachtete die Leute und hielt es fast eine Stunde bei dieser Beschäftigung und einer einzigen Tasse Kaffee aus. Dann mischte ich mich wieder unter die Passanten. Weitere Schaufenster luden zum Verweilen ein. Aber es gab nichts Neues mehr zu sehen. Ich ließ sie unbeachtet, ging gelangweilt weiter, betrat ein Kaufhaus, ließ mich von der Menge treiben, wühlte lustlos in einem Pulloverberg herum, betrachtete Gürtel, Modeschmuck und Schals, sah immer öfter auf die Uhr, wechselte in das nächste Kaufhaus, dasselbe von vorne, wenn auch in anderer Anordnung. Ich war müde und genehmigte mir einen weiteren Kaffee. Dieses Mal reichte er nicht sehr lange. Ich bestellte eine zweite Tasse, holte mir eine Zeitung, zahlte schließlich. Erst vierzig Minuten waren vergangen; noch nicht einmal zwei war es. Noch sechs Stunden, mindestens fünf musste ich totschlagen.

Unermüdlich trat ich Pflaster; wie eine Maschine kam ich mir vor. Der Stadtbummel hatte längst aufgehört, Spaß zu machen. Was mir noch am Morgen als amüsant erschienen war, hatte sich in Pflicht verwandelt, verflogen sein Reiz. Anstrengend war es. Meine Füße taten weh. Leider war es noch viel zu kalt, um sich auf eine Bank zu setzen. Schon wieder einen Kaffee? Nein, erst später. Es war noch zu früh. Statt dessen betrat ich ein Schuhgeschäft, probierte Schuhe an. Erst verlangte ich Pumps mit hohen Absätzen, dann plötzlich etwas Sportliches. Die Verkäuferin musterte mich argwöhnisch. Wahrscheinlich kamen auch andere Leute auf die Idee, sich in Schuhgeschäften auszuruhen, weil Stühle zum An-probieren unerlässlich sind. Natürlich kaufte ich nichts. Man sah der Verkäuferin an, dass sie es gleich gewusst hatte. Ich bedankte mich überschwänglich, obwohl mir bewusst war, dass ich meine schuhum-satzfeindlichen Absichten dadurch offen preisgab. Wieder auf der Straße kam mir ein rettender Einfall. Kino. Ich suchte das nächstbeste Kino auf und hatte Glück. In einer knappen Stunde sollte die Nachmittagsvorstel-lung anfangen. Drei Filme standen zur Auswahl: Walt Disney, ein Wes-tern und Casablanca. Ich schwankte zwischen Mickey Mouse und Humphrey Bogart, entschied mich zu Gunsten des Letzteren, auch wenn ich den Film schon mindestens dreimal gesehen hatte. Macht nichts, man konnte ihn immer wieder ansehen. Ich kaufte eine Karte und kämpfte gegen die Zeit bis zum Filmbeginn. Dann ließ ich mich für neunzig Minuten in nordafrikanisches Gedränge und Gewühl entführen, durchlitt mit Ingrid Bergmann sämtliche Liebes- und Gewissensqualen, wollte auf keinen Fall heulen, als das Flugzeug in die Freiheit abhob, und tat es doch wieder. Immer noch sehr ergriffen, kehrte ich zurück in die Frankfurter Wirklichkeit, Gewimmel auch hier, aber nicht so interes-sant wie im Film. Keine Intrigen wurden gesponnen, keine schicksalhaf-te Eile, nur die Berufstätigen hasteten in Richtung Straßenbahn; ein Ein-kauf auf dem Heimweg vielleicht, das war die ganze Abwechslung, die die Realität zu bieten hatte. Jeder wollte nach Hause. Kurz vor sechs war es inzwischen. Ich war sehr hungrig und trotz des Kinoaufenthalts immer noch müde. Ich wollte auch nach Hause, mochte mich nicht län-ger zum Amüsieren zwingen. Es erschien mir unsinnig, um jeden Preis bleiben zu wollen. Ich gab auf. Ich würde einfach erzählen, mir sei alles so gut von der Hand gegangen, dass ich eher fertig geworden war. Und wenn Norbert anrufen sollte, dann musste ich mir eben etwas einfallen lassen; ich fuhr nach Hause.

Als ich den Schlüssel in die Haustür steckte, um aufzuschließen, öff-nete mir jemand von innen die Tür. Es herrschte also Burgfrieden, er-freut nahm ich es zur Kenntnis, rief fröhlich in den Flur, da bin ich schon, und stand Norbert gegenüber. Sprachlos starrte ich ihn an, gab keine Regung von mir, zügelte Schrecken und Erstaunen. Wie kam er hierher? Sein Auto hatte nicht vor der Tür gestanden, sonst wäre ich sofort wieder umgekehrt. Er musste es versteckt haben, irgendwo, um mir hinter der Haustür aufzulauern. Wie ekelhaft hinterhältig! Wo kommst du denn her, brachte ich schließlich mit einiger Mühe hervor. Aus dem Seminar, antwortete er, ich habe dich dort gesucht. Verdammt, dachte ich, auch das noch; der Kerl hat hinter mir her spioniert. Ich saß in der Falle. Nachdenklich musterte ich Norbert, versuchte, kühl meine Lage einzuschätzen. Man kann es sich nicht leisten, in Panik zu geraten, wenn man jemandem in die Falle gegangen ist. Er sah nicht aus wie ein Spion. Blass war er und nervös, außer Stande, meinen Blick auszuhalten. Spione konnten es wohl kaum riskieren, sich ihre Nervosität anmerken zu lassen. Nein, er taugte nicht für diesen Job. Seine mangelnde Gelassenheit gab mir meine Sicherheit wieder. Das tut mir wirklich Leid, sagte ich laut, leicht bedauernd, ausgerechnet heute habe ich in der Bibliothek gesessen; im Seminar war es zu laut. Ein Hauch von einem entschuldigenden Lächeln, dann erkundigte ich mich harmlos, bist du nicht mit dem Auto gekommen? Jetzt musste er die Heimtücke seiner Aktion zugeben. Er hielt mich offensichtlich für sehr dumm. Man darf seine Gegner nicht unterschätzen; es ist das Gefährlichste, was man tun kann. Ich beobachtete ihn scharf und voller Schadenfreude. Er schlug die Augen nieder. Leise antwortete er, doch, ich bin mit dem Auto gekommen, aber ich habe um die Ecke geparkt. Ertappt, dachte ich triumphierend und gab ein gedehnt-verwundertes Wieso von mir. Er zögerte. Ich lachte mir ins Fäustchen. Unsicher sah er aus, sehr unsicher. Ich ließ ihn nicht aus den Augen. Endlich erwiderte er, ich hatte Angst, du willst nicht mit mir reden und fährst wieder weg - deswegen; ich wollte mich entschuldigen, dass ich gestern Abend zu spät gekommen bin. Er sah mich einen Augenblick lang an, schaute schnell wieder weg. Ich ärgerte mich. Er versuchte nicht einmal, eine Begründung anzubringen, zu erklären, zu beschönigen. Kein Vorwurf, dass ich nicht länger gewartet hatte oder dass ich wortlos den Hörer eingehängt hatte, kein Du-hättest-aber oder Wärst-du-doch, nicht der kleinste Versuch, mir wenigstens einen Teil der Schuld unterzujubeln. Nichts. Damit hatte ich nicht gerechnet. Er kapitulierte bedingungslos und nahm mir damit jegliche Chance zum Widerspruch. Raffiniert, sehr raffiniert. Ich sah ihn schweigend an und ärgerte mich noch mehr. Es tut mir leid, fügte er hinzu, bittend klang es. Auch das noch, dachte ich. Es war eine Entschuldigung, die einem keine Wahl ließ, ob man sie annehmen wollte oder nicht. Man musste sie annehmen. Ich nickte.

Norbert lächelte, tastete sich vorsichtig weiter. Bist du mir auch nicht mehr böse? Nein, nein, versicherte ich lahm. Ich wechselte das Thema, wollte wissen, wo meine Mutter war. Sie war weggefahren, erfuhr ich, und hatte Norbert erlaubt, auf mich zu warten. Ich hörte es mit ungläubiger Verwunderung. Sie hatte nichts vorgehabt heute Abend. Sie hätte es mir am Morgen gesagt, auch wenn der Haussegen schief hing; darin war sie sehr korrekt. Es roch verdächtig nach der Absicht, das Feld räumen zu wollen, es stank geradezu danach. Ich nahm es ihr übel. Wir gingen ins Wohnzimmer. Automatisch fragte ich Norbert, ob er etwas zu trinken wollte. Er lehnte ab. Ich goss mir einen Whisky ein, setzte mich auf die äußerste Sofakante. Erst in diesem Moment fiel mir auf, dass Norbert offensichtlich in dem Sessel gesessen hatte, den mein Vater zu benutzen pflegte, wenn er zu Hause war. Es störte mich. Es störte mich sogar sehr. Auf dem kleinen Beistelltischchen standen eine Flasche Bier, ein halb volles Glas, eine Schale mit Salzgebäck. Meine Mutter hatte gut für ihn gesorgt, bevor sie sich diskret verzogen hatte. Ich kam mir verraten vor. Schade, dass mein Vater ausgerechnet jetzt verreist war.

Norbert ließ sich mit einer Selbstverständlichkeit auf dem Platz nieder, den er für seinen hielt, dass es nicht unwidersprochen bleiben konnte. Du sitzt in meines Vaters Sessel, sagte ich ziemlich aggressiv. Oh, erwiderte er, das wusste ich nicht, deine Mutter hat mir das Bierglas hier hingestellt. Er fragte, wo er sich hinsetzen sollte. Meinetwegen kannst du bleiben, wo du bist, murmelte ich. Erbost schüttete ich den Whisky auf einmal hinunter. Norbert ließ sämtliche Pfeile ins Leere gehen. So sorgfältig ich auch zielte, keiner traf. Es war ein frustrierender Kampf. Ich stand auf und holte die Whiskyflasche, goss mir nach, ließ die Flasche vorsichtshalber gleich in meiner Nähe stehen. Er würde über kurz oder lang irgend etwas Unbedachtes sagen; etwas, auf das man eine patzige Antwort geben konnte. Es konnte gar nicht ausbleiben, denn er war ein schlechter Taktiker. Ich musste nur wachsam sein, sehr wachsam.

Voller Optimismus und Vorfreude hockte ich in meiner Sofaecke und belauerte seine Worte. Er war ahnungslos freundlich und provozierend bescheiden. Er gab sich keine Blöße. Er erkundigte sich, ob wir in der nächsten Woche nach Berlin fahren könnten? Ob mir Freitag recht wäre? Ob sich das mit meiner Hausarbeit vereinbaren ließe? Er machte nicht den kleinsten Fehler. Ich war enttäuscht und wurde noch aufmerksamer. Jeder macht Fehler, tröstete ich mich, man musste nur geduldig abwarten. Dann kam er auf die Verlobungsfeier zu sprechen. Er plante sie für Mai, er hatte sich alles bis ins Detail ausgedacht, und er vergaß nicht einmal, seine Überlegungen mit einem Fragezeichen zu versehen. Fand dieses meine Zustimmung? War ich mit jenem einverstanden? Ich wartete sehnsüchtig auf den erlösenden taktischen Fehler, eine einzige Aussage nur, bestimmt und endgültig, dass man sie zum Angriff nutzen konnte. Nichts. Ich wartete und wartete und hörte mit wachsendem Entsetzen, wie ich auf alle seine Vorschläge einging. Sie waren so vollkommen, dass ich ihnen sachlich nichts entgegenzuhalten konnte. Voll ohnmächtiger Empörung fragte ich mich, ob es Absicht von ihm war, ob er mich zum Narren hielt, ob er sich vielleicht insgeheim über mich lustig machte? Er lächelte mich verklärt an. Ich freue mich so auf Berlin, gestand er in ehrlicher Naivität; hoffentlich haben wir Glück mit dem Wetter. Scheiße, dachte ich, Scheiß-Berlin.

Meine Mutter betrat das Wohnzimmer. Ich schrak zusammen. Vor lauter vergeblichem Lauern hatte ich überhaupt nicht wahrgenommen, dass sie gekommen war. Fein, dass du schon zu Hause bist, sagte sie zu mir, wir können gleich abendessen. Zu Norbert gewandt, fuhr sie fort, es bleibt dabei, dass Sie mit uns essen, wie gestern vereinbart, oder? Also war er es doch gewesen, das Klingeln am Abend zuvor. Er hatte noch einmal angerufen, hartnäckig und impertinent, nachdem ich den Hörer hingeknallt hatte. Und meine Mutter hatte mich nicht ans Telefon gerufen, wohl wissend, dass ich mich nicht gescheut hätte, ausfällig zu werden. Wahrscheinlich hatte sie behauptet, ich säße in der Badewanne, hatte möglicherweise sogar um Verständnis für mein unfreundliches Verhalten geworben und ihn zum Abendessen eingeladen, ohne mir einen Ton davon zu verraten. Fein eingefädelt, das Ganze, ein listiges Komplott, und ich war prompt darauf hereingefallen. Ich hätte brüllen können vor Wut.

Stattdessen saß ich ganz normal am Abendbrottisch, hörte mit wachsender Ungläubigkeit zu, wie sich meine Mutter mit Norbert unterhielt, nett unterhielt. Er erzählte, dass er Karten für ein Kammerkonzert am Samstag bekommen könnte, falls ich Lust dazu hätte. Mozart würde gegeben. Aber sicher, wie schön, meine Mutter stimmte statt meiner zu, merkte begeistert an, wie gern sie Mozart hörte, bedauerte, dass mein Vater zu oft auf Reisen sei und sie deshalb kaum ins Konzert kam. Ich wollte sagen, dass ich weder den Salzburger Wunderknaben noch seine säuselnde Kammermusik leiden konnte, dass ich Beethoven mochte und Symphoniekonzerte, aber sie ließen mich nicht zu Worte kommen. Es war wie in dem beängstigenden Traum, in dem alles davon abhängt, dass man etwas sagt, ein einziges Wort nur, aber man bringt keinen Ton heraus. Man weiß, was man sagen müsste, man will es sagen, will es mit aller Kraft sogar, und bleibt doch stumm. Man kann es sich nicht erklären, warum man das einfache, kleine Wort nicht zu Stande bringt. Man weiß nur, dass es so ist und das es bedrohlich ist. Da saß ich und versuchte, mich der Ahnung zu erwehren, dass meine Mutter soeben nicht nur über meine Zeit verfügt hatte, sondern über meine Zukunft. Es ging hier nicht um ein Konzert; das Konzert war Tarnung. Es ging in Wirklichkeit um Grundsätzliches. Mir war wohl bewusst, dass meine Chancen zu widersprechen abnahmen, und zwar mit jeder Sekunde, die ich schwieg. Ich sah sie schwinden, schneller, immer schneller, und hörte doch unverändert zu, ungläubig und stumm vor Angst. Mein ganzer kläglicher Protest bestand darin, so gut wie nichts zu essen. Meine Mutter und Norbert waren jedoch so angeregt ins Gespräch vertieft, dass sie es nicht einmal bemerkten. Vergebens auch das. Es war, als gäbe es mich nicht. Wie kann sich wehren, wer nicht existiert? Er hat keine Worte, keine Taten. Er kann weder schreien noch um sich schlagen. Er kann nichts tun, denn sein eigenes Nichts hält ihn gefesselt. Ich fühlte mich in meiner aufgezwungenen Unwirklichkeit so hilflos wie nie zuvor.

Zwei Tage später holte mich Norbert tatsächlich zu dem Konzertbesuch ab. Ich benahm mich, als hätte es keinen Donnerstagabend gegeben, aber innerlich erlebte ich ihn von neuem. Nichts hatte ich vergessen; jede Einzelheit war sorgfältig in mein Gedächtnis graviert - ein lückenloses Mosaik meiner Gefühle. Norberts unbedarfte Fröhlichkeit, das Strahlen seiner hellen Augen, die offen bekundete Freude, als er mich begrüßte, das alles erfüllte mich mit sonderbarer Genugtuung. Er wusste nicht, wie nachtragend ich sein kann. Er ahnte es nicht einmal.

Wir saßen im Festsaal einer Stadthalle und warteten darauf, dass das Konzert losging. Ich mochte nichts sagen, studierte eingehend ein dünnes Programmheftchen, erst ordentlich von vorn nach hinten, dann noch einmal rückwärts, rollte und glättete es wieder, betrachtete dabei die Zuschauernacken in der vorderen Reihe, wunderte mich, wie es der schmale Nacken direkt vor mir in unmittelbarer Nachbarschaft von einem rötlichen Speckgenick aushalten konnte. Ich musterte den Blumenschmuck, der sich in seiner vielblütigen Üppigkeit vergebens mühte, dem nüchternen Raum das galante Flair des achtzehnten Jahrhunderts zu verleihen. Was wohl der bezopfte Wunderknabe gedacht hätte, wenn er in dieser Umgebung hätte spielen sollen? Ich versuchte, den Raum mit Augen zu sehen, die an Rokokoschnörkel und Blattgold gewohnt waren. Wolfgang Amadeus hätte wahrscheinlich einen Schock erlitten in dieser Atmosphäre, wäre depressiv geworden und hätte nur noch dissonante Musik oder gar Atonales komponiert. Der Mozartzopf wäre nie in Mode gekommen. Wer weiß, welches Konterfei die bekannten Marzipankugeln zieren würde und ob Salzburg nicht nur ein beschaulich-verträumtes österreichisches Provinzstädtchen wäre? Das alles hätte dieser neutral-sterile Mehrzwecksaal vor zweihundert Jahren bewirken können. Der Gedanke machte den Raum interessant. Ich betrachtete ihn mir gründlicher.

Man sah ihm an, wie sich ein beflissener Innenarchitekt bei der Gestaltung im Gestrüpp der vielfältigen Wünsche und Vorstellungen verirrt hatte. Der Architekt erschien mir bedauernswert. Seine Irrungen und Wirrungen waren einfach nachzuvollziehen. Der Bürgermeister der Stadt hatte einen würdigen Rahmen verlangt, in dem er größere Festivitäten abhalten konnte; repräsentativ sollte alles aussehen. Es muss etwas hermachen, sagte der Bürgermeister zum Architekten, Sie wissen schon.

Natürlich wusste der Architekt und entschied sich dafür, den Raum mit edlen Hölzern täfeln zu lassen. Der Bürgermeister lobte den erlesenen Geschmack, die Opposition im Stadtparlament wetterte angesichts der hohen Kosten, sprach empört von Gigantomanie, brachte sogar das unschöne Wort Steuerverschwendung ins Spiel. Der Architekt war ein umsichtiger, weit blickender Mann und gleichzeitig ein treusorgender Familienvater. Er wusste genau, dass die öffentliche Hand nicht kleinlich ist, wenn man zu denen gehört, die sie mit Aufträgen bedenkt. Er wusste auch, dass eine Legislaturperiode nur vier kurze Jahre dauert. Deshalb suchte er eine besonders kostengünstige Bestuhlung aus, schmale Sesselchen mit dünner Schaumgummipolsterung, die spätestens nach einem Jahr durchgesessen wäre und ihren Benutzern das Sitzen zur Qual machen würde; aber die Stühle wirkten sich sehr mäßigend auf die Kosten aus. Auch beim Auswählen der Beleuchtung hatte der Architekt außerordentliches Glück. Es gelang ihm, einen Sonderposten aufzutreiben - zweihundert Lampen, exquisit und formschön, doch leider mit dem kleinen Nachteil, ihr Licht so gebündelt abzugeben, dass sie stark blendeten, ohne jemals den gesamten Raum zu erhellen; aber der ganze Posten kostete nur einen Spottpreis. Bei einer Begehung gab der Architekt dem Oppositionsführer diskret, doch mit aller Deutlichkeit zu verstehen, wie sehr gerade ihm daran gelegen sei, mit minimalem Einsatz von Steuergeldern ein Maximum an ästhetischer Wirkung zu erzielen. Er nannte Preise. Der Oppositionsführer zeigte sich überrascht und beeindruckt. Als die Stadthalle später endlich eingeweiht wurde, stieß sie trotz wohlklingender Widmung bei der Bevölkerung auf Ablehnung. Zu protzig, sagten die einen und richteten den Zeigefinger mahnend auf die Wandtäfelung; nichts Halbes und nichts Ganzes, murrten die anderen, den Blick ostentativ auf die Stühle geheftet. Die Politiker lobten den Architekten in ungewohnter Einstimmigkeit und ehrten ihn mit einer Urkunde für seine selbstlosen Dienste zu Gunsten der Stadt. Während ich die Augen zusammenkniff, um mich gegen das Licht zu wehren, das die eleganten Messingleuchten gnadenlos herabstrahlten, sah ich sie alle genau vor mir, den gewandten Architekten, den salbungsvollen Bürgermeister, den geifernden Oppositionsführer,

Die Musiker betraten endlich die Bühne. Vorschussapplaus, Stuhlrücken, Stimmen der Instrumente, das Licht wurde zum Halbdunkel. Ein letztes Räuspern und Hüsteln im Zuschauerraum, dann setzte die Musik ein. Leicht und unaufdringlich schnörkelte sich Ton an Ton, Flötenklänge von Optimismus und heiler Welt drangen ins Ohr. Harmonische Töne trugen die Zuhörer in eine bessere Welt; mancher Fuß, der schmerzhaft zuzutreten verstand, wippte im zartem Rhythmus, beschrieb mit polierter Schuhspitze zierliche Pirouetten. Ich rutschte auf meinem Stuhl herum, fühlte mich unwohl und fehl am Platz unter den verklärt-entzückten Musikfreunden. Verstohlen schielte ich zu Norbert hin. Auch sein Gesichtsausdruck ließ auf konzentrierten Kunstgenuss schließen. Trotzdem bemerkte er meinen Blick. Schön, nicht, flüsterte er in meine Richtung. Es klang ekelhaft ergriffen. Ein ärgerliches Psst hinter uns ersparte ihm und mir die Antwort. Norbert legte seine Rechte auf meine Hände, mit denen ich hartnäckig das Programm umklammerte. Man musste sich an etwas festhalten, inmitten dieser süßen Klänge, der andächtigen Mienen, um von dem Wahren-Schönen-Guten-Schmus nicht hinweggespült zu werden. Mein Unbehagen wuchs. Ich fühlte Norberts Streicheln auf meiner Haut, fühlte die geistesabwesende Selbstverständlichkeit dahinter und beherrschte mich mühsam, nicht auf diese kurzen, plumpen Finger zu hauen. Seine Finger. Widerwillig starrte ich sie an. Vier Finger, ein Daumen, eine ganze Hand, die sich über die meinige gelegt hatte und sie völlig verdeckte. Ich beobachtete ihr mechanisches Hin und Her, entsetzt über diese fast mechanische Monotonie. Plötzlich hielt die Hand in ihrer sinnlosen Bewegung inne, blieb schwer liegen. Ich war erleichtert, dass das Streicheln ein Ende gefunden hatte und rührte mich nicht, damit es nicht wieder einsetzen würde. Das Gewicht der fremden Hand wurde mir zunehmend unerträglich. Ich bekam Angst, ihre Schwere würde meine eigene Hand darunter erdrücken. Ein wehleidiges Mitgefühl mit meiner linken Hand stieg in mir auf, wie sie verschwindend schmal, langfingrig, zerbrechlich, märtyrerhaft unter dieser Last lag. Ich starrte weiterhin auf Norberts eckige Hand, ohne mich zu rühren.

Vier Finger, ein Daumen, die feindliche Hand lag genau im Licht eines Deckenstrahlers, das trotz Dimmer hell genug blieb, um realistisch zu sein. Der Lichtkegel malte einen Kreis auf die Hand, spiegelte sich dabei eitel in ihrem goldenem Zentrum: Der Ring, Norberts protziger Ring blitzte. Immer noch waberte kammerkonzertante Schöngeistigkeit durch die Luft, immer noch gefällige Rokoko-Kadenzen, aber ich hörte nichts von alldem. Es gab für mich keine Außenwelt mehr. Ich sah nur noch den Ring in einer Deutlichkeit wie nie zuvor. Ihn als scheußlich zu verurteilen, war nicht bloß subjektiver Eindruck, weil ich generell eine Abneigung gegen Herrenringe hege, er war tatsächlich scheußlich. Ein quadratischer Goldklotz, zwei Zentimeter lang, zwei Zentimeter breit, quadrierte Hässlichkeit mit erhabenen Initialen, blank, riesig und massig-massiv auf ziseliertem Untergrund. Das Metall war so kalt-gelb, wie ich es noch nie gesehen hatte. Ich verstand auf einmal alle, die Gold nicht begehrlich finden, sondern es verachten. Auch ich verachtete diesen Ring, und nicht nur das, ich hasste ihn in seiner teuren Billigkeit, hasste ihn aus ganzem Herzen. Sein Gleißen verwandelte sich in ein Grinsen, hämisch, herausfordernd - eine Kriegserklärung im Scheinwerferlicht. Er wurde größer und größer, wuchs mit rasender Geschwindigkeit ins Unendliche, füllte schon mein ganzes Blickfeld. Da tauchten plötzlich inmitten des vielen Goldes Bilder auf, zunächst so winzig, dass ich sie nicht erkennen konnte. Aber sie vergrößerten sich, wenn auch viel langsamer als ihre bombastische Aureole. Erst ließen sich einzelne Farben unterscheiden, dann nahmen die Farbkleckse Konturen an, schließlich wurden die Konturen erkennbar. Ich sah einen kornblumenblauen Norbert, wie er am Silvesterabend von seinem Elternhaus an der Mosel schwärmte; ich sah ihn in Tübingen linkisch vor meiner Haustür stehen; ich sah ihn als olivgrünen Reiseführer, der langweiligste, den ich mir vorstellen konnte; ich sah ihn nackt und hässlich vor orange-gelbem Rautenchaos, angezogen und hässlich vor bordeauxroten Medaillons. Die Bilder wechselten wie bei einer Diaschau; das Motiv blieb unverändert: Norbert.

Ich wollte die Bilder nicht länger sehen. Ich hatte genug davon, mehr als genug. Abwehrend schloss ich die Augen. Fliehen wollte ich vor diesen Fotos meiner Phantasie, die sich in ihrer Unterschiedlichkeit so trostlos glichen, auch wenn die Flucht nur in die Dunkelheit führte. Aber die Bilder ließen mich nicht los, sie verfolgten mich, sie drangen spielend durch die dünne Haut meiner Augenlider und führten mir neue Varianten vor. Norbert aus der Nähe, seine Augen, lächelnd, gekränkt, enttäuscht, glücklich, betroffen, gequält, alle Stimmungen und Gefühle, die er zu zeigen sich nie scheute, und dann blendete eine geheimnisvolle Regie tückisch seine Stimme ein. Die Stimme war zu viel für mich. Belegt und heiser schallte sie aus allen Ecken der goldenen Unendlichkeit. Ich wusste, dass es keinen Sinn hatte, sich die Ohren zuzuhalten. Die leise Tonlosigkeit wäre selbst durch schalldichte Wände gedrungen. Dem Leisen entkommt man nicht. Ein Gefühl machte sich in mir breit, so schmerzhaft, dass es mich zu zerreißen drohte, ungleich schlimmer als körperliche Qual. Es war die Stimme, die das bewirkte. Und ich fürchtete, dass ich verrückt würde, wenn ich sie noch länger hören müsste. Diese Stimme würde mich zerstören, langsam und leise. Der Applaus eines begeisterten Publikums erlöste mich. Er ließ das Gold auf sein Normalmaß zurückschrumpfen, verjagte alle Bilder, verscheuchte die Stimme. Er holte mich in den Konzertsaal zurück. Ich saß dort, einen goldenen Ring betrachtend. Noch immer blitzte er im Scheinwerferlicht. Toter Materie ohne dämonische Kraft, noch immer starrte ich ihn an. Zerschlagen, zermürbt und ausgelaugt fragte ich mich, wie man derartig intensive Hassgefühle gegen einen Metallklumpen empfinden kann. Es war wunderschön, nicht, ließ Norbert sich vernehmen. Ich zuckte zusammen. Seine Stimme schien von sehr weit her zu kommen; in ihr war nichts Tödliches mehr. Ja, sagte ich, ja, und in diesem Moment wusste ich die Antwort: Ich hasste diesen scheußlichen Fingerring nicht, weil er mich an Norbert störte, sondern ich hasste ihn, weil er so vollkommen zu ihm passte. Der Applaus ebbte ab. Es war Pause.

Wir verließen den Saal, gingen in ein steriles Foyer. Eine Getränketheke war dort aufgebaut, ordentlich mit weißem Tischtuch versehen. Man gab sich alle Mühe, dem konkreten Zweck der Mehrzweckhalle gerecht zu werden, aber Mühe allein reicht nun einmal nicht aus. Norbert reihte sich in die Schlange der Wartenden, scherte wieder aus, begrüßte mit Handschlag einen großen, schlanken Herrn, offensichtlich einen Bekannten, der ebenfalls wartete. Ich drehte allem den Rücken zu, ging zu einem der Fenster, schaute hinaus. Wenn man das Licht des Innenraums abschirmte, sodass es sich nicht im Glas spiegelte, erkannte man den

Rhein und sah die Lichter der Stadt darin tanzen, ein verschwommenes Lichterballett. Es war ein hübscher Anblick. Er tat mir wohl. Ich wäre gern nach draußen gegangen; auf der Suche nach einem Ausgang wendete ich mich um.

Zu spät. Schon kam mir Norbert entgegen, in jeder Hand ein Glas. Er hatte mich nicht gefragt, ob ich etwas zu trinken wollte. Ich hätte verneint. Neben ihm ging der Herr, den er begrüßt hatte. Der Bekannte war das, was man eine eindrucksvolle Erscheinung nennt. Er hatte Stil. Man sah es an der Art, wie er gekleidet war, wie er redete, wie er ging. Alles passte zusammen. Er wirkte vornehm, aber auf eine angenehm lässige Art. Die beiden gesellten sich zu mir. Norbert drückte mir ein Glas in die Hand. Ich nahm es ihm ab, ohne zu protestieren. Er war plötzlich unwichtig geworden, denn sein Begleiter hatte ein äußerst charmantes Lächeln. Ich lächelte erfreut zurück. Norbert machte bekannt, artig und beflissen, aber in der falschen Reihenfolge. Ich erfuhr, dass der Bekannte sein Doktorvater war. Es erstaunte mich. Ich hatte mir Doktorväter als weltfremde, geschlechtslose Wissenschaftsfanatiker vorgestellt, von schlampigem Äußeren und methusalemischem Alter, vergraben im Tempel ihrer Wissenschaft. Dieser hier sah ausgesprochen gepflegt aus und war höchstens fünfzig. Sein volles, dunkles Haar war nur von wenigen Silberfäden durchzogen. Es sah sehr effektvoll aus, machte interessant, aber nicht alt. Norbert fühlte sich verpflichtet, Konversation zu machen. Er brabbelte Platituden über das Konzert vor sich hin. Ich wünschte mir sehnlichst, dass er sein peinliches Geschwätz einstellte, und warf dem eleganten Professor einen bewundernden Blick zu. Er war genau in dem Alter, in dem Männer für die Bewunderung von Zwanzigjährigen besonders empfänglich sind. Zwischen uns entspann sich ein lebhafter wortloser Dialog. Er hatte ein lustiges Zwinkern in den Augen, welches zu verraten schien, dass er Norberts ausführliche Erörterung ebenso langweilig fand wie ich. Als uns endlich eine Pause gegönnt wurde, ergriff er das Wort. Und wie gefällt Ihnen die Musik, fragte er mich. Ich fühlte, wie ich rot wurde. Er würde es wahrscheinlich reizend finden. Ich kann Mozart nicht ausstehen, antwortete ich wahrheitsgemäß. Er lachte. Das kann ich Ihnen nachfühlen, meinte er verständnisvoll, aber hier wird kulturell leider so wenig geboten, dass man mit allem zufrieden sein muss. Norbert, dessen Anwesenheit ich fast vergessen hatte, mischte sich in unser Gespräch. Es störte mich. Warum hast du mir nicht gesagt, dass du Mozart nicht magst, wollte er mit seinem nimmermüden, vorwurfsvollen Unterton wissen. Achselzuckend entgegnete ich, du hast es nicht für nötig befunden, dich danach zu erkundigen. Er erwiderte nichts. Sein Doktorvater lachte. Ich lachte auch. Der Professor nahm geschickt den Gesprächsfaden wieder auf. Er verstand es, geistreich und humorvoll zu plaudern. Ich hätte ihm stundenlang zuhören mögen. Mit kurzem Seitenblick streifte ich Norbert. Wie unbeholfen er dastand! Ich schämte mich. Wenigstens hielt er den Mund, wenigstens das. Verärgert schaute ich wieder weg. Die intelligenten grauen Augen meines Vis-à-vis beobachteten mich genau. Amüsiert blitzten sie. Ich sah ihnen an, dass sie sehr wohl ahnten, was ich dachte, aber es störte mich nicht. Wir schlossen einen stummen Pakt, der Herr Professor und ich. Wir ignorierten Norbert. Die Pause verging zu schnell. Es hätte noch so vieles zu sagen gegeben. Vielleicht können wir nach dem Konzert zusammen noch ein Glas Wein trinken gehen, schlug mein Gesprächspartner beim zweiten Klingeln vor. Ich wollte begeistert zustimmen, aber Norbert war schneller. Leider nein, stieß er hastig hervor, wir sind nachher verabredet. Ich runzelte die Stirn, wandte süffisant-gedehnt ein, ach, davon weiß ich noch gar nichts. Norbert stotterte, er habe vergessen, es mir zu erzählen, wurde von heftigem Erklärungsdrang ergriffen. Er log miserabel. Mein Gegenüber und ich lächelten uns verständnisinnig an. Keiner von uns beiden verbarg das Bedauern, sich jetzt schon verabschieden zu müssen. Ich hoffe sehr, wir sehen uns wieder, sagte er, als ich ihm die Hand gab. Er hielt sie fest und lächelte mich an. Ich genoss den Augenblick. Ich hoffe es auch sehr, erwiderte ich. Die Worte kamen viel zu schnell, um Floskel zu sein.

Lustlos ging ich neben Norbert zurück in den Saal. Mit wem sind wir eigentlich nachher verabredet, erkundigte ich mich betont beiläufig. Er wurde rot. Es war nur eine Ausrede, antwortete er, ich wollte mit dir allein sein, damit wir die Berlinreise besprechen können. Er lächelte bittend. Ich musterte ihn kalt und verzog keine Miene. Hoffentlich würde er mich fragen, wie ich seinen Doktorvater fände - so, wie er sich vor einer Woche nach meiner Meinung über das befreundete Großmaul erkundigte hatte. Ich wartete ungeduldig auf die Frage, aber sie kam nicht. Schließlich hielt ich es nicht mehr aus. Dein Professor ist äußerst faszinierend, begann ich. Norbert schwieg hartnäckig. Ich bohrte angriffslustig meinen Blick in seine Augen. Er sah weg. Ja, gab er endlich zögernd zu, er ist eine Koryphäe auf seinem Fachgebiet, und dann bombardierte er mich mit medizinischen Begriffen, von denen ich nicht einen verstand. Ich unterdrückte ein böses Lachen. Stattdessen mimte ich harmlose Bescheidenheit. Das kann ich natürlich nicht beurteilen, fuhr ich fort, aber er ist mit Sicherheit der charmanteste und unterhaltsamste Mann, den ich seit langem getroffen habe. Ich seufzte ungeniert, lächelte Norbert träumerisch-sehnsüchtig an und schlängelte mich zu meinem Platz durch, vorbei an einer langen Reihe von Knien, runden, spitzen, eckigen, die willig zur Seite wichen, um mir das Durchkommen zu erleichtern.

Kaum saßen wir, da stach mir schon wieder sein Ring ins Auge. Zum ersten Mal nahm ich die Buchstaben der Initialen bewusst wahr. Ein großes N und ein großes S. Natürlich, so hieß Norbert nun einmal, auch wenn es die Geschmacklosigkeit um ein Vielfaches verschlimmerte. Ich lachte auf, ein verächtliches, kleines Lachen, das Norbert zusammenzucken ließ. Diesen Ton kannte er noch nicht. Er sah verwundert zu mir her. Übergangslos platzte ich heraus, warum trägst du diesen scheußlichen Siegelring? Ich musste ihm diese Frage stellen, auch wenn mich die Antwort eigentlich nicht mehr interessierte. Meine ganze Wut klang in den paar Worten wider; endlich war sie heraus. Ich fühlte mich erleichtert, fast schwerelos. Norbert blickte irritiert auf seinen Fingerring, dann auf mich, dann wieder auf den Ring. Mein Großvater hat ihn mir zur Konfirmation geschenkt, antwortete er leise. Kurz danach ist er gestorben. Nach einer Weile fügte er hinzu, ich habe sehr an ihm gehangen. Findest du nicht, erkundigte ich mich spöttisch, dass die Buchstaben NS im Tausendjährigen Reich schon mehr als genug strapaziert worden sind, oder war dein heißgeliebter Großvater vielleicht Nazi? Er sah wieder auf den Ring, lachte, sehr kläglich und unsicher. Das ist mir noch nie aufgefallen, stammelte er hilflos, das habe ich bis jetzt nicht bemerkt. Ich ließ ihn im Netz seiner Ratlosigkeit zappeln. Ich dachte an den vergangenen Donnerstagabend, und sofort war die Wut wieder da.

Ich verhüllte sie mit dem Schleier eines strahlenden Lächelns, schwieg einen effektvollen Augenblick lang und sagte schließlich nachdenklich, du scheinst überhaupt sehr wenig zu merken. Du erinnerst mich an ein Tier im Winterschlaf. Du hast dich zusammengerollt, träumst vor dich hin, reagierst nur insoweit auf deine Außenwelt, als sie sich in deine Träume einpassen lässt, und bemerkst nicht einmal, dass wir längst Frühling haben. Du bist ein Frühlingsschläfer. Meine Stimme wurde zunehmend schneidend. Norbert war so bleich, dass es nicht nur an dem grellen Licht der Strahler liegen konnte. Wie meinst du das, fragte er mit bekannter Tonlosigkeit gegen das musikalische Gesäusel, das wieder begonnen hatte. Weder sein Gesichtsausdruck noch seine Stimme konnten mir im Moment etwas anhaben. Sie hatten ihre Macht verloren. Ich war frei und nicht geneigt, irgendetwas abzumildern oder gar zurückzunehmen. Genauso, wie ich es gesagt habe, beharrte ich. Psst, zischte jemand empört von hinten.

## 16

Nach dem Konzert war ich sehr förmlich und wortkarg. Norbert wollte es nicht zur Kenntnis nehmen. Er versuchte, mich in ein Gespräch zu verwickeln. Er mühte sich ab. Die Aussichtslosigkeit seiner Anstrengungen amüsierte mich. Unzählige Fragen fielen ihm ein. Ich reagierte einsilbig, sagte ja, nein, oder Weiß-nicht. Bist du mir noch böse, erkundigte er sich vorsichtig. Achselzuckend konterte ich, warum sollte ich dir böse sein, hast du ein schlechtes Gewissen? Nein, versicherte er, ich dachte bloß... Lass das Denken lieber, unterbrach ich ihn scharf, es ist bei den meisten Leuten ohnehin nur Glücksache. Norbert gab sich geschlagen, verstummte. Er sah sehr betroffen aus. Ich freute mich. Er wurde zunehmend nervös. Wir gingen schweigend nebeneinander her, betraten schließlich eine Weinstube, setzten uns an einen der langen Tische. Eine Hand voll Männer saß bereits dort, laut palavernd und lachend. Es war wohl eine Stammtischrunde, die dort tagte. Die Gesichter, so unterschiedlich sie waren, ähnelten sich in einer Weise. Sie trugen alle strahlenden Optimismus zur Schau. Guten Abend, junge Frau, flachste mich einer von ihnen an, so spät noch unterwegs? Er redete genau in der plump-anbiedernden Art, die ich verabscheue und auf die ich normalerweise nicht reagiere. Sicherlich war er Vertreter - immer ein dummes, nichtssagendes Sprüchlein auf den Lippen. An diesem Abend passte mir der geistlose Annäherungsversuch allerdings ausgezeichnet ins Konzept. Ich dachte daran, wie Norbert die Einladung des charmanten Professors abgewimmelt hatte, wie er mir eins-zwei-drei einen vielversprechenden Abend vermasselt hatte. Nun gut, er sollte sehen, was ihm das einbrachte.

Ich lachte den kontaktfreudigen Vertretertypen an, flachste zurück und war schon einen Augenblick später mit ihm ins Gespräch vertieft. Norbert fragte, was möchtest du trinken? Ich ließ ein geistesabwesendes Wie-bitte-vernehmen und streifte ihn mit verwundertem Seitenblick, als hätte ich seine Anwesenheit völlig vergessen. Er litt. Und wie er litt. Er wiederholte seine Frage. Wir kennen uns jetzt schon so lange, antwortete ich ungnädig und ziemlich laut, dass du es eigentlich wissen müsstest. Einen trockenen Weißwein, bitte. Damit wandte ich mich wieder meinem Gesprächspartner zu, blickte ihn bewundernd-aufmunternd an, bombardierte ihn mit Charme, flirtete ohne Hemmung. Er fühlte sich geschmeichelt, der Ahnungslose. Seine männliche Eitelkeit machte ihn wehrlos und gefügig. Gar zu gern fiel er auf mein böses Spiel herein, gar zu gern ließ er sich von meinen blauen Augen überreden mitzuspielen. Ihm wurde heiß vor Begeisterung. Er bekam einen roten Kopf, schwitzte und betrachtete mich mit schmachtendem Blick, was ihm das Aussehen eines liebestollen Truthahns gab. Er machte mir Komplimente. Sie sind genau mein Typ, versicherte er. So eine Frau wie Sie wollte ich immer schon mal näher kennen lernen, dabei wechselte er seinen Platz, setzte sich auf den freien Stuhl direkt neben mir. Seine Stammtischbrüder grölten, Werner, du gehst aber ran. Werner warf sich in Heldenpose und rückte seinen Stuhl noch etwas näher an meinen. Werner stand im Mittelpunkt des Interesses. Seine Freunde bewunderten ihn; er genoss es unverhohlen. Aber schon wurden die anderen missgünstig. Sie mochten ihm nicht länger Beifall zollen, sie wollten ihm den Erfolg streitig machen, sich mit ihm messen. Schon versuchten sie, ihn zu übertreffen und mich ihrerseits zu beeindrucken. Es war lächerlich. Lauter krähende Gockelhähne rissen die Schnäbel auf. Kikeriki! Werner war nicht geneigt, der Konkurrenz kampflos zu weichen. Meine ungeteilte Aufmerksamkeit hatte ihm zu gehören. Er hatte sich als Erster mit mir unterhalten. Er hatte mich sozusagen entdeckt; ihm gebührten die älteren Rechte, jawohl. Kikeriki! Er verteidigte sich verbissen, indem er versuchte, die anderen zu übertönen. Der Krach war beachtlich. Er störte mich zwar, aber die Sache lief insgesamt so hervorragend, dass ich ihn gern in Kauf nahm. Ich langte zufrieden nach einer Zigarette. Drei Wegwerf-Feuerzeuge flammten vor mir auf. Ich entschied mich für das von Werner, um seine Position etwas zu stärken. Man musste fair sein. Wer weiß, ob ein anderer auch so willig in meine Fallstricke gestolpert wäre. Er hatte eine kleine Anerkennung verdient. Er bedankte sich umgehend, indem er mir die Hand tätschelte. Werner hatte eindeutig einen leichten Vorsprung im Rennen. Die Gegner erkannten es wohl; der Lärm ebbte ein bisschen ab.

Werner nutzte die Gunst der Stunde, um seine Position auszubauen. Er riss das Wort an sich. Kennt ihr den Ohrenwitz, brüllte er in die Runde. Verneinendes Kopfschütteln. Kennen Sie den Ohrenwitz, fragte er mich etwas leiser. Ich schüttelte ebenfalls den Kopf. Also, begann er, eine junge Mutter badet ihren Säugling. Er ist ihr erstes Baby und sie hat noch keine Ahnung von dem Geschäft. Ihre Freundin ist zu Besuch, steht neben der Badewanne und schaut zu. Sie hat auch keine Ahnung. Der erste Zuhörer prustete los. Der Witz ist doch noch gar nicht zu Ende, rügte Werner. Verärgert über die Unterbrechung fuhr er fort, also, sie, die Freundin, weiß auch nicht, wie man einen Säugling badet. Die beiden Frau starren verzückt auf das Baby in der Wanne. Nach einer Weile meint die Freundin zu der jungen Mutter, sag mal, warum hältst du den Kleinen denn an den Ohren? Tut ihm das nicht weh? Darauf antwortet die Mutter, soll ich mir vielleicht die Hände verbrühen? Werner lachte zum Zeichen, dass es jetzt an der Zeit wäre. Die anderen stimmten ein, erst etwas zögernd, weil sie noch nicht genau wussten, warum sie lachten, dann überzeugt. Der Witz war wirklich komisch. Ich lachte herzlich und laut. Ich lachte, bis mir die Tränen kamen. Werner war sehr zufrieden mit seinem Erfolg. Ich krümmte mich vor Lachen, japste nach Luft, drehte den Kopf dabei zufällig etwas nach links und erblickte Norbert. Richtig, er war ja auch noch da. Er lachte nicht. Er hatte ein völlig ausdrucksloses Gesicht, wie tot. Mein Gott, dachte ich entsetzt, er hat den Witz nicht verstanden. Er begreift nicht einmal diesen simplen Witz. Findest du es nicht komisch, fragte ich fast drohend. Nein, erwiderte er. Der Witz besteht darin, begann ich zu erklären, dass das Wasser, in dem die Mutter ihr Baby badet, zu heiß ist, um hineinzufassen. Deshalb hält sie das Kind an den Ohren fest, um sich selbst nicht weh zu tun. Die anderen, die mir zugehört hatten, brachen erneut in Gelächter aus. Norbert verzog keine Miene. Ach so, sagte er. Ich ärgerte mich, wie er dasaß - ein langweiliger Miesepeter. Es war wirklich peinlich, mit ihm irgendwohin zu gehen. Warum lachst du nicht, fuhr ich ihn an. Ich finde es nicht witzig, antwortete er ruhig und setzte hinzu, ich würde jetzt gern gehen, es sei denn du möchtest noch weitere Witze hören. Seine Ruhe reizte mich. Sie verdarb meine Inszenierung. Meinetwegen, maulte ich, trank mein Glas aus, tat es übertrieben eilig, zog wütend an meiner Zigarette und warf die Kippe in Norberts Weinglas - es war noch fast halb voll. Die Glut zischte leise. Das Geräusch erheiterte mich. Die fremden Männer an unserem Tisch lachten. Ich lächelte Norbert zynisch zu. Du wolltest es doch nicht mehr austrinken, wo du solchen Drang zum Gehen verspürst, oder?, erkundigte ich mich unschuldig. Die anderen lachten erneut. Er blieb stumm. Auf Wiedersehen, schöne Frau, riefen die Stammtischbrüder hinter mir her. Ich erwiderte ihren Gruß nicht, drehte mich nicht einmal mehr um. Sie gingen mir auf die Nerven. Sie hatten ihren Zweck erfüllt. Warum merkten sie das nicht?

Draußen vor der Wirtshaustür verstellte Norbert mir den Weg und hielt mich fest. Was ist denn, fragte er drängend. Samstag, antwortete ich. Er schüttelte langsam den Kopf, so langsam, als bereitete es ihm Mühe. Bitte, fuhr er hartnäckig fort, bitte sag mir, was du hast. Sein Blick traf mich. In seinen Augen mischten sich Flehen, Trauer und Unterwürfigkeit. Wie ein Hund, dachte ich. Wie ein geprügelter Hund, wenn man davon absah, dass Hunde keine wässrig blauen Augen haben. Der Gedanke hatte nichts Erschreckendes oder gar Verbotenes mehr. Er war denkbar geworden. Das war eine angenehme Erfahrung. Sag es doch, bitte, wiederholte Norbert. Nichts, entgegnete ich zufrieden, erleichtert, fast schon fröhlich, gar nichts.

Auf der Heimfahrt plapperte ich vergnügt vor mich hin. Norbert hörte zu. Ich konnte ihn nicht sehen. Draußen war es zu dunkel. Es war vorbei. Es war endlich vorbei. Sicherlich war er ein bisschen enttäuscht, ein bisschen traurig, aber das würde vergehen. Kurz vor zu Hause fing er von Berlin an, ließ sogar das Wort Verlobungsreise fallen. Ich fiel aus allen Wolken, glaubte, mich verhört zu haben, war fest davon ausgegangen, dass sich die Affäre nach diesem Abend erledigt hatte, und er sprach immer noch von dieser Reise. Er war wirklich ein sonderbarer Mensch. Offensichtlich hatte er nicht ein Fünkchen Stolz. Ich kränkte ihn so sehr ich konnte, demütigte ihn nach Strich und Faden vor wildfremden Leuten, und er sprach eine knappe Stunde später von unserer Verlobung, als sei nichts gewesen. Auf alles war ich gefasst gewesen, auf Wutanfälle und Beschimpfungen, auf Verzweiflungsausbrüche, auf Tränen sogar, aber darauf nicht. Ich war sprachlos. Damit konnte niemand rechnen. So sicher hatte ich mich schon gefühlt, so, als sei bereits alles überstanden. Was sollte ich mir noch einfallen lassen, damit er endlich die Wahrheit erkannte, was?. Ich war völlig ratlos. Ich hörte seine

Stimme, immer noch seine Stimme. Sie kroch meinen Gehörgang entlang, pochte auf mein Trommelfell, gnadenlos und hartnäckig. Ich würde gern früh losfahren, schlug diese beharrliche Stimme vor. Ob mir das recht wäre. Ja, sagte ich mutlos, ja, ja. Es war mir völlig egal, ob wir um vier oder um acht abfahren würden. Er bestand auf dieser Reise; das allein zählte. Ich würde ihn nie wieder loswerden. Verzweiflung überkam mich. Ich wollte heulen und nie wieder damit aufhören. Fein, sagte Norbert, dann also um acht. Sehen wir uns vorher noch? Nein, wehrte ich mit dem letzten Restchen Geistesgegenwart ab, nein, die Hausarbeit. Er zeigte sich verständnisvoll; er hatte auch wenig Zeit vor der Reise, aber anrufen würde er mich natürlich. Natürlich, echote ich schlafwandlerisch. Er hielt an. Ich war zu Hause. Verstört saß ich im Auto, wie betäubt, obwohl ich nur eines im Sinn hatte - aussteigen. Also dann, sagte ich lahm, adieu. Norbert küsste mich fordernd, leidenschaftlich. Ich ließ es über mich ergehen. Mir war alles egal. Bis Freitag, Liebste, es klang immer noch zärtlich; immer noch war das aufreizende Strahlen in seinen Augen. Immer noch. Ja, ja stammelte ich, stieg endlich aus. Ich konnte es nicht glauben. Niemand konnte das glauben. Niemand.

## 17

Bis zum Moment der Abreise glaubte ich daran, dass er die Berlinfahrt noch abblasen würde. Bei jedem seiner Anrufe wartete ich darauf. Gleich würde er sagen, es tut mir leid, ich habe es mir überlegt, wir können nicht verreisen, nicht nach dem vergangenen Samstag. Aber nein, er sagte es nicht. Sicher beim nächsten Mal, beruhigte ich mich. Vielleicht traute er sich nicht, wusste nicht, wie er anfangen sollte. Es wurde Mittwoch, es wurde Donnerstag - nichts. Während ich meinen Koffer packte, versuchte ich mir einzureden, dass er es mir am nächsten Morgen wahrscheinlich lieber persönlich sagen wollte anstatt am Telefon. Natürlich, das war die Erklärung. Warum war ich nicht gleich darauf gekommen! Der Freitagmorgen kam, die Uhr schlug acht, es klingelte. Norbert wünschte aufgeräumt guten Morgen, hörte geduldig allen Ermahnungen meiner Mutter zu, verabschiedete sich von ihr, ergriff meinen Koffer, fragte, alles fertig? Es sah ganz so aus, als wollte er tatsächlich mit mir verreisen. Ich glaubte es nicht; ich glaubte es noch nicht einmal, als ich im Auto saß. Erst nach einer Stunde Fahrt, beim Anblick eines der großen blau-weißen Autobahnschilder, da glaubte ich es - Berlin 380 km.

Norbert war in übermütiger Stimmung. Ich merkte es daran, wie er die Straße entlangraste, langsamer fahrende Wagen mit der Lichthupe verscheuchte. Ich dachte an Mannheim. Er hatte nichts gelernt. Offensichtlich konnte er nicht normal Auto fahren, wenn er guter Dinge war. Der Verkehr war dicht. Mehrfach musste er scharf bremsen, weil Lastwagen auf die Überholspur ausscherten. Ich hatte Angst. Lass mich fahren, bat ich, um dem Gerase ein Ende zu machen. Zu meinem Erstaunen ging er bereitwillig auf diesen Vorschlag ein, hielt am nächsten Parkplatz. Wir wechselten. Ich fuhr aufmerksam und konzentriert, aber wie in Trance. Bis zum Grenzübergang Helmstedt fuhr ich, reihte mich in eine der Warteschlangen, PKW-Transit. Ab jetzt ging es im Schritttempo. Müde verzog ich mich wieder den Beifahrersitz. Sollte Norbert ruhig durch die DDR fahren; auf der Transitstrecke waren ohnehin nur hundert Stundenkilometer erlaubt. Meter für Meter näherten wir uns dem so genannten Eisernen Vorhang. Zum ersten Mal würde ich die Grenze zu einem Ostblockland passieren. Wenn ich mit meinen Eltern in die Schweiz gefahren war oder auch nach Österreich, Frankreich, Italien wurden meistens nicht einmal die Ausweise kontrolliert. Die Zöllner winkten lässig, fragten - wenn überhaupt - so routiniert nach eingeführten Waren, dass es schon desinteressiert wirkte; meistens waren sie freundlich, manche erinnerten an Operettenoffiziere in ihren Uniformen. Hier war alles anders. Niemand lachte, unnahbare Gesichter schienen geradezu darauf zu lauern, einen bei irgendeiner Kleinigkeit zu erwischen, die verboten war. Hier fühlte man sich nicht nur kontrolliert, sondern durchleuchtet, und zwar mit deutscher Gründlichkeit. Verschüchtert schaute ich vor mich hin; immer geradeaus, so schien es mir am unverfänglichsten. Ich dachte an Romane, in denen die Gefühle von Emigranten und Flüchtlingen beim Grenzwechsel beschrieben standen. An dieser Grenze bekam man eine Vorstellung davon, was sie ausgestanden haben mussten. Das also war eine Grenze. Ein Uniformierter kam ans Auto, musterte erst Norbert eindringlich, dann mich. Sofort bekam ich ein schlechtes Gewissen, obwohl ich mir keiner Schuld bewusst war. Nach wirkungsvollem Schweigen erkundigte er sich, ob wir Waffen, Funkgeräte, Tonträger mit uns führten. „Doondräscher", sagte er. Normalerweise hätte der Dialekt die zur Schau gestellte amtliche Würde ins Lächerliche gezogen - normalerweise. Mir war nicht nach Lachen zu Mute; hier war nichts normal. Als ich hörte, was der Grenzer wollte, war ich erleichtert. Wir hatten natürlich nichts Derartiges dabei. Meine Anspannung ließ gerade nach, da beantwortete Norbert die Frage. Er lachte dem Beamten ins Gesicht. Aber sicher, witzelte er, wir haben den ganzen Kofferraum voll davon. Ich erstarrte. Wie konnte er so dumm sein, hier witzig sein zu wollen, ausgerechnet hier. Die unbeteiligte Miene des Zöllners wurde abweisend, dann eisig. Machen Sie mal auf, kommandierte er. Norbert schien sich über diese Reaktion zu wundern, tat aber wenigstens, wie ihm geheißen. Ich beobachtete ängstlich, wie der Uniformierte hinten im Koffer herumwühlte, grimmig nickte, und sich endlich dem nächsten Wagen zuwandte. Norbert stieg wieder ins Auto. Idiot, zischte ich ihn an. Er lachte unbekümmert. Wieso, fragte er naiv. Idiot; wiederholte ich böse und ergänzte, vielleicht kannst du dir deine weiteren Späßchen bis Berlin aufheben? Bis zum Grenzübergang Drewitz fuhr er mustergültig, machte auch dort keine unpassenden Bemerkungen, obwohl wir fast eine Stunde bis zur Abfertigung warten mussten.

Er tat nichts, was man als provokant hätte bezeichnen können. Trotzdem schmerzte mir der Kopf vor Anspannung, als wir endlich die Avus langfuhren. Ich sah den Funkturm, den Ku-Damm, die Gedächtniskirche, ohne etwas davon wahrzunehmen. Berlin zog an mir vorbei, als ginge es mich nichts an, und mein Kopf dröhnte. Im Hotelzimmer angelangt, schluckte ich sofort eine Tablette, wurde müde davon, so müde; ich legte mich aufs Bett. Die Bilder mischten sich ineinander. Wieder der Funkturm. Er schwamm auf dem Ku-Damm, schwankte bedenklich hin und her und bedrohte das Hotelzimmer, das neben ihm hertrieb. Die Straße selbst schwappte in sanften Wellen auf und ab. Die Häuser, die Bäume, alles wiegte sich mit den Wellen und floss gemächlich dahin, bis ganz Berlin im Nichts zerflossen war.

Als ich wieder aufwachte, erkannte ich ein Zimmer, von grauviolettem Farbschleier überzogen. Draußen dämmerte es. Ich stellte fest, dass sich meine Kopfschmerzen gelegt hatten. Ganz still blieb ich liegen und erforschte das Grauviolett. Mir fiel ein, dass ich in Berlin war. Das Grauviolett musste also zu einem Berliner Hotelzimmer gehören. Ich betrachtete den Zimmerausschnitt, den ich sehen konnte, ohne den Kopf zu bewegen. Es war zu dunkel, um Genaueres auszumachen, nur schemenhaft ließen sich Formen unterscheiden. Das eine war wohl ein Schrank, daneben die Tür. Ich drehte den Kopf nach links. Dort kam das morbide Licht her; ein Fenster. Oh, du bist aufgewacht, sagte eine Stimme. Norbert, er war auch hier, jetzt fiel mir alles wieder ein. Mit ihm war ich nach Berlin gefahren. Ich tastete nach der Nachttischlampe, drückte den Schalter. Das Licht blendete. Ich blinzelte gegen die Helligkeit an. Das Zimmer war jetzt deutlich zu erkennen. Es war schäbig. Die Türen des Schranks hingen schief in den Angeln und klafften auseinander; sein Schloss hatte keinen Schlüssel mehr. Im linken Zimmerdrittel erblickte ich ein Waschbecken, einen kleinen Spiegel darüber, einen Handtuchhalter. In der Ecke ein Plastikpapierkorb, am Fenster zwei Stühle; auf einem davon saß Norbert. Er beobachtete mich. Ich schaute abrupt weg und starrte geradeaus auf eine schmutzige Streifentapete, breites Weiß, schon sehr fleckig, schmales Gold - in unermüdlichem Wechsel. Es ist kein Hotelzimmer, dachte ich empört, es ist eine Absteige, schmierig und schmuddelig. Ich ekelte mich. Ein trostloses Logis konnte man sich nicht vorstellen. Das also war das Ergebnis, wenn Norbert ein Hotelzimmer bestellte. Nicht einmal dazu war er in der Lage. Warum hast du hier im Halbdunkeln gesessen, fragte ich, um das lästige Schweigen zu beenden. Er erwiderte, er habe mich nicht beim Schlafen stören wollen. Dann begann er unsicher, es ist nicht sehr komfortabel hier. Nein, stimmte ich unfreundlich zu. Es liegt aber sehr günstig, direkt am Ku-Damm, erklärte er, wirklich ganz zentral. Missmutig und widerwillig hörte ich zu, wie er die drittklassige Herberge schönreden wollte. Ich ließ ihn reden. Ich hatte nichts zu sagen. Eifrig fuhr er fort, außerdem ist es ziemlich preiswert hier. Ich lachte geringschätzig, konterte boshaft, preiswert - oder billig? Er verstand nicht, was ich meinte. Natürlich nicht, er verstand nie, was ich meinte. Wollen wir zum Abendessen gehen, schlug er statt einer Antwort vor. Ich nickte. Alles war mir recht, wenn ich nur nicht länger in diesem deprimierenden Zimmer bleiben musste.

Wir gingen in ein chinesisches Restaurant, nicht weit von unserem Quartier entfernt. Über dem Tisch, den wir ausgesucht hatten, hing ein roter Lampion, bemalt mit einer chinesischen Flusslandschaft. Er baumelte ganz sachte hin und her, kaum wahrnehmbar, nur die Seidenfransen verrieten ihn. Es war eine angenehme Bewegung, beruhigend und von einer geheimnisvollen Zärtlichkeit. Die kleine Ampel, der nur die profane Aufgabe zugedacht war, chinesisches Flair in ein durch und durch europäisches Lokal zu bringen, streichelte etwas in mir mit ihrem sanften Gependel, sodass mich eine wohlige Schwäche überkam. Was möchtest du essen, fragte Norbert. Ich fühlte mich bei meinem eigenartigen Gefühl ertappt und blätterte hastig in der Speisekarte, die ich schon eine ganze Weile in der Hand gehalten hatte. Chopsuey, sagte ich schnell, ohne irgendetwas gelesen zu haben; Chopsuey gibt es in jedem chinesischen Restaurant, egal ob es sich „Jade", „Lotus" oder „Peking" nennt. Während wir auf unsere Bestellung warteten, schaute ich wieder auf die roten Seidenfädchen. Vorsichtig zündete ich mir eine Zigarette an, stieß den Rauch nur sehr behutsam aus, damit sie nicht in ihrem sensiblen Rhythmus gestört würden. Norbert stand auf, um mir einen Aschenbecher zu holen. Seine plötzliche Bewegung ließ meine Tänzer in verstörter Hektik durcheinander wirbeln. In diesem Moment fiel mir wieder das Zimmer ein, das schäbige Zimmer, gar nicht weit von hier, in dem ich diese Nacht verbringen sollte. Ich dachte an das Bett und daran, dass Norbert neben mir liegen würde. Wahrscheinlich wollte er nachher mit mir schlafen; natürlich wollte er das. Aus welchem anderen Grund hätte er auf dieser verdammten Reise bestehen sollen. Er war geil; er wollte mich. Ich überlegte, wie ich den Vorgang in diesem Fall nennen sollte. Ich suchte fast verzweifelt nach einem passenden Wort, das frei von allem Angenehmen war. Ficken, vögeln, rammeln? Zwar waren diese Bezeichnungen ordinär, wohltuend ordinär sogar, zwar klang kein Hauch von Liebe darin mit, aber von Lust und Ekstase erzählten auch sie. Mir fiel nichts ein. Es gab keinen Namen dafür. Dieses Begriffslose also würde Norbert nachher einfordern. Das war schon schlimm genug. Aber weit schlimmer würde sein, dass man, wenn man es hinter sich hatte, nicht einfach weggehen konnte, so wie am Verlobungsabend in Mainz. Man konnte sich nicht an der kalten Nachtluft erfrischen, man konnte kein Gaspedal durchtreten, man konnte der Nacht auch nicht das erleichternde Wort Scheiße entgegenbrüllen. Nichts dergleichen. Man musste bleiben, in dem Schlafzimmermief ausharren und würde dadurch die widerwärtige Vertraulichkeit besiegeln, immer wieder neu, mit jeder Sekunde, die man blieb. Vor Abscheu war mir körperlich übel. Norbert stellte mit einem kurzen, dumpfen Knall einen Aschenbecher auf den Tisch. Ich fuhr zusammen. Als er sich wieder gesetzt hatte, hüpften die Seidenfransen in wildem Chaos auf und nieder. Langsam, sehr langsam nur, beruhigten sie sich, aber mit ihrem ausgewogenen Ballett war es vorbei. Mehrere Fädchen hatten sich ineinander verhakt, bildeten einen Klumpen, der der leichten Choreographie nicht zu folgen vermochte. Ich entwirrte den Knoten, damit sich alles einpendeln konnte. Trotzdem dauerte es, bis die Fransen wieder harmonisch hin- und herglitten. Ich war entschlossen, in dieser Nacht nicht mit Norbert zu schlafen oder wie auch immer man es nennen wollte, unter keinen Umständen. Irgendeine Ausflucht würde mir schon einfallen. Das Essen kam. Meine Nase identifizierte Soja. Schon der Geruch war kaum zu ertragen. Ich versuchte gar nicht erst, etwas davon herunterzubringen, redete mich vielmehr damit heraus, dass mir die Tablette nicht bekommen sei. Norbert glaubte es. Er äußerte gluckenhafte Besorgnis, gepaart mit Bedauern und machte sich über das Essen her. Es schien ihm gut zu schmecken. Er aß alles auf

- eine Portion Chopsuey, eine Portion gebratene Ente und eine Unmenge Reis. Ich verabscheute ihn dafür noch ein bisschen mehr.

Nach dem Essen schlug er einen Spaziergang vor. Ich bemühte mich um einen gequälten Gesichtsausdruck, nannte ohne Zögern mehrere Übel, die mich alle auf einmal befallen hatten. Kopfschmerzen, Müdigkeit, Zerschlagenheit, Menstruation, Übelkeit. Er hatte keine andere Wahl, als sich zu fügen und mir sein weiteres Abendprogramm zu erlassen. Zurück im Hotelzimmer hatte ich es sehr eilig, schlafen zu gehen. Ich kroch an die äußerste Bettkante, rollte mich völlig in die Decke ein, legte mich bäuchlings, vergrub mein Gesicht in der Armbeuge. Die Außenwelt hatte keine Angriffsfläche mehr. Ich war allein mit mir. Auf Norberts Gute Nacht reagierte ich schon ganz verschlafen, grunzte etwas in das Kissen hinein, einen undefinierbaren Laut. Ich hatte mich so gut verschanzt, dass er nicht einmal seinen Kuss loswurde. Mit hämischer Genugtuung registrierte ich, wie sein Versuch scheiterte. Es war mir doch gelungen zu entwischen. Nichts konnte mich festhalten. Norbert, das scheußliche Zimmer, die Gegenwart, alle waren überlistet; nichts und niemand würden es schaffen, in meine vollkommene Dunkelheit einzudringen. Ich glaubte, mich als Sieger fühlen zu können.

Mein Schlaf war unruhig. Schon im Morgengrauen wachte ich auf, nicht ausgeruht, aber hellwach. Das Zimmer hatte sich nicht verändert, so viel erkannte ich selbst in der Dämmerung. Ich hörte Norberts Atem und wagte nicht, mich zu rühren aus Angst, ihn zu wecken. Alles war wieder da. Ich lag steif in meinem Bett, erstarrt, wohl wissend, dass mein vermeintlicher Sieg vom Abend zuvor nur Flucht gewesen war. Ein klägliches, feiges Fliehen, untauglich, meinen Verfolger abzuschütteln. Ruhig und regelmäßig atmete er neben mir. Es hatte ihm nicht einmal Mühe gemacht, mir auf der Spur zu bleiben. Es war zwecklos, noch länger wegzulaufen. Er hatte die größere Ausdauer, und er würde mich überall finden. Hastig, aber leise stand ich auf, raffte meine Sachen zusammen; geräuschlos drehte ich den Zimmerschlüssel, drückte die Türklinke herunter, schlich ins Etagenbad. Noch nie zuvor war es mir so wichtig erschienen, in die Kleider zu kommen. Zurück im Zimmer setzte ich mich auf einen der beiden Stühle, und zwar auf den, auf dem Norbert tags zuvor nicht gesessen hatte. Selbst die kleinste Gemeinsamkeit wollte ich ausschließen. Ich drehte dem Zimmer und allem darin den Rücken zu und wartete auf den Tag. Er würde wichtig werden; ich erwartete ihn mit Ungeduld.

In Gedanken hörte ich mich schon zu Norbert sagen, ich möchte etwas mit dir bereden. Nein, die Formulierung war schlecht. Möchte, das erschien zu zaghaft, zu bittend, als ob ich ihm die Möglichkeit geben wollte, Einwände zu erheben. Es musste ihn geradezu zum Widerspruch herausfordern. Das „Möchte" musste weg. Ich ersetzte es durch „Wollen". Ich will, so war es schon besser; eine Absichtserklärung, bestimmt und fordernd, nicht Verständnis heischend. Ich will etwas mit dir bereden. Aber nach kurzer Bedenkzeit stellte mich auch diese Version nicht mehr zufrieden. Das Wort „Bereden" störte. Schwang da nicht Bereitschaft mit, auch den anderen reden zu lassen, ihm sogar zuzuhören? Wenn man ein Problem bereden will, läuft das nicht auf den Versuch hinaus, eine Lösung zu finden? So betrachtet, war der Ausdruck gefährlich unzutreffend. Ich wollte absolut nichts bereden, nur das nicht. Ich wollte etwas feststellen, bekanntgeben, mitteilen. Genau, das war es. Ich will dir etwas mitteilen. Das war mein Satz. Während ich ihn in Gedanken wiederholte, ließ die Begeisterung nach. Selbst diese Variante klang noch zu verbindlich. Das „Mitteilen" war in Ordnung; es war sogar ausgezeichnet. Es musste also am Verb „Wollen" liegen. Wie oft will man etwas, ohne es wirklich zu tun. Man sagt, ich will, und ein leises Stimmchen flüstert höhnisch mit, wenn ich kann, oder sogar, wenn ich könnte. Ich will, nein, das war falsch. Wie aber sollte ich den absoluten Willen ausdrücken, den bedingungslosen, den ohne Wenn und Aber? Ich überlegte. Einen solchen Willen, der innerer Zwang wird, der einem befiehlt, einen bestimmten Weg zu gehen, der kein Umkehren zulässt, Ausweichen nicht duldet, wie äußert man ihn? Ich starrte in einen Berliner Hinterhof, auf kahle Büsche, auf Mauern und grübelte, was um das treffende Wort Mitteilen zu ranken wäre. Plötzlich wusste ich es. Es war ganz einfach: Ich habe dir etwas mitzuteilen. So simpel war das. Ich habe dir etwas mitzuteilen. Dem konnte der andere nichts entgegensetzen. Er konnte nur zuhören und die Mitteilung abwarten. Ich betrachtete den Hinterhof plötzlich voller Interesse. So etwas war schließlich eine Berliner Institution. Eine Katze spielte mit einem Papierfetzen. Sie sah wie ein kleiner Tiger aus. Das Bild war viel weniger düster, als das, was ich mir unter einem Hinterhof vorgestellt hatte, es war sogar fast heiter. Ich beobachtete die Katze und sagte mir in Gedanken immer wieder meinen Satz vor. Ich habe dir etwas mitzuteilen, ich habe dir etwas mitzuteilen. Die Katze verschwand unter dichtem Gestrüpp; sie war wohl hinter einer Maus her. Norbert, ich habe dir etwas mitzuteilen. So war es perfekt. Die Anrede musste noch dazu. Norbert, ich habe dir etwas mitzuteilen. Das war genau die Einleitung, die ich brauchte. Nun musste ich nur noch auf den richtigen Zeitpunkt warten, um sie anzubringen.

## 18

Bist du schon lange wach, fragte Norbert. Ich drehte mich um. In meinem Kopf lief ein Endlosband. Norbert, ich habe dir etwas mitzuteilen, Norbert ich habe dir etwas mitzuteilen. Er kämpfte gegen das Tageslicht, kniff die Augen zusammen. Ich dachte, dass es kein guter Stil wäre, gleich mit der Tür ins Haus zu fallen, und sagte, guten Morgen. Das Endlosband lief weiter. Später, tröstete ich mich, später. Norbert gähnte, räkelte sich. Ich suchte eine Nagelfeile aus meiner Handtasche, begann an meinen Fingernägeln herumzufeilen, wandte keinen Blick von ihnen, weil ich Norbert nicht beim Aufwachen zuschauen mochte. Es ging mich nichts an. Ich wollte nicht, dass es mich etwas anging. Jemandem beim Aufwachen zuzusehen kam mir plötzlich wie der Inbegriff der Vertrautheit vor. Es war intimer als zusammen zu schlafen; es war sogar noch viel intimer als nebeneinander einzuschlafen. Die Feile kratzte aufreizend vor sich hin. Was machen wir heute, erkundigte sich Norbert. Er lag immer noch im Bett, wurde aber offensichtlich langsam munter. Ich zuckte die Achseln und bearbeitete meinen linken Zeigefingernagel. Das Endlosband in meinem Kopf kreiste in unermüdlichen Schlaufen. Beim Frühstück, dachte ich, beim Frühstück wäre eine gute Gelegenheit. Ich nahm mir den nächsten Nagel vor. Was hältst du von einer Stadtrundfahrt, schlug Norbert vor. Ich nickte mit dem Kopf, ohne aufzusehen, und feilte, hoffte, er würde endlich aufstehen; nur noch siebeneinhalb Fingernägel waren zum Kürzen übrig. Ich studierte eingehend meinen asymmetrischen Mittelfingernagel, bevor ich mich daran machte, seine Symmetrie wiederherzustellen. Warum hat man keine zwanzig oder dreißig Finger, warum nur zehn? Ich feilte langsamer. Endlich verrieten mir die quietschenden Bettfedern, dass Norbert aufstand. Fröhlich versprach er, sich im Bad zu beeilen. Ich versteckte mich hinter dem Vorhang meiner Haare, nickte nochmals, feilte und feilte, bis die Zimmertür ging.

Das Frühstückszimmer war leer. Entweder waren wir die einzigen Gäste, oder die anderen hatten schon gefrühstückt. Eine dicke, schlampige Frau brachte Kaffee. Ich hielt sie für die Inhaberin des unerfreulichen Etablissements; auf jeden Fall versuchte sie, ganz geschäftstüchtige Wirtin, uns ein Gespräch aufzudrängen. Norbert ging willig darauf ein, ich schwieg hartnäckig. Das Endlosband drehte sich wieder. Unlustig biss ich in mein Brötchen. Es war zäh. Natürlich gab es in einer solchen Absteige keine knusprigen Brötchen, natürlich nicht. Ich legte es zurück auf den Teller, schob ihn ostentativ von mir weg. Warum verschwand die alte Vettel nicht endlich; sie sollte sich lieber um ein ordentliches Frühstück kümmern, anstatt blödes Zeug zu quatschen. Ich warf ihr einen wütenden Blick zu. Schönen Tag denn, quäkte sie endlich, schlurfte zwei Tische weiter und ließ sich dort nieder, tat beschäftigt, wühlte in einem Papierstapel, sortierte hin, sortierte her. Ich hätte es mir denken können. Die Alte war neugierig; aufs Quatschen konnte sie notfalls verzichten, aber nicht aufs Lauschen. Scheiße, empörte ich mich, nun wird es nichts mit dem Satz. Hätte ich es nur vorhin hinter mich gebracht, gleich als Norbert aufgewacht ist. Jetzt ging es beim besten Willen nicht, nicht vor dieser Schlampe. Aber sie sollte mir nicht ungestraft meine Pläne durcheinanderbringen! Laut und deutlich sagte ich in die Leere des Zimmers, das Frühstück ist ungenießbar. Norbert legte den Zeigefinger auf den Mund, schüttelte lächelnd-ermahnend den Kopf, gestikulierte besänftigend. So eine Bruchbude, fuhr ich in unveränderter Lautstärke fort, wirklich eine unglaubliche Bruchbude. Er stierte betreten auf seinen Teller; mein Benehmen war ihm peinlich. Wie ich mich freute, dass er sich meinetwegen schämte! Mit Genuss mäkelte ich weiter, möglichst vernehmlich. Doch das Endlosband in meinem Kopf ließ sich davon nicht übertönen. Es pochte auf seinem Recht, verdarb mir den kindischen Spaß. Geduld, beruhigte ich es, Geduld. Auf die paar Stunden kam es nun wirklich nicht an. Der Tag hatte gerade erst angefangen. Warum diese Hast?

Schon bald erkannte ich, dass Eile durchaus angebracht gewesen wäre. Die Zeit lief mir davon, langsam, stetig, unerbittlich, und ich lauerte noch immer auf meinen Moment. Der kurze Satz beherrschte mein Hirn, beherrschte ganz Berlin. Die Stadt wurde zur Kulisse. Ich wollte ein vollkommenes Bühnenbild; das war ich meinem perfekten Satz schuldig. Auf dem Ku-Damm war es zu laut; bei einem Kaffee im Ka-DeWe wimmelten zu viele Menschen um uns herum; während der Stadtrundfahrt im Bus störten die Kommentare der Reiseleiterin. Es erschien mir immer schwieriger, das zu sagen, was zu sagen war, obwohl der Drang danach immer stärker wurde. Draußen zogen fremde Häuser vorbei, eins nach dem anderen. Ich sah sie nicht. Ich stellte mir vor, die Zeit dieses Tages sei aus Eiweiß, vierundzwanzig Eiweißstunden, die mir zwischen den Fingern durchliefen. Ich würde sie nicht mehr zu fassen bekommen, nie mehr, weil ich tatenlos zugesehen hatte, als sie sich in Bewegung setzten, um hinwegzugleiten. Wehret den Anfängen - von wem stammte der Ausspruch? Egal, ich hatte ihn nicht beherzigt, obwohl von diesem Tag mit seiner glitschigen Zeit meine Zukunft abhing. Panik überkam mich, steigerte sich zu einer so intensiven Angst, wie ich sie noch nie empfunden hatte. Die Zeit lief nicht mehr in Sekunden ab, sondern in Herzschlägen, die schmerzhaft im ganzen Körper widerhallten - neue Zeiteinheiten, dumpf und drohend, bumm, bumm, bumm.

In der Nähe des Brandenburger Tors hielt der Bus. Wir sollten zu Fuß bis an die Mauer vorgehen und von einer kleinen Aussichtsplattform in den Osten schauen. Übereifrig kam die Touristenherde der Aufforderung nach. Gedrängel; ewige Angst, der Letzte zu sein. Norbert wechselte das Objektiv seiner Kamera, schraubte unbeholfen ein Tele auf. Er würde keine Zeit haben, den Stacheldraht aus sicherer Entfernung zum Detail heranzuholen. Dort oben endlich, dachte ich, hätte ich meine vollkommene Kulisse. Gegenüber von Wachtürmen, angesichts der Endgültigkeit dieser Mauer, würde ich es ihm sagen. Aber als wir oben standen, war es gerade die Endgültigkeit, die mich schweigen machte. Ich starrte auf das graue Bollwerk, sah es links und rechts in der Unendlichkeit verschwinden, konnte nicht glauben, was meine Augen mir meldeten und brachte kein einziges Wort hervor. Norbert fotografierte. Dann saß ich wieder im Bus und hörte mein Endlosband, begleitet von den Trommelschlägen der Zeit, immer lauter, immer schneller. Ich sah keinen Reichstag, keine Kongresshalle, keine Siegessäule. Nichts.

Als ich endlich in die Realität zurückkehrte, befanden wir uns wieder im Hotelzimmer. Berlin ist wirklich eine Reise wert, sagte Norbert begeistert, findest du nicht. Ich weiß es nicht, erwiderte ich. Was für eine komische Antwort, wenn man den ganzen Tag nichts anderes getan hat, als sich Berlin anzusehen, lachte er und fuhr übergangslos fort, wo wollen wir essen gehen? Ich antwortete nicht, schaute ihn nur entgeistert an. Er schüttelte den Kopf, wiederholte seine Frage, ohne ungeduldig zu werden. Bitte nichts essen, stotterte ich, vielleicht irgendwo etwas trinken, aber nichts essen. Eine winzige Sekunde zögerte er, stimmte dann bereitwillig zu. Schon standen wir wieder auf dem Trottoir, gingen planlos unbekannte Straßen entlang, Ich versuchte, mir den Weg einzuprägen. Mein Richtungssinn funktionierte nicht so automatisch wie sonst. Wir kreuzten ein breite Allee, überquerten einen Platz. Eine Leuchtreklame, grün und rot, schien auf eine Kneipe hinzuweisen. Lass uns dort hineingehen, schlug ich vor, um nicht länger durch diese Stadt laufen zu müssen. Es war eine Bar, schummrig beleuchtet, so gut wie leer. Wir setzten uns an einen winzigen Ecktisch; eine Kerze stand darauf und verbreitete gerade so viel Licht, dass es für den Tisch ausreichte. Die Umgebung blieb im Dunkeln. Sie war nicht vorhanden. Es war ein Lokal, in dem man sich durch die Enge näher kommen musste; ein Platz für erste, zufällige Berührungen von Leuten, die sich ineinander verlieben wollen. Für meine Zwecke war er denkbar ungeeignet. Norbert saß mir gegenüber, ganz nah, im weichen Kerzenlicht, und trank mir zu. Ich bekam kaum noch Luft, mir wurde kalt. Ich sah ihn an, zwang mich dazu, ihn weiter anzusehen, voll anzusehen, und sagte dann, Norbert, ich habe dir etwas mitzuteilen. Es war genau der Satz. Jedes Wort stimmte. Dennoch klang er ganz anders, als ich es mir ausgemalt hatte - nicht bestimmt, nicht fordernd, sondern sehr unsicher. Meine Stimme war mir fremd. Aber er war heraus, der Satz.

Danach hatte ich den Eindruck, in mir zusammenzufallen, obwohl ich nach wie vor auf meinen Stuhl saß, ungewöhnlich aufrecht sogar. Eine große Trägheit breitete sich in mir aus. Ich schaffte es nur mit Anstrengung, nach meinem Glas zu greifen. Es war schwer, wie mit flüssigem Blei gefüllt. Ich trank davon und wartete ab. Ja, sagte Norbert fragend, sonst nichts. Ich fand seine Reaktion unfair. Er hätte mir eine etwas längere Atempause zugestehen können. Ich hatte fest damit gerechnet. Schweigen. Also, ermunterte er mich, heraus damit. Sehr hastig erwiderte ich, ich kann dich nicht heiraten. Warten. Er lachte leise auf. Also hatte er es doch gewusst, dachte ich. Immerhin war es ihm gelungen, mich in völliger Unsicherheit zu lassen. Nicht schlecht kaschiert;

die Berlinreise war so gesehen ein vollendetes Täuschungsmanöver. Das macht nichts, beruhigte er mich. Aha, sagte ich mir, jetzt würde er wohl die Karten auf den Tisch legen. Er sah sehr gelassen aus, fast souverän. Weißt du, fuhr er fort, wir warten einfach noch ein bisschen. Ich verstand kein Wort, brachte mit Mühe und Not ein Wie-meinst-du-das zu Stande. Er lächelte mich an. Das Kerzenlicht strahlte aus seinen Augen zurück und glänzte mir störend-direkt entgegen. Norbert wurde nicht ungeduldig. Er verlor nie die Geduld. Ich überlegte, ob Geduld tatsächlich eine Tugend ist oder ob man ihr das Tugendhafte nur angedichtet hat, gelangte aber zu keinem Ergebnis. Wir haben viel Zeit, erklärte Norbert in einem Ton, als wollte er mich trösten. Wenn du jetzt noch nicht heiraten möchtest, dann eben erst in einem Jahr oder auch in zweien - ich kann warten, versicherte er. Ich zündete mir eine Zigarette an, um etwas zum Festhalten zu haben. Was bezweckte er mit dieser Taktik? War es ein Scherz, um meinem Schlusspunkt das Dramatische zu nehmen? Er musste mich verstanden haben. Ich schaute ihn unsicher an und erkannte, es war ernst gemeint, was er gesagt hatte, völlig ernst. Er hatte nichts verstanden. Dieses Mal musste ich das Missverständnis ausräumen - sofort. Norbert, begann ich, um eine feste, nüchtern klingende Stimme bemüht, ich liebe dich nicht. Das war eindeutig. An diesen Worten konnte auch er nichts deuteln. Er schien leicht zusammenzuzucken und entgegnete nichts. Offensichtlich sah er ein, dass man fehlender Liebe nichts entgegenhalten kann. Ihr Fehlen ist wie ein Axiom; man kann es weder beweisen noch widerlegen; man hat es nur zu akzeptieren. Wir schwiegen beide eine kleine Ewigkeit lang. Froh, dass ich alles hinter mir hatte, empfand ich dieses Schweigen als angenehm und lauschte der leisen Barmusik. Ich spürte eine wohltuende Müdigkeit, wie nach einem langen Arbeitstag, wenn man sich zufrieden sagt, jetzt ist alles erledigt, und sich langsam entspannt. Es war alles erledigt.

Norbert räusperte sich. Ich hörte ihn sagen, dass es ihn zwar traurig mache, wenn ich ihn nicht liebe, aber er könne auch in dieser Hinsicht warten. Schweigen, jetzt schrie es mich an. Dann fuhr er fort, irgendwann wirst du mich lieben; das weiß ich, denn eine Liebe wie meine bleibt nicht unerwidert. Er klang sehr bestimmt. Er glaubte, was er soeben behauptet hatte. Ich kann warten, wiederholte er eigensinnig, ich kann warten. Es war also nichts erledigt, gar nichts. Er widersprach nicht, argumentierte nicht, machte nicht die geringsten Anstalten, mir das Gegenteil einzureden. Er fand sich ab und zog mir damit den Boden unter den Füßen weg. Was nun? In meinem Kopf wirbelten die Gedanken durcheinander. Weglaufen, losbrüllen, lachen, heulen, unter den Tisch kriechen, schreien, das Glas auf dem Boden zertrümmern. Ein kurzer Schmerz - Zeige- und Mittelfinger waren an die Glut der heruntergebrannten Zigarette geraten. Ich warf die Kippe in den Aschenbecher. Meine beiden Finger taten weh; sie erinnerten mich mit Klopfen und Pochen an die Realität dieser unwirklichen Situation. Ich versuchte das Chaos in meinem Hirn zu ordnen. Irgendwo in dem Knäuel in dem Wirrwarr von Reaktionsmöglichkeiten war ein Ausweg. Es musste einen Ausweg geben. Der einzige, den ich schließlich fand, bestand in einer Lüge. Deshalb widerstrebte er mir, aber ich fand keine andere Lösung. Den Luxus der Perfektion glaubte ich mir nicht mehr leisten zu können. Ich konzentrierte mich darauf, die Lüge glaubhaft vorzutragen. Ich redete mir ein, dass sie Wahrheit sei, nichts als die Wahrheit. Sie musste für mich wahr werden. Norbert, begann ich, du hast mich nicht richtig verstanden. Meine Stimme klang erfreulich normal - kein Zittern, kein falsches Pathos. Mit dieser normalen Stimme zielte ich mitten auf sein Gesicht und sagte, ich liebe einen anderen.

Er reagierte nicht. Ich wartete ab. Er reagierte nicht. Er sagte nichts. Er rührte sich nicht. Er hatte sich in eine Puppe verwandelt, saß mir starr und steif gegenüber. Ich musste an eine Episode im Wachsfigurenkabinett in Paris denken. Dort steht in einem Raum eine Figur, mit der Uniform eines Museumsführers bekleidet, und hält dem Eintretenden die Hand entgegen, wie um ihn mit Handschlag zu begrüßen. Natürlich fand ich es verlockend, der Wachsfigur die Hand zu geben, natürlich konnte ich mir nicht verkneifen, es zu tun, und schrie erschrocken auf, als mein Händedruck sehr markig erwidert wurde. Alle lachten, der Museumsangestellte, die Zuschauer und nach überstandener Schrecksekunde auch ich. Die Verpuppung von Norbert war ganz und gar nicht komisch, im Gegenteil sie war beängstigend. Ich hatte mit Wut gerechnet, mit Verzweiflung, Empörung, mit Hass, aber dieses Nichts hatte es in meiner Vorstellung nicht gegeben. In seinen Vorwürfen war es deutlicher als

Worte; es zeigte den Schmerz, der ausdruckslos bleibt; es stellte mich an den Pranger und wies tausendfingrig auf mich - eine raffinierte Folter-methode. Dennoch hielt ich ihr Stand. Endlich stieß die Puppe ein Wort hervor, offensichtlich mit Anstrengung, und wurde wieder zum Men-schen. Warum, sagte Norbert, warum. Ich wusste weder, ob es als Frage gemeint war, noch, ob es mir galt. Ich zuckte die Achseln. Eine andere Antwort hatte ich nicht.

Und dann wollte Norbert wissen, wie ist er; erzähl mir, wie er ist. Ich erfand einen Mann, der alle Eigenschaften besaß, die ich an Norbert ver-misste. Es waren viele, die ich aufzuzählen hatte - erst stockend, dann immer flüssiger. Er war belesen, ein Schöngeist, kultiviert, gebildet und gewandt, Gourmet, Weinkenner, Frauenkenner, Alleskenner, erfahren, aber nicht routiniert, geistreich, humorvoll, charmant. Mit jedem Attri-but, das ich ihm verlieh, bekam mein Phantommann ein bisschen mehr Leben; schon sah ich ihn deutlich vor mir, konnte sein Äußeres präzise beschreiben. Ich brauchte mich nicht mehr zu ermahnen, dass ich schwärmerisch wirken musste. Es war einfach, von diesem Mann zu schwärmen. Es war unvermeidlich, sich in ihn verlieben. Sein einziger Fehler bestand darin, dass es ihn nicht gab.

Norbert hatte es plötzlich sehr eilig zu gehen, vergaß in seiner Hast beinahe zu bezahlen. Ich wäre lieber noch geblieben, mir grauste vor dem Hotelzimmer und seiner Zweisamkeit, die mir jetzt nicht mehr un-erträglich, sondern nur noch peinlich war. Wie sollte ich mit diesem Mann, mit dem ich nun endlich nichts mehr zu tun hatte, die Nacht ver-bringen? Irgendwie, beruhigte ich mich, würden auch diese paar Stun-den herumgehen, irgendwie. Es war die letzte Nacht. Das allein zählte.

Draußen nieselte es. Es sah nach November aus. Niemand hätte ge-dacht, dass es schon Frühling war. Mir war es recht so. November, dach-te ich, das passt besser. In dieser Jahreszeit ist es leicht einzusehen, dass alles ein Ende hat, auch eine Liebe, gerade sie. Grauer Himmel dämpft den Abschied und lässt seine Konturen im allgemeinem Grau zerfließen. Ich war dem Wetter dankbar, dass es nicht im geringsten zum Kalender passte. Vielleicht würde es Norbert das Ende erleichtern, wenn er we-nigstens nicht merkte, dass Frühling war, die Jahreszeit, die für den Anfang steht. Er hatte wirklich Pech, der arme Norbert. Pech vor allem mit mir, das wollte ich keinesfalls beschönigen - jetzt, wo ich mir Mitgefühl wieder leisten konnte.

Wir gingen schweigend nebeneinander her. Nach einer Weile sagte er, ich glaube, ich fahre morgen nach Hause, das heißt, wenn du nichts dagegen hast. Nein, erwiderte ich, nein, und verkniff mir ein Ganz-im-Gegenteil. Es wäre taktlos gewesen, deutlich zu werden, nachdem es nicht mehr nötig war. Er erkundigte sich, wie ich nach Frankfurt zurückkommen wollte. Fliegen wahrscheinlich, antwortete ich, ohne darüber nachgedacht zu haben. Er meinte, wenn du den Zug nimmst, wird es bestimmt billiger; vielleicht fährt auch ein Bus. Ich fühlte, wie der wohlbekannte Ärger in mir aufstieg. Selbst jetzt noch mischte er sich ein. Was zum Teufel ging es ihn an, wofür ich mein Geld ausgeben wollte! Ich widersprach ziemlich scharf, ich fliege; die paar Mark habe ich mit einigen Nachhilfestunden schnell wieder verdient. Es klang sehr kalt und lässig. Entschuldige, stammelte er, ich will dir natürlich nicht hineinreden, ich dachte nur, weißt du.... Er gab ein sonderbares kleines Lachen von sich. Ich schämte mich meiner Kleinlichkeit; was hätte es ausgemacht, seinen Einwand zu überhören. Du brauchst dich nicht zu entschuldigen, sagte ich schnell, du hast es ja gut gemeint. Den restlichen Weg schwiegen wir. Ich dachte wieder an das Hotelzimmer, wie lächerlich es wäre, nachher neben jemandem im Bett zu liegen, der mir so fremd war, wie irgendeine Zufallsbekanntschaft, und mit dem ich trotzdem kein unverfängliches Gesprächsthema teilen konnte. Ich versuchte, einen langsameren Schritt einzulegen. Aber Norbert passte sich nicht an, dieses Mal nicht.

Schließlich standen wir tatsächlich in dem gefürchteten Zimmer, standen herum wie zwei Fremde in einem Gasthof an irgendeinem gottverlassenen Ort, denen der Wirt soeben erklärt hat, dass leider nur noch ein einziges Doppelzimmer frei sei. Norbert sagte, ich glaube, ich kann jetzt nicht schlafen; ich gehe noch ein bisschen spazieren. War es Einfühlungsvermögen, war es ein Zufallstreffer? Egal. Er ersparte mir erst einmal seine Anwesenheit. Dafür war ich ihm dankbar. Ursachen und Motive spielten ausnahmsweise keine Rolle. Ich nutzte die Chance des

Alleinseins, ging sofort ins Bett und schlief genauso schnell ein, wie ich es mir vorgenommen hatte.

Als ich aufwachte, war es bereits Morgen. Ich fühlte mich ausgeruht und freute mich auf den Tag. Als Erstes würde ich mir ein schönes Hotel suchen, mich vielleicht auch um den Heimflug kümmern und dann wollte ich endlich Berlin erleben. Alle Welt schwärmte von dieser Stadt; ich wollte die nächsten Tage unbedingt genießen. Vorsichtig schielte ich zur anderen Betthälfte. Sie war leer. Mein erster Gedanke war, dass Norbert womöglich schon abgereist war. Ich sah seine Reisetasche auf dem Stuhl stehen. Nein, ganz so einfach hatte er es mir doch nicht gemacht. Er war also noch da. Ich stand eilig auf, um seine Abwesenheit nicht ungenutzt verstreichen zu lassen, zog mich an, schminkte mich, fing an, meine Sachen einzupacken. Da kam er.

Er sagte, guten Morgen, hast du gut geschlafen. Ja danke, erwiderte ich und setzte anstandshalber hinzu, du warst wohl schon draußen? Nein, antwortete er, ich war noch draußen. Ich bin die ganze Nacht spazieren gegangen und habe nachgedacht. Ich nahm es schweigend zur Kenntnis. Es war schließlich seine Sache. Wenn er gern eine ganze Nacht lang durch die Stadt rennen wollte - bitte schön. Nachdenken schadet bekanntlich nicht, soll manchmal sogar zur Erkenntnis führen. Vielleicht hatte er etwas eingesehen. Er fragte, willst du mit zurückzufahren? Manche Leute, dachte ich verwundert, fast schon verärgert, sehen anscheinend nie etwas ein. Wie kommst du denn darauf, erkundigte ich mich. Er sagte, weil du packst. Begriffsstutzigkeit macht mich ungeduldig. Ich ziehe natürlich aus dieser grässlichen Absteige aus, erklärte ich ziemlich patzig. Er murmelte, ach so, natürlich, es hat dir hier ja nicht gefallen; das hatte ich vergessen. Er lachte auf und fing an, in seiner Reisetasche zu kramen. Er sagte nichts mehr. Ich machte Konversation, bis wir fertig gepackt hatten - das heißt, ich monologisierte. Es ging mir locker von den Lippen.

## 19

Ich brachte ihn zum Auto. Er stand unschlüssig neben dem offenen Kofferraum. Soll ich dich in dein neues Hotel fahren, fragte er. Nein, entgegnete ich, danke schön. Er klappte den Kofferraum zu, blieb aber immer noch daneben stehen. Was wollte er denn noch hier? Warum fuhr er nicht endlich los? Plötzlich sah er mir fest in die Augen und sagte, kommt jetzt dein, dein? Fast wäre mir herausgerutscht, wer denn? Lügen ist anstrengend, dachte ich erschrocken, jede Spontaneität wird gefährlich. Bloß nie wieder diese Lügerei! Was sollte ich nur antworten? Mir fiel nichts ein; mein Ausredenvorrat war erschöpft. Warum, brachte ich endlich hervor. Hoffentlich hatte er nichts bemerkt. Er starrte mich so sonderbar an. Ich wiederholte, warum? Warum, echote er ziemlich geistesabwesend, ja, warum? Er zuckte zusammen, schaute weg, sah an mir vorbei und sagte, es geht mich natürlich nichts an, du hast ja Recht, und dann, sehr schnell, darf ich dich anrufen, wenn du wieder zu Hause bist? Vorsicht, warnte eine innere Stimme, Vorsicht, sonst ist alles vergebens, sonst geht es wieder von vorne los. Das Nein klang selbst für meine Ohren so bestimmt, dass ich noch etwas leiser hinzufügen musste, nein, bitte nicht. Norbert rührte sich nicht. Er hatte sich wieder verpuppt. Er tat mir leid, wie er so dastand. Ich wollte ihm zum Schluss irgendetwas Nettes sagen. Mir fiel schon wieder nichts ein. Mein Kopf war leer. Wenn er doch nur aufhören wollte, so dazustehen. Norbert, fing ich schließlich an, ich wünsche dir viel Glück. Es war nicht nur so dahingesagt. Ich meinte es ehrlich. Er schaute mich schweigend an. Ich zwang mich, ihn anzulächeln. Komm gut nach Hause, ich hielt ihm die Hand hin. Er nahm sie nicht, er fing an zu lachen, lachte so, als wollte er nie wieder damit aufhören, und verstummte dann erschreckend abrupt. Weißt du, sagte er, ich habe mir die ganze Zeit, als wir zusammen waren, gewünscht, dass du mich einmal mit diesen Worten verabschiedest, und heute tust du es. Ist das nicht komisch? Ich registrierte, dass er das Sch wieder wie Ch ausgesprochen hatte, aber der Drang, ihn zu korrigieren, blieb aus. Plötzlich stand Norbert nicht mehr da. Ich hörte einen Motor viel zu laut aufheulen, ich hörte Reifen quietschen. Er war weg. Er war endgültig weg.

Ich stand auf der Straße, sah seinem gelben Auto nach, sah es immer kleiner werden und verstand nicht, weshalb ich mich nicht über die Freiheit freuen konnte, die ich so herbeigesehnt hatte. Ich verbrachte den Tag, wie ich es geplant, hatte, zog um, buchte den Rückflug, schlenderte ziellos durch Berlin. Es war wirklich eine schöne Stadt. Trotzdem gelang es mir nicht zu genießen, was ich sah. Ich wurde das Bild nicht los: Norbert, wie er neben dem Auto stand, einfach nur dastand. Jede Ecke machte mir Angst, weil ich meinte, er könnte plötzlich dahinter auftauchen. Ein paar Mal glaubte ich, ihn in der Ferne zu erkennen, hielt die Luft an, aber jedes Mal war es nur Einbildung. Er war überall in diesen Straßen, gegenwärtiger, als wenn er neben mir hergegangen wäre. Auch am nächsten Tag begleitete er mich hartnäckig, seine Augen, seine Stimme, diese ewig belegte Stimme. Ich blieb genau eine Woche - wie geplant und entwickelte einen großen Eifer, alles zu besichtigen, was als sehenswert gepriesen wurde. Ich trabte durch Museen, fuhr trotz aller Abneigung gegen die deutsch-deutsche Grenze nach Ostberlin zum den Pergamon-Altar, besuchte jeden Abend ein anderes Theater. Aber so viel Mühe ich mir auch gab, ich konnte diese Stadt nicht genießen, die immer noch von Norbert besetzt schien. Erst bei der Abreise, als ich fühlte, wie die Flugzeugdüsen im Vollgas vibrierten, erst als die Begrenzungsleuchten der Startbahn an meinem Fenster vorbeirasten, war ich seiner Fata Morgana entkommen. Bei der Landung in Frankfurt hatte ich ihn vergessen.

Zu Hause wurde sein Name nur noch einmal erwähnt, nämlich nach einem Telefonanruf von Waltraud. Waltraud hat erzählt, berichtete meine Mutter mit einer Stimme, in der gleichzeitig Klage und Anklage mitschwangen, dass Gisela und Klaus dir wegen Norbert böse sind. Ich dachte an die sonderbare Party in Mannheim und wie wohltuend es für Gisela sein musste, mir jetzt endlich etwas Konkretes vorhalten zu können. Wahrscheinlich hatte sie triumphierend zu Klaus gesagt, siehst du, ich habe sie von Anfang an nicht gemocht. Sie sind dir beide böse, wiederholte meine Mutter. Sie schien auf einen Kommentar zu warten. Na und, sagte ich.

Ein halbes Jahr später sah ich Norbert wieder. Es war gegen Ende meiner zweiten Semesterferien, die ebenso langweilig und ereignislos vorbeigezogen waren wie das vorausgegangene Semester. Ich arbeitete in einem Ingenieurbüro als Mädchen für alles, kochte Kaffee, übersetzte und tippte endlose Berichte, oftmals zwölf Stunden am Tag, manchmal auch am Wochenende. Du übertreibst wie immer, sagte meine Mutter. Ich rechnete ihr meinen Kontostand vor. An einem meiner wenigen freien Samstage nahm mich mein Vater auf die Internationale Automobilausstellung mit. Aus seiner Sicht war es ein lästiges Pflichtmanöver, für das er in der Woche keine Zeit erübrigen wollte, ein Sich-Zeigen bei Kunden, Händeschütteln, verbindliches Geplänkel, an jedem Stand das Gleiche. Immer wieder bekamen wir von gepflegten jungen Damen, irgendetwas angeboten. Sie lächelten genauso nimmermüde und abwaschbar, wie ich es die ganzen Ferien über getan hatte. Ich genoss es, zur Abwechslung zu den anderen zu gehören, zu denen, die serviert bekommen, wollte nicht an Montag denken, war äußerst aufgeschlossen und interessiert, egal, ob gerade Bremsen, Differenziale, Kolben oder Einspritzpumpen zu besichtigen waren. Mein Vater, gewohnt, dass ich zu gähnen anfange, sobald etwas auch nur entfernt nach Technik klingt, war von meinem Wissensdrang sehr angetan, erklärte ausführlich und geduldig. Er führte mich zu dem Modell eines Wankelmotors. Ansaugen, tönte seine Stimme, Kompression nicht in Zylindern. Ich bemühte mich zuzuhören, war voll guten Willens, spürte aber etwas Sonderbares in meinem Rücken, ein Gefühl, das alles Äußere verdrängte. Wie das Beginnen eines Kribbelns erschien es mir - so, als ob man gleich eine Gänsehaut bekommt, nur eine Andeutung und trotzdem sehr intensiv, unangenehm intensiv. Ich starrte auf das Motorenmodell, das sich unermüdlich bewegte, und spannte die Rückenmuskeln an. Es half nichts. Ich wollte weiter, weg. Das, beendete mein Vater seinen Vortrag, ist der entscheidende Unterschied zum Ottomotor. Ja, ja, murmelte ich, schaute unauffällig nach hinten, sah nur eine nicht endende Menschenmasse, an der absolut nichts Ungewöhnliches zu bemerken war, weit und breit nichts, was Gänsehaut verursacht. Wir fädelten uns in das Gedränge ein, schwammen mit im Hauptstrom, langsam auf den Ausgang zu. Mein Unbehagen wuchs. Ich fühlte mich beobachtet, bedroht sogar, sah mich mehrfach verstohlen um, ohne einen Beobachter zu entdecken. Es war

226

lächerlich. Gerade wollte ich mich über mein kindisches Gehabe ärgern, da tauchte Norbert auf. Er trieb im Gegenstrom auf mich zu. Ich schaute ihn an, das heißt, eigentlich geschah es nicht aktiv, sondern er zog vielmehr meinen Blick an, hielt ihn fest, blieb selbst seltsam blicklos. Wie ein Irrer, dachte ich und unterdrückte jegliche Reaktion, die ein Erkennen verraten hätte. Ich musterte ihn so ausdruckslos wie einen Passanten, dessen Blick man zufällig kreuzt. Er hatte sich einen Vollbart stehen lassen, der ihn älter wirken ließ, entschlossener. Ansonsten erschien er mir unverändert - immer noch viel zu stämmig, immer noch geschmacklos gekleidet, nur seine Haare hatten sich stärker gelichtet. Warum hätte er sich auch ändern sollen? Er kam näher, immer näher, ließ mich nicht aus den Augen. Es machte mir nichts aus. Ich kann einen Blick stundenlang aushalten, ohne wegschauen zu müssen. Es ist reine Übungssache; die Routine in diesem Spielchen habe ich mir in vielen langweiligen Schulstunden angeeignet. Jetzt lieferte ich mein Meisterstück, bemüht, nicht nur zurückzustarren, sondern meine Augen frech bis amüsiert antworten zu lassen. Aus Norberts Gesicht wich im Zeitlupentempo die Farbe, aber es wurde nicht weiß, sondern fast durchsichtig. Dann war er so nahe, dass ich ihn nur noch aus dem Augenwinkel wahrnahm. Er streifte meine Hand. Er war vorbei. Ich hörte, wie mein Vater etwas zu mir sagte, und lachte ziemlich laut.

Ungefähr ein Jahr später, an einem Sonntagnachmittag in meinen Semesterferien, saßen Schmiedels bei meinen Eltern am Kaffeetisch. Waltraud sah mich durchdringend-bohrend an und bemerkte zwischen zwei Bissen Apfelkuchen, Norbert hat jetzt wieder eine Freundin. Ihre porzellanblauen Augen fixierten mich. Ich sagte nichts. Waltraud kleckste sich genüsslich einen großen Löffel Schlagsahne auf den Teller, bevor sie fortfuhr, sie sieht dir übrigens ähnlich, ist aber erst siebzehn und geht noch zur Schule. Von mir aus hätte Norbert neunundneunzig Freundinnen haben können, von mir aus hätten sie mir alle wie aus dem Gesicht geschnitten sein können. Ich äußerte ein dementsprechend uninteressiertes Aha. Waltraud rührte in ihrer Kaffeetasse. Ich ahnte, dass sie noch etwas loswerden musste. Weißt du, ging es prompt weiter, du hast ihn ja damals sehr verletzt. Ich sagte zu meiner Mutter: Kann ich bitte noch ein Stück Kuchen haben? Waltraud wartete. Ich widmete mich mit Hingabe meiner Apfeltorte. Waltraud wurde ungeduldig, weil ich ihr keine Entschuldigungen, Beteuerungen, Erklärungen liefern wollte. Sie änderte die Taktik, machte ein ernstes Gesicht und säuselte ergriffen, du warst wohl seine große Liebe. Er war völlig verändert danach. Gisela und Klaus verzeihen dir das nie. Ich sagte nicht, na und. Ich sagte gar nichts. Herrgott noch mal, platzte mein Vater ungehalten in die Stille, hört doch endlich mit diesem Heini auf. Waltraud protestierte beleidigt, er ist so ein netter junger Mann. Sie genehmigte sich einen weiteren Löffel Schlagsahne. Meine Mutter wechselte das Thema. Es war das letzte Mal, dass von Norbert die Rede war.

## 20

Die Jahre danach verliefen ohne besondere Höhen oder Tiefen. Ich zog nach Frankfurt, beendete dort mein Studium mit einem passablen Examen und trat eine Referendar-Stelle an. Ich fand ein kleines Apartment, das ich ganz nach meinem Geschmack einrichtete. Manchmal hatte ich einen Freund, manchmal nicht - flüchtige Beziehungen von kurzer Dauer. Ich wahrte Distanz und ließ es nie so weit kommen, dass aus Liebelei Liebe wurde. Oftmals war ich allein, fühlte mich aber nicht einsam. Ich war frei und mit meinem Leben zufrieden. Norbert war völlig daraus verschwunden, so als hätte es ihn nie gegeben.

An einem Sonntag im Frühling fuhr ich nach Mainz, um dort eine Studienfreundin zu besuchen. Auf der Hinfahrt las ich das Schild „Schiersteiner Kreuz". Da fiel mir Norbert plötzlich wieder ein - er und seine chaotische Wegbeschreibung. Hier war ich damals von der Autobahn abgefahren. Ich konnte mich genau an die Kurve erinnern; sie war gefährlich, weil sie viel enger wurde, als man zunächst erwartete. Und ich konnte mich auch noch genau an Norbert erinnern; ich sah ihn förmlich vor mir. Wie es ihm wohl ergangen war? Ob er noch in Mainz wohnte? Er wäre ein guter Freund geworden, wenn er aufgehört hätte, Geliebter sein zu wollen. Ich dachte, dass ich ihn eigentlich einmal anrufen könnte, einfach so fragen, wie geht es denn? Nach so langer Zeit würde das selbst bei ihm keine falschen Hoffnungen wecken. Wie lange lag das alles zurück? Vier Jahre - oder waren es sogar schon fünf? Ich rechnete zurück, stellte fest, dass es doch schon fünf Jahre sein mussten, und nahm mir vor, Norbert in den nächsten Tagen anzurufen.

Am Abend klingelte bei mir zu Hause das Telefon. Es war meine Mutter. Sie ruft mich meistens einmal am Tag an, auch wenn sie nichts zu erzählen weiß. Sie ruft an, um anzurufen. Ich rechnete mit dem üblichen zähflüssigen Telefongeplänkel, das sich über zahlreiche Pausen quält, bis endlich einer von uns beiden sagt, jetzt muss ich aber Schluss machen. Meine Mutter erkundigte sich wie immer zuerst, wie es mir geht - so, als hätte sie mich schon seit Jahren nicht mehr gesprochen. Das gehört zum Ritual. Danke gut, entgegne ich dann, wie geht es dir?

Dieses Mal fiel ihre Antwort ungewöhnlich kurz aus. Ich vermutete, dass sie wohl etwas Wichtigeres loswerden wollte. Denk mal, hörte ich sie prompt sagen, denk mal, eben hat Waltraud angerufen. Pause. Ich wartete. Sie hat erzählt, fuhr meine Mutter fort, dass Norbert tödlich verunglückt ist; ist das nicht fürchterlich? Sie legte ihre ganze Dramatik in das Wörtchen „fürchterlich", ließ das R kummervoll schnarren. Eine Antwort blieb mir fürs Erste erspart, weil sie ausholte, um mir die Tragik in allen Nuancen zu schildern. Er wollte gerade seine Praxis eröffnen, hörte ich, und Frontalaufprall beim Überholen. Er soll Schuld gehabt haben; du hast ja immer gesagt, er fährt schlecht; wenn du ihn geheiratet hättest, hättest du womöglich auch im Auto gesessen; entsetzlich, nicht auszudenken, was dir hätte passieren können; die armen Eltern; er soll einen hohen Kredit für die Praxis aufgenommen haben; auch das noch; die Ärzte haben ja alle möglichen Diagnosegeräte heutzutage; das geht natürlich ins Geld; er war wirklich so ein netter junger Mann. Meine Mutter holte erschöpft Luft, fragte dann, was sagst du bloß dazu? Ist das nicht schrecklich? Ja, antwortete ich und fing an, von meinem Wochenende zu erzählen. Dass ich am Schiersteiner Kreuz an ihn gedacht hatte, verschwieg ich natürlich. Es hätte sie nur zu irgendwelchen mystischen Theorien angeregt. Dann fiel uns nichts mehr ein. Papi lässt schön grüßen, sagte meine Mutter wie immer. Grüß ihn auch, erwiderte ich wie immer, legte endlich den Hörer auf die Gabel zurück, verwundert, wie schwer ein Telefonhörer werden kann. Ich ging eine Weile im Zimmer auf und ab, setzte mich dann in den Schaukelstuhl, meinen Lieblingsplatz, und schaute aus dem Fenster.

Ich habe wahrscheinlich seit meiner Kindheit nicht mehr so lange aus dem Fenster gesehen. Ich habe beobachtet, wie es draußen dämmert. Er dauert erstaunlich lange, dieser Übergang vom Tag zur Nacht, wenn man ihn nur mit Nachdenken verbringt. Jetzt ist es fast dunkel, und man kann den Grünschimmer über dem Wald nicht mehr sehen. Man merkt nicht, dass es Frühling ist - Frühling die unpassendste Jahreszeit zum Sterben.

*Na, meldet sich mein Alter Ego wieder, na? Ich zucke zusammen, denn ich habe nicht mehr mit ihm gerechnet, nachdem es so sang- und*

klanglos verschwunden war. Nun ist es also doch wieder da. Ich versuche, Zeit zu gewinnen, mime Erstaunen, dass es plötzlich wieder aufgetaucht ist, wappne mich gegen lästige Fragen. Natürlich durchschaut es
meine Taktik sofort und kommt ohne Umschweife zur Sache. Ich habe
dir viel Zeit zum Überlegen gelassen, fängt es an und greift mit wohlbe-
kannter Hartnäckigkeit seine alte Frage wieder auf, was fühlst du nun?
Nach einer längeren Pause, die mich nervös macht, schlägt es vor,
Trauer - ist es vielleicht Trauer? Nein, antworte ich ohne zu zögern, natürlich nicht; es wäre doch unsinnig, um jemanden zu trauern, an den
man jahrelang keinen Gedanken verschwendet hat. Mein Alter Ego
scheint das einzusehen. Jedenfalls widerspricht es nicht. Wie ist es mit
Reue, erkundigt es sich. Ich entgegne scharf, nein, auf keinen Fall Reue;
schließlich war es nicht mein Fehler, wenn Norbert sich willig jede
Schikane von mir gefallen lassen hat. Mein Alter Ego gibt sich nachdenklich, sagt schließlich, das stimmt; das war sicherlich nicht dein
Fehler. Nach einer Weile nimmt es den Faden wieder auf. Dann ist eigentlich alles in bester Ordnung, bemerkt es scheinheilig; die Angelegenheit geht dich nichts an und lässt dich folglich kalt; so ist es doch?
Ja, antworte ich, ja genau so. Mein Alter Ego murmelt aha, und noch
einmal, aha.

Draußen ist es inzwischen so dunkel geworden, dass man nichts
mehr sieht. Ich überlege, ob mein Quälgeist endlich verschwunden ist.
Vielleicht hat er nun doch aufgegeben? Fast, sagt er, fast; nur eine Frage habe ich noch: Warum starrst du eigentlich ununterbrochen aus dem
Fenster, rührst dich nicht, knipst nicht einmal das Licht an, sitzt nur
dumm da. Warum? Was soll ich darauf erwidern? Weil es mir Leid tut,
höre ich jemanden sagen. Der Jemand, der das gesagt hat, muss ich
selbst sein, denn außer mir ist niemand im Zimmer. Ich wiederhole laut
dieses Weil-es-mir-leid-tut, bin jetzt sicher, dass ich es gesagt habe, set-
ze hinzu, und weil ich mich gern entschuldigt hätte und weil es jetzt
nicht mehr geht; darum, verdammt noch mal, darum. Ich stehe auf und
suche den Lichtschalter. Die Lampe blendet.

## Zum Schluss

möchte ich allen sehr herzlich danken, die mich beim Schreiben und Publizieren dieses Buches unterstützt haben. Sie haben mir nicht nur viele Anregungen gegeben, sondern auch korrigiert, lektoriert und all die Kleinigkeiten übernommen, die der endgültige Umbruch einer Veröffentlichung erfordert. Sie haben mich vor allem auch immer wieder motiviert, wenn ich kurz davor war aufzugeben. Ohne diese Hilfe, egal welche, hätte ich wohl nicht durchgehalten.

Danken möchte ich auch denjenigen, die sich darauf eingelassen haben, mich bei meiner Zeitreise in die 1970-er Jahre zu begleiten. Ich hoffe, dass meine Zeitgenossen manchmal etwas nostalgisch dachten, ja, so war's, und dass die später Geborenen den Charme dieser Zeit spüren konnten. Die Akteure sind übrigens Phantasiegestalten, aber die Phantasie wurde natürlich von der Realität inspiriert.

Zeitfracht Medien GmbH
Ferdinand-Jühlke-Straße 7
99095 Erfurt, Deutschland
produktsicherheit@kolibri360.de